월드 티처
이 세 계 식   교 육   에 이 전 트

네코 코이치 지음
Nardack 일러스트
이승원 옮김

9

CONTENTS

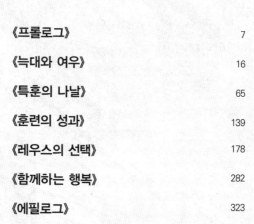

Illust : Nardack

《프롤로그》

──── 레우스 ────

"우랴아아아압──!"

"수읽기는 나쁘지 않지만……."

"어?! 크억?!"

오늘도 야영 전에 형님과 모의전을 했지만, 또 지고 말았다.

상대의 움직임을 예측하며 날린 혼신의 일격을 간단히 피한 형님이 날린 발차기가 내 옆구리에 꽂히자, 나는 그대로 꼴사납게 지면을 굴렀다.

"아직 물러. 너라면 슬슬 이 정도는 눈치챌 거라고 생각하는데 말이야……."

"쿨럭…… 미안해……."

투무제에서 싸운 후, 형님과의 모의전은 점점 격렬해졌다.

전에는 공격이 명중하기 직전에 멈출 때도 있었지만, 요즘에는 주먹이나 발을 아무렇지도 않게 명중시켰고, 공격에 대한 대처법도 이야기하지 않았다. 싸움은 항상 유동적인 것이며, 즉각적으로 판단을 내리며 대처하는 것이 중요하다고 형님이 일전에 말한 후부터 말이다.

그러니 맞기 싫다면, 내가 직접 답을 찾아내서 대처할 수밖에 없다.

그건 알고 있는 데다가, 형님의 공격이 보이지 않는 것도 아니지만…… 너무 빨라서 몸이 반응을 하지 않는다. 꼴사나운 모습을 보이고 무심코 사과를 하자, 형님은 인정사정없이 훈련용 목검으로 나를 겨누며 말했다.

"사과할 시간에 생각을 해. 아직 더 할 수 있겠어?"

"당연하지!"

실제로 내가 보이는 틈은 아주 미세하다고 생각한다.

하지만 형님은 그 미세한 틈을 어마어마한 속도로 노리며 공격을 펼치기 때문에 막을 수가 없는 것이다. 내 움직임을 읽고…… 아니, 유도하고 있는 거라는 생각이 들 정도다.

하지만 라이오르 할아버지는 그런 형님과 대등하게 싸웠다. 형님과 나란히 서기 위해선, 그리고 형님의 제자로서, 이 정도 벽은 혼자만의 힘으로 뛰어넘어야 한다. 형님이 가르쳐줬다시피, 자신의 생각대로 한 치의 흐트러짐도 없이 몸을 움직일 수 있게 되어야 한다.

내 대답을 듣고 미소를 머금은 형님의 기대에 부응하기 위해, 이번에야말로 반드시 일격을 명중…….

"아아아아아——?! 형님, 그건 반칙이야아아아아!"

"이번에는 이쪽에 빈틈이 생겼으니 어쩔 수 없잖아."

……역시 무리였다.

나는 형님의 아이언클로에 잡힌 채, 고통에 몸부림쳤다.

"……여기군."

저녁식사를 마치고 평소처럼 검술 훈련을 할 시간에, 나는 나무상자를 안아 들고 혼자서 숲속을 걷고 있었다. 발단은 형님이 만든 저녁식사를 다 먹은 후, 누나가 한 어떤 보고다.

『……시리우스 님. 미세하지만 저쪽에서 물 냄새가 나요. 좀 떨어진 곳이지만, 저쪽에 물가가 있는 것 같아요.』
『강이나 호수가 있는 거군. 생선도…… 있으려나?』
『그러고 보니 요즘 들어 계속 고기만 먹었네.』
『그런 눈길로 쳐다보지 않아도 돼. 내일 먹게 좀 잡아둘까.』
『그럼 내가 잡아 올게.』

그런 연유로, 나는 혼자서 물가를 찾고 있었다.
뭐, 나는 누나와 마찬가지로 후각이 예민하기 때문에 길을 헤매지는 않았다.
마물을 경계하면서 한동안 걷다 보니, 예상보다 더 넓은 호수가 보였다. 나는 바로 그곳으로 가서 물의 상태를 확인했다.
"……좋아. 깨끗한 물이네."
깨끗한 물에 사는 생선이 맛있으니까 말이다.
일전에 내가 혼자서 길드의 마물 토벌 의뢰를 맡았을 때, 도중에 배가 고파서 약간 탁한 호수에서 생선을 잡아먹은 적이 있다. 그리고 그때 먹은 생선에서 흙내가 너무 심하게 나서 놀랐다.
하지만 형님이 만든 생선 요리는 깨끗한 물에 장시간 담가두거나 잡내 제거용 허브 등을 쓰기 때문에 흙내가 전혀 나지 않앉다.

특히 그…… 향초와 소금으로 감싸서 찐 생선 요리는 최고였지. 어쩌면 형님이 또 만들어줄지도 모르니, 열심히 생선을 잡아야겠다.

달빛 아래에서 신발을 벗고 바지를 걷어 올린 나는 호수 안으로 들어갔다. 그리고 도중에 멈춰선 나는 검을 움켜쥔 채 기척을 숨기며 자연과 동화했다.

한동안 시간이 흐른 후에 손가락 끝으로 수면을 가볍게 찌르자, 생선이 내 손가락을 먹이로 착각하고 다가왔다. 그리고…….

"핫!"

나는 검을 휘둘러서 생선을 쳐냈다.

생선은 내가 벗어둔 신발 옆에 둔 나무상자 안으로 쏙 들어갔고, 한동안 버둥거렸지만 곧 얌전해졌다. 그 상자에는 리스 누나가 마법으로 만든 깨끗한 물이 들어가 있으니, 생선이 상하지 않을 것이다.

나는 그 후에도 몇 번이나 검을 휘둘러서 생선을 스무 마리 정도 잡은 후, 호수에서 나갔다.

"으음……. 좀 더 잡을까?"

적어도 나는 혼자서 열 마리 정도는 먹고 싶고, 리스 누나는 더 많이 먹으니까 말이다.

이대로 간다면 예상보다 더 빨리 끝날 것 같고, 아직 시간적으로 여유가 있으니까…….

"검 좀 더 휘둘러볼까."

왠지 라이오르 할아버지를 닮아가는 것 같아 마음에 안 들지만, 한시라도 수련을 게을리 했다간 형님을 영원히 따라잡지 못할 거다.

나는 파트너를 고쳐 쥔 후, 눈을 감으며 호흡을 가다듬었다.

형님이 자주 하는 이미지 트레이닝……이라는 것부터 해보자.

"형님의 움직임…… 할아버지의 강파일도류……."

몇 번을 봐도 흉내를 낼 수 없는 형님의 움직임과 내 할아버지의 움직임, 그리고 몸으로 직접 경험하며 익힌 강파일도류를 떠올리면서, 나는 파트너를 치켜들었다.

이제 라이오르 할아버지처럼, 전력을 다해 검을 휘두르기만 하면 되지만…… 요즘 들어 뭔가 좀 다르다는 생각이 들었다.

나는…… 형님이나 라이오르 할아버지와 뭐가 다른 걸까?

눈에 보이지만, 아무리 쫓아가도…… 그 등에 손이 닿지 않았다.

하지만 그게 당연하다는 생각이 들었다.

나뿐만 아니라, 형님도 성장하고 있으니까 말이다.

라이오르 할아버지는 모르겠지만, 그 할아버지는 오빠를 엄청난 속도로 쫓아가고 있을 것이다. 나도 질 수는 없다.

"……아, 딴생각을 했네. 집중…… 기본……."

그리고 라이오르 할아버지의 검술을 떠올리며 검을 휘두르려던 순간, 호수 쪽에서 물소리가 들렸다.

큰일 났다……. 너무 집중한 나머지 주위를 충분히 경계하지 않은 것 같았다.

하지만 소리를 들어보니 거리는 충분히 떨어져 있는 것 같으며, 살기도 느껴지지 않는 것을 보면 나를 노리는 것 같지는 않았다.

내가 허둥대지 않으며 재빨리 돌아보니…….

"……여자애?"

호수에 알몸인 여자애가 있었다.

도적에게 습격을 당한 건가…… 하고 생각했지만, 그 애는 목욕을 하고 있는 것 같았다. 우리는 형님이 만든 목욕탕이 있기 때문에 호수에서 목욕을 하지 않기에, 바로 거기까지 생각이 미치지 않았다.

그리고 나도 소리를 내지 않은 탓에, 저 애는 나를 눈치채지 못한 것 같았다.

나는 말을 걸어볼까 생각했지만, 나는 허락도 없이 여자의 알몸을 훔쳐본 나쁜 녀석……인 거지? 누나들이 알면 혼날 것 같으니, 들키지 않도록 조심해서 멀어지는 편이 좋을 것이다.

그런데…… 어째서일까?

나는 이상하게도 그 소녀에게서 눈을 뗄 수 없었다.

멀찍이서 봤지만, 달을 등진 채 목욕을 하고 있는 그 소녀가 너무나도 아름다웠기 때문이다.

보아하니, 나이는 나와 비슷해 보였다.

약간 붉은 빛이 감도는 금발 사이로 여우귀가 보이는 것을 보면, 저 애는 나와 마찬가지로 수인 같았다. 여우 귀를 가진 것을 보면, 종족은 호미족(狐尾族, 폭스 테일)이리라.

그리고 호미족의 특징인 꼬리가…… 어라?!

"세 개……잖아?"

저 애의 꼬리…… 아무리 봐도 세 개 맞지? 형님과 함께 다양한 장소에서 많은 사람들을 만났지만, 꼬리가 세 개인 수인은 처음 보네.

"……아, 이럴 때가 아니지."

더 쳐다보고 싶지만, 역시 허락 없이 여자애의 알몸을 쳐다보는 건 무례한 짓일 거야.

들키기 전에 신발과 생선이 든 나무상자를 회수해서 돌아가려던 순간…… 묘한 기척을 느낀 나는 다시 여자애를 쳐다보았다.

"윽?! 큰일 났다!"

기적의 주인은 여자애의 등 뒤로 몰래 다가온 도마뱀처럼 생긴 마물이었다.

물 밖으로 고개를 내민 도마뱀이 여자애를 덮치기 위해 서서히 다가가고 있지만, 그녀는 전혀 눈치채지 못한 것 같았다.

나는 반사적으로 지면을 박차며 몸을 날린 후, 형님에게 전수받은 '에어 스텝'으로 공중에 발판을 만들면서 여자애의 머리 위편으로 단숨에 이동했다.

"지금 구해줄게!"

"어?!"

그리고 말을 걸면서 그 검을 휘둘러서 마물을 두 동강 냈다. 적을 해치운 것을 확신하며 물을 사방으로 튀기며 호수에 착지한 나는 여자애가 괜찮은지 확인했다.

"휴우, 위험했네. 괜찮아?"

"아…… 으, 응. 괜찮…… 어, 꺄앗?!"

가까이에서 보니 이 여자애는 누나보다 키가 작아서, 나는 그 애를 내려다봐야 했다.

그 여자애는 느닷없이 나타난 나를 망연자실한 표정으로 올려다보았지만, 곧 얼굴을 새빨갛게 붉히면서 손으로 가슴을 가렸다.

"당신…… 누구야?!"

어? 나…… 이 애를 구해줬지? 그런데 왜 이 애가 나를 노려보는 거지?

감사 인사를 받고 싶은 건 아니지만, 그래도 납득이 되지는 않았다.

"구해준 건 고마워. 그런데, 나를 어떻게 할 생각이야?"

아, 그렇다. 실오라기 하나 걸치지 않은 상태에서 남자인 내가 다가왔으니 경계하는 게 당연할까.

이대로 사라져도 괜찮겠지만, 마물의 피 때문에 다른 마물이 몰려올지도 모르니 가능하다면 이 애는 안전한 장소까지 데려다주고 싶다.

우선 내가 적이 아니라는 걸 설명해서 진정시킨 다음에…….

"으음, 나는 모험가인데 여기서 생선을 잡다 보니 네가 나타났어. 그래서 쳐다보고 있는데…….

"나를 몰래 훔쳐본 거야?! 이 변태! 다가오면 확 불태워버릴 거야!"

아아…… 큰일 났다. 이런 상황에서 여자애를 어떻게 진정시키면 될지 모르겠어! 애초에 나는 여자애를 어떻게 대하면 좋을지 잘 모른다고.

형님이라면 잘 진정…… 잠깐만 있어봐.

형님한테서, 여성에게는 솔직한 칭찬이 효과적이라는 말을 들었던 것 같다.

그렇다면 거짓말을 하지 말고, 내가 생각했던 것을 솔직하게 말해보자.

"훔쳐본 건 사실이야. 네가 정말 아름다웠거든."

"뭐?!"

"몰래 훔쳐보는 건 나쁜 짓이라 관두려고 했지만, 목욕을 하는 네 모습이 너무 아름다웠어. 그래서 쳐다보고 있는데 마물이 나타나서, 도와주려고 한 거야."

"뭐…… 어…………."

"뭐, 누니니 리스 누니에 비히면 기슴이 작고, 피아 누나보다 예쁘지는 않지만, 내 눈에는 엄청 아름다워 보였거든."

"……허…….."

……어라?

솔직하게 칭찬했는데, 왜 저렇게 얼굴을 붉히는…….

"헛소리하지 마!"

《늑대와 여우》

────── 시리우스 ──────

"흐음……. 그래서 이렇게 된 거구나."

"……응."

생선을 잡으러 갔던 레우스가 돌아왔지만, 온몸이 흠뻑 젖었을 뿐만 아니라 볼에 손바닥 자국까지 남아있어서 깜짝 놀랐다.

정말 멋진 손바닥 흔적을 보고 무심코 감탄했지만, 차분하게 상황에 대한 설명을 들어보니 그야말로 한숨이 나는 내용이었다. 최종적으로 레우스의 언동이 나빴다는 것은 이해하지만, 우선 신경 쓰이는 점부터 해소하기로 했다.

"너를 때린 그 애는 어떻게 했어?"

"그 애가 힘이 좋지 뭐야. 나는 따귀를 맞고 그대로 날아가서 호수에 처박혔어. 곧바로 몸을 일으켰지만, 이미 호수를 나가서 숲 너머로 사라졌더라고."

"흐음, 꽤 재빠른 애네."

"레우스를 날려버릴 만큼 힘이 세니까, 걱정할 필요는 없을지도 몰라."

"나도 그렇게 생각해. 하지만 내가 왜 맞은 건데? 솔직하게 칭찬했는데 말이야."

아무래도 자기가 맞은 이유를 아직도 깨닫지 못한 것 같았다.

레우스의 성격도 문제가 있지만, 나한테도 잘못이 있는 것 같다. 몸을 단련시키는 데만 신경을 쓴 나머지, 레우스가 이성에 대한 경험이 적다는 것을 신경 쓰지 않았다.

게다가 레우스의 주위에는 미인이자 누나인 에밀리아, 남들의 시선을 자연스레 끌 정도의 매력을 지닌 리스, 그리고 다른 종족과는 차별화된 미모를 지닌 엘프인 피아가 있다.

그래서 눈이 너무 높아진 레우스는 타인의 외모를 칭찬하는 일이 거의 없다.

그런데 그 여자애가 아름다웠다고 말했을 뿐만 아니라, 넋을 잃고 쳐다봤다는 소리까지 한 것은 매우 신기한 일이다.

하지만 천진난만하고 순수한 레우스는 무의식적으로 그녀를 자신의 가족들과 비교한 것이다. 여러모로 문제가 많은 제자다.

실은 예전에 레우스에게 어떤 여성을 좋아하는지 물어본 적이 있는데…….

『레우스. 너는 어떤 애를 좋아해?』

『형님이 만든 카레와 햄버그야! 형님이 만든 요리라면 전부 좋아.』

『그건 음식이잖아. 내가 물어본 건 어떤 여성을 좋아하냐는 거야.』

『형님 같은 사람.』

『……좀 더 자세하게 이야기해봐.』

『요리를 잘하고, 세며, 남들도 잘 챙기는 데다, 중요한 건 딱 잘라 이야기하는 사람이야. 그러니까 형님 같은 사람이야!』

즉, 레우스는 외모보다 내면에 더 끌리며, 그중에서 가장 취향인 건 나 같은 여성이다.

뭐랄까…… 머리가 아프다.

만약 내가 여성으로 태어났다면, 레우스에서 정열적인 프러포즈를 받았을까?

부모 대신으로서, 그리고 스승으로서, 앞날이 불안한 제자 때문에 골머리를 썩이고 있을 때, 레우스는 볼을 매만지면서 리스에게 다가갔다.

"리스 누나. 형님의 공격보다 분명 가벼웠는데, 왠지 계속 아파. 좀 치료해줘."

"으음…… 미안해. 이건 좀 치료하기 싫네……."

"왜?"

같은 여성으로서 그 애의 심정을 이해한 건지, 고통을 호소하는 이를 내버려 두지 못하는 리스가 딱 잘라 거절했다.

게다가 자기들이 비교대상이었으니, 어떤 반응을 보이면 좋을지 감이 오지 않는 걸지도 모른다.

"후후. 레우스는 여전히 솔직하네."

"솔직한 건 좋지만, 경우에 따라서 해선 안 되는 말도 있어요. 노엘 언니도 툭하면 말실수를 해서 시리우스 님에게 혼났잖아요?"

노엘에게는 좀 미안하지만, 나도 같은 의견이기에 별말 하지 않았다.

"즉, 나는 해선 안 되는 말을 한 거구나. 하지만…… 뭘 잘못한 거야? 예쁘다고 생각해서, 그냥 말했을 뿐인데……."

"그건 문제가 되지 않아요. 문제인 건 그 여성을 저나 피아 씨와 비교한 거죠."

"예를 들게. 우리를 모르는 애가 불쑥 레우스보다 자기 가족이 더 세다고 말한다면, 기분이 나쁘지 않겠어?"

"그렇구나!"

아무래도 납득한 것 같았다.

뭐, 도와준 상대의 뺨을 때린 그 여성의 행동에도 문제가 있지만, 알몸이라 냉정한 판단을 하지 못한 것이리라. 그저 운이 나빴다고도 할 수 있을 것이다.

"그럼 사과해야겠네. 하아…… 역시 여자는 어려워."

"여자만이 아니라, 타인과의 교류라는 건 원래 어려운 거야."

"피아 씨의 말이 옳아요. 당신은 강한 힘뿐만 아니라, 시리우스 님 같은 여성을 기쁘게 해줄 수 있는 남자가 되세요."

"으으…… 최선을 다해볼게. 그런데 형님이라면 그 애에게 뭐라고 했을 거야?"

"이 상황에서 나한테 묻는 거냐……."

마음 같아서는 정답을 가르쳐주고 싶지만, 뭐가 답일지 생각나지 않았다.

여성의 마음이란 상황에 따라 순식간에 변하며, 이렇다 할 정답이 없는 것이다. 특히 여성과의 교류에는 경험이 중요하다.

내가 뭐라고 대답할지 고민하고 있을 때, 옆에 있던 에밀리아가 환한 표정을 지으며 손을 들었다.

"시리우스 님. 저를 그 여자애라 생각하며 시범을 보이는 건 어떨까요? 레우스에게 본보기를 보여주세요."

"아니, 그렇게까지 할 필요는……."

"해주셨으면 해요!"

에밀리아가 단호한 어조로 그렇게 말하자, 하지 않고는 상황이 수습되지 않을 듯한 분위기가 되었다.

자아…… 레우스한테 들은 이야기로 추측해볼 때, 그 여자애는 예쁘다는 말을 듣고 싫지는 않은 듯한 반응을 보인 것 같았다. 즉, 레우스처럼 실언을 하지 않고 신사적인 태도를 취하는 것이 가장 좋을 것이다.

다른 이들의 시선을 받으며 에밀리아와 마주 서 있을 때, 갑자기 남매가 쑥덕거리기 시작했다.

"맞아. 나와 그 여자애 사이의 거리는 이 정도였어. 그리고 상대는 알몸이었지만, 역시 내 앞에서 누나가 알몸이 되는 건……."

"하지만 정확한 상황을 재현하기 위해선 그래야 할지도 몰라요. 레우스, 당신은 눈과 귀를 막고 다른 곳에 가세요."

"그건 좀 이상하지 않아?"

레우스를 위해 시범을 보이는 건데, 당사자가 자리를 비우면 어떻게 하냐고.

내버려 뒀다간 진짜로 옷을 벗을 것 같으니, 옷을 벗으면 절대 안 할 거라고 딱 잘라 말했다. 그러자 에밀리아는 투덜거리면서도 고개를 끄덕였다.

나는 마음을 다잡은 후, 나에게 도움을 받고 놀란 듯한 연기를 하고 있는 에밀리아와 마주 섰다.

"구해줘서 고마워. 그런데, 이제 나를 어쩔 거야?"

"으음, 나는 모험가야. 여기서 생선을 잡고 있었는데, 네가 있었지. 그래서 쳐다보고 있었는데……."

"후, 훔쳐본 거야?! 이…… 벼…… 변…… 큭! 아무리 연기라고 해도, 시리우스 님에게 그런 폭언을 하는 건 시종으로서……."

"멈춰."

꽤 박진감 넘치는 연기였는데…… 이렇게 끝났다.

에밀리아의 속셈은 알고 있지만, 너무 욕망에 충실했던 바람에 나에게 독설을 해야만 한다는 것을 깜빡한 것 같았다.

하지만 이대로 그만두자고 했다간 울음을 터뜨릴 것 같았기에, 다시 한 번 해보기로 했다.

"후, 훔쳐본 거야?! 이 변…… 이익, 생략! 더 다가오면, 화 태워버릴 거야!"

"훔쳐본 건 사실이지만, 네가 너무 아름다워서 눈을 뗄 수 없었어."

"뭐?!"

"훔쳐보는 건 옳지 않은 짓이라 관두려고 했지만, 목욕을 하고 있는 네 모습이 너무 아름다웠어. 그래서 계속 쳐다보다 보니, 마물이 나타나지 뭐야. 그래서 구해야겠다고……."

레우스는 이때 누나와 그녀를 비교하는 발언을 입에 담았다.

어디까지나 본보기를 보여주자고 생각한 나는 묵묵히 고개를 돌리면서 입고 있던 상의를 벗어서 내밀자…….

"예, 전부 용서해드릴게요! 구해주셔서 정말 감사해요!"

감격한 에밀리아가 내 품에 쏙 뛰어들었다.

으음…… 예상에서 벗어나지 않는 반응인걸.

애초에 에밀리아는 이걸 노리고 그런 소리를 한 것이리라.

꼬리를 흔들면서 내 가슴에 얼굴을 묻은 에밀리아의 머리를 쓰다듬어 주면서도, 이런 결과를 보고 레우스가 납득할 리가 없다는 생각이 머릿속을 스쳤다.

"이상하잖아! 형님과 누나니까 그렇게 잘 풀린 거라고!"

"아아…… 시리우스 님의 향기가 느껴져요."

하지만 에밀리아는 레우스의 말이 들리지 않는 것 같았다.

한동안 내 손결을 느낀 후에야 떨어진 에밀리아는 여운에 젖어서 꼼짝도 하지 않았다. 아무래도 더는 할 수 없을 것 같았다.

"누나. 어이~…… 시범을 보여주기로 한 거 아니었어?"

"우후후……."

"완전 맛이 갔네. 그럼 다음은 리스 누나 차례지?"

"어…… 나?!"

"누나는 본보기가 안 되잖아. 형님의 방식을 배우고 싶으니까, 부탁 좀 할게."

"으, 응. 그럼…… 해볼게."

내가 아까와 마찬가지로 리스와 마주한 후, 그녀를 응시하며 아름답다고 말하자…….

"에헤헤…… 연기라는 건 알지만, 그래도 부끄럽네."

"지금은 레우스의 흉내를 내고 있지만, 실은 진심으로 그렇게 생각해."

"그, 그래? 기뻐……."

약간 느끼한 대사일지도 모르지만, 리스는 약간 내성적이니 진심을 솔직하게 전하는 편이 나을 것이다. 한편, 리스는 내 말을 듣고 또 얼굴을 붉혔고, 결국 연기를 이어갈 수가 없었다.

"리스 누나, 좀 제대로 해봐."

"아, 아하하…… 응. 미안해. 나한테는 좀…… 무리일 것 같아."

"그럼 나한테 맡겨줘. 여성이 이럴 때 어떤 행동을 하는지…… 가르쳐줄게."

"맞아! 피아 누나라면 아름답다는 말에도 익숙할 거야!"

레우스가 희망에 찬 시선을 보내는 가운데, 내가 마주 선 피아에게 아름답다고 말하자…….

"후후…… 고마워. 그럼 가자."

"뭐?"

피아는 내 팔을 움켜잡더니, 마차를 향해 걸어갔다.

"어? 피아 누나, 어디 가는 거야?"

"레우스, 기억해두렴. 남자가 자신을 갈구할 때, 여자가 허락을 한다면 그 후로 뜨거운 밤이 시작되는 거야."

"잘은 모르겠는데, 내가 알아야 하는 것과는 좀 다르지 않아?"

"그래. 이건 특수한 예니까 참고하지 않는 편이 좋을 거야."

"에밀리아와 리스도 와. 오늘은 셋이서 즐기자!"

"예!"

"으…… 응."

"자, 잠깐만!"

그녀들은 평소에 상냥하지만, 이럴 때는 사냥감을 노리는 짐 승처럼 흉흉했다.

내가 농담이라 말하며 가볍게 저항하니 바로 포기했지만, 에밀리아가 진심으로 아쉬워하는 모습은 못 본 것으로 하기로 했다.

결과적으로…… 세 사람 다 본보기가 되지 않았기에, 내가 나름대로 조언을 해주기로 했다.

"아무튼 상대가 알몸이라는 상황이 문제였어. 그때 상의를 벗어서 슬며시 내민다면, 적어도 상대의 기분이 더 나빠지지는 않을 거야."

"즉, 형님이 누나들에게 하려고 했던 것처럼 하라는 거네?"

"그래. 하지만 상대도 냉정한 상황이 아니니까, 무슨 변명을 해도 두들겨 맞을 수 있다는 건 기억해둬. 이런 건 상황과 마찬가지로 항상 변화하며, 임기응변에 따른 대응이 필요해. 즉, 경험이 중요하다는 거야."

"확실히 나는 이런 쪽으로는 경험이 적어."

"그리고 너는 말실수를 했을지도 모르지만, 그 애를 구하려 한 행동 자체는 잘못되지 않았어. 또 만나게 될지는 알 수 없지만, 재회한다면 그때는 제대로 사과하면 될 거야."

"그래……. 맞아. 뺨을 맞기는 했지만, 그 애가 무사해서 다행이야!"

이 상황에서 구하지 않는 편이 좋았을 거라고 생각하지 않는다는 것이 레우스의 장점이리라.

너무 순수해서 괜한 소리를 하며, 흥미 없는 일에는 눈길도 주지 않지만, 곤경에 처한 이는 자연스레 도우려 하는, 그런 정의감 넘치는 남자다.

"참고로, 사과를 하더라도 상대가 불합리한 소리를 한다면, 그때는 제대로 대꾸를 해줘. 예의를 모르는 녀석은 봐줄 필요가 없거든."

"응!"

레우스가 순진무구하게 웃는 것을 보면, 평소 느낌으로 되돌아온 것 같군.

상황이 어느 정도 수습된 후, 레우스에게 아까 들었던 이야기 중에 신경 쓰이는 단어가 있었기에 나는 일단 그 점에 대해 자세하게 물어보기로 했다.

"그런데 네가 본 호미족 여성 말인데, 진짜로 꼬리가 세 개였어?"

"응. 그 애는 예쁜 꼬리를 세 개 가지고 있어. 내가 넋을 잃고 쳐다본 건 그 꼬리 때문일지도 몰라."

"레우스가 잘못 봤을 거라고 생각하지는 않지만, 꼬리가 세 개……인가요."

"학교에 있던 호미족 사람들은 전부 꼬리가 하나였지?"

"시리우스와 만나기 전에 호미족 모험가와 술을 마신 적이 있는데, 그런 이야기는 못 들었어."

형태와 털 길이가 다르기는 하지만, 마물을 제외하면 대부분의 종족은 꼬리를 하나만 지녔다.

그중에는 돌연변이라 꼬리를 두 개 지닌 자도 있지만, 세 개나 지녔다는 이야기는 들어본 적이 없다.

"희귀한 존재일지도 몰라. 나도 꼭 보고 싶네."

"나도 보고 싶어. 그렇게 독특한 특징을 지녔다면, 이 근처에서 정보를 수집하다 보면 찾을 수 있을지도 몰라."

"그럴까? 희소한 존재라 표적이 될 수도 있으니까, 모습을 감추고 있을 가능성도 있어."

지금은 모습을 바꿨지만, 지금까지 수많은 이들의 표적이 되었던 엘프…… 피아의 말에는 매우 설득력이 있었다.

꼭 보고 싶을 정도는 아니기에, 다음에 기회가 되면 또 찾아보자는 정도로 이야기를 마쳤다.

"그럼 자기 전에 생선 손질을 해두도록 할까. 혹시 먹고 싶은 요리 있어?"

"나는 쪄서 먹고 싶어! 소금으로 감싸서 만드는 그거 말이야."

"튀기는 건 어떨까요?"

"나는 경단으로 만들어 먹고 싶네."

"탕은 어떨까?"

"……전부 의견이 다르네. 가위 바위 보로 정해."

옆에서 격렬한 다툼이 벌어지는 가운데, 나는 식칼을 들고 생선 쪽으로 향했다.

참고로 승자는 생선을 잡아 온 레우스였다.

아까 보고 때에는 누나들의 압력에 눌려 식은땀을 흘렸지만, 어찌어찌 견뎌낸 그는 향초와 소금으로 감싸서 만드는 찜 요리를 주문했다.

아니…… 견뎌낼 수 있었던 것은 누나들의 압력이 평소보다 약했기 때문이리라.

레우스에게 본보기를 보여주려다 너무 놀린 것에 대한 사과의 의미가 담겨 있는 것 같았다. 아마 가위 바위 보도 일부러 져줬을 것이다.

이러쿵저러쿵해도 동생에게 물러터진 누나들을 본 나는 내심 웃음을 흘리면서 요리를 계속했다.

다음 날 아침, 우리는 레우스가 주문한 생선요리를 만들어 먹었다. 그리고 야영지를 정리한 후에 출발했다.

며칠 동안 야영을 계속했지만, 이대로 가면 오늘 안에 여관이 있는 마을에 도착할 것 같았다.

평소와 마찬가지로 훈련을 하면서 마차는 길을 따라 나아갔고, 숲을 빠져나가서 낮은 언덕을 지나니 커다란 강이 보이는 길이 나타났다.

"강이 보인다는 건, 근처에 마을이 있을 것 같네."

"오늘은 오래간만에 침대에서 잘 수 있을 것 같군요."

"저기, 형님. 우리 목적지에 도착하려면 한참을 더 가야 하지?"

"그래. 이 강을 따라 걸어가다 보면 곧 호수가 나타날 거야."

지도와 사전에 들은 정보에 따르면, 강의 상류를 향해 가다 보면 오늘 숙박할 예정인 마을이 보일 것이다. 그리고 그곳에서 상류로 향하면 이 강원의 원류인 호수가 있으며, 그곳은 수평선이 보일 정도로 넓다고 한다.

그 호수는 디네 호수라 불리며, 그곳에는 디네 호수의 혜택을 받고 있는 마을이 있다고 한다.

"그 호수 인근에 있는 마을, 파라드가 목적지야. 호수를 건너는 배도 잔뜩 있을 만큼 넓은 마을이라더라고."

"파라드……. 반갑네. 나도 전에 한 번 가본 적이 있는데, 디네 호수는 정말 넓은 호수였어. 바다와는 또 다른 느낌이니까, 한 번 정도는 볼 가치가 있어."

"그 마을에 명물 같은 건 있나요?"

"응. 디네 호수에서 잡은 어패류가 명물이야. 독특한 형태를 지닌 생선이 많은데, 꽤 맛있어."

"독특한 어패류……. 기대되네."

호수가 너무 넓어서 바다와 착각하는 모험가가 끊이지 않는다고 하는데, 물에서 소금기가 전혀 없는 것을 보면 완벽한 담수호 같다.

그러니 독특한 생태계가 존재하며, 바다에서 볼 수 없는 수산물이 대량으로 서식하고 있을 것 같다.

그리고 맛있는 어패류가 있다는 말을 듣고 리스의 눈빛이 바뀌었는데, 나도 같은 눈빛을 띠고 있을 것이다. 그래서 그런지 파라드에 가는 게 더 기대되네.

"수산물이라. 요리할 맛이 나겠는걸."

"응! 리스 누나만이 아니라 형님의 눈도 반짝거려!"

"기대되는 게 더 늘어났군요. 관광을 할 때는 식재료 가게를 주로 둘러보도록 해요."

"응!"

"좋아!"

"이래서 이 애들의 먹성이 좋은 거구나."

약간 어이없다는 표정을 지으면서도 즐거워하고 있는 것을 보면, 피아도 우리에게 익숙해진 것 같았다.

우리는 그런 기대를 품으며 나아갔고, 저녁이 되기 전에 마을에 도착했다.

이미 익숙한 상황이지만, 마차를 끄는 호쿠토를 보고 당황한 문지기들과의 이런저런 일을 끝낸 후, 마을에 들어간 우리는 우선 숙소를 잡았다.

그리고 여관 주인에게 호쿠토도 방에서 재우고 싶다는 부탁을 했지만, 유감스럽게도 거절당했다. 수인이라면 순순히 허락하겠지만, 이 경영자는 인간족이라 무리였다.

미안하지만, 호쿠토는 마구간에서 묵게 됐다.

"나중에 털을 빗겨주러 올게."

"멍!"

압도적인 존재인 백랑이 등장하자 말들이 겁에 질렸지만, 개의치 않으며 쉬고 있는 호쿠토를 본 나는 방으로 돌아갔다.

그리고 방에 돌아오자마자 레우스의 배에서 큰 소리가 났고, 우리는 여관에 있는 식당으로 향했다.

"그럼 생선을 이용한 정식을 시키겠어."

"저도 같은 요리를 곱빼기로 부탁해요."

"나는 채소 샐러드와 와인 두 잔 부탁해."

"나는 고기 요리 다섯 개와 빵을 잔뜩 줘."

"여기 실려 있는 요리를 전부 주세요."

"아, 알았습니다……."

다섯 명이 먹기에는 지나치게 많은 양을 주문하자, 웨이트리스인 여성의 표정이 미묘하게 굳었다.

엘프라는 점을 숨기고 있지만 신비적인 아름다움을 지닌 피아에 은랑족이라는 희귀한 종족이 함께 다니고 있어서 주위의 주목을 받고 있지만, 나온 요리를 족족 먹어치우는 바람에 더욱 주목을 받고 있었다.

뭐, 어제오늘 시작된 일이 아니기에, 우리는 개의치 않으며 주문한 요리를 먹었다.

"흠……. 맛이 좀 옅기는 하지만, 나쁘지 않네. 이 지방의 독특한 향신료를 쓴 걸까?"

"디네 호수 인근에서 자라는 향초를 쓰는 것 같아. 그리고 물이 좋아서 그런지 와인의 맛도 좋네."

"더 줘!"

"더 주세요."

순식간에 음식을 먹어치운 우리 먹보들이 또 음식을 주문했을 때, 남자 두 명이 우리에게 다가왔다.

"오오, 예쁜 누님이 있네."

"그래. 이 근처 여자와는 레벨이 다르군."

방어구를 장비하고 있는 걸 보면 모험가 같아 보이는데, 와인이 한 손에 들고 있는 데다 얼굴이 벌건 것을 보면 주정뱅이 같았다.

아마 피아를 보고 엉큼한 마음이 들어서 다가온 것 같았다.

"어머, 칭찬해줘서 고마워."

"헤헤, 너 같은 미인이라면 당연히 칭찬해야지."

"어이, 이런 애들과 놀지 말고 우리와 술 한 잔 하자."

"미안한데, 나는 연인과 즐겁게 한 잔 하고 있거든? 방해하지 말아주면 좋겠네."

피아가 딱 잘라 거절하며 내 팔을 끌어안자, 남자들은 나를 노려보았다.

"어이, 너 같은 꼬맹이가……."

"뭐?"

""억?!""

내가 살기가 어린 미소를 지으며 위협하자, 그 남자들은 술에 취했는데도 불구하고 한 걸음 물러섰다.

이 정도로도 움츠러든 것을 보면, 모험가로서는 중간에 약간 못 미치는 정도려나?

"시리우스 님에게 볼일이 있으신가요?"

"형님한테 시비를 걸 거면, 우선 내 허락을 받으라고!"

"…………."

그리고 에밀리아가 위압감이 어린 미소를 짓고, 레우스가 살기를 훤히 드러내며 위압했으며, 식사를 방해당한 리스가 무언의 압력을 뿜었다. 그러자 남자들은 표정을 딱딱하게 굳히며 도망쳤다.

주정뱅이라고는 해도, 실력 차를 이해하지 못할 만큼 실력이 없지는 않아 보였다.

"고마워. 저런 주정뱅이는 끈질겨서 골치거든."

"나는 네 연인이잖아. 그리고 이런 일에는 익숙하니까, 앞으로도 의지해줘."

"응! 누나들을 지키는 것도 내 임무거든!"

겉모습만 보면 우리는 풋내기 모험가처럼 보이는 데다, 희귀한 종족인 은랑족도 있기 때문에 피아가 없을 때도 자주 이런 시비에 휩싸였다.

저런 녀석들을 다루는 데는 이미 익숙한 것이다.

피아는 답례라는 듯이 우리 전원의 잔에 와인을 따라주더니, 다시 식사를 시작했다. 그리고 잠시 후, 우리에게서 좀 떨어진 테이블 쪽에서 큰 소리가 들렸다.

그쪽을 쳐다보니, 아까 우리에게 시비를 걸었던 남자들이 이번에는 웨이트리스를 희롱하고 있었다. 그들의 발치에는 음식과 접시가 떨어져 있었다. 아마 방금 들린 소리는 저것이 떨어지면서 난 소리 같았다.

"저 녀석들…… 아직 정신 못 차렸네."

"피아 대신 저 애를 노리는 건가."

"성가신 사람들이네……."

우리가 원인의 일부인 만큼, 상황이 더 성가시게 되기 전에 저 녀석들을 여기서 쫓아버리기로 했다.

"형님, 저 녀석들 정도는 나 혼자서 충분해. 다음 요리가 나올 때까지 준비운동 좀 하고 올게."

"……그래. 적당히 만져주라고."

"손속에 사정을 두세요."

"응!"

레우스는 이런 곳에서 대검을 휘두를 수도 없다고 생각한 건지, 검을 두고 그 남자들에게 걸어갔다.

아무래도 동료가 더 있었던 것 같았다. 남자들이 네 명으로 늘어났지만, 레우스는 당당히 다가가서 웨이트리스의 팔을 움켜잡고 있는 남자를 노려보았다.

"멈춰!"

"그만해!"

……아무래도 저 여성을 구하기 위해 나선 이는 레우스만이 아니었던 것 같았다.

목소리를 들어보니 남자 같았다. 레우스보다 키가 작아 보였으며, 온몸을 망토와 후드로 감싼 그 남자는 레우스와 똑같은 타이밍에 말을 걸었을 뿐만 아니라, 같은 자세를 취한 채 딱딱하게 굳어 있었다.

그건 그렇고, 마치 짜기라도 한 것처럼 같은 타이밍에 나섰는걸.

"어라? 너는……."

"음? 넌⋯⋯."

무심코 서로를 쳐다보고 있는 두 사람의 반응이 조금 이상했다. 마치 서로를 알고 있는 듯한 반응을 보이고 있었다.

후드 때문에 얼굴이 보이지 않았지만, 저런 지인은⋯⋯ 잠깐만?

"⋯⋯너는 물러나 있어. 저 여성은 내가 구하지."

"너야말로 물러나라고. 그리고 이 녀석들 때문에 내 요리가 엉망이 되었거든."

바닥에 엎어진 요리는 레우스가 주문한 요리 같았다.

그래서 약간 열 받기도 한 것 같지만, 레우스가 나선 건 어디까지나 저 여성을 구하기 위해서일 것이다.

"우리를 무시하지 말라고⋯⋯. 어, 너는 아까 전의⋯⋯!"

"왜 우리를 방해하는 거냐고! 너는 상관없잖아!"

"같이 술 한 잔 하려고 했을 뿐이거든?!"

인원도 늘어난 데다 아까보다 술에 더 취했기 때문인지, 레우스를 똑똑히 노려보았다. 하지만 레우스는 그런 남자들을 개의치 않으면서 옆에 선 남자와 시선을 교환하더니⋯⋯.

"그러고 보니, 꼭 혼자서 해결할 필요는 없지 않아?"

"그래. 같이 처리하도록 할까."

둘이서 처리하면 된다는 결론을 내린 두 사람을 주먹을 풀면서 주정뱅이들에게 다가갔다.

"시리우스 님. 저대로 둬도 될까요?"

"저 두 사람이라면 문제없겠지. 그것보다 에밀리아는 술을 너무 많이 마시지 마. 술기운에 내 침대에 숨어들 생각인 건 아니 겠지?"

"……그럴 생각 없어요."

"내가 마시지 말랬잖아!"

정곡을 찔린 에밀리아가 시치미를 떼듯 와인을 벌컥벌컥 들이키자, 나는 무심코 한숨을 내쉬었다. 그리고 이런 상황에서도 리스와 피아가 태연하게 식사를 하고 있는 건, 레우스라면 괜찮을 거라고 믿기 때문이리라. 틀림없다. 그럴 거라고 믿고 싶다.

한편, 레우스 쪽의 시비는 구경거리가 되고 있었고, 주위에 있던 구경꾼들이 성원을 보내기 시작했다.

"젠장, 겨우 두 명 밖에 안 되잖아!"

"우리한테 시비를 건 저 자식들에게 따끔한 맛을 보여주자고!"

"내가 오른쪽에 있는 두 사람을 맡지."

"그럼 내가 왼쪽에 있는 두 놈이네."

그리고 드디어 싸움이 시작됐는데…… 뭐, 예상한 대로의 결과로 이어졌다.

레우스는 자신에게 달려든 남자의 주먹을 받아내더니, 발을 차서 쓰러뜨렸다. 그리고 바닥에 쓰러진 요리에 그 남자의 안면을 꽂아버렸다.

"푸웁?! 이, 이 자식!"

"너희 때문에 못 쓰게 된 요리야. 아까우니까 너희 먹어치워!"

그래. 음식을 함부로 대하는 녀석에게는 당연한 대가지.

나는 마음속으로 레우스를 칭찬하면서, 후드를 눌러쓴 남자를 쳐다보니…….

"젠장! 왜 안 맞는 거야?!"

"움직임이 단조롭거든."

주정뱅이가 휘둘러대는 와인 용기를 간단히 피했다.

그리고 두 사람이 한꺼번에 달려들기도 했지만, 후드를 쓴 남자는 상대의 움직임을 완전히 파악하며 맨손으로 간단히 흘려냈다.

저 섬세한 움직임과 방어…… 아무래도 틀림없어 보였다.

"빌어먹을!"

"이 자식들, 두고 보자!"

몇 분도 채 지나기 전에 그 남자들은 박살이 나더니, 그런 흔한 소리나 늘어놓으면서 도망쳤다.

구경꾼들에게 환성과 야유를 듣는 가운데, 웨이트리스는 레우스가 후드를 쓴 남자에게 고맙다는 인사를 했는데…….

"개의치 마. 해야 할 일을 했을 뿐이야."

"그래. 그것보다 소란을 일으켜서 미안해."

두 사람은 개의치 말라는 듯이 손을 흔든 후, 바닥에 떨어진 요리를 정리하기 시작했다.

하지만 웨이트리스가 그런 것까지 부탁할 수는 없다며 말렸기에, 레우스는 다른 손님들에게 성원을 들으며 자리로 돌아왔다.

"형님, 나 왔어."

"수고했어. 좀 어지럽히기는 했지만, 최소한의 피해로 일을 마친 건 칭찬해줄게."

"헤헷, 하지만 그건 이 녀석 덕분이야. 나 혼자였다면 의자나 테이블이 박살 났을지도 몰라."

"그건 내가 할 말이야. 네가 절반을 맡아줘서, 나도 편하게 싸웠어."

그리고 레우스의 옆에는 후드를 쓴 남성이 있었으며, 두 사람이 사이좋게 이야기를 나누는 광경을 본 에밀리아와 리스는 고개를 갸웃거렸다.

"당신이 남과 빨리 친해지는 건 알지만, 이번에는 평소보다 더 빠르군요."

"초면…… 맞지?"

"아, 맞다. 누나들은 직접 만나본 적이 없지. 투무제 예선 때 형님과 함께 끝까지 남았던 선수 있지?"

"예. 그때는 콘이라는 이름을 썼죠."

여성들은 그 이름을 듣고 납득했다.

콘…… 나와 레우스가 출전했던 투무제에 천과 마스크로 얼굴을 가리고 참가했던 선수다.

2회전에서 레우스에게 진 후, 잠시 이야기를 나누고 헤어졌다.

레우스도 얼굴을 모르는 데 콘을 알아본 것은, 한 번 싸워보면서 상대의 냄새와 움직임의 특징을 기억했기 때문이리라.

참고로 나는 마력의 반응과 주정뱅이와 싸우며 선보인 기술을 통해 상대가 콘이라는 것을 확신했다. 아류지만, 그 기술은 정말 멋졌지.

"오래간만입니다. 그때 상처를 치료해주셔서 정말 감사했습

37

니다."

"개의치 마. 레우스도 좋은 경험을 쌓긴 했거든."

"그래. 시합이라고는 해도 내가 상처를 입혔잖아."

"그건 내가 미숙했기 때문이야. 네 검술은 정말 올곧고 강했거든."

"그, 그래? 고마워."

투무제에서 얼굴을 가리고 있었던 것을 보면, 콘에게는 자신의 정체를 감춰야 하는 이유가 있을 것이다. 아마 콘이라는 이름도 가명일 테지만, 지금 캐물을 필요는 없을 것이다.

그리고 전에 싸웠을 때부터 생각한 건데, 저 두 사람은 내가 생각했던 것보다 더 죽이 맞는 것 같았다. 아직 겨우 두 번 만났을 뿐인데, 마치 둘도 없는 친구가 된 것 같았다.

우연한 재회라고는 해도, 이것도 인연이다. 그의 정체를 캐묻지는 않더라도, 같이 식사를 하자는 제안을 해볼까.

"더 이야기를 나누고 싶어서 그러는데, 괜찮다면 우리와 함께……."

"오라버니!"

바로 그때, 잡음 속에서도 확연하게 들릴 듯한 여성의 목소리가 들렸다. 그리고 콘과 마찬가지로 후드와 망토를 걸친 여성이 우리에게 다가왔다.

"오라버니! 소동이 일어난 것 같은데, 대체 무슨 일이죠?!"

"괘씸한 놈들에게 따끔한 맛을 보여줬을 뿐이야. 여러분, 이 애는 제 동생입니다."

"어, 갑자기 뭐하는 거야?! 그리고 이 사람들은 누군데?!"

"말조심해. 내가 신세를 졌던 분들이니, 좀 더 숙녀답게 행동하렴⋯⋯."

"으⋯⋯ 예. 으음, 처음 뵙겠습니다. 저는 동생인⋯⋯."

후드 아래로 붉은 머리카락이 언뜻 드러나고 있는 그 여성은 콘의 지적을 듣더니 우리를 향해 고개를 숙였다. 그리고 우리⋯⋯ 아니, 레우스를 보더니 그대로 굳어버렸다.

"⋯⋯아."

"어라?"

""아아아아앗——?!""

그리고 레우스와 콘의 여동생은 서로를 쳐다보며 고함을 지르더니, 그대로 서로를 손가락으로 가리켰다.

"내 알몸을 훔쳐본 변태?!"

"나를 때렸던 여자?!"

이건⋯⋯ 아무래도 이야기를 나눌 필요가 있겠는걸.

두 사람이 고함을 지른 바람에 식당에 있는 모든 이들이 우리를 주목하고 있었다. 가명을 쓰고 후드로 얼굴을 가린 저 남매에게 이 상황은 바람직하지 못하리라.

"일단 장소를 바꾸지 않겠어? 그쪽도 그편이 낫지?"

"예. 배려 감사합니다."

예상대로 남들의 시선을 끌고 싶어 하지 않는 듯한 콘은 내 제안을 받아들이며 고개를 끄덕였다. 그리고 레우스를 손가락으로 가리키며 꼼짝도 하지 않는 여동생의 어깨를 두드리더니, 이곳을 벗어나자고 말했다.

"오, 오라버니! 이 남자가 바로 전에 제가 말했던 그 변태야! 게다가…… 그걸 봤으니 입막음을 해야 해!"

"이 사람들이라면 괜찮을 거야. 그 이유는 나중에 이야기해줄 테니, 우리는 일단 이곳을 벗어나자. 주위를 둘러봐."

"뭐?! 아…… 응."

주목을 받고 있다는 것을 그제야 눈치챈 듯한 여동생은 마치 남의 집 고양이처럼 얌전해졌다.

"그리고 장소 말인데, 너희도 이 여관에 묵지? 우리가 이 여관 의 3인실을 하나 빌렸는데, 거기서 이야기하지 않겠어?"

"……그래요. 저희는 괜찮으니 그렇게 하죠."

"좋아. 우리 방은 1층 구석에 있어."

"그럼 나중에 거기로 가겠습니다. 자아, 따라와."

"오라버니, 기다려! 하다못해 이 변태의 입을…….""

콘과 여동생은 무시무시한 소리를 늘어놓으며 멀어져갔다.

아직도 주목을 받고 있지만, 남겨진 우리가 식사를 다시 시작 하니 다들 흥미를 잃기 시작했다.

"다들 들었지? 식사는 이쯤에서 끝내고 슬슬 방으로 돌아가자."

"예. 아직 레우스의 오해가 풀리지 않았으니, 저 사람들과 이 야기를 나눠봐야 할 것 같군요."

"그래도 아직 술을 덜 마셨으니까, 와인을 좀 챙겨갈게."

"샌드위치도 10인분 주문할게요."

꽤 먹고 마셨다고 생각하지만, 리스와 피아는 아직 만족하지 못한 것 같았다. 방에 가져갈 요리와 술을 주문하고 있는데, 딱히 말릴 이유가 없기에 하고 싶은 대로 하게 됐다. 그리고 그 후, 레우스가 아직 멍하니 서 있다는 것을 눈치챘다.

"레우스. 멀뚱히 서 있지 말고 앉는 게 어때요?"

"아…… 응."

에밀리아의 말을 듣고 자기가 서 있다는 것을 눈치챈 레우스는 다시 자리에 앉았다.

"사과하려던 거 아니었어?"

"응. 레우스라면 바로 사과할 줄 알았는데, 얼이 나간 것 같았어."

"뭐랄까, 저 애의 기세가 너무 엄청나서 사과를 못 했네."

"지금 생각해보니 흔치 않은 일인걸. 여성이 너에게 이렇게 적의를 드러낸 건 거의 처음이지?"

레우스는 순진하고 항상 본능에 따라 행동하기에, 나쁜 짓을 했다고 생각하면 바로 사과한다. 그래서 남들의 원성을 사는 일이 거의 없다.

그래서 자신을 향해 불같이 화를 내는 그녀를 보고 당황한 것이리라.

"뭐, 나중에 만날 거니까 그때 사과하면 돼. 자아, 남은 요리를 먹고 방으로 돌아가자."

"응!"

아직 남아 있던 요리를 전부 먹어치운 우리는 와인과 샌드위치를 가지고 방으로 돌아갔다.

우리는 남성과 여성용으로 2인실과 3인실을 하나씩 빌렸다.

그리고 콘에게 말했다시피 여성용 3인실에 나와 레우스가 가서 잠시 기다리자, 곧 문 쪽에서 노크 소리가 들려왔다.

"시리우스 님. 아까 약속을 했던 콘입니다만……."

'서치'의 반응으로 볼 때, 그 두 사람 이외의 반응은 감지되지 않으니 문을 열어도 문제는 없을 것이다. 시종으로서 내 옆에 시립해 있던 에밀리아는 내 시선을 받더니, 천천히 고개를 끄덕인 후에 문을 열었다.

"자아, 들어오세요."

"예, 실례할…… 어?!"

여전히 후드로 얼굴을 가리고 있던 콘은 에밀리아의 모습을 보더니 깜짝 놀랐다.

뭐, 모험가나 묵을 여관에 메이드복 차림의 에밀리아가 있으니 놀라는 것도 당연했다. 마차에서 홍차 세트를 가지고 오면서 메이드복도 가지고 온 것 같았다.

"저기, 당신의 그 옷차림은……."

"저는 시리우스 님의 시종이니, 이게 정장이랍니다. 개의치 마세요."

"아, 예……."

에밀리아는 반론을 불허하는 듯한 미소로 상대방을 납득시킨 후, 남매를 방에 들였다.

"어서 와. 이제 와서 이런 말을 하는 것도 좀 그렇지만, 용케도 내 제안을 받아들였는걸."

"당신들과 함께 한 시간은 얼마 안 되지만, 올바른 분들이라는 것은 알고 있으니까요. 그리고 개인적인 볼일도 있어서 말이죠."

"믿어줘서 기뻐. 뭐, 체면 차려야 하는 자리도 아니니까, 대충 침대에 걸터앉아."

"홍차를 준비해 올게요."

"술이 괜찮다면 와인도 있어."

"샌드위치도 있는데, 먹을래?"

"아, 괜찮습니다……."

"샌드위치……."

남매는 환대를 받고 당황한 것 같지만, 샌드위치라는 단어를 듣자마자 두 사람의 배에서 동시에 꼬르륵 소리가 났다.

그러고 보니 식당에 갓 도착하자마자 웨이트리스를 구해줬던 것 같고, 여동생도 뒤늦게 왔기 때문에 아무것도 먹지 못하고 이 방에 온 것 같았다.

그래서 리스가 샌드위치를 내밀자, 남매는 얼굴을 붉히면서 그것을 건네받았다.

그리고 순식간에 샌드위치를 먹어치운 남매는 헛기침을 하면서 자세를 바로 했다.

"그럼 이참에 제대로 인사를 드리려 합니다. 하지만 그 전에……."

"앗, 오라버니?!"

콘은 여동생에게 말린 틈도 주지 않으며 후드를 벗더니, 우리에게 자신의 얼굴을 드러냈다.

약간 붉은색이 섞인 금발을 뒤통수 쪽으로 묶고, 대부분의 사람들이 잘 생겼다고 말할 듯한 외모를 지닌 남자였으며, 그에게서는 귀족다운 기품이 느껴졌다.

그런 그의 머리에는 여우귀가 달려 있었다. 아무래도 종족은 호미족이 틀림없어 보였다.

"오, 오라버니! 왜 이런 자들에게 얼굴을……!"

"신세를 졌으면서 계속 얼굴을 숨기는 것도 무례니까 말이야. 게다가…… 너는 이미 얼굴을 보여줬잖아?"

"……좋아요. 오라버니의 뜻에 따르겠어요."

오빠의 말을 듣고 각오를 다진 건지, 여동생도 후드를 벗으며 얼굴을 드러냈다.

약간 차이가 나기는 하지만, 오빠와 비슷한 색깔을 지닌 머리카락을 머리 옆으로 묶고, 매우 아름다운 외모를 지닌 여성이었다.

레우스가 아름답다고 말한 것도 이해가 되지만, 지금 그녀는 의심으로 가득 찬 눈으로 우리를 쳐다보고 있었다. 그러니 너무 쳐다보지 않는 편이 좋을 것 같았다.

그리고 세 개라는 꼬리는 망토 때문에 보이지 않지만, 지금은 그 점에 대해 물어볼 상황이 아니었다.

언동을 통해 유추해볼 때, 그녀는 오빠에게 심취해 있으며, 경계심 또한 남들 곱절은 되는 것 같았다.

내 시종인 남매와 비슷한 관계 같은데…… 하고 생각하고 있을 때, 콘이 갑자기 레우스를 향해 깊이 고개를 숙였다.

"레우스 군. 늦었지만, 너한테 감사 인사를 하고 싶어. 숲속의 호수에서 여동생을 구해줘서 정말 고마워."

"곤경에 처한 사람을 돕는 건 당연한 거잖아? 으음, 콘의 동생
인…… 이름이…….

"아, 그러고 보니 우리 이름을 밝히지 않았는걸. 내 진짜 이름
은 알베리오이며, 이 애는 동생인 마리나야."

"알베리오와 마리나……. 내가 구해준 건 개의치 마. 그리고
나도…… 으음, 마리나의 알몸을 봤잖아. 나야말로 미안해."

"어?! 으, 응……."

레우스도 기회를 엿보고 있었던 건지, 이참에 그녀…… 마리
나에게 고개를 숙였다.

마리나는 레우스가 사과를 할 줄 몰랐던 건지, 약간 동요했
다. 하지만 알베리오가 어깨를 두드려준 덕분에 정신을 차리더
니, 볼을 붉히면서 레우스를 향해 고개를 숙였다.

"저기…… 나도…… 고마워. 하, 하지만! 내 알몸을 본 건 절
대 용서 못 해! 그리고 남과 비교해가며 가슴이 작다는 둥……
절대 용서 못 해!"

"하하하, 뭘 그렇게 부러워하는 거야. 그렇게 똑바로 쳐다보
는 상대에게 아름답다는 말을 듣고, 마리나도 꽤 기분이 좋지
않았어?"

"그, 그건…… 너무 올곧게 쳐다보니, 무심코…… 아, 아무튼!
나를 놀리지 마!"

"딱히 놀리는 게 아냐. 나는 내 생각을 솔직하게 말했을 뿐
이야."

"거짓말! 내 알몸을 핥듯이 쳐다봤잖아. 어차피 마음속으로는 엉큼한 생각을 했지?"

"하아, 정말…… 뭐야! 솔직하게 사과했는데, 왜 내가 이런 소리를 들어야만 하는 거냐고!"

예전에 내가 가르쳐준 대로, 레우스는 불합리한 소리를 듣자 바로 맞받아쳤다.

그 탓에 두 사람의 대화가 과열되기 시작했지만, 왠지 말릴 생각이 들지 않았다.

확실히 마리나의 주장은 일방적이지만, 옆에서 보면 부끄러움을 감추려 하는 것처럼 보였다. 솔직해지지 못하는 어린애가 필사적으로 변명을 늘어놓는 느낌이라, 보고 있으니 마음이 훈훈해졌다.

우리의 소개를 마쳤지만, 두 사람은 여전히 말다툼을 이어가고 있었다.

다툴 정도로 사이가 좋다는 말도 있으니, 좀 더 지켜보고 있는 것도 괜찮을 것 같았다. 하지만 이대로 뒀다간 레우스가 또 말도 안 되는 소리를 늘어놓을 것 같았다.

나와 시선을 교환한 알베리오도 같은 생각 같았다. 그리고 우리는 고개를 끄덕인 후, 두 사람을 말리려 했다.

"레우스. 하우스."

"마리나. 그쯤 해둬. 좀 더 숙녀답게 행동해."

"……응."

"으…… 죄송해요."

상황이 수습되기는 했지만 두 사람은 납득하지 못한 듯한 표정을 짓고 있었다. 그래서 에밀리아가 분위기를 환기시킬 겸 홍차를 돌렸다.

다들 평소처럼 홍차를 마시며 마음을 진정시켰지만, 알베리오와 마리나는 홍차를 마시자마자 눈을 번쩍 뜨면서 그대로 굳어 버렸다.

그리고 홍차의 열기를 신경 쓰면서 순식간에 다 마신 남매는 반짝이는 눈길로 에밀리아를 쳐다보았다.

"휴우…… 이렇게 맛있는 홍차는 처음 마셔. 평범한 도구로 이렇게 깊은 맛을 내다니……."

"시리우스 님에게 배운 방법으로 끓인 건데, 두 분의 입에 맞다니 다행이에요."

"저기……."

"후후, 더 드시겠어요?"

"죄송하지만, 저도 부탁합니다."

내가 가르쳐준 홍차를 끓이는 방식이 높이 평가된 것이 기쁜 건지, 에밀리아도 기분이 좋아 보였다.

남매는 에밀리아도 다시 따라준 홍차를 맛봤고, 마리나는 한 술 더 떠서 한 잔 더 부탁했다.

"한 잔 더 주세요!"

"어이! 그만 마셔."

"하지만 이렇게 맛있는 홍차는 처음이란 말이야! 오라버니, 이 사람을 권유해보는 건……."

"잠깐! 누나는 형님의 시종이야!"

흥분 탓인지 약간 자제심을 잃은 듯한 마리나가 한 말에 레우스가 반응했다.

레우스는 자신의 누나인 에밀리아가 내 시종인 것을 당연히 여기고 있으며, 그런 관계가 깨지는 것을 두고 볼 수 없는 것 같았다.

"뭐, 뭐야? 당신이 왜 화내는 건데?"

"누나는 형님 것이기 때문이야!"

"형님 것…… 너무해! 아무리 가족이라도 그렇지, 물건 취급을 하는 건 너무하잖아!"

"저걸 보고도 그런 소리가 나와?"

마리나의 말은 옳으며, 아무리 가족이라고 해도 물건 취급을 하는 건 좋지 않다. 하지만 당사자는…….

"우후후, 레우스도 때로 바른 말을 하는 군요. 그래요……. 저의 모든 것을 시리우스 님의 것이에요."

내가 머리를 쓰다듬어 주자, 에밀리아는 꼬리를 흔들며 행복에 찬 미소를 지었다.

그 모습을 본 마리나는 미묘한 표정을 지었지만, 사람이 물건 취급을 당하는 것을 보고 화를 낸 그녀는 상냥한 아이라는 것을 알 수 있었다.

뜻밖의 결과 때문에 딱딱하게 굳어버렸던 마리나는 마음을 다잡으며 레우스를 노려보았다.

"나, 나는 권유를 해보자고 했을 뿐이야. 당신이 그렇게 화낼 필요는 없지 않아?!"

"아…… 그것도 그러네. 미안해."

"뭐? 그, 그럼 됐어……. 응."

레우스가 순순히 사과하자, 마리나는 영 개운치 않은 표정을 지었다.

좋은 의미에서도 나쁜 의미에서도 솔직한 녀석인지라, 이렇게 김새는 대화를 나누는 일도 드물지 않다.

레우스와 마리나가 희극의 한 장면 같은 상황을 벌이는 가운데, 알베리오는 미안하다는 듯이 고개를 숙였다.

"소동을 벌여서 죄송합니다. 평소에는 참 괜찮은 아이입니다만……."

"아, 나쁜 애가 아니라는 건 알아. 그리고 레우스와 저렇게 대등하게 이야기를 나누는 사람은 거의 없었거든. 오히려 고마울 정도야."

"그렇게 생각해주시면 감사하겠습니다. 그건 그렇고, 실은 드릴 이야기가 있습니다."

"남들에게 들려주고 싶지 않은 이야기인가 보네. 피아, 부탁해도 되지?"

"응, 맡겨줘. 바람이여……."

한 손에 와인을 들고 있던 피아가 노래하듯 그렇게 읊조리자, 방안에서 바람이 불기 시작하더니, 밖으로 소리가 새어 나가지 않게 됐다.

상황을 설명해주자 알베리오는 놀라면서도 답례를 한 후, 결의에 찬 표정으로 레우스를 쳐다보았다.

"레우스 군. 네가 마리나를 구해줬을 때, 동생의 꼬리를……봤어?"

"아, 봤어. 꼬리가 세 개였지."

"……역시 봤군. 그렇다면 이 자리에 있는 다른 분들도 이야기를 들었겠군요."

알베리오가 진지한 표정을 지으며 그렇게 말하자, 우리는 묵묵히 고개를 끄덕였다.

고개를 돌려보니 마리나는 심각한 표정을 짓고 있었으며, 아까 전에 레우스와 말다툼을 할 때와는 비교도 안 되게 풀이 죽어 있었다.

"제가 드릴 이야기란, 그걸 아무에게도 발설하지 않아줬으면 한다는 겁니다. 악한으로부터, 여동생을 지키기 위해서……."

역시 꼬리가 세 개인 존재는 흔치 않은 것 같으며, 악당들이 그녀를 노릴 가능성이 높은 것 같았다. 딱히 남에게 이야기를 할 생각이나 그녀를 노릴 이유도 없기에 고개를 끄덕였지만, 그것만으로는 저 남매가 안심할 수 없을 것이다.

우리도 뭔가 비밀을 털어놓는 편이 좋겠다는 생각이 머릿속을 스쳤을 때, 피아가 앞으로 천천히 나서며 마리나의 앞에 섰다.

"당신과 이유는 다르겠지만, 나도 인간의 표적이 된 이의 심정을 잘 알아."

"그럴 리가…… 어?!"

바로 그때, 피아는 내가 선물한 귀걸이형 마도구를 떼어내서 숨기고 있던 엘프의 귀를 드러냈다.

마리나는 그 사실에 놀랐지만, 피아는 한쪽 눈을 감으며 미소를 짓더니, 입가에 검지를 댔다.

"하지만 걱정할 필요 없어. 여기 있는 사람들은 그런 한심한 짓을 할 애들이 아니거든."

"하지만 당신이 목에 착용하고 있는 건, 노예의 증표……."

"이건 액세서리이고, 다른 두 사람도 하고 있는 것과 같아. 자아, 마음대로 벗을 수도 있어. 참고로 이걸 만들어준 게 바로 이 사람…… 내 연인이야."

그렇게 말하며 돌아본 피아는 내 팔을 꼭 끌어안으면서 환한 미소를 지었다. 약간 술에 취하기는 했지만, 엘프라는 희소한 존재가 한 그 말에는 설득력이 있었으며, 마리나의 표정도 약간 부드러워졌다.

"그러니까 안심해. 자아, 레우스도 무슨 말 좀 해보는 게 어때?"

"나 말이야? 으음…… 언뜻 보기만 했지만, 정말 아름다운 꼬리였어. 숨기고 다니는 게 아까울 정도야."

"아름답다니……."

레우스가 허심탄회한 어조로 그렇게 말하자, 마리나는 싫지는 않은 듯한 표정을 지었다.

하지만…… 레우스는 역시 레우스였다.

"그래도, 호쿠토 씨와 누나의 꼬리도 예쁘……."

"나이아!"

"우웁?!"

그 순간, 샌드위치를 먹고 있던 리스가 마법을 써서 레우스의 입 안에 물 구슬을 집어넣어 말을 막았다. 그 쏜살같은 반응에 감탄하는 것과 동시에, 같은 실수를 반복하려 한 레우스 때문에 한숨이 나왔다.

뭐…… 레우스의 저런 면이 한두 번의 주의로 고쳐진다면 고생하지도 않을 것이다.

예전보다 나아지기는 했지만, 아직 개선되려면 한참 멀었다.

우리가 머리를 감싸 쥐며 골머리를 썩이는 사이, 알베리오는 안도의 한숨을 내쉬었다.

"……제 동생의 꼬리에 대해 안 사람이 여러분이라 정말 다행입니다."

"여러모로 고생이 많은 것 같네. 아무튼 우리는 남한테 그걸 퍼뜨릴 생각이 없으니까 안심해. 그것보다, 이렇게 다시 만난 것도 인연이지. 괜찮다면 잠시 이야기라도 나누지 않겠어?"

타인과의 교류 또한 여행의 즐거움이니까 말이다.

물론 바보 같은 녀석에게는 그에 걸맞은 수단을 동원하겠지만, 이 남매는 신뢰해도 될 상대 같았다. 무엇보다 레우스와 대등한 관계를 맺어주는 것만 생각해도, 가깝게 지내고 싶다.

"여러분에게 폐가 되지 않는다면 저는 괜찮습니다. 마리나도 그렇지?"

"호, 홍차도 더 마시고 싶으니까…… 좋아."

"후후, 좋아요. 성심성의를 다해 끓여드리죠."

그리고 지나치게 캐묻지 않는 선에서 질문을 교환하다 보니,

알베리오의 나이는 나와 같으며, 마리나는 두 살 어리다는 게 판명됐다.

얼굴을 가리고 다니는 것을 보면 뭔가 숨기는 게 있는 것 같은 남매지만, 그것은 우리도 마찬가지다.

그런 식으로 여행을 하면서 겪은 신기한 일들에 대해 이야기하다 보니, 어느새 우리는 남녀로 나뉘어서 대화를 나누게 됐다.

"어?! 에밀리아 씨도 시리우스 씨의 연인인가요?"

"예. 황송하게도 시리우스 님의 연인이 되었답니다. 하지만 저는 어디까지나 시종이며, 시리우스 님을 모시는 게 저의 가장 큰 기쁨이에요."

"시, 실은 나도 그래. 에밀리아보다는 시리우스 씨를 알고 지낸 기간이 짧지만, 여러모로 도움을 받다 보니······."

"리스 씨도요?!"

"뛰어난 수컷은 많은 반려를 두는 게 당연하니까요."

홍차만이 아니라 샌드위치도 대접받고 있는 데다, 공감할 수 있는 여성도 있기 때문인지 마나라도 마음의 문을 꽤 연 것 같았다.

그건 그렇고······ 내 앞에서 여성들이 자신에 대한 이야기를 나누니 좀 부끄러운걸.

그중에는 무심코 딴죽을 날리고 싶은 화제도 있었지만, 사이좋게 이야기를 나누는 그녀들을 방해하는 것도 좀 그렇기에 참았다.

그리고 얼추 이야기를 나눈 후, 피아는 마리나의 몸을 숨기고 있는 망토를 쳐다보았다.

"저기, 마리나는 꼬리가 세 개 있는 거지? 괜찮다면 보여주지 않겠어?"

"그게……."

"아, 억지로 이야기할 필요는 없어. 레우스가 예쁘다고 말한 네 꼬리에 좀 관심이 있거든."

"이미 들켰으니까…… 괜찮을까?"

마리나는 그녀들을 신뢰하게 된 건지, 조금 망설이면서도 망토를 벗었다.

참고로 망토 안에는 일본 전통 복색인 하카마와 비슷한 독특한 옷을 입고 있었으며, 예의 그 꼬리는…….

"……어라?"

"하나…… 뿐이군요."

"아, 이건 환영이야. 잠깐만 기다려."

그리고 마리나가 몸에서 힘을 빼며 크게 숨을 내쉬더니, 꼬리에서 마력이 뿜어져 나오며 형태가 일그러졌고, 마치 분열되듯 세 개의 꼬리가 모습을 드러냈다.

"나는 호미족의 선조님이 썼다는 환술을 보여주는 능력을 쓸 수 있어. 지나치게 복잡한 건 무리지만, 방금처럼 꼬리를 한 개로 보이게 만드는 환술을 쓸 수 있어."

"시리우스 님이 만든 마도구와 비슷한 능력일까요?"

"이 능력이 있으면, 레우스와 마주쳤을 때도 꼬리를 숨길 수 있었을 것 같은데 말이야."

"방금처럼 긴장을 풀거나, 깜짝 놀랐을 때는 환술을 제어할 수 없어. 그리고 그때는 목욕을 하느라 기분이 좋아서 방심을……."

"운이 나빴어…… 아니, 본 사람이 레우스니까 운이 좋았던 걸까? 적어도 저 애는 여성을 이상한 눈길로 쳐다보지는 않아."

"무슨 소리를 하는 거야?! 완전 운이 나빴거든?! 오라버니라면 몰라도, 저런…… 눈앞의 여자를 남과 비교하는 남자에게 알몸을…… 아아, 정말!"

꽤나 시끄럽지만, 즐거워 보이니 다행이다.

그건 그렇고, 정말 신기한 것을 본 것 같다.

책이나 전설에는 호미족에 마리나 같은 능력을 지닌 이가 있다는 이야기가 실려 있지 않았다.

호미족의 선조가 지니고 있었고, 꼬리가 세 개 있는 상태를 볼 때, 마리나는 선조회귀 같은 걸 한 걸까?

"동생은 남에게 본성을 보여주지 않는 아이인데 말이야. 너와 마주쳐서 정말 다행인걸."

"다행은 무슨. 나한테 엄청 화내고 있거든?"

"저건 부끄러운 심정을 필사적으로 숨기고 있는 거야. 레우스 군에게 예쁘다는 말을 들을 때마다 꼬리가 떨리는 걸 보면, 내심 기뻐하고 있을 거야."

꼬리가 세 개라는 특수한 출생 탓인지, 고향에서는 주위 사람들과 소원한 사이였다고 한다. 그래서 가족 이외의 이들에게는 꼬리를 보여주지 않았던 것 같다.

지금의 마리나를 보면 상상이 안 되지만, 그만큼 레우스와의 만남이 충격적이었던 걸지도 모른다.

입에 발린 말이 아니라 진심으로 예쁘다는 말을 들은 건 처음이라 정말 기뻐하고 있는 것이라고, 오빠인 알베리오가 구구절절한 목소리로 말했다.

"뭐, 저쪽은 문제가 없어 보이네. 그것보다 우리는 이제부터 파라드로 갈 건데, 알베리오 일행은 어디로 향할 거야?"

"……실은 그것 때문에 상의드릴 게 있습니다."

"상의할 게 있다면 형님한테 말해! 어떤 문제든 깔끔하게 해결해줄 거야!"

네가 왜 그런 소리를 하는 건데? 그만큼 신뢰하고 있다는 증거겠지만, 멋대로 허들을 높이지 말아줬으면 한다.

성가신 일이 벌어질 듯한 예감이 들지만, 알베리오의 표정은 진지했기에 나는 일단 이야기를 들어보기로 했다.

"레우스의 말은 신경 쓰지 마. 이야기를 하는 건 상관없지만, 명확한 답을 주지 못할 수도 있어."

"들어만 주셔도 됩니다. 저기…… 저를 단련시켜주지 않겠습니까? 물론 그에 걸맞은 사례를 하겠습니다."

"……왜 나에게 그런 부탁을 하는 거야? 투무제에서 내가 우승했기 때문이야?"

"예. 저는 어떤 목적 때문에, 서둘러 강해져야만 합니다."

"목적이 있다는 걸 밝혔다는 건, 그 이유도 이야기해주겠다는 뜻으로 알면 되겠지?"

"예. 이야기 드릴 수 있는 데까지 설명을 드릴까 합니다."

알베리오는 고개를 숙이더니, 자세를 바로 하며 이야기를 시작했다.

"저는 파라드에 있는 어떤 귀족 가문의 출신입니다만, 저에게는 어릴 적부터 장래를 약속한 약혼자가 있습니다."

"네 행동거지를 보고 귀족이라는 건 눈치챘지만, 약혼자가 있다는 건……."

"예, 당신의 상상이 맞습니다. 실은 몇 달 전, 어떤 이유로 약혼이 파기되었죠……."

아무래도 알베리오 본인에게 잘못이 있는 것 같지는 않으니, 귀족들 간에 흔히 있는 정략결혼 같은 걸까?

그런 건 보통 본인의 의지를 무시하며 진행되지만, 알베리오와 그 여성은 서로를 마음에 두고 있기에 약혼 파기에 납득하지 못한 것 같았다.

"저는 그녀의 부모를 찾아가 따졌고, 그쪽에서 어떤 조건을 제시했습니다."

"설마……."

"예. 딸에게 어울리는 실력을 지녔다는 걸, 투무제에서 증명하라더군요."

검술 실력은 꽤 알려져 있기 때문에, 그런 조건을 제시한 것 같았다.

우리가 훼방을 놓은 것 같아서 죄책감이 들지만, 솔직히 말해 알베리오의 실력으로 우승하는 건 힘들었을 것이다. 설령 우리가 출전하지 않았더라도, 다른 상대에게 졌으리라.

본인도 그것은 이해하고 있는지, 알베리오는 개의치 말라고 우리에게 말했다.

"투무제에서 우승을 못한 건, 제 실력이 부족하기 때문이니 개의치 마시길. 최악의 경우, 그녀를 납치해서 도망칠 생각도 하면서 보고를 하러 갔는데, 준준결승까지 올라간 것을 높이 평가하며 한 번 더 기회를 주더군요."

"그쪽에서 어떤 조건을 제시한 거야?"

"이곳 인근의 산에는 그루지오프라는 용이 살고 있습니다. 그 용을 혼자서 토벌하라더군요."

"용…… 지금의 내가 벨 수 있을까? 그 그루지오프라는 건 어떤 용이야?"

알베리오의 설명에 따르면, 단단한 피부와 비늘을 지닌 중형 용이며, 하늘을 나는 익룡의 일종이라고 한다. 그 용을 혼자서 쓰러뜨려서, 토벌의 증표 삼아 용의 뿔을 가지고 돌아오라는 말을 들었다고 한다.

"분하지만, 지금의 제가 혼자 쓰러뜨리는 건 어려운 마물이라……."

"몰래 다른 사람에게 부탁하는 건 어때? 비겁한 짓이지만, 그 여성과 꼭 맺어지고 싶다면 그것도 방법이야."

"내가 해치워줄 수도 있다고."

"……제가 그러기 싫을 뿐만 아니라, 그래선 의미가 없죠. 조건은 그게 다가 아닙니다. 뿔을 가지고 돌아온 후, 어떤 검사와 싸워서 이기면 약혼을 인정해주겠다더군요…….”

그 상대는 그루지오프를 쓰러뜨릴 수 있는 실력을 지녔으며, 최근 들어 이름을 알리기 시작한 검사라고 한다.

어찌 됐든 간에 강해져야만 하는 상황이기에, 나에게 단련시켜줬으면 한다……는 건가.

“투무제에서 실제로 받아본 레우스 군의 일격은 정말 묵직했죠. 그런 레우스 군의 스승인 시리우스 씨에게 단련을 받는다면, 이길 수 있을지도 모른다는 느낌이 들었습니다.”

알베리오는 포기할 생각이 없는 것 같았고, 내가 거절하더라도 혼자서 돌격할 것 같았다. 그러니 이대로 내버려 두면 꿈자리가 뒤숭숭할 것 같았다.

게다가…… 나는 투무제에서 알베리오가 싸우는 모습을 보고, 아쉬운 마음이 들어 도와줬을 정도로 마음에 들었다.

즉, 마음 한편으로 그를 단련시키고 싶다는 생각을 한 것이다.

지금까지의 대화를 통해 상대의 인격에 문제가 없다는 것을 알았으며, 레우스에게도 좋은 경험을 시켜줄 수 있을지도 모른다.

“좀 이기적인 것 같지만, 이게 단련을 부탁드린 이유입니다. 강해질 수만 있다면 그 어떤 고통도 견뎌낼 테니, 잘 부탁드립니다!”

“오라버니…….”

여성들도 이야기를 듣고 있었던 건지, 다들 나를 쳐다보고 있었다.

그냥 고개를 끄덕여도 되겠지만, 좀 더 정보를 듣고 싶었다.

"기한은 있는 거야?"

"그녀의 이번 생일…… 지금으로부터 딱 보름 후입니다."

"보름…… 빠듯하겠는걸. 미리 말해두겠는데, 나한테 배웠다고 해서 그 상대를 쓰러뜨릴 수 있을 거라는 보증은 없어."

"가만히 앉아서 당할 바에야 조금이라도 가능성이 있는 쪽에 걸고 싶어요."

그 그루지오프라는 녀석을 쓰러뜨리고 파라드로 이동할 시간을 생각하면, 단련할 시간은 보름도 채 되지 않는다.

그렇다면…… 꽤 혹독한 훈련을 하게 될 것이다.

하지만 아무리 힘들더라도 견뎌내겠다고 말했으니, 더는 확인할 필요가 없을 것이다.

"……좋아. 그럼 나름대로 최선을 다해 단련시켜주겠어."

"정말인가요?!"

"하지만 내 밑에서 단련을 하겠다는 건, 기간 한정이라고는 해도 내 제자가 되셨다는 거야. 그리고 나는 일베리오와 다르게 평민이지만, 제자에게는 인정사정 봐주지 않는다고."

그냥 제자로 삼지 않고 단련을 시켜주면 될지도 모르지만, 기왕 가르침을 내린다면 제자로 삼는 것이 내 방식이다.

남들의 사제관계와 다를지도 모르지만, 동년배 사이에서도 명확한 상하관계 하에서 가르침을 내리겠다는 걸 딱 잘라 말해뒀다.

"괜찮습니다. 시리우스 씨가 저보다 실력이 뛰어나다는 건 틀림없으며, 레우스 군을 보면 시리우스 씨는 신뢰할 수 있는 분이라는 걸 알 수 있으니까요."

"오, 뭘 좀 아네. 엄청 혹독하기는 하지만, 형님을 믿고 따르면 분명 강해질 수 있을 거라고!"

"짧은 기간 동안이지만 잘 부탁해, 레우스 군. 아니, 이제 내 선배인가?"

"형님의 제자 사이에는 상하 관계 같은 건 없어. 그리고 나를 레우스 군이라고 부르지 말아줬으면 해. 그냥 이름으로 불러달라고."

"그래? 그럼 레우스. 앞으로 잘 부탁해."

"응! 힘내자고, 알베…… 기니까, 그냥 알이라고 불러도 돼?"

"하하, 그래."

원래부터 레우스는 거리낌 없이 남에게 다가가는 성격이지만, 알베리오에게는 특히 친근하게 대하는 것 같았다. 죽이 잘 맞는데다, 한 번이라고는 해도 투무제에서 자신의 검을 받아낸 상대인지라 레우스도 그를 인정하고 있는 것이리라.

그런 두 사람이 악수를 나누며 웃고 있지만, 옆에 있는 마리나는 왠지 풀이 죽은 것처럼 보였다.

"오라버니……."

"멋대로 결정해서 미안해. 하지만 이건 꼭 필요한 일이야. 이제부터 꼴사나운 모습을 보이겠지만……."

"아뇨. 오라버니의 결정에 따르겠어요. 그리고 저는 억지로 따라왔으니, 참견할 자격은 없어요."

"……고마워."

뭐, 존경하는 오빠가 같은 또래 남자에게 가르침을 받겠다고 하는 것이다. 가족으로서 좀 마음이 좋지는 않으리라. 그런 부분에 대해서는 이제부터 방으로 돌아가서 차분히 이야기를 나눠줬으면 한다.

나는 이제부터 바빠질 테니까 말이다.

"우선…… 그것부터 해야겠는걸."

시간이 부족하니, 면밀한 계획을 세워야만 한다.

내가 레우스에게 시키는 것과는 다른 훈련 계획을 짜면서 미소를 짓자, 귀와 꼬리가 쫑긋 선 레우스가 알베리오의 어깨를 움켜쥐었다.

"헉?! 어이, 알! 오늘은 일찍 잠자리에 들면서 푹 쉬어둬!"

"무슨 소리를……."

"그냥 내가 시키는 대로 빨리 쉬란 말이야! 몸 상태를 만전으로 만들어두지 않았다간, 내일 죽을지도 몰라!"

"아, 알았어……."

일단 알베리오의 실력을 피악히기 위헤 내일은 모의전을 통해 그를 거의 한계까지 몰아넣을 생각인데, 레우스는 그걸 대번에 눈치챈 것 같았다.

그 후, 내일의 간단한 일정을 정하고 알베리오 일행을 돌려보내고 나니, 어느새 시간이 꽤 흘렀다.

밤도 꽤 깊었으니, 이제부터 잠이나 자자고 생각하며 방으로 돌아간 나는…….

"크응……."

"저기, 형님. 호쿠토 씨가 자기 빗질을 해주지 않았다는데……."

"……미안해. 깜빡했어. 금방 갈 테니까…… 어, 어이! 창가에 매달리지 마! 망가진다고!"

마구간을 빠져나와 쓸쓸한 울음소리를 내며 창밖에서 안을 들여다보고 있는 호쿠토에게 일단 빗질부터 해주기로 했다.

다음 날.

우리의 아침 훈련에 알베리오가 참여했고, 준비운동을 마친 후에 모의전을 시작했는데…….

"크아아아아아아앗――?!"

"형님! 조, 좀 봐주는 게…… 아아아아아――――?!"

이른 아침의 맑은 하늘에, 두 남자의 비명이 울려 퍼졌다.

《특훈의 나날》

그 후, 마을에서 필요한 물자를 구매한 우리는 알베리오 남매와 함께 출발했다.

"휴우…… 꽤 많이 샀네."

"보름가량이나 같이 지낼 거잖아. 인원을 생각하면 적은 편이라고 생각해."

"저희는 주로 현지조달을 하니까요."

원래 마차에는 사람이 타고 갈 여유가 있지만, 지금은 짐을 가득 실은 탓에 마부석 이외에는 앉을 곳이 없었다. 우리는 시간 낭비를 조금이라도 줄이기 위해, 그루지오프가 서식하는 산기슭에 거점을 만들 예정이기 때문이다.

뭐, 거점이라고 해봤자 우리 마차를 중심으로 마을에서 사온 천과 판자로 간이 오두막을 만든 후, 남성과 여성이 나뉘어서 잘 뿐이지만 말이다.

"한동안 폐를 끼치게 됐군. 미안해."

"폐라고 전혀 생각하지 않아요. 저는 시리우스 님의 곁에 있을 수 있는 것만으로 충분하니까요."

"나도 누나 말에 동감해. 형님과 함께라면 그 어디에 있어도 행복하거든."

"게다가 우리에게 있어서, 이 마차는 집이나 다름없어."

"그래. 이렇게 생활환경이 잘 갖춰져 있는데 불평을 늘어놓는다면, 모험가 같은 건 못 해 먹어."

"멍!"

들은 이야기에 따르면 산기슭에는 아름다운 강이 흐르고 있으며, 우리의 마차에는 조리실과 목욕탕도 구비되어 있다. 주위의 경계는 호쿠토가 맡아서 해줄 테니, 웬만한 여관보다 훨씬 설비가 충실하다. 그러니 각자가 느끼는 부담도 꽤 덜하다.

참고로 호쿠토를 처음 본 남매는 호쿠토가 상위의 존재라는 것을 인식하더니 자연스레 존댓말을 썼다.

"저희보다 시리우스 님이 더 아쉽지 않은가요? 파라드에 가는 것을 고대하고 계셨잖아요."

"디네 호수에 있는 미지의 식재료가 신경 쓰이기는 하지만, 마을은 도망가지 않잖아. 그리고 이번 일이 무사히 정리되고 나면, 저 두 사람에게 마을을 안내해달라고 할 거야."

"그거 좋은 생각이야. 자기 고향이니 잘 알 거잖아."

제자들이 동의를 했으니, 이제 마음 놓고 알베리오를 단련시킬 수 있을 것 같다.

그리고 알베리오가 말한 기한은 보름 후…….

목적지인 산기슭에 거점을 만들며 생활 준비를 마친 후, 알베리오의 본격적인 훈련이 시작됐다.

"일전에 싸워보면서 알베리오의 실력은 얼추 파악했으니, 이번에는 체력이 어느 정도인지 알아볼 거야. 이제부터 쓰러질 때까지 뛰어."

"잘 부탁드립니다…… 사부님."

제자가 된 알베리오는 나를 사부님이라고 불렀다.

일전의 모의전에서 완전히 박살이 난 탓인지 여러모로 걱정에 사로잡혀 있는 듯한 알베리오의 어깨를, 레우스는 평소처럼 미소를 지으며 두드려줬다.

"어이, 너무 걱정하지 마. 어차피 쓰러질 거면, 한 걸음이라도 더 나아가자고 생각하라고!"

"말은 쉽지만…… 아니, 그래. 두려움에 사로잡혀선 강해질 수 없겠지."

"맞아. 그럼 나는 먼저 갈게!"

그런 대화를 나눈 후에 레우스가 먼저 뛰기 시작하자, 알베리오 또한 쓴웃음을 지으며 내달리기 시작했다. 그 뒤를 이어 나도 두 사람을 쫓아가려고 한 순간, 좀 떨어진 곳에서 오빠를 걱정스레 쳐다보고 있던 마리나의 모습이 눈에 들어왔다.

"오라버니……."

"안 돼요, 마리나. 오빠께서 결정한 일이니, 저희는 조용히 지켜봐 줘야 해요."

"하지만 일전에는 기절했잖아요. 이러다가는 오라버니가……."

"맞아. 우리는 레우스를 보면서 익숙하지만, 마리나는 걱정이 될 만도 해."

"하지만 강해지기 위해서는 필요한 일이야. 게다가 시리우스는 인간의 한계를 이해하고 있으니까, 알베리오가 무너지지 않는다면 걱정하지 않아도 돼. 믿고 기다려주는 것도 좋은 여자가 되는 비결이야."

내 훈련을 체험해본 적이 있어서 그런지 우리 일행의 여성들은 크게 걱정하지 않지만, 아무것도 모르는 이의 눈에는 고문이나 다름없어 보일 테니 마리나가 걱정하는 것도 무리는 아니다.

그런 마리나는 에밀리아 일행의 반응을 보고 겨우 마음을 진정시킨 것 같았다.

"그것보다, 오빠가 저렇게 노력하는데 마리나는 그냥 두고 보기만 할 거야?"

"응. 기왕이면 당신도 강해져서 오라버니를 놀래주는 게 어때? 우리와 함께 마법 연습이라도 안 할래?"

"……맞아. 그냥 지켜보기만 하는 건 나답지 않을지도 몰라."

"그럼 마리나의 적성 속성을 가르쳐주지 않겠어요? 저는 바람이에요."

"으음, 내 적성은 불 속성……."

나는 알베리오와 레우스에게 집중하느라 마리나를 신경 쓸 겨를이 없지만, 아무래도 걱정할 필요는 없을 것 같았다.

뒷일을 맡겨달라는 듯이 고개를 끄덕이고 있는 여성들에게 고개를 끄덕인 후, 나는 달리고 있는 두 사람의 뒤를 쫓았다.

몇 시간 후…….

"커억!"

"오라버니?!"

하염없이 산기슭을 뛰고, 때때로 전력질주를 반복한 끝에 겨우 거점으로 돌아온 알베리오는 그대로 무너졌다. 곧 마리나가 알베리오에게 뛰어갔지만, 그녀보다 먼저 리스가 알베리오에게 다가가서 용태를 확인했다.

"오라버니! 정신 차리세요!"

"잠시 조용히 해줘. 다친 곳은…… 없네. 호흡도…… 좀 거칠어졌지만, 심각하진 않아. 우선 수분을…….."

"리스, 물 가져왔어요."

"고마워. 좀 힘들겠지만, 마실 수 있겠어?"

"하아…… 하아……. 괘, 괜찮……."

"억지로 말할 필요는 없어. 시리우스 씨가 보니 어때?"

"……괜찮아. 후유증을 없을 거야."

나는 알베리오의 몸에 손을 대고 '스캔'을 써서 확인해보니, 눈에 띄는 후유증은 없어 보였다. 적절히 한계를 넘어선 수준의 피로도였다.

에밀리아도 차갑지는 않은 물을 가지고 왔으니, 이대로 잠시 쉬면 별문제는 없을 것이다. 그런 오빠를 본 마리나가 나를 노려봤지만, 적절하게 간병을 하는 우리를 보더니 자신이 아무것도 할 수 없다는 것을 눈치채고 입을 다물었다.

곧 알베리오에게 문제가 없다는 것이 판명한 리스와 에밀리아가 돌아갔을 즈음, 혼자서 먼 곳까지 뛰어갔던 레우스가 돌아오더니 쓰러진 알베리오를 보고 쓴웃음을 흘렸다.

"이래서 내 페이스에 맞추면 안 된다고 했던 거야. 알, 괜찮아?"

"하하…… 확실히…… 무리했어. 레우스가 강한 게 이해돼."

"자, 잠깐만! 너와 다르게 오라버니는 섬세하거든? 오라버니의 페이스를 흐트러뜨리지 마!"

"어차피 이러나저러나 쓰러졌을 거야. 휴우……."

"너는 익숙하니까…… 어?!"

쉴 때는 푹 쉬라는 내 말에 따르려는 건지, 레우스는 팔과 발에 단 모래주머니를 벗었다.

마리나는 레우스를 향해 분노를 퍼부었지만, 모래주머니가 지면에 파고드는 것을 보더니 말문이 막혔다.

"어, 왜 그래?"

"……그거 뭐야?"

"모래주머니야. 형님도 착용하고 있거든?"

"나는 레우스만큼은 아냐. 뭐, 언젠가 알베리오에게도 착용시킬 거야."

보름 만에 거기까지 갈 수 있을지는 모르겠지만, 내 예상에는 충분히 가능할 거라고 생각한다.

그 정도로 알베리오는 뛰어난 것이다. 기초체력은 부족하지만, 상대의 무기를 확실하게 노리는 기량은 정말 대단했다. 정신력과 끈기도 레우스에 버금가기에, 충분히 단련시킬 재미가 있었다.

그리고 자기 오빠가 모래주머니를 착용하게 될 거라는 말을 들은 순간, 마리나는 수분을 보충하고 있는 알베리오에게 허둥지둥 다가갔다.

"오라버니, 관둬요! 이미 엉망이 됐잖아요!"

"미안하지만, 아무리 네 부탁이라도 들어줄 수는 없어. 단련시켜달라고 내가 말한 이상, 간단히 포기할 수는 없거든."

"하지만 이대로 가다간 진짜로 죽을 거예요!"

"걱정하지 마. 나는 그녀와 결혼할 때까지 죽지 않아. 그리고 나는 깨달았어. 지금까지 내가 얼마나 물렀는지를 말이지. 그야말로 실감했어."

"그걸 알았으면 됐어. 오후에도 훈련을 할 거니까, 알은 푹 쉬어둬."

"……알아. 어차피 꼼짝도 못 하거든."

알베리오는 레우스와 마리나에게 맡긴 나는 조리실에서 요리를 하고 있는 여성들에게 말을 걸었다.

"점심 준비는 어떻게 되어가고 있어?"

"이미 다 됐어. 식사할까?"

"우리는 괜찮지만, 알베리오는 좀 쉬었다가 먹어야 할 거야. 나는 그 녀석을 살펴볼 테니까, 준비를 부탁해."

"맡겨만 주세요!"

아마 현재 알베리오의 위장에는 아무 음식도 들어가지 않을 테니, 재생활성을 걸어주면서 휴식을 취해 식사를 받아들일 수 있을 수준까지 회복을 시켜야 한다.

그러니 알베리오의 등에 손을 대며 재생활성을 걸자, 우리 옆에 앉아서 쉬고 있던 레우스가 옆에 서 있는 마리나를 쳐다보며 고개를 끄덕였다.

"어이, 마리나는 뭐하고 있는 거야? 알은 이제 괜찮으니까,

누나들을 도와주는 게 어때?"

"뭐?! 나, 나는 오라버니가 걱정되어서……."

"걱정해주는 건 고맙지만, 나는 괜찮아. 그것보다, 저쪽에 가서 다른 사람들을 도와주도록 하렴."

"……알았어요."

마리나는 투덜대면서 자리에서 일어났지만, 곧 에밀리아 일행의 식사 준비를 도우면서 생전 처음으로 본 요리 앞에서 눈을 반짝였다.

"햄버그? 고기를 잘게 썰어서 뭉쳤을 뿐인데, 이렇게 달라지는구나. 그리고 이 수프는 시간을 꽤나 들여서 만든 건데도 안에 건더기가 들어있지 않네."

"그건 알베리오 님을 위한 식사예요."

"이, 이게 오라버니의 식사?!"

"지금은 지쳐서 음식을 제대로 먹지 못할 테니까 말이야. 그래도 이거라면 어찌어찌 먹을 수 있을 거야. 맛을 좀 볼래?"

여성들이 정성 들여 이 수프를 만들었다는 것을 떠올린 마리나는 피아가 건네준 그것을 맛보더니, 예상했던 것과 맛이 너무 달라서 눈을 치켜떴다.

"맛은 옅은데…… 엄청 상냥한 맛이야."

"그렇지? 내가 쓰러졌을 때는 시리우스가 만들어줬는데, 몇 번이나 신세를 졌어."

"하지만 아직 멀었어요. 시리우스 님이 가르쳐주신 대로 만들고 있는데, 역시 뭔가 달라요."

"경험 차이일까? 끓이는 시간의 미묘한 차이, 그리고 거품 제거에 비밀이 있는 걸지도 몰라."

"이것도 시리우스 씨가 고안한 거야?"

"예! 저희의 주인님은 대단하죠?!"

"멍!"

에밀리아, 그리고 산에서 돌아온 호쿠토는 마치 자기 일처럼 기뻐했다. 참고로 호쿠토는 우리를 대신해 식재료 조달을 맡아줬는데, 마물의 고기만이 아니라 산나물도 구해왔다. 정말 대단하다니깐.

우리는 점심시간을 가졌는데, 피로 때문에 제대로 움직일 수 없는 알베리오는 수프를 마시는 것도 힘들어 보였다.

이럴 때야말로 시종의 달인인 에밀리아가 나서야겠지만…….

"오라버니, 괜찮아요?"

"억지로라도 먹는 편이 나을 거야. 안 그러면 오후에 몸이 못 버틸걸?"

레우스와 마리나가 살펴주고 있으니, 에밀리아가 나설 필요는 없어 보였다.

"으으…… 내가 이렇게 한심한 놈일 줄이야."

"형님의 제자가 되면 누구나 그런 생각을 해. 자아, 내가 먹여줄게."

"오라버니는 내가 돌볼 테니까, 너는 입 다물고 있어!"

"누가 하든 딱히 상관없지 않아?"

"마음만 받겠어. 나한테 음식을 먹여주는 사람은 그녀 한 명뿐이라고 전부터 정해뒀거든."

알베리오는 꽤 일편단심인 것 같았다.

뭐, 리스에게 간병을 받으면서 꼼짝도 하지 않기도 했고, 이렇게까지 하는 것만 봐도 틀림없기는 했다.

"그런데 난처하게 됐는걸. 약한 소리를 하기는 싫지만, 오후에 훈련을 받을 자신이 없어."

"걱정할 필요 없어. 이유는…… 뭐, 실제로 체험해보면 이해가 될 거야."

"힘들겠지만 억지로라도 먹어둬. 식사를 마치고 나면 잠시 수면을 취해."

""수면?""

남매가 동시에 고개를 갸웃거리는 광경은 예전의 은랑족 남매를 쏙 빼닮았다.

우리는 그리움을 느끼면서, 시끌벅적하면서도 평온한 점심식사를 마쳤다. 여담이지만, 남은 수프는 레우스와 리스가 맛있게 먹어치웠다.

그리고 피로 때문에 식사를 마치자마자 잠든 알베리오의 몸에 내가 손을 대려고 하자, 마리나가 나를 막아서면서 눈을 부라렸다.

"오라버니에게 이상한 짓을 하면, 절대 용서 안 할 거야."

"그렇게 걱정되면 옆에서 보고 있어. 자아, 그냥 몸에 손을 대려는 것뿐이야."

알베리오의 어깨에 손을 얹는 것을 마리나가 허락해주자, 나는 쓴웃음을 지으면서 재생활성을 펼쳤다. 알베리오의 회복력을 높여줬으니 수면은 한 시간 정도면 충분한 것이며, 회복된 후에는 전력을 다해 단련을 시킨다. 그리고 같은 수단으로 회복을 반복하는 것이다.

이러면 일반적인 훈련의 두세 배가량의 효율을 얻을 수 있으며, 보름 정도면 충분한 성과를 낼 수 있을 것이다. 문제는 도중에 마음이 꺾이지 않는 정신력을 지니고 있어야만 가능하다는 점이지만, 알베리오라면 아마 가능하리라.

그리고 레우스도 쉬기 위해 내 옆에 드러누웠지만, 마리나는 알베리오의 곁을 떠나려 하지 않았다.

"어이, 알은 그냥 피곤해서 잠들었을 뿐이거든? 그런데 왜 이렇게 걱정하는 거야?"

"……너와는 상관없어."

"상관은 없지만, 옛날의 나 같아서 좀 신경이 쓰이거든. 지나치게 걱정하는 것 같다고나 할까……."

아마 레우스는 마리나가 오빠에게 지나치게 의존한다는 말이 하고 싶은 것이리라.

과거에 누나인 에밀리아에게 의존하던 자기 자신처럼 말이다.

"너와 똑같이 취급하지 마."

"아, 나도 옛날에는 마리나처럼 누나가 없으면 아무것도 못하는 애였거든. 그래도 지금은 달라. 저기 좀 보라고."

"시리우스 님, 드세요."

나에게 다가온 에밀리아가 만면에 미소를 지으면서 한입 크기로 자른 과일을 내밀었고, 나는 입을 벌려서 그것을 먹었다.

"우후후…… 더 드시지 않겠어요?"

"누나. 나도 줘."

"여기 있으니까, 직접 먹어요."

"봤지?"

"……미안한데, 잘 모르겠어."

미안하지만, 나도 잘 모르겠다.

"옛날 같았으면 나도 먹여줄 때까지 응석을 부렸겠지만, 지금은 누나가 행복하면 됐다고 생각해. 아무튼 마리나는 너무 걱정이 많다고."

"걱정이 많다는 것도 알고, 나도…… 오라버니의 행복을 바라고 있어."

지나치다는 것을 이해하고 있는 듯한 마리나는 평온한 표정으로 잠을 자고 있는 오라버니를 바라보며 자조적인 미소를 지었다.

"왜냐하면 나는…… 쭉 오빠에게 보호를 받으며 살아왔는걸. 그러니까, 오라버니를 위해 뭐라도 해드려야만 해."

"알이 그걸 바라는 거야?"

"오라버니가 바라든 말든 그건 상관없어. 오라버니가 그 사람과 결혼하고 싶다면, 나는 전력을 다해 오라버니를 응원할 뿐이야."

"그럼 형님을 방해하지 마. 알은 강해져야만 하거든."

"하지만 그러다 죽기라도 하면 의미가 없잖아! 오라버니는 좀 어벙한 구석이 있기 때문에, 내가 지켜줘야만 해!"

마리나는 내 예상보다 더 오라버니에게 의존하고 있는 것 같았다.

어릴 적부터 보호를 받아왔다니, 어쩌면 당연할지도 모른다.

원래라면 알베리오의 말도 들어보고, 그와 함께 이야기를 나누는 편이 좋겠지만…… 지금은 깊이 파고들지 않기로 했다.

"뭔가…… 그래. 알만이 아니라 마리나도 강해져야겠는걸."

"미안하지만, 나도 불 마법에는 꽤 자신이 있어. 혹시 나한테 이상한 짓을 하려고 하면, 확 통구이로 만들어버릴 거야."

"그런 게 아냐. 내 말은…… 아, 또 이상한 소리를 할 것 같으니까 관둘래."

레우스는 자기가 말실수를 할 거라고 생각한 건지 입을 다물었다.

그냥 생각나는 대로 이야기를 해도 괜찮을 것 같은 느낌이 들지만, 레우스가 머릿속으로 생각을 정리한 후에 말을 하려 한 점은 칭찬받아 마땅하다는 생각이 들었다.

"다음에 이야기하자. 또 소동을 벌였다간 알이 깰 수도 있으니까, 좀 조용히 하자고."

"아!"

"으…… 파멜라…… 나는……."

알베리오는 목소리를 듣고 반응을 보였지만, 그냥 잠꼬대만 했다. 그래서 레우스와 마리나는 안도의 한숨을 내쉬었다.

잠꼬대를 하며 여성의 이름을 입에 담았는데, 그 사람이 바로 알베리오의 약혼자일 것이다.

그 후에도 알베리오가 일어날 때까지, 레우스와 마리나는 미묘한 분위기 속에서 묵묵히 있었다.

나는 레우스, 그리고 잠에서 깨어난 알베리오를 데리고 거점에서 좀 떨어진 곳에 있는 넓은 초원으로 향했다.

"이야…… 사부님과 레우스의 말이 맞아. 몸의 피로가 전부 씻겨나간 것 같아."

"그럼 오후 훈련은 무리 없이 받을 수 있겠지?"

"아, 예!"

"오늘부터는 이런 식으로 훈련과 회복을 계속 반복할 거야. 아무튼 반복을 통해 강해지게 할 생각인데, 네 마음이 꺾인 순간 그대로 전부 부질없는 게 되는 거야 마음을 단단히 먹어."

"알았어요!"

잠시 눈을 붙인 덕분에 몸이 회복되었다는 사실에 알베리오는 놀랐지만, 본격적인 훈련은 이제부터 시작된다. 나는 주위의 피해를 생각해, 거점에서 떨어진 곳으로 이동한 것이다.

나는 레우스와 알베리오를 위해 준비한 목검을 두 사람에게 건네줬다.

"형님, 모의전을 하려는 거지? 누구부터 할 거야?"

"양쪽 다야. 두 사람이 동시에 전력을 다해 나에게 덤벼."

""어?""

나는 그렇게 말하며 두 사람과 거리를 둔 후, 목검을 치켜들었다.

어떻게 할지 고민하던 두 사람은 내가 살기를 뿜자 반사적으로 검을 치켜들었다. 여기까지는 합격점인걸.

"다른 훈련도 있지만, 오늘부터 매일 같이 너희 둘과 동시에 모의전을 할 거야. 물론 전력을 다해서 말이지. 그리고 알베리오."

"아, 예."

"모의전에서 나에게 일격을 가할 때까지, 그루지오프에게 도전하는 건 허락하지 않을 거야. 설령 기한이 임박하더라도, 산에 들어가는 걸 허락 못 해."

"예?! 그럼……."

"그 정도의 각오는 가져줘야겠어. 그리고 일격을 가하기만 하면 되는 데다, 레우스도 같이 싸우잖아. 무리는 아닐걸?"

"그, 그건 그래요. 어떻게든 한 방만…… 레우스?"

알베리오는 희망이 보인 듯한 표정을 지으며 목검을 고쳐 쥐었지만, 레우스는 식은땀을 흘리면서 집중력을 극한까지 끌어올렸다.

"알…… 형님에게 상처를 입히기 싫다, 같은 쓸데없는 생각은 눈곱만큼도 하지 마."

"그, 그래. 지금까지 실컷 당했거든. 전력을 다해…… 싸울 거야."

"아냐! 더 진심으로…… 그야말로 죽일 생각으로 싸워! 인간이 아니라, 용에게 덤빈다는 생각으로 말이야!"

"하지만 사부님은……."

"진심으로 싸우는 형님은 죽일 생각으로 싸워봤자 절대 못 이

겨! 헛소리 말고 빨리 준비나 해! 건성으로 싸웠다간…… 어디 한 군데가 부러지고 말 거야!"

"부, 부러져?!"

"자아…… 덤벼봐."

이렇게 두 사람의 시련이 시작됐다.

몇 시간 후…… 거점으로 돌아온 나는 안아 들고 있던 두 사람을 지면에 내려놓았다.

""커헉!""

"오라버니?! 왜 너도 이 모양인 거야?!"

온몸에 타박상을 입었을 뿐만 아니라, 체력이 전부 소모했…… 아니, 전부 소모당한 탓에 지칠 때로 지친 것이다. 좀 쉬면 회복될 것이다.

쓰러진 사람이 한 명 더 늘었을 뿐이지 오전과 별반 다르지 않는 상황이 벌어진 가운데, 지면에 쓰러진 시제 두 구의 주위에 일행 전원이 모여들었다.

"으…… 아아…… 용이 아냐…… 용이 아니라고…….”

"용?! 혹시 그루지오프와 싸운 건…… 오라버니!"

"으으…… 리스 누나~…….”

"그래그래. 지금 치료해줄게.”

"시리우스가 의욕을 내면, 레우스도 무사하지 못하나 보네.”

리스가 타박상을 치료해준 후, 내가 두 사람에게 재생활성을 걸어주기로 했다. 저녁 시간이 되려면 아직 멀었으니, 개별적으로 모의전을 하기 위해서라도 두 사람을 부활시켜야만 한다.

마법의 물에 감싸여 치료를 받는 가운데, 에밀리아가 약상자를 들고 내 곁으로 왔다.

"시리우스 님은 다치신 곳이 없나요?"

"그래. 나는 괜찮아."

두 사람을 동시에 상대하면 고전할 거라고 생각하겠지만, 실은 그렇지 않다.

실제로 두 사람이 진심을 다해 덤볐다면, 나는 한 방 정도는 맞았을 것이다. 두 사람은 그 수준의 실력을 갖추고 있는 것이다.

하지만 두 사람의 연계는 어설펐다.

서로의 움직임을 얼추 알고 있기는 해도, 불시에 연계를 하며 싸우는 것은 불가능할 것이다. 실제로 두 사람의 행동은 완전히 따로 놀았다. 레우스는 평소 나와 모의전을 할 때처럼 돌격했고, 알베리오는 약간 머뭇거리면서도 내 빈틈을 살피며 일정 거리를 유지했다.

그래서 거의 1대1 상황이며, 레우스를 쓰러뜨린 후에 알베리오를 해치우는 결과로 이어졌다. 그 결과, 나는 상처를 하나도 입지 않았을 뿐만 아니라, 약간 지쳤다.

그런 모의전이었다는 걸 알려주자, 여성들은 일제히 고개를 갸웃거렸다.

"두 명을 동시에 말이야? 왜 그런 모의전을 한 거야?"

"시리우스 님도 힘드실 테죠. 레우스에게는 좀 미안하지만, 지금은 알베리오 님을 집중적으로 단련시키는 편이 좋지 않을까요?"

"두 사람의 싸우는 모습을 보고 신경 쓰인 점이 있거든. 실은……."

레우스와 알베리오…… 두 사람은 마음이 잘 맞는 친구 사이지만, 전투 방식은 완벽하게 정반대였다.

우선 레우스는 강파일도류와 라이오르 할아버지의 영향인지, 딱히 문제가 없다면 상대에게 정면에서 돌격하는 경향이 있다.

그게 나쁘다고 생각하지는 않으며, 나와의 모의전에서 다른 공격 방식과 기술을 가르치기도 했다. 하지만 레우스는 날카로운 동체시력과 본능에 따른 제6감으로 싸우는 버릇이 있다.

그리고 뛰어난 완력을 이용해 상대의 공격을 정면에서 받아낸 후, 힘으로 밀어붙여서 돌파하는 전법을 주로 썼다.

하지만 알베리오는 기초체력이 부족하지만 기술이 세밀할 뿐만 아니라, 수읽기 능력이 뛰어나다. 실제로 그 능력을 발휘해, 투무제에서는 힘에서 밀리는 레우스의 일격을 한 번 받아낸 것이다.

알베리오는 약혼자를 지키기 위해 강해지려 하고 있으니, 방어에 특화된 전사다. 뭐랄까, 성기사(팔라딘)라 불리기에 걸맞은 남자였다.

그 탓인지, 그는 자발적으로 공격하는 일이 거의 없다.

투무제 때도 공격을 하기보다 상대의 공격을 기다리는 전법을 썼으며, 아까 모의전에서도 어떤 식으로 공격할지 계속 망설이고 있었다.

"아까 모의전에서 혼자서 나를 쓰러뜨리는 건 무리라고 말했지? 즉, 두 사람이 연계를 하면서 움직임을 맞추기 위해, 서로를 관찰해야 해."

그래서 그 후로 개인의 모의전을 하는 것이다.

공격과 방어…… 두 사람은 서로에게 부족한 부분을 가지고 있기에, 관찰을 통해 자신에게 부족한 것을 눈치채줬으면 한다. 며칠이 지나도 변화가 없다면 조언을 해줄 거지만, 자발적으로 눈치채주기를 바라고 있다.

"기초체력의 향상을 중심으로, 모의전을 반복해서 경험을 쌓게 할 예정이야."

아무래도 알베리오는 자신이 모르는 공격을 받으면 약간 당황하는 것 같다. 참고로 레우스는 본능과 감을 통해 공격을 피하기 때문에, 어느 정도 대처할 수 있다.

그러니 나는 매번 전법을 바꾸면서 모의전을 펼쳐서, 무슨 일이 일어나든 임기응변으로 대처하면서 반사적으로 반응할 수 있는 판단력을 쌓게 해주려는 것이다.

싸움이란 암기문제가 아니니까 말이다.

"흐음…… 그렇구나."

"그리고 겸사겸사, 아니, 가장 중요한 건데, 알베리오가 레우스의 대등한 친구…… 파트너라고 부를 수 있는 존재가 되어줬으면 하거든."

"아……. 정말 죄송해요. 제 동생이 불민한 탓에……."

"레우스는 내 동생이나 마찬가지거든. 이 정도는 아무것도 아냐."

에밀리아가 연인이 됐으니, 레우스는 언젠가 내 처남이 될 것이다.

"시리우스 님……."

"몇 번이나 말했지만, 너는 형이라기보다 부모네. 저기, 엄마. 오늘은 따뜻한 비프스튜가 먹고 싶어."

"하다못해 아빠라고…… 잠깐, 정말 이상한 어리광 부리지 마. 그리고 피아는 더 당당하게 어리광을 부리는 편이 어울릴 거라고 생각해."

"그럼…… 오늘은 비프스튜가 먹고 싶어. 만들어준다면…… 밤에 서비스해줄게."

"이번에는 너무 적극적이네."

나는 내 가슴을 손가락으로 매만지는 피아와 시시덕거리면서, 두 사람이 부활할 때까지 느긋하게 기다렸다.

한편, 내 말을 듣고 행복한 미래를 상상하며 흥분에 사로잡혀 있던 에밀리아는…….

"우후후…… 정식으로 가족이 된 레우스에게 축복을 받고, 시리우스 님과 저 사이에 사랑의 결정이……. 아아……."

"슬슬 정신 좀 차려."

"잠시만 기다려주세요! 지금 둘째 아이가 생겼단 말이에요!"

"뭐?!"

오늘도 에밀리아는 폭주하고 있었다.

다음 날…… 알베리오는 오늘도 이른 아침부터 달리기를 하다 쓰러졌지만, 어제와 다르게 페이스 분배를 생각한 건지 말을 할 여유가 있었다.

그러니 점심 식사 때까지 자유 시간을 줬는데…….

"역시 내가 정면에서 형님에게 달려들 테니까, 알이 측면에서 덮치는 게 어떨까?"

"아냐. 레우스의 검술은 공격 범위가 넓으니까 나도 휘말릴 수 있어."

아무 말 없이 휴식을 취하는 게 아니라, 레우스와 오후 모의전에 대비해 회의를 하고 있었다.

나는 마음속으로 웃음을 흘린 후, 요리를 만들면서 두 사람의 대화에 귀를 기울였다.

"게다가 나는 사부님의 움직임에 전혀 따라가지 못해. 좀 더 경험을 쌓고 싶어."

"하지만 시간이 없잖아? 과감하게 우리 둘이 동시에 정면에서 달려드는 건 어때?"

"하지만 내 검술은 정면에서 공격하기에는……."

두 사람은 열띤 논의를 이어갔다.

목소리가 점점 거칠어졌지만, 두 사람은 진지했다. 가벼운 주먹다짐 정도는 말리지 말고 지켜보기로 했다.

그런 두 사람 사이에 끼어들기 좀 그런지, 옆에 있는 마리나가 약간 쓸쓸한 표정을 짓고 있었다.

"그러니까 정면에서 쳐들어가봤자 아무 소용없다는 거야! 동시에 양 측면에서 공격하는 게 나아!"

"형님에게는 잔재주가 통하지 않는다고! 그러니까 정면에서 공격하자!"

"이익…… 결론이 안 나겠군! 그럼 모의전에서 둘 다 시험해보자!"

"좋아! 그럼 더 잘 풀린 작전을 제안한 쪽에게 저녁식사 때 반찬을 하나 주는 거야!"

앞으로도 모의전을 몇 번이나 할 예정이니, 양쪽 다 시험해보는 것도 나쁘지 않다. 그런 시행착오도 두 사람이 강해지기 위한 밑거름이 될 것이다.

그리고 서로에게 마음을 열기 시작한 것 같으니, 내가 생각하는 이상적인 관계가 되어주면 좋겠다는 생각이 들었다.

"너, 진짜 뭘 모르네. 오라버니는 요즘 수프만 먹고 있거든?"

"앗?! 그, 그래도 괜찮아. 형님이 만드는 건 뭐든 맛있거든."

"그럼 오라버니가 드실 게 없잖아! 오라버니 식사 말고 내걸 가져가!"

"정말이야?! 고마워!"

"어?! 아…… 응. 약속은 하겠지만, 오라버니가 이길 게 틀림없어!"

알베리오만이 아니라, 마리나와도 마음을 터놓게 된 것 같았다.

아직 수수께끼가 많지만, 저 남매를 만나서 정말 다행이라는 생각이 들었다.

이 만남이 레우스에게 있어 좋은 자극이 될 것 같다고 생각한

나는 미소를 지으면서 국물요리의 거품을 제거했다.

참고로 두 사람이 생각한 작전의 결과는…….

"둘 다 안 통해. 애초에 공격 이전에 연계가 너무 어설퍼. 다시 생각해봐."

""……예.""

모든 공격이 막힌 후에, 그야말로 박살이 난 두 사람은 사이좋게 지면에 쓰러졌다.

——— 레우스 ———

오늘 모의전을 마친 후, 알보다 먼저 회복된 나는 가볍게 움직여보면서 몸 상태를 확인했다.

"응…… 문제없네."

형님과 리스 누나의 치료 덕분이기도 하겠지만, 나는 부상을 입고 빨리 복귀했다.

그렇게 형님에게 당했는데, 이미 검을 휘두를 수 있을 정도로 회복됐다.

"알은…… 아직 시간이 걸리나 보네."

"당연하잖아! 몇 번이나 말했다시피, 너와 오라버니를 똑같이 취급하지 마!"

알이 일어난 후에 저녁을 먹을 거니가, 그때까지 검이나 휘두를까?

아, 맞다. 마리나가 있으면 그걸 할 수 있을 테니, 좀 부탁을 해볼까.

"저기, 마리나의 적성은 불 속성이라고 했지?"

"……맞아."

"그럼 나한테 마법을 날려봐."

"뭐?!"

"하아, 내가 왜 이런 짓을……."

나는 불평을 늘어놓는 마리나를 데리고, 거점에서 좀 떨어진 곳에 있는 광장으로 향했다.

마리나는 내가 하려는 일을 듣고 미묘한 표정을 지었지만, 그래도 부탁을 들어줬다. 마리나는 좋은 녀석이네.

"너무 그러지 말라고. 전에 나를 통구이로 만들 거라고 했잖아?"

"그건 무심코 한 말이라고나 할까, 진심으로 한 말이……."

"아무튼 부탁해. 사양할 필요 없다고!"

"뒷일은 책임 안 질 거야!"

내가 부탁한 것은 마리나의 불 마법을 나에게 날려달라고 한후, 그것을 검으로 베는 연습이다.

바람과 물은 누나들에게 부탁할 수 있고, 흙이나 바위는 이 근처에 있는 것들로 해볼 수 있지만, 불 마법은 쓸 수 있는 건 나뿐인지라 거의 경험을 해볼 수 없었다.

마리나가 자신만만하게 날린 불덩어리는 거대했으며, 나는 차례차례 날아오는 마법을 계속 베었다.

"여전히 이상한 녀석이네. 뜨겁지 않은 거야?"

"조심해서 베면 아무 문제없어. 그것보다 더 잔뜩 날려도 돼!"

"그래? 그럼 바라는 대로 해줄게!"

"바라는 바…… 어라?!"

내 요청에 따라 불덩어리가 날아왔지만, 이 정도라면 아직 어떻게든 된다.

그래서 전부 베었는데, 마지막 하나는 검으로 베어도 사라지지 않을 뿐만 아니라, 내 몸을 그대로 통과했다.

"흐흥, 속았지? 아까까지의 자신감은 어디 간 거야?"

"혹시 환영을 보여주는 능력을 쓴 거야?"

"그래. 만약 전투 중이었다면 너는 당했을 거니까, 이제 반성……."

"대단하네! 환술로 불까지 만들 수 있는 거야?"

"하는 게…… 어어?!"

겉모습이 똑같을 뿐만 아니라, 동일한 마력 덩어리이기 때문에 벨 때까지는 눈치채지 못했다.

쓰기에 따라서는 비장의 수가 될 것 같아서 칭찬을 했을 뿐인데, 마리나는 얼굴을 새빨갛게 붉히면서 허둥댔다.

"왜 그래? 자아, 더 써봐. 이번에야말로 분간하고 말겠어!"

"하아, 정말! 너는 대체…… 뭐야~?!"

"좋아! 그렇게 해달라고!"

마리나는 될 대로 되라는 투로 그렇게 말했는데, 내가 또 이상한 소리를 한 걸까?

하지만 멀찍이서 쳐다보고 있는 형님과 누나들은 웃고 있으니까…… 문제는 없는 거겠지?

잘 모르겠지만, 지금은 불덩어리에 집중해야겠어.

결국 마리나가 허둥대기 시작한 이유는 알지 못했지만, 그녀와 함께 하는 훈련은 즐거우니 됐어.

──────── 시리우스 ────────

그로부터 며칠이 흐르고, 모의전 횟수가 서른 번을 넘었을 즈음, 두 사람에게 큰 변화가 발생했다.

"우랴아아아아아압————!"

"거기냐?!"

강파일도류의 특성상, 레우스는 머리 위에서 치켜든 검을 수직으로 휘두를 때가 많았다. 하지만 이번에는 횡으로 휘두른 것이다.

절묘한 높이라 어떤 식으로 피해야 할지 한순간 망설였지만, 다음 행동을 고려하면서 몸을 숙여서 공격을 피했다.

검을 휘두른 레우스에게 빈틈이 생겼지만, 그 절묘한 틈에 사각지대에서 알베리오가 끼어들며 검을 가로로 휘둘렀다.

"하아아아아아앗!"

만약 방금 레우스의 공격을 점프해서 피했다면, 나는 알베리오의 공격을 받아낼 수밖에 없었을 것이다. 나는 공중을 박차는 '에어 스텝'을 쓸 수 있지만, 두 사람과의 모의전에서는 쓰지 않기로 했으니까 말이다.

하지만 지금 나는 지면에 발을 대고 있었기에 검을 비스듬히 들어서 알베리오의 검을 흘려보냈다.

"한 번 더!"

하지만 레우스는 검을 휘두른 기세를 그대로 이용해 회전하더니, 그대로 또 공격을 날렸다. 지금 나는 몸을 낮추고 있기에 뒤편으로 몸을 날려서 공격을 피하자, 알베리오가 나를 쫓아오며 공격을 펼쳤다.

레우스는 공격에 전념했고, 알베리오가 그의 틈을 메웠다. 개개인의 능력을 활용하며 정석적인 공격을 펼친 것이다.

몸을 회전시키면 무방비한 등이 드러나지만, 레우스는 알베리오를 신뢰하는지 방어를 도외시하며 공격에 전념했다. 그 탓에 피하는 것은 가능해도, 공격을 흘려보내는 건 좀 어려울 것 같았다.

모의전을 반복할수록 두 사람의 공격과 연계가 날카로워지자, 나는 서서히 궁지에 몰리는 게 느껴졌다. 하지만 그와 동시에 두 사람의 성장이 기쁘게 느껴졌다.

"괜찮아! 하지만 아직 멀었어!"

"이게 전부가 아니라고!"

"레우스!"

바로 그때, 공수를 교대한 건지 레우스의 공격빈도가 줄어들면서 알베리오의 공격이 늘어났다.

교대(스위치)인가. 내 페이스를 흐트러뜨리려는 작전치고는 나쁘지 않은걸.

모의전 당초에 비해 알베리오에게는 망설임이 사라졌으며, 휘두르는 검에서도 레우스를 연상케 하는 맹렬함이 느껴졌다.

그리고 레우스 또한 알베리오처럼 신중해지기 시작했으며, 그저 힘에 의존하기만 하는 게 아니라 빈틈을 노리며 검으로 찌르기를 날리거나, 검을 작게 휘두르며 내 움직임을 방해하려고도 했다.

조금이라도 좋으니까 서로에게 자극이 됐으면…… 하는 마음에서 시작한 모의전이 이렇게 멋진 결과를 낳을 줄이야. 내 예상보다 두 사람의 상성이 좋은 것 같았다.

정말…… 성장했는걸.

자아, 다음에는 뭘 보여줄 거지?

"젠장, 형님이 웃고 있어! 이걸로 부족한 거냐!"

"그럼 그걸 하자! 내가 맞추겠어!"

"응!"

알베리오는 신호를 보내더니, 내 정면에 서 있는 레우스를 자신의 몸으로 가렸다.

사각지대를 만드는 건 좋은 생각이지만, 이래선 레우스도 내가 보이지 않아서 공격을 펼치기 힘들 것이다.

내가 레우스를 경계하면서 알베리오의 공세에 대처하려 한 순간이었다. 레우스가 마력을 끌어올리는 것이 느껴지더니…….

"우랴아아아아아아압!"

검에서 뿜어져 나온 충격파로 광범위를 쓸어버리는, 강파일도류의 기술인 '충파'가 펼쳐졌다. 이대로 있다간 알베리오도 그 공격에 휘말리지만, 그는 레우스가 공격을 날린 순간에 점프를 하면서 피했다.

등 뒤를 보지 않으면서 피한 것을 보면, 레우스의 움직임을 완전히 이해하고 있는 것 같다.

"꽤 하는걸!"

충격파가 뿜어지기 직전에야 눈치챈 나는 '부스트'를 발동시키며 땅을 박차서 오른편 전방으로 날아올랐다. '충파'는 전방을 부채꼴 모양으로 쓸어버리기에, 그 범위 밖으로 도망치기만 하면 되는 것이다.

내 옆을 충격파가 가르고 지나가며 그 여파에 몸이 흔들리는 가운데, 나는 땅을 박차면서 레우스의 품속으로 뛰어들려 했다.

알베리오가 착지를 해서 자유롭게 움직일 수 있게 되기 전에, 레우스를 해치우기로 한 것이다.

"형님!"

하지만 레우스도 내가 피할 건 예측하고 있었던 건지, 검을 치켜들면서 나를 요격하려 했다.

내가 땅을 박차 속도를 줄이면서 그 공격을 시간차로 피한 후에 단숨에 다가가려고 한 순간, 옆에서 느껴지는 살기에 반응하며 그쪽을 쳐다보니…….

"사부님!"

어느새 내 코앞까지 다가온 알베리오가 나를 향해 목검을 휘두르려 했다.

시간상으로는 이제야 착지를 했을 거라고 생각했는데, 왜 이렇게 빠른 거지? 마치 공중을 박찬 것처럼…….

"윽?!"

지금은 그런 생각보다 방어를 우선할 때다. 나는 생각을 바꾸면서 목검으로 알베리오의 공격을 막아냈다. 상대방의 기세에 눌려 밀려나려던 순간, 레우스가 목검을 휘두르려 했다.

처음 '충파'와 다음 공격은 견제였고, 이게 진짜인가. 평소처럼 중량감 있는 대검을 썼다면 공격을 휘두른 후에 몸이 경직됐겠지만, 가벼운 목검이기 때문에 이런 움직임이 가능한 것이리라.

상황을 이해하기 이기기 위해 최적의 행동을 한다……. 나쁘지 않은걸.

"이건 어때?!"

내 목검은 알베리오의 공격을 막아내고 있기 때문에, 레우스의 검을 받아낼 수 없다. 게다가 레우스의 일격을 정면에서 받아냈다간, 목검이 부러지고 말 것이다.

그러니…….

"우왓?!"

"윽?! 큰일 났다!"

알베리오의 공격을 버텨내는 것이 아니라, 나는 그대로 상대방과 함께 지면을 굴렀다.

그러자 레우스의 목검이 알베리오에게 명중할 뻔했지만, 레우스는 검의 궤도를 억지로 틀어서 지면을 때렸다. 그 사이, 나는 알베리오와 함께 지면을 굴렀지만, 마지막에는 내가 그의 몸 위에 올라타는 상황에서 회전이 멈췄다.

곧 레우스가 접근했지만, 내 손이 알베리오의 목에 닿아있는 것을 보더니 움직임을 멈출 수밖에 없었다.

"……졌습니다."

"아니…… 너희가 이겼어."

목을 잡힌 알베리오는 패배를 인정했지만, 이 모의전은 내 패배다.

"잠깐만 있어봐. 왜 형님이 진 건데?"

"내 옆구리를 봐."

이 모의전에서 두 사람의 승리조건은 바로 나에게 일격을 가하는 것…… 즉, 내가 방어할 수 없는 공격을 명중시키는 것이다. 그러니 알베리오의 목검이 내 옆구리에 닿았을 때, 이미 승패는 갈린 것이다.

실은 뒤엉켜서 지면을 구를 때, 나는 상대 위에 올라타려 했지만, 알베리오는 그 상황에서도 목검을 휘둘러서 내 옆구리를 공격한 것이다.

우연인지, 무의식적인 행동인지는 모르겠지만, 고통이 느껴지지는 않았다 해도 일격을 맞은 건 사실이다.

순순히 패배를 인정해야겠다.

"정신없이 날린 공격인데도, 괜찮습니까?"

"검술실력과 연계가 이만큼이나 성장했잖아. 인정 안 할 수는 없지."

"정말입니까?!"

아까 도약했던 알베리오가 예상보다 빠르게 나에게 접근한 것은 '에어 스텝'을 썼기 때문이리라. 차분하게 마력을 감지해보니, 알베리오가 도약했을 때부터 마력의 잔재가 느껴졌기 때문이다.

나는 가르쳐준 적이 없으니, 아마 레우스에게 배웠으리라. 뭐, 나는 사용을 금지했지만, 두 사람에게 쓰지 말라고 한 적이 없으니 인정해주기로 했다.

약간 무른 걸지도 모르지만, 훈련 탓에 그루지오프에게 도전하지 못하는 것도 안 되니까 말이다. 그리고 알베리오도 성장했으니 충분할 것이다.

하지만, 알베리오는 익숙하지도 않은 '에어 스텝'을 쓴 탓에 마력을 과하게 방출했고, 결국 마력 고갈 때문에 몸을 일으키지 못하는 것 같았다.

그런 와중에도 기쁨에 떨고 있는 알베리오가 하늘을 올려다보며 만면에 미소를 지었다.

"지금까지 한 고생이 결실을 이룬 거잖아. 오늘은 이만 쉬고, 내일은 그루지오프에게 도전해보는 거야."

"예!"

"해냈구나, 알!"

여러 제약을 달기는 했지만, 나는 봐주지 않았다.

결의와 실력을 끌어올리기 위해 꽤 무리한 페이스로 단련을 시켰지만, 결국 성공한 것이다.

파라드 마을로 이동하는 데 걸리는 시간을 제외하고도 며칠 정도 여유가 있으니, 아마 시간적으로도 충분할 것이다.

그루지오프 수색은 호쿠토에게 부탁하면 금방 찾을 수 있을 것이니, 이틀 후면 이 거점에서 철수할 수 있을 것 같다.

"좋았어! 빨리 돌아가서 마리나에게 알려주자고!"

"마음 같아서는 그러고 싶지만, 아직 몸이 움직이지 않아. 잠시만 더 쉬고 해줘."

"그럼 내가 옮겨줄게. 하지만 앞으로 안는 건 여자한테만 해주라고 했으니까, 등으로 업어주겠어."

"그러니까 나는…… 우왓?!"

"가자~!"

"하아…… 여전한걸."

마치 자기 일처럼 기뻐하고 있는 레우스가 알베리오를 등에 업고 달리기 시작했다. 그 모습을 보고 쓴웃음을 지었지만, 알베리오도 즐거워하고 있는 것 같았다. 이 두 사람도 친해졌는걸.

의견 차이로 말다툼을 하기도 했지만, 나이가 비슷해서 그런지 날이 갈수록 두 사람의 우정이 깊어지고 있었다. 그리고 방금 모의전에서 보여준 것 같은 멋진 연계를 펼칠 수 있게 된 것이다.

서로의 기술도 흡수한 것 같으니, 힘을 합쳐 싸우게 한 것은 올바른 판단이란 생각이 들었다.

물론 개개인을 상대로 한 단련도 계속했으니, 지금의 알베리오는 만나기 전보다 훨씬 강해졌을 것이다.

"하아. 나는 제대로 움직이지 못하는데, 너는 기운이 넘치는걸."

"형님의 기술을 쓰면 지키는 게 당연하거든. 그리고 알은 아직 낭비가 많아."

"나도 이해하고 있으니까 그런 소리 하지 마."

"하하하! 그럼 입 다물고 내 등에 업혀 있으라고."

나는 농담을 나누며 즐겁게 뛰고 있는 두 사람의 뒤를 쫓으며, 만족감을 느꼈다.

그날 밤…… 내가 내준 시련을 돌파한 알베리오가 드디어 표적인 그루지오프에게 도전할 수 있게 되자, 저녁을 좀 호화롭게 차려봤다.

요즘 들어서는 호쿠토만이 아니라 여성들도 식재료를 모으러 다녔다. 그래서 훈련에만 전념 중인 우리는 좀 기둥서방이라도 된 듯한 느낌이 들었다.

아무튼 호쿠토와 여성들이 구한 산나물과 고기 통구이, 민물 생선의 찜, 그리고 마을에 물건을 사러 갔을 때 향신료도 구해 왔기 때문에 그걸로 남매가 좋아하는 카레도 만들었다.

"드디어 이때가 되었군요, 오라버니!"

"그래. 그래도 중요한 건 내일이야. 이제부터 마음을 단단히 먹어야 해."

며칠 전부터는 훈련 후에도 평범하게 식사를 할 수 있게 된 알베리오는 소모된 에너지를 보충하려는 듯이 열심히 먹었다. 하지만 도중에 목이 메서 물을 마시자, 에밀리아와 피아는 약간 어이없다는 눈길로 쳐다보았다.

"마음을 다잡는 건 좋지만, 좀 느긋하게 먹는 게 좋지 않을까?"

"시리우스 님이 만드신 요리니까, 좀 더 맛을 음미하는 편이 좋을 거예요."

"우물…… 맞아요. 모처럼 먹는 카레니까요."

"카레는 식혔다가 다시 데워먹으면 재료에 맛이 배여서 더 맛있어져. 그러니까 내일 먹을 걸 남겨두는 것도 괜찮을 거야."

"정말입니까?! 하지만…… 으음, 고민되는걸…….'

"오라버니. 그럼 오늘은 한 그릇만 먹고, 남은 건 내일 먹는 건 어떨까요?"

"그래. 그렇게 하자."

이 남매는 이 상황에서 참을 수 있는 것 같았다.

그에 비해, 우리 집 먹보 두 사람은…….

"형님, 더 줘!"

"한 그릇 더 부탁드릴게요."

카레는 냄비 두 개 분량을 만들었고, 우리 몫과 남매 몫을 따로 만들기 정말 잘했다.

몰래 훔쳐 먹지는 않을 거라고 생각하지만, 혹시 모르니 호쿠토에게 카레 보초를 맡겨야겠다.

그리고 저녁 식사를 마쳤을 즈음, 에밀리아가 끓인 홍차를 마시면서 내일 일정에 대해 이야기했다.

"내일은 아침 일찍 산으로 향하자. 호쿠토가 그루지오프의 냄새를 기억하니까, 금장 찾을 수 있을 거야."

"역시 호쿠토 씨야. 언제 그루지오프의 냄새를 기억한 거야?"

"……멍."

번역을 해주지 않아도 호쿠토가 뭐라고 했는지 짐작할 수 있다.
어쩌다 보니 말이야…… 하고 말하면서 눈을 돌린 것이다.

호쿠토는 식재료 조달 과정에서 그루지오프를 사냥했다, 지금
네가 먹고 있는 게 그루지오프의 고기다……고 말할 수 있을 리
가 없다.

그리고 한 마디 더 하자면, 실은 나도 그루지오프와 싸워본 적
이 있다.

알베리오 혼자서 이길 수 있는지 없는지, 미리 실력을 파악해
두고 싶었던 것이다. 참고로 모의전에서 두 사람이 기절한 후에
혼자서 싸우러 가봤다.

그리고 직접 싸워본 결과, 지금의 알베리오라면 충분히 이길
수 있는 마물이라고 판단했다.

원래 알베리오는 간파 능력이 좋으며, 그루지오프의 공격을
간파하는 것도 가능할지도 모른다. 문제는 공격의 자세와 일격
에 실린 힘…… 즉 공격력이 부족하다는 점이다.

하지만 알베리오는 레우스와 함께 싸우면서 그런 면을 단련했
으니, 방심만 하지 않는다면 어찌어찌 그루지오프를 사냥할 수
있을 거라고 확신했다.

"당연히 이해하고 있겠지만, 나와 그루지오프는 움직임과 몸
집이 명백하게 달라. 그러니 상대의 움직임을 철저하게 간파하

며 싸우는 거야."

"예. 정확한 공격과 회피를 염두에 두겠습니다. 하지만……
지금의 제가 정말 용을 쓰러뜨릴 수 있을지 좀 불안하군요."

"나는 그 녀석과 싸워본 적이 없지만, 형님의 박력을 능가하
는 녀석은 거의 없어. 무엇보다 호쿠토 씨에게 비하면 별것 아
닐걸?"

"그, 그래. 그 둘에게 비하면, 그루지오프 따위는 어떻게든 해
치울 수 있을 것 같은 느낌이 드는걸."

모의전에서 내가 뿜는 진정한 살기를 몇 번이나 느껴봤고, 용
이 귀엽게 보일 만큼 무시무시한 호쿠토와도 싸운 적이 있으니
까 말이다.

호쿠토는 두 사람의 동시 공격을 가볍게 피할 뿐만 아니라, 앞
발과 꼬리로 간단히 공격을 흘려냈다. 두 사람은 그런 호쿠토와
싸우며 몇 번이나 절망을 느꼈을 것이다.

공포…… 정신적 외상(트라우마)을 심어준 듯한 느낌도 들지만,
알베리오는 불안을 떨쳐낸 것 같으니 오늘은 느긋하게 쉬기로
했다.

다음 날, 우리는 예정대로 그루지오프를 찾기 위해 산속으로
들어섰다.

멤버는 나와 알베리오, 마리나와 그루지오프를 찾을 호쿠토와
레우스, 그리고 치료 담당인 리스다. 그리고 거점을 지키기 위
해 에밀리아와 피아가 남았다.

호쿠토가 앞장 서서 나무들 사이로 나아갔고, 강을 건너며 산 정상을 향했다. 그리고 절벽 위에 섰을 즈음, 호쿠토가 걸음을 멈췄다.

"⋯⋯멍!"

"형님, 그루지오프는 절벽 아래에 있대."

"수고했어. 자아, 드디어 목표를 발견했군. 좀 쉬겠어?"

"산길을 걸으면서 준비운동은 마쳤어요. 언제든지 싸울 수 있어요."

"힘내세요, 오라버니."

"부상을 입으면 얼마든지 치료해줄 테니까, 무리는 하지 마."

아직 들키지 않은 것 같았기에 조용히 다가가서 절벽 아래를 내려다보니, 바위 위에 드러누워 있는 중형 비룡⋯⋯ 그루지오프가 보였다.

머리에 달린 멋진 뿔이 인상적인 비룡이며, 크기는 꼬리를 포함해 나의 네 배 정도 될 것 같았다. 특별히 몸집이 큰 개체는 없지만, 전에 싸웠던 용보다는 작아 보였다.

이 언덕도 그렇게 높지는 않으니 그냥 뛰어내려도 괜찮을 것 같지만⋯⋯ 문제가 하나 있었다.

"말도 안 돼! 세 마리나 있잖아. 뿔은 하나만 있으면 되는데⋯⋯."

"형님, 어떻게 할래?"

"어차피 할 일은 같아. 다른 두 마리는 레우스와 호쿠토가 맡으면 되겠지."

여유가 있다면 레우스도 혼자서 그루지오프를 사냥하게 하고 싶었기에, 차라리 잘됐다는 생각이 들었다.

오늘 저녁은 그루지오프로 고기 파티를 하면 되겠군.

참고로 나는 여기서 대기하다가, 도망치려 하는 그루지오프를 '임팩트'로 저지할 생각이다.

"대부분 몸집이 비슷한데, 알은 어느 녀석을 노릴 거야?"

"나는 저 한가운데에 있는 녀석을 잡겠어."

"멍!"

"호쿠토 씨는 오른쪽 녀석이구나. 그럼 나는 왼쪽 녀석을 맡겠어."

절벽 아래는 바위가 난잡하게 굴러다니는 널찍한 장소이니, 잘 흩어지면 서로에게 영향을 끼치지 않고 싸울 수 있을 것이다.

그리고 표적이 결정되고, 준비를 마쳐서 공격을 하려던 순간, 리스와 마리나가 손을 슬며시 들면서 끼어들었다.

"저기, 나도 싸워도 될까?"

"괜찮기는 한데, 리스가 싸우고 싶어 하는 건 신기한 일이네."

"내 마법이 저 용에게 통할지 시험해보고 싶어. 그리고 나이아가 얼마나 강한지도 알아두고 싶거든."

"나, 나도 시험해보고 싶은 마법이 있어!"

그러고 보니 포니아 마을에서 만난 정령 미라…… 아니, 나이아가 동료가 된 후로 리스의 마법은 여러 의미에서 강해졌다.

하지만 대부분의 적은 호쿠토와 레우스가 해치우기 때문에, 아직 리스가 진심으로 마법을 써본 적은 없다. 자신의 능력을 파악해두는 게 중요하다는 이야기는 전부터 몇 번이나 했으며, 해보고 싶어 한다면 말릴 이유가 없다.

마리나도 알베리오가 나한테 가르침을 받는 동안 혼자서 마법 훈련을 해온 것 같으니, 너무 걱정할 필요는 없을지도 모른다.

하지만…… 알베리오는 그 말을 듣고 표정을 굳혔다.

"잠깐만, 마리나. 너까지 용과 싸울 필요는 없어!"

"오라버니만 성장한 게 아니거든? 나도 다른 사람들에게 가르침을 받으면서 강해졌단 말이야!"

"하지만……."

"멍!"

알베리오는 위험하다면서 말렸지만, 호쿠토가 자기만 믿으라는 듯이 울음소리를 내자 어쩔 수 없이 고개를 끄덕였다.

호쿠토의 실력은 알고 있을 테고, 무엇보다 호쿠토의 곁보다 안전한 장소가 없다는 것도 이해하고 있는 것이리라.

"잘 들어, 마리나. 절대 호쿠토 씨보다 앞으로 나서지는 마. 마법으로 엄호만 하면 돼."

"저는 딱히 용을 쓰러뜨리고 싶은 건 아니니까 무리는 안 할 거예요. 그것보다 오라버니야말로 혼자서 싸워야 하니 조심하세요."

작전이 결정되자, 서로의 싸움에 영향을 끼치지 않도록 절벽 위에서 흩어졌다가 내 신호에 맞춰 동시에 공격을 하기로 했다.

혹시 몰라 주위를 '서치'로 조사했지만, 이쪽으로 접근하는 대형 마물의 반응은 없었다. 그러니 다들 그루지오프와의 싸움에 전념할 수 있을 것이다.

그리고 각자가 정해진 위치에 도착하자, 나는 '콜'로 신호를 보냈다.

『작전 개시!』

그리고 적절하게 그루지오프를 분산시키면서 싸움이 시작되었지만, 솔직히 말해 알베리오 말고는 별문제 없이 승리할 거라고 생각했다.

호쿠토는 이미 쓰러뜨린 적이 있는 상대이며, 리스와 마리나가 쓰는 마법의 실험대 같은 느낌일 것이다. 솔직히 말해 그루지오프가 불쌍하다는 생각이 들 지경이었다.

레우스도 경험을 쌓기 위해 혼자서 그루지오프와 싸우지만, 자신의 힘을 제대로 발휘한다면 충분히 해치울 수 있는 상대일 것이다.

그래서 내 시선은 자연스레 알베리오 쪽으로 향했다.

"너한테 원한은 없지만, 그 뿔은 받아가겠다!"

알베리오는 애용하는 검을 치켜들더니, 으르렁거리고 있는 그루지오프와 눈싸움을 벌였다.

한동안 눈싸움이 이어진 후, 그루지오프는 날카로운 울음소리를 내면서 날개를 펼치더니 그대로 하늘로 날아올랐다.

도망칠 가능성도 머릿속을 스쳤지만, 용은 기본적으로 자존심이 강해서 겁을 먹거나 도망치는 일이 없다. 그러니 눈앞에 있는 알베리오를 공중에서 덮치려는 것뿐이리라.

참고로 그루지오프는 공중전이 특기이며, 자유자재로 하늘을 날면서 공중에서 발톱과 몸통박치기로 공격을 펼치는 비룡이다.

특히 공중에서 활공하며 날리는 몸통박치기는 위협적이며, 정통으로 맞으면 머리의 뿔에 의해 치명상을 입으리라.

항상 공중에 떠 있으려고 하기 때문에, 원거리 공격을 할 수 없는 알베리오가 공격을 하려면 필연적으로 스쳐 지나가는 순간을 노릴 수밖에 없다.

하지만 그루지오프는 단단한 비늘을 지녔기 때문에, 회피에 집중하는 상태에서 날린 알베리오의 일격은 통하지 않을 것이다.

뭐…… 알베리오가 나에게 가르침을 받기 전의 이야기지만 말이다.

한 번 선회하면서 낙하하듯 달려든 그루지오프의 몸통박치기를, 알베리오는 옆으로 몸을 날려서 피했다.

"빨라……. 하지만, 피할 수 있어!"

공중이라고는 해도, 정면에서 날아온 공격을 피하지 못한다면 곤란하다. 아니, 나와 호쿠토의 공격을 그렇게 맞았으니, 저런 공격도 피하지 못한다면 진짜로 화낼 것이다.

그리고 알베리오도 예전 같으면 회피하느라 급급했겠지만, 지금의 그라면 공략법이 몇 개나 보일 것이다.

그루지오프는 몇 번이나 몸통박치기를 시도하면서 발톱을 휘둘렀지만, 알베리오는 완전히 간파하며 회피했다.

"간다!"

상대의 움직임에 익숙해진 듯한 알베리오가 검을 고쳐 쥐며 공세에 나선 순간, 그루지오프는 또 몸통박치기를 날리기 위해 돌격했다.

그 거대한 몸이 코앞까지 다가온 순간, 알베리오는 옆이 아니라 머리 위편을 향해 몸을 날리고 공격을 피했다.

"……받아라!"

공중에서 몸을 뒤집은 알베리오는 그루지오프가 자신의 아래편을 스쳐 지나가려던 순간에 검을 휘둘렀다.

그대로 그루지오프가 지나간 후에 착지한 알베리오가 하늘을 쳐다보니, 한쪽 눈으로 피를 흘리며 포효를 지르고 있는 상대의 모습이 눈에 들어왔다.

빠른 속도로 다가오는 그루지오프의 움직임을 완전히 간파한 후, 비늘에 뒤덮여 있지 않은 눈을 정확하게 벤 것이다. 훈련의 성과가 나타나고 있는 것 같아서 흐뭇했다.

분노에 사로잡힌 그루지오프는 공중에서의 공격을 관두더니, 알베리오의 눈앞에 내려서며 울부짖었다. 눈앞에서 뿜어진 용의 포효는 어마어마한 위압감을 자아냈지만, 알베리오는 전혀 겁먹지 않으며 검을 치켜들었다.

"거대……하지만, 작아. 사부님이나 호쿠토 씨에 비해 너무 작아. 이길 수 있어……. 아니, 이기겠어!"

그리고 알베리오는 상대의 공격을 기다리지 않더니, 지면을 박차며 정면에서 달려들었다.

그루지오프가 눈앞의 적을 베기 위해 발톱을 휘둘렀지만, 알베리오는 상대의 움직임에 맞춰 검을 휘둘러서 발톱을 공격했다.

하지만 아무리 단련하더라도, 용종…… 그리고 자신의 몇 배나 되는 마물에게 힘으로 이길 수 있을 리가 없다. 검이 부러지거나, 흘려내기 전에 힘에 밀린 바람에 발톱이 몸에 박히겠지만…….

"사부님과 레우스에게는 미치지 못하지만……."

알베리오는 발톱에 닿은 검을 기점으로 지면을 박차더니, 자신의 몸을 밀어 올리면서 공격을 피했다.

예전의 알베리오는 자신의 몸을 그 자리에서 고정시킨 후, 상대의 공격을 검으로 쳐내거나 궤도를 비틀기만 했다. 그래서 레우스처럼 뛰어난 힘을 지닌 상대에게 밀리는 경우가 많았다.

하지만 지금은 몸 전체를 움직이며 공격을 흘리는 기술을 익혔기에, 상대의 일격을 흘리는 것과 동시에 공격으로 전환하는 게 가능해진 것이다.

"이게 내 일격이다아아아아아——!"

공격을 흘려내면서 상대의 품속으로 파고든 알베리오는 공중에서 몸을 회전시키더니, 기세가 실린 검을 그루지오프의 목을 향해 전력으로 휘둘렀다.

레우스와 함께 훈련을 하면서 강파일도류의 일격을 흉내 낼 수 있게 된 알베리오의 검은 날카로웠으며, 그루지오프의 비늘을 간단히 베어 넘긴 후에도 검은 계속 밀어 넣었다.

하지만 그루지오프의 목은 두꺼워서, 알베리오의 검으로는 목을 절반 정도 위치에만 겨우 박혔다. 레우스처럼 대검을 쓴다면 일격에 목을 베어버릴 수 있겠지만 말이다. 하지만 알베리오의 공격은 아직 끝나지 않았다.

"한 방 더!"

마력 낭비를 줄인 '에어 스텝'으로 하늘을 박찬 알베리오는 그루지오프의 목에 다시 접근하며 검을 휘둘렀다.

그리고 밸런스가 무너진 알베리오가 지면에 착지한 순간, 그루지오프의 목이 떨어지면서 지면을 뒤흔들었다.

"……해치웠나?"

목이 잘리고도 살아 있는 생물은 거의 없지만, 알베리오는 방심하지 않으며 검을 쥔 채 경계했다.

"전투 후에도 방심하지 않는 건가……. 합격이군."

약점을 적절하게 노리면서 품속으로 파고들 때도 상대가 다친 눈 쪽으로 다가갔기에, 나는 솔직하게 칭찬했다.

하지만…… 상대의 공격을 간파할 때까지 시간이 걸렸으며, 그 외에도 수정해야 할 부분이 몇 개나 보였다. 그래도 보름 정도 만에 이만큼이나 할 수 있게 된다면 충분하고도 남는 결과일 것이다.

알베리오가 무사히 그루지오프를 쓰러뜨린 후, 레우스를 쳐다보니…… 그는 예상과 좀 다른 움직임을 선보이고 있었다.

그루지오프의 움직임은 일찌감치 파악한 것 같지만, 레우스는 상대를 정면에서 두 동강을 내는 것이 아니라 다양한 방식을 시도해보면서 싸우고 있었다.

이것도 알베리오의 영향일까? 검에 미친 변태 할아버지와는 다른 길로 나아가는 것 같아 미묘하게 기뻤다.

레우스는 그루지오프의 우직한 돌격을 피하며 몇 번이나 대검을 휘둘렀고, 그루지오프의 꼬리를 끝부분부터 잘게 썰 듯이 베고 있었다. 검을 정교하게 휘두르는 연습을 하고 있는 걸지도 모른다.

그리고 꼬리가 극단적으로 짧아졌을 즈음, 돌진하는 그루지오프에 맞춰 머리 위편으로 도약하더니 아래편을 지나가는 상대를 향해 검을 휘둘렀다. 우연히도 알베리오와 같은 공격 방법을 선택한 것이다.

"죽어!"

다른 점은 눈이 아니라 등을 향해 전력으로 검을 휘둘렀다는 점이다.

엄청난 힘을 지닌 레우스에게 공격을 당한 그루지오프는 지면을 도려내며 그대로 미끌어졌다.

"우라아아아아압──!"

그리고 그루지오프의 움직임이 정지되자, 레우스는 검을 휘둘러서 상대의 목을 단숨에 절단했다.

마지막으로 상대가 완전히 죽은 것을 확인한 레우스는 나에게 손을 흔든 후, 알베리오를 향해 걸어갔다.

"해냈구나, 알베리오!"

"그래, 해냈어! 그것보다 마리나는 괜찮은 거야?!"

표적인 용을 해치웠으니 기뻐하고 싶겠지만, 여동생인 마리나가 싸우고 있기 때문인지 안심할 수가 없는 것 같았다.

호쿠토가 있으니 걱정할 필요는 없을 거라고 생각하며, 리스와 마리나의 상황을 확인해보니…….

"후후, 여기야!"

"진짜는 이쪽이야."

"멍!"

마리나가 만들어낸 환술에 농락당하고 있는 용의 모습이 눈에 들어왔다.

예전에는 자신의 모습을 두 개 만들어내는 것이 한계였다지만, 지금은 본인만이 아니라 리스와 호쿠토의 환영을 상대의 주위에 몇 개나 만들어냈다.

게다가 리스의 '아쿠아 미스트'에 의해 시야가 한정되고 있는 건지, 혼란에 빠진 그루지오프는 엉뚱한 곳을 공격하고 있었다.

하지만 마리나가 고통스러운 표정을 짓고 있는 것을 보면, 슬슬 환영을 유지하는 게 한계인 거 같다.

"마리나, 괜찮아? 무리하면 안 돼."

"하아…… 하아…… 죄송해요. 역시 저의 마력량으로는 오랫동안 유지할 수 없는 것 같아요."

"반복해서 쓰면서 익숙해지면 돼. 이미지가 얼마나 중요한 건지 이제 이해한 것 같네."

"예. 여러분 덕분이에요."

환술은 마리나의 고유 능력이지만 마력을 쓰는 것을 보면 마법에 가까운 것 같았다. 그러니 마법과 마찬가지로 이미지가 중요하며, 지나치게 사용하면 마력 고갈이 일어난 것이다.

한계를 맞이한 마리나가 환영을 지우자, 리스도 안개를 없앴다.

그러자 그루지오프는 적의 모습을 포착한 것 같다.

"뒷일은 나한테 맡겨. 호쿠토, 잘 부탁해!"

"멍!"

그루지오프는 리스와 마리나를 향해 몸통박치기를 날리려고 했지만, 순식간에 아래편으로 이동한 호쿠토가 도약하면서 상대의 꼬리를 물었다.

호쿠토가 그대로 몸을 비틀자, 그루지오프는 장난감처럼 공중에서 몇 번이나 휘둘러지더니, 마지막에는 지면에 내동댕이쳐졌다.

그리고 극심한 충격에 의해 움직일 수 없게 된 그루지오프를 향해, 리스는 마력을 집중하면서 손을 내밀었다.

"위험하니까, 마리나는 떨어져 있어!"

리스는 시험해보고 싶은 마법이 있다고 했는데, 저 움직임은 전에 본 적이 있다.

예전에 내가 가르쳐준 마법을 왜 이제 와서 시험해보려고 하는 걸까 생각했을 때, 리스가 마력을 해방하면서…….

"나이아…… 전력을 다하자! '아쿠아커터'."

손바닥에서 엄청난 기세로 물이 발사되더니, 그대로 그루지오프를 관통한 것이다.

아니…… 저것을 물이라고 해도 될까?

마치 레이저 같은 한 줄기 물이 그루지오프의 몸을 두 동강 냈을 뿐만 아니라, 후방에 있는 바위도 절단한 것이다.

원래 저것은 물로 벤다기보다 물로 날려버리는 마법이며, 떨어진 적을 공격할 때는 위력이 감소된다. 하지만 지금은 위력 및 사정거리가 압도적인 수준이었다.

그런 일격을 날린 본인은 자신의 손, 그리고 공중에서 자기주장을 하고 있는 정령을 번갈아 쳐다보면서 쓴웃음을 지었다.

"아, 아하하. 과하게 의욕을 낸…… 걸까?"

"의욕을 낸 수준이 아득히 벗어났다고 생각하는데요……."

"……멍."

"어, 어쩔 수 없잖아! 나이아의 힘이 너무 센 탓이란 말이야."

리스가 해보고 싶었던 건, 예전에 미라 님이라 불렸지만 지금은 리스의 파트너가 된 물의 정령…… 나이아의 전력을 시험해보는 것 같았다.

본인…… 아니, 본정령의 말에 따르면 나이아는 물의 정령 중에서 상위종이라고 한다. 그리고 그 말에 걸맞게 어마어마한 힘을 지닌 것이다.

이 말도 안 되는 위력은 정령마법이 얼마나 비정상적인지 알려준다는 느낌이 들었다.

"내, 내가 고생고생해서 쓰러뜨린 용을, 저렇게 간단히……."

"오라버니, 정신 차리세요!"

"큰일인걸. 누나만 마법으로 적을 벤다고 생각했는데, 리스 누나도 마찬가지잖아. 나도 지지 않게 열심히 수련해야지……."

이렇게 마지막에 분위기가 미묘해지기는 했지만, 알베리오는 무사히 그루지오프의 뿔을 손에 넣었다.

"……그런 일이 있었군요. 알베리오 님만이 아니라 리스와 마리나도 성장했네요."

그루지오프를 쓰러뜨린 우리는 뿔과 돈이 될 만한 부위를 챙겨서 거점으로 돌아왔다.

이것으로 목적을 달성했으니, 내일은 이 거점을 떠날 생각이다.

그러니 가져온 고기와 빨리 상하는 식재료를 이용해 파티를 열 준비를 하면서, 나를 도와주고 있는 에밀리아에게 아까 전의 싸움에 대해 설명했다.

그리고 옆에서 도와주고 있는 리스 또한 부끄러움 섞인 미소를 지으며 식칼을 휘두르고 있었다.

"성장한 건 기쁘지만, 내가 강해진 건 결국 나이아 덕분이야."

"그런 정령에게 사랑받는 것도 리스의 실력 아닐까?"

"물의 정령이 사람을 잘 따르는 것뿐이야. 그것보다 알베리오가 목적을 달성했으니까, 드디어 파라드로 가겠네."

"예. 시리우스 님, 파라드에 도착한 후에는 어쩌실 건가요?"

원래 목적은 관광이었지만, 알베리오 일행과 만나면서 예정이 늘어나게 되었다.

"관광을 할 거지만, 여기까지 왔으니 알베리오가 어떻게 되는지 지켜보고 싶어. 저녁 식사 때, 계속 따라다녀도 될지 물어보려고 해."

"찬성이야. 소꿉친구가 서로를 사랑하고 있다잖아. 나도 어떻게 될지 끝까지 지켜보고 싶어."

"레우스에게 생긴 첫 친구이고, 마리나와의 관계도 신경 쓰이니까요. 조금이라도 더 오랫동안 함께 있고 싶군요."

만남 자체는 최악이었을지도 모르지만, 왠지 레우스와 마리나는 좋은 느낌으로 가까워지고 있다.

지금까지 레우스와 친분을 쌓았던 여성은 전부 연상이며, 또한 누나들 때문에 제대로 고개를 들지 못하기 때문에 여성과 교제하는 방식에 미묘하게 비틀려 있었다.

그러니 나로서는 두 사람이 맺어지는 것도 나쁘지 않다고 생각하며, 여러모로 닮은꼴인 만큼 가까워질 수 있도록 밀어주고 싶지만…….

"하지만, 레우스에게는 노와르가 있지 않아?"

"으음…… 노와르와 다투지 않았으면 좋겠네. 뭐, 레우스가 하기 나름일 거야."

"……그렇게 넘어가도 괜찮은 거야?"

"딱히 문제될 게 있나요? 시리우스 님의 제자인데도 여러 여성을 상대하지 못한다면, 그게 오히려 부끄러울 것 같군요."

……주위 사람들이 신경 쓰지 않는다면, 나도 개의치 않기로 했다.

아니, 연인이 셋이나 있는 나한테 그런 말을 할 자격이 있을 리도 없으니까 말이다.

좀 떨어진 곳에서 사이좋게 검을 손질하고 있는 레우스와 알베리오, 그리고 그 두 사람에게 휘둘리고 있는 건지 얼굴이 새빨개진 마리나를 보면서 우리는 요리를 계속 만들었다.

그리고 저녁 식사 때, 얼추 식사를 마친 알베리오는 자세를 바로 하며 고개를 깊이 숙였다.

"여러분에게 다시 감사 인사를 드립니다. 정말 고맙습니다."

"그 뿔이 맞는 거지?"

"예. 이렇게 멋진 뿔이라면, 상대방도 납득할 거라고 생각합니다."

알베리오의 이야기에 따르면, 그 뿔을 보여준 다음에 약혼자의 아버지가 지정한 강자와 싸우게 되어있다고 한다.

아직 목적을 달성하지 않았으니 기뻐하기에는 이르지만, 그래도 오늘 하루 정도는 기뻐하며 보내는 것도 나쁘지 않을 것이다.

지금까지 나와 호쿠토에게 혹독한 훈련을 받으며 땀과 피를 흘린 그 고생을 보답받은 것이다.

"그런데 사부님들이 가져온 그루지오프의 소재 말인데, 왜 저렇게 보관해둔 겁니까?"

우리가 산에서 내려온 후, 그루지오프의 소재가 썩지 않도록 잘 처리한 후, 밀폐된 나무 상자에 넣어서 마차 안쪽에 넣어둔 것이다.

마을은 여기서 멀지 않으니, 그냥 팔기만 할 거면 저렇게 철저하게 처리할 필요는 없다.

"먼 마을에 갔을 때나 좀 시간이 지난 후에 팔 생각이야. 만약 이 근처에서 팔았다간, 네가 가지고 온 뿔이 우리한테서 얻은 거라고 여길 가능성도 있거든."

"지금 사정은 괜찮습니까?"

"그래. 한동안은 괜찮아. 주머니 사정이 나빠졌을 즈음에는 알베리오의 일도 정리되었을 테니까, 우리는 신경 쓰지 않아도 돼."

"그런 부분까지 신경 써주셔서 감사합니다. 그래요. 여러분은…… 모험가시죠."

"아……."

내가 먼 마을이라는 말을 입에 담자, 우리와의 작별이 멀지 않았다는 것을 눈치챈 남매의 표정이 약간 어두워졌다.

기간이 짧았던 만큼 꽤 극심한 훈련을 했지만, 작별을 아쉬워해주는 것 같았다. 특히 마리나는 눈에 띄게 풀이 죽었다.

"아쉬워해주는 건 기쁘지만, 아직 네 목적은 달성하지 못했거든? 지금은 작별보다는 앞으로의 일을 생각해."

"그렇……죠. 성공하지 못한다면 사부님을 뵐 면목이 없을 테니까요. 자아, 너도 그런 표정 짓지 마."

"……응."

"바로 그 의기야. 호쿠토가 끄는 마차를 타고 간다면 파라드에…… 아마 이틀 후에 도착할 거야. 마을에 도착하면 너희 둘은 어떻게 할 거지?"

"우선 집에 가서 보고를 한 다음, 소꿉친구의 부모님께 뿔을 보여주러 갈 거예요. 보수도 그때 건네 드리죠."

"아…… 그러고 보니 보수를 받기로 했었지."

원래 보수를 받으려고 단련을 시켜준 건 아니라서 까맣게 잊고 있었다.

알베리오를 단련시키는 건 즐거웠고, 레우스의 친구이자 새로운 자극이 되어준 것만으로도 충분히 만족했다. 뭐, 받을 건 받을 생각이지만…… 그런 식으로 적당히 생각하고 있을 때, 알베리오가 어이없다는 표정을 지었다.

"혹시 잊으셨던 겁니까? 모험가답지 않은 발언이군요. 사부님은 정말 욕심이 없으시군요."

"시리우스 님은 그런 분이니까요."

"형님은 원래 이런 사람이거든!"

"멍!"

남매와 호쿠토는 당연하다는 듯이 자랑하듯 가슴을 폈다.

알베리오는 그 광경을 보고 웃음을 흘렸지만, 갑자기 눈을 감으며 고개를 끄덕이더니 진지한 표정으로 나를 쳐다보았다.

"……사부님. 파라드에 향하기 전에, 사실을 이야기할까 합니다."

"오라버니……."

"마을에 도착하년 알게 될 일이야. 게다가…… 이 사람들에게 비밀 같은 걸 만들고 싶지 않아. 너도 내 마음을 이해하지?"

"……예!"

"무슨 말을 하고 싶은 건지는 모르겠지만, 무리해서 말할 필요는 없어. 너희와 친분을 쌓은 것만으로도 우리는 충분히 만족하거든."

제자들을 둘러보니, 다들 미소를 지으며 웃고 있었다. 나와 같은 의견 같았다.

"아뇨. 저는 이야기를 하지 않으니 마음이 편치 않습니다. 앞으로도 사부님의 제자로…… 그리고 레우스의 친구로 있기 위해서 말입니다."

"……알았어. 에밀리아."

"예. 홍차를 끓일게요."

이제 비밀을 알아서 성가신 일에 휘말리는 건 싫다…… 같은 소리를 할 사이도 아니다.

어떤 이야기가 나올지는 모르겠지만, 우리도 차분하게 들어보기로 했다.

그리고 홍차만이 아니라 쿠키가 준비되자, 알베리오는 홍차를 한 모금 마시고 천천히 입을 열었다.

"일전에 제가 귀족 출신이라고 말씀드렸습니다만, 실은 좀 다릅니다. 제 이름은 알베리오…… 파라드 폭스라고 합니다."

"파라드 폭스……구나. 마을 명칭이 이름에 들어가 있다는 건……."

"예. 이미 눈치채셨을 테지만, 마을의 명칭이 이름에 들어가 있다는 건 파라드를 통치하는 가문의 사람이라는 의미입니다."

성은 없지만, 파라드는 왕이나 다름없는 한 명의 권력자에 의해 통치되는 체제라고 한다.

그 권력자 가문에 속한 이는 마을 명칭이 이름에 들어가 있다. 즉, 알베리오와 마리나는 그 가문에 속한 이인 것이다.

"그렇다면 알은 지위가 높나 보네. 이제 알베리오 님이라고 부르는 편이 좋을까?"

"그러지 마. 나는 그 가문 출신이지만, 후계자는 내 형님이야. 우리 가족과 주위 사람들도 전부 납득했으니까, 나는 일개 귀족…… 아니, 지금은 한 명의 남자에 불과해. 그러니까 예전처럼 대해줘."

"응. 나도 그편이 좋아. 아, 그 커다란 쿠키는 내가 점찍어둔 거니까 먹지 마."

"……너는 정말 뻔뻔한 애구나."

"상관없어. 나도 그편이 기뻐."

모습을 감추고 있었던 것은 그런 가문이라는 걸 들키고 싶지 않았기 때문이리라.

하지만…… 잘 생각해보니, 이번 상황은 이상한 점이 많았다.

후계자가 정해져 있다 해도, 지위가 높은 가문의 사람에게 쓰러뜨릴 수 있을지 없을지 용의 뿔을 가져오라는 꽤 무모한 조건을 제시한 것이다.

"알베리오는 미욜에서 이띤 입징인 거지? 후계자가 아니라고 해도, 투무제 참가와 용의 토벌 같은 건 할 수 있는 걸 보면 꽤 자유가 허락되어 있는 것 같잖아."

"그 이유를 밝히기 전에 설명해야만 하는 게 있습니다. 파라드의 중심이라고도 할 수 있는 디네 호수의 건너편에는 파라드와 비슷한 마을이 있습니다."

"그건 나도 알아. 파라드와 왕성하게 무역을 하는 마을이지? 이름이…… 로마니오였나?"

"예. 그 로마니오를 통치하는 당주의 자식 말인데, 현재는 딸한 명 뿐입니다."

"그렇구나. 그럼 그 딸이……."

"예. 제 약혼자였습니다."

로마니오의 권력자에게는 장남이 있었지만, 몇 년 전에 실종되었다고 한다.

하지만 딸을 후계자로 삼는다면, 후계자를 생산하기 위해서는 남자가 있어야 한다. 하지만 딸을 사랑하는 아버지로서는 못난 남자를 딸의 짝으로 삼는 게 싫었다.

그래서 파라드와의 교류회에서, 어릴 적부터 몇 번이나 얼굴을 마주했고, 사이가 좋으며, 가문에도 문제가 없는 알베리오가 남편으로 뽑힌 것이다.

"정략결혼이나 다름없지만, 저와 그 애…… 파멜라와는 어릴 적부터 결혼을 약속한 사이니까요. 그 결정에 불만은 없어요."

"그런데, 몇 달 전에 약혼이 깨진 거구나."

"그녀의 아버지가 반대한 거야? 딸을 못 주겠다면서 말이지."

"아뇨, 사이는 좋은 편이었습니다. 이야기를 들으러 가서 안 건데, 아무래도 로마니오에 사는 상위 귀족이 한목소리로 참견을 한 것 같습니다."

알베리오에게는 그럴 마음이 없지만, 그 귀족은 파라드의 혈족이 이 결혼을 통해 로마니오를 집어삼키려 하는 거라고 말한 것 같았다.

아마 그것은 구실이며, 실제로는 파멜라와 결혼해서 로마니오를 지배하는 권력자가 되려는 속셈일지도 모른다.

무시하려고 해도 마을에서 상당한 지위를 가지고 있는 귀족이라 그럴 수 없으며, 투무제라는 조건을 낸 것도 그 귀족이라고 한다.

"투무제의 결과를 보고하러 갔을 때, 저를 가장 감싸준 이가 바로 그녀의 아버지입니다. 아마 그 귀족은 그루지오프의 토벌을 조건으로 내걸었고, 마지막에는 자신이 준비한 용병…… 방랑 검사와 싸우게 하겠다는 소리를 했죠."

"……예전 설명과 꽤 다른걸."

"죄송합니다. 집안 문제이기도 하기 때문에 함부로 이야기할 수가 없어서……."

그때는 만난 지 얼마 안 되었으니 당연할 것이며, 복잡한 사정이 있더라고 결국 해야 할 일에는 변함이 없으니 이야기할 필요도 없겠지.

"뭐, 신경 쓰지 마. 그것보다 솔직하게 하나만 묻겠어. 용케도 그린 조건을 빋아들였는걸."

"그게…… 주위의 귀족들이 당연한 듯이 고개를 끄덕인 데다, 저도 조바심이 난 바람에……."

"그렇지 않아요, 오라버니. 파멜라 씨를 아내로 맞을 거면 그 정도는 해내라며 도발을 한데다, 그 자리에 모여 있던 이들의 분위기도 어딘가 이상했어요."

"고마워, 마리나. 하지만 이미 받아들였으니 함부로 번복할 수는 없어. 정말…… 그때는 내가 어떻게 됐던 것 같아."

"내가 할 소리는 아니지만, 알은 바보네……."

123

"오라버니는 바보가 아냐! 그만큼 파멜라 씨를 소중히 여기는 것뿐이야!"

"진정해, 마리나. 그래. 레우스가 말한 것처럼 나는 바보였어. 하지만 운이 좋았어. 사부님을 만나고, 레우스도 만났지……. 나는 정말 운이 좋았어."

알베리오는 그 정도로 파멜라라는 여성을 사랑하는 것이리라. 포기할 바에야 죽는 편이 낫다고 생각할 만큼 말이다.

솔직히 말해 무모했다는 생각이 들었지만, 나는 이렇게 일편단심으로 행동하는 바보를 싫어하지 않는다.

그 강한 의지를 느꼈기 때문에, 나는 그를 도와주기로 마음먹은 것이다.

"그래. 나도 알을 만나서 다행이라고 생각해. 그리고 여러모로 복잡한 상황이라는 건 알았지만, 이제 잘 풀리겠지?"

"저와 싸울 검사가 얼마나 강한지는 모르지만, 지금의 저라면 충분히 승산이 있을 거라고 생각합니다."

그 귀족이 준비한 검사는 그루지오프를 혼자서 해치울 수 있는 실력자 같지만, 그건 알베리오도 마찬가지다. 적어도 일방적으로 당하지는 않으리라.

"뭐, 듣자하니 시리우스나 호쿠토를 능가하는 상대는 아닌 것 같거든. 그런 엄청난 강자라면 이미 소문이 돌았을 거야."

"그, 그래요. 사부님과 호쿠토 씨를 상대할 때의 그 절망을 경험했으니, 이제 무서울 게 거의 없습니다. 반드시 승리를 쟁취하고 말겠어요!"

모의전에서 절망을 심어줬을 때는 좀 심했다는 생각을 몇 번이나 했지만…… 아무래도 결과적으로는 잘된 것 같았다.

하지만…….

"그래도 아직 새 발의 피 정도지만 말이야. 호쿠토, 안 그래?"

"멍!"

사부님과의 모의전에 비하면 장난 정도이며, 그걸 실제로 체험해본 나와 호쿠토는 서로를 쳐다보며 고개를 기울렸다.

"……형님은 대체 어떤 경험을 한 걸까?"

"그, 글쎄? 적어도 우리는 상상조차 할 수 없군."

"역시 시리우스 님은 대단하세요!"

이렇게 얼추 설명을 마친 알베리오는 남은 홍차를 전부 들이키더니 천천히 숨을 토했다.

"……이제 모든 진실을 다 말씀드렸습니다만, 앞으로 여러분에게 폐를 끼치는 일은 없을 겁니다."

"그래. 이제 알베리오가 직접 승리를 쟁취해. 하지만 우리에게 이런 자초지종을 이야기해줘도 되는 거야?"

"은인인 여러분에게 진실을 숨기고 싶지 않았습니다. 앞으로도 지금까지와 같은 관계를 유지하고 싶군요."

"알이 그렇게 생각한다면, 나는 바꿀 생각 없어. 형님도 마찬가지지?"

"물론이지. 알베리오만 괜찮다면, 나는 앞으로도 네 스승이고 싶어."

"감사합니다. 앞으로도 잘 부탁드립니다."

알베리오가 고개를 깊이 숙이자, 옆에 있던 마리나가 안절부절못하는 듯한 반응을 보였다.

그리고 알베리오의 소매를 잡아당기더니, 그에게 귓속말을 했다.

"……괜찮겠어?"

"응. 나에 대한 것도 알려주고 싶어."

"그래. 여러분, 마리나에 대해서도 알려드리고 싶습니다만, 괜찮겠습니까?"

"딱히 상관없어. 그런데, 무슨 비밀이라도 있는 거야?"

"친동생이 아니라는 소리를 하려는 건 아니지?"

"마리나는 틀림없는 저의 친동생입니다. 실은 꼬리가 세 개라는 점에 대해 이야기를 드릴까 합니다."

매우 특이한 특징이기는 하지만, 우리는 이미 익숙해졌다.

그녀의 꼬리는 에밀리아 못지않게 아름다우며, 지금은 신기하다기보다 꼬리를 가꾸느라 힘들 것 같다는 생각이 들었다.

"여러분은 호미족의 전설을 아십니까?"

"으음…… 몰라. 피아는 알아?"

"나도 몰라."

"그럼 그것부터 설명해드리죠. 전설에 따르면, 호미족은 한 존재로부터 시작되었다고 합니다. 그 존재는 구미(九尾)라고 불렸으며, 그 호칭에 걸맞게 꼬리를 아홉 개 가지고 있었다고 합니다.

그 구미라고 불린 호미족은 방대한 마력과 불가사의한 능력을 지녔을 뿐만 아니라, 매우 장수했다고 한다.

구미가 많은 아이를 뒀고, 그 아이가 커서 또 아이를 뒀다. 그렇게 호미족의 숫자가 늘어났다고 한다.

"하지만 태어난 아이는 전부 꼬리가 하나였으며 구미처럼 여러 개의 꼬리를 지닌 호미족은 탄생하지 않았습니다."

역시 꼬리가 여러 개인 존재는 구미뿐이라고 여겨지던 바로 그때…… 다섯 개의 꼬리를 지닌 아이가 태어났다고 한다.

"그 아이는 구미에게 버금가는 마력과 능력을 지녔지만, 힘에 취해 폭주한 나머지, 수많은 호미족을 덮쳤다고 합니다."

덤벼든 자들은 도리어 당했으며, 결국 구미가 직접 나서서 쓰러뜨렸다고 한다.

하지만 구미도 수명 때문에 약해졌고, 그 아이를 쓰러뜨리는 것과 동시에 힘이 바닥났다고 한다.

"그 후, 호미족은 꼬리가 많을수록 두려운 존재로 여겨지게 되었던 겁니다."

"그게 뭐야?! 나쁜 건 옛날에 사고를 쳤던 녀석이잖아! 마리나와는 상관없다고!"

"나도 그렇게 생각하지만, 당시에는 정말 무시무시한 사건이었던 것 같아. 먼 옛날의 일이지만, 아직도 호미족들의 기억 속에 깊이 남아 있어."

"그럼 마리나는 마을에서 핍박을 당하고 있는 거야?"

"당주의 딸이기 때문에 직접적인 피해를 입지는 않았습니다. 하지만 마을 사람들은 그녀를 두려워하거나 거리를 두고 있죠. 그래서 마리나에게 다가가는 사람이……."

마리나는 마을 사람들에게 경원시되고 있으며, 가족만이 마음을 허락할 수 있는 상대였다.

마리나가 타인을 두려워하는 것도 가족 이외의 인간과의 교류가 극단적으로 적기 때문인 건가.

내가 여러모로 납득하고 있을 때, 갑자기 피아를 필두로 해서 에밀리아와 리스가 알베리오의 앞에 섰다.

"저기, 알베리오. 물어볼 게 있어. 당신은 우리가 어떻게 해줬으면 하는 거야?"

"그건…… 저와 마찬가지로, 마리나와도 지금까지와 같이 교류를 해주셨으면……."

"""에잇!"""

"커헉?!"

그 순간, 세 사람은 동시에 알베리오의 머리에 꿀밤을 날렸다. 그 호흡이 척척 맞는 행동을 본 나는 무심코 신음을 흘렸다.

"하아. 아무리 여동생이 소중하더라도, 그런 말을 하지 않았으면 좋겠어."

"맞아요. 저희는 마리나와 이미 친구니까, 그 정도로 멀리할 리가 없잖아요."

"걱정하는 건 알지만, 우리한테는 무례한 소리야."

"여러분……."

마리나는 세 사람의 말을 듣고 울먹거렸지만, 곧 마음을 진정시켰다.

그것도 그럴 것이, 에밀리아와 피아가 마리나의 두 팔을 움켜잡고 그대로 연행하듯 끌고 갔기 때문이다.

"그럼 여자들끼리 이야기 좀 나누고 올게."

"알베리오는 저기서 반성 좀 하고 있어."

"저기, 오라버니는 저를 생각해서……."

"아뇨. 솔직히 말해 그건 괜한 걱정이에요. 그럼 시리우스 님. 저도 잠시 이야기를 나누고 올까 합니다만, 혹시 무슨 일이 있다면 저를 불러주세요."

"아, 오라버니. 도와주……."

그리고 여성들은 잠을 잘 때 이용하는 임시 오두막에 들어갔다.

남겨진 우리는 그녀들을 아무 말 없이 쳐다보았지만, 곧 자연스레 웃음을 흘렸다.

"하하하, 알. 저렇게 된 누나들은 형님 말고는 못 말려. 포기하는 게 좋을 거야."

"말릴 리가 없잖아. 게다가…… 그녀들의 말이 맞아. 저런 말을 단호하게 하는 저 사람들은 정말 멋진 여성이라고 생각해. 역시 사부님의 연인들다워."

말다툼을 하거나 싸우기도 하지만, 그녀들의 사이가 매우 좋다. 종족은 다르지만 진짜 자매 같아 보일 정도다.

정말 나에게는 과분한 연인들이다.

"뒷일은 그녀들에게 맡기자. 혹시나 말해두겠는데, 꼬리가 세 개이든 아니든 나는 마리나를 대하는 태도를 바꿀 생각이 없어."

"……감사합니다."

"게다가 누나들만이 아니라 나도 마리나의 친구거든. 안심해."

"친구……구나."

"응. 친구 맞잖아? 요즘 마리나에게 훈련 쪽으로 도움을 받으면서 다소 이야기를 나누게 됐거든. 아…… 하지만 내 이름을 아직 불러주지 않는 데다, 가까워졌는데도 어느 정도 거리를 두고 있는 것 같아 미묘해."

그때 본 알베리오의 표정은 매우 복잡해 보였지만, 곧 마음을 다잡으며 레우스에게 미소를 지었다.

"마리나가 감정을 드러내며 이야기를 나누는 상대가 지금까지는 없었거든. 레우스, 앞으로도 그 애에게 말을 걸어줘."

"응. 나만 믿어!"

"……부탁해."

마지막 말에는 다양한 의미가 담겨 있는 것 같지만, 레우스는 평소와 마찬가지로 순수한 미소를 지으며 고개를 끄덕였다.

조언을 해줄지 말지 고민했지만, 역시 이런 건 스스로 경험을 쌓아가는 게 중요하다고 생각한다.

뭐, 레우스는 약속을 간단히 깨지 않고, 의리와 인정이 넘치는 순수한 남자다.

문제라도 벌어지지 않는 한, 나는 레우스의 행동을 지켜보기만 할 생각이다.

"……하앗! 좋아. 오늘은 이쯤 해야지."

알과 마리나의 이야기를 듣고 잠을 자기로 했지만, 나는 잠이 오지 않아서 거점 인근에 있는 강 근처에서 검을 휘두르고 있었다.

가볍게 백 번 정도 검을 휘두르고 수건으로 땀을 닦을 때, 나는 문득 마리나가 생각났다.

"두려움의 대상……."

형님의 이야기에 따르면, 마리나의 마력은 평범한 이들보다 약간 더 특별한 정도로, 뛰어나다고 할 정도는 아니라고 한다. 환영을 보이게 하는 불가사의한 능력을 가지고 있기는 하지만, 그 녀석은 전설에 나오는 나쁜 녀석 같은 짓은 절대 못 할 거라고 생각한다.

그러니 마리니가 두려움의 대상일 리가 없지만, 왜 다들 그런 식으로 여기는 걸까.

"……젠장."

이상하네……. 왜 이렇게 짜증이 나는 거지? 잘 생각이었는데 영 개운하지 않으니 검이나 좀 더 휘둘러야겠다.

그렇게 생각하며 다시 검을 휘두르려던 순간, 나에게 다가오는 인기척이 느껴졌다.

"내일 출발할 건데, 이런 늦은 시간까지 왜 검을 휘두르고 있는 거야?"

"역시 마리나구나. 무슨 일이야?"

"……아무 일도 없어. 왠지 잠이 오지 않아서 산책을 하다 보니, 네가 보인 것뿐이야."

"그렇구나. 나는 좀 더 검을 휘두를 거니까, 개의치 말고 산책이나 해."

나는 그렇게 말하고 또 검을 휘둘렀지만, 마리나는 좀 떨어진 곳에 앉아서 나를 쳐다보기 시작했다.

잘 모르겠지만 적당히 검을 휘두르며 적당히 땀을 흘린 내가 검을 내렸을 즈음, 마리나가 나에게 말을 걸었다.

"너는 정말 이상한 녀석이네. 오늘은 아침부터 계속 쉬지 않고 움직였는데 밤에도 검을 휘두르는 거야?"

"형님을 조금이라도 더 따라잡기 위해서야. 게다가 검을 휘둘러야 마음이 안정되거든."

"정말 이상한 녀석이야……."

마리나가 어이없어했지만, 그래도 이게 사실이니 어쩔 수 없다.

내가 솔직하게 대답하자, 마리나는 쓴웃음을 지으며 하늘을 올려다보았다. 그리고 나 또한 덩달아 아름다운 달을 올려다보았다.

그러고 보니 마리나와 처음 만났을 때도…….

"너와 내가 만났을 때도 이런 달이 떠 있었어."

"그래. 위험에 처한 너를 구해줬다가 두들겨 맞았지."

"그 일은…… 반성하고 있어. 사과도 했잖아?"

"화는 풀렸어. 하지만 여자애한테 그런 식으로 두들겨 맞은 건 처음이라 놀랐을 뿐이야."

"이런 무례한 소리를 하는 녀석이 왜 지금까지 두들겨 맞지 않은 걸까?"

그런 식으로 두들겨 맞은 적은 없지만, 누나가 나를 형님에게 배운 관절기의 실험대로 쓴 적은 있다.

마리나가 산책을 한다면서 아무 데도 가지 않자, 나는 그녀가 이야기를 편하게 할 수 있도록 다가갔다.

마리나는 평소 같으면 나와 거리를 뒀을 테지만 오늘은 도망 가지 않았고, 나는 그녀의 바로 옆까지 다가갔다.

"도망치지 않는 거야?"

"너와 하고 싶은 이야기가 있어. 그런데 거리를 두면 이야기 를 나누기 힘들잖아?"

"이야기? 좋아. 할 말 있으면 얼마든지 해봐."

"큭……. 너처럼 자기 할 말을 아무렇지 않게 할 수 있다면 나 도 고생 안 할 거야. 아, 아무튼 할 말이 있으니까, 앉아서 조용 히 들어줘."

"응!"

앉으라는 말을 듣고 옆에 앉았지만, 마리나는 도망치지 않고 나를 쳐다보았다.

"저기…… 너와 처음 만났을 때, 나를 네 누나들과 비교했지?"

"그래. 무의식적으로 그랬는데, 지금은 내가 잘못했다는 걸 알아. 반성 중이야."

"그럼 됐어. 하지만…… 그 사람들을 알고 나니, 그러는 것도 무리가 아니라는 생각이 들어."

"그게 무슨 소리야?"

함부로 비교하는 게 옳지 않다고 들었는데, 왜 마리나는 이렇게 개운한 표정을 짓고 잇는 걸까?

내가 당혹스러워하자, 마리나는 누나들이 잠들어 있는 오두막을 쳐다보면서 중얼거렸다.

"그야 나는 피아 씨처럼 미인에 마음이 넓지도 않고, 에밀리아 씨처럼 집안일을 잘하거나 남을 잘 돌보지도 않는데다, 리스 씨처럼 치료 마법을 쓸 줄 아는 것도 아니거든. 이런 나도 허물없이 대해주는 멋진 여성들에게 둘러싸여 있다면, 너도 비교하고 싶어질 거야."

"비교한 건 일단 제쳐두고, 내 누나들은 정말 대단하지? 다들 형님의 연인이라고."

"그래서 이해가 안 되는 거야. 그렇게 아름답고 멋진 여성들을 쭉 봐왔으면서…… 왜 나를 아름답다고 말한 거야?"

"그게…… 몇 번이나 말했다시피, 아름답다고 말한 거야. 그것 말고 다른 이유가 있어?"

게다가 마리나도 충분히 아름답고, 귀여운 얼굴을 지녔다.

약간 붉은색이 감도는 금발과 꼬리 세 개가 달빛을 반사하는 광경은 정말 아름다웠다.

내가 그렇게 솔직하게 말하자, 마리나는 얼굴을 새빨갛게 붉히면서 꼬리로 내 어깨를 때리기 시작했다. 아프지는 않지만, 좀 간지러웠다.

"뭐하는 거야?"

"시, 시끄러워! 하아, 정말…… 나중에 물어볼걸 그랬어!"

그 불합리한 꼬리 공격은 한동안 계속되었고, 아직 얼굴이 빨 갛지만 마음이 좀 진정된 듯한 마리나가 헛기침을 한 번 한 후 에 다시 입을 열었다.

"그, 그리고 하나 더 물어볼 게 있어. 너는 왜 그렇게 강해지려 고 하는 거야? 매일 그렇게 당하는데도 싫증이 나지 않는 거야"

"아픈 건 싫지만, 관두고 싶다고 생각한 적은 없어. 형님을 따 라잡으려면 더 노력해야 하거든. 강해지고 싶은 이유도 그거야."

"너는 이미 충분히 강한데, 왜 그렇게까지 해서 그 사람을 따 라잡고 싶은 건데?"

"마리나와 마찬가지야."

마리나는 오빠인 알이 도와줬기 때문에 지금까지 살아올 수 있었다고 말했다. 그리고 나 또한 형님이 도와줬기 때문에 지금 까지 살아 있는 것이다.

게다가 형님은 내가 나아가야 할 길도 가르쳐줬다.

그래서 진심으로 감사하고 있으며, 나는 형님을 위해 살고 싶 다는 생각을 품게 됐다.

하지만 형님은 내 도움이 필요 없을 정도로 강하다. 그래도 나 는 형님이 등을 맡길 수 있는 남자가 되고 싶다. 호쿠토 씨처럼 파트너라 불리며, 형님이 의지할 수 있는 남자가 되고 싶다.

그래서 강해지고 싶다…… 하고 내가 약간 흥분한 어조로 말 하자, 마리나는 눈을 약간 가늘게 뜨며 그런 나를 쳐다보았다.

"너의 그런 우직한 면이 참 부러워. 그래……. 나도 오라버니에게 도움이 되고 싶어. 하지만 이 꼬리 때문에 남들과 가까워지지 못하고, 내 행동도 방해해."

"마리나는 고생을 많이 했구나. 그렇다면 더욱 강해지는 거야."

"그렇게 간단한 일이 아니거든?"

"전에 마리나도 강해져야 한다고 내가 말했지? 그건 마음이 강해져야 한다는 의미야. 한심한 일을 가지고 고민할 바에야, 노력을 해서 상황을 뒤집어봐."

"한심해? 네가 나에 대해 뭘 안다고…… 어, 뭐하는 거야?!"

마리나가 양손으로 얼굴을 가리며 새된 비명을 지른 건, 내가 입고 있던 상의를 벗었기 때문이다.

손가락 사이로 나를 쳐다보는 것 같은데, 나는 개의치 않으면서 상의를 벗어던졌다. 오늘은 보름달이 떠 있으니, 의식을 조금만 바꾸면 충분히 가능할 것이다.

그리고…….

"꺄, 꺄아아! 설마 진짜 변태…… 어?!"

"어때?"

나는 변신한 모습을 보여줬다.

상의를 벗은 건, 옷이 찢어지거나 늘어지는 것을 방지하기 위해서다. 노와르 때는 옷이 못 쓰게 되는 바람에 누나에게 혼났다.

마리나는 조금 놀란 것 같지만, 비명을 지르거나 나를 공격하지 않았다. 정말 다행이다.

"너…… 맞지? 어떻게 된 거야…….."

"이게 내 능력이야. 하지만 이 능력을 가진 자는 은랑족 사이에서 저주받은 아이라고 불리거든. 그래서 나도 마리나와 마찬가지로 두려움의 대상이었어."

그리고 노와르에게 이야기한 것처럼, 내가 저주받은 아이라는 것을 설명했다.

이 모습이 될 수 있는 자는 죽이는 것이 규율인데도, 형님은 그 규율을 하찮다고 여기며 나를 구원해줬다.

그리고 그 뒷내용도 있다. 그리고, 그것이야말로 마리나에게 내가 해주고 싶은 이야기다.

"얼마 전에 내 할아버지와 재회했어. 할아버지가 내 이 모습을 보고 절망했지만, 결국 나를 자기 손자로 인정해줬지."

"…………."

"그러니까 마음을 굳게 먹으며 포기하지만 않는다면 괜찮을 거야. 적어도, 알을 위해 최선을 다하는 너를 나쁘게 말하는 녀석은 없을 테고, 만약 그러는 녀석이 있다면 그건 멍청이야. 그딴 녀석은 신경 쓰지 말고 계속 최선을 다하면 돼."

"강해진다……."

게다가 마을 사람들이 진짜로 나쁜 이들이라면, 마리나는 더 심하게 박해를 받았을 것이다.

알이 지켜주는 것에도 한계가 있을 것이며, 그가 보지 않는 곳에서 마리나가 해코지를 당해도 이상할 게 없다. 하지만 일전에 본 마리나의 몸에는 상처 하나 없었다.

그러니 마리나를 두려워하기는 하지만, 그들도 진짜 악인은 아닐 거라고 생각한다.

뭐, 실제로 만나봐야 제대로 알 수 있겠지만, 모든 건 마리나의 행동에 달려 있을 것이다.

내가 하고 싶은 말을 전부 해주자, 마리나는 잠시동안 생각에 잠겼다. 그리고 자리에서 일어나더니, 나에게 등을 보이며 돌아섰다.

"일단…… 감사 인사를 해야겠네. 고마워………… 레우스."

"응? 방금 내 이름을……."

"자, 잘 자!"

그리고 마리나는 꼬리 세 개를 부르르 떨면서 도망치듯 어딘가로 뛰어갔다.

알이 들려준 이야기에 따르면, 마리나의 꼬리가 떨릴 때는…… 어떤 의미더라?

마리나가 처음으로 이름을 불러준 덕분에 기분이 좋아진 나는 변신을 풀지 않은 채 한동안 달을 올려다보았다.

파라드.

디네 호수 덕택에 발전한 이곳은 아드로드 대륙에서도 비교적 큰 마을이며, 많은 사람들이 모여든다.

많은 모험가와 상인이 거점으로 삼는 마을이기에 다양한 종족이 모여 살지만, 그중에서도 가장 숫자가 많은 건 알베리오를 비롯한 호미족이라고 한다.

마을을 둘러볼 때마다 호미족의 모습이 눈에 들어오는 가운데, 우리는 광장 구석의 노점에서 산 음료수를 마시며 주위를 둘러보았다.

"치안도 나쁘지 않아 보이네. 꽤 살기 좋아 보이는 마을인걸."

"예. 시리우스 님, 여기 있어요."

디네 호수에서 집은 장어 같은 생물을 통째로 구운 요리를 에밀리아가 노점에서 사 왔고, 나는 그것을 맛봤다.

니론이라는 이름의 생물인데, 형태는 영락없는 장어였다. 소금과 매운맛이 감도는 특수한 향신료를 써서 구운 것 같았으니, 나중에 마차에 있는 조미료로 장어구이용 소스를 만들어서 요리를 해봐야겠다.

"엘리시온에서 먹은 쟈오라 스네이크와 비슷한 맛이지만, 저는 이쪽이 더 마음에 드네요."

"형님이 만든 그 소스가 잘 어울릴 것 같아!"

"레우스도 그렇게 생각하는구나. 이건 장어구이 식으로 만드는 게 가장 맛있을 거야."

나와 같은 결론에 도달한 먹보들을 보며 쓴웃음을 짓고 있을 때, 아까부터 묵묵히 니론 구이를 먹고 있던 피아가 갑자기 요염한 미소를 지으며 나에게 찰싹 들러붙었다.

"저기, 아까 가게 사람한테 들은 건데, 남자가 이걸 먹으면 밤에 힘이 좋아진대. 그러니까 시리우스는 많이 먹어둬."

"시리우스 님! 더 드세요!"

장어가 자양강장에 좋다던데, 이 니론이라는 것도 같은 효능을 지닌 걸까?

피아의 의도를 눈치챈 에밀리아가 눈을 반짝이며 자기 몫의 니론을 내민 바람에, 나는 최소한 두 개는 먹어야 할 것 같다.

그리고 내가 목에 음식이 걸리지 않을 절묘한 타이밍에 내미는 니론을 먹으면서 앞으로의 일정에 대해 일행에게 이야기했다.

"우물…… 적당히 관광을 한 다음…… 우물…… 여관에 돌아가서 알베리오가 돌아올 때까지…… 우물…… 기다리자."

"여, 역시 형님은 대단해. 누나의 맹공을 아무렇지 않게 버텨 내잖아!"

"어떤가요? 밤에 힘 좀 쓰실 수 있겠어요?"

"좀 더 상냥하게 대해준다면 노력 좀 해볼게."

"예!"

에밀리아는 바로 관뒀다.

에밀리아는 때때로 폭주하지만, 내가 싫어하는 기색을 보이면 바로 관뒀다. 그래서 연인의 귀여운 어리광 정도로 여겼다.

니론을 다 먹은 우리가 적당히 마을을 산책하고 있을 때, 갑자기 레우스가 마을의 한가운데 쪽을 쳐다보며 중얼거렸다.

"알은 나중에 우리를 집에 초대하겠다고 했잖아. 그냥 우리도 같이 가는 편이 낫지 않았을까?"

"한동안 집에 돌아가지 않았으니, 가족들끼리 나눌 이야기도 꽤 쌓였을 거야. 게다가 초대를 하려고 해도, 권력자 가문인 만큼 미리 우리에 대해 세세하게 설명을 해줘야 하겠지."

"그렇게 호화로운 여관을 소개해줬으니까, 한동안 편하게 기다리는 것도 괜찮을 거야. 침대도 엄청 폭신했으니까, 오늘 밤은 푹 쉴 수 있겠네."

오늘 오전…… 우리가 파라드 마을에 도착했을 때, 본가에 먼저 가서 우리를 맞을 준비를 하겠다고 말한 알베리오는 이 마을의 여관을 소개해주겠다며 편지를 내밀었다.

그 여관에 가서 주인에게 이 편지를 보여주자, 주인은 깜짝 놀라면서도 가장 좋은 방을 무료로 우리에게 내줬다.

그리고 호쿠토도 방에 묵어도 된다고 허락을 해줬기에, 나는 매우 만족했다.

『편지에는 알베리오 님이 은인인 여러분에게 최대한 환대를 해줬으면 한다고 적혀 있었습니다. 그리고 비용은 알베리오 님이 전부 부담하신다는 군요.』

그래서 파라드에 있는 최고급 여관에서 묵게 된 우리는 여관에 마차를 맡기고 마을을 산책하고 있었다.

호쿠토를 데리고 다녀서 여전히 남들의 눈길을 끌고 있지만, 매번 있는 일이라 익숙해졌다.

"여관비까지 내줄 줄은 몰랐어. 이 마을에서 상당한 권력을 가지고 있는 게 틀림없나 보네."

"이것도 답례의 일부겠지. 호의를 감사히 받아들이자고."

게다가 여관을 합류장소로 삼으면, 무슨 일이 있어서 흩어졌을 때에 전언을 전하기 편하다는 이점도 있다.

알베리오는 빨라도 밤에나 우리를 찾아올 거라고 했으니, 해가 질 때까지는 느긋하게 마을 산책을 하기로 했다.

"시리우스 씨. 저 노점에서 파는 생선은 처음 봐!"

"그래. 사자."

새 노점을 발견한 리스가 눈을 반짝이며 그렇게 말하자, 나는 거기서 파는 생선을 구입했다.

겉보기에는 은어 같지만, 전생에서 본 은어보다 곱절은 될 듯한 크기이니 꽤 씹을 맛이 날 것 같았다.

노점 사람에게 물어보니, 디네 호수에서 잡은 맛있는 생선이라고 하는데, 많이 잡히지는 않는다는 것 같았다.

가격이 상당했지만, 먹어보니 적당히 기름진 게 참 맛있었다.

아쉬운 점은 화력이 강한 불의 마법진으로 단숨에 구운 점이다. 이 녀석은 낮은 화력으로 천천히 굽는 게 더 맛있을 것 같았다.

"디네 호수의 어패류는 참 다양하군요. 시리우스 님의 마음에 드시나요?"

"그래. 이곳의 생선을 이용하면 요리의 폭을 늘릴 수 있을 것 같아. 한동안 심심하지 않겠는걸."

담수에 사는 문어 같은 해산물도 팔고 있으니, 시간이 나면 쇠붙이를 만드는 가게를 찾아서 타코야키 플레이트를 제작하는 것도 재미있을 것 같았다.

내 말을 듣고 눈이 반짝이는 제자들(특히 리스)과 함께 마을을 돌아본 후, 디네 호수를 구경하기 위해 배가 정박되어 있는 항구로 향했다.

항구에는 다양한 배가 세워져 있지만, 가장 큰 배는 호수 건너편에 있는 마을…… 로마니오와 이곳을 오가는 정기선 같았다.

이곳에서 호수를 보니, 어렴풋이 마을 같은 것이 보였다. 다음 목적지를 생각해보면 로마니오에 갈 필요가 없지만, 견문을 넓힐 겸 가보고 싶었다.

그리고 우리는 여러 노점을 돌아보며, 신기한 먹거리가 보이면 사서 맛봤다.

여관에 돌아가서 저녁 식사를 할 거라 나와 피아는 많이 먹지 않았지만, 먹성이 좋은 내 세 제자는 모든 메뉴를 제패할 기세로 음식을 먹어댔다. 보고만 있어도 배가 부를 지경이지만, 그렇게 먹고도 저녁 식사를 진심으로 고대하고 있는 그들을 보니 무시무시하기 그지없었다.

아직 못 본 곳도 많지만, 해가 질 시간이 되어서 여관으로 돌아가 봤다. 그러자 이 여관의 주인과 이야기를 나누고 있는 알베리오의 모습이 눈에 들어왔다.

"어, 알이잖아!"

"여러분! 다행입니다. 실은 지금 찾으러 갈까 생각하던 참입니다."

"그 말은…….."

"예. 형님…… 당주에게 승낙을 받았으니, 여러분을 저희 집에 초대하고 싶습니다."

"이 마을 제일의 권력자이니, 이 복장으로 가는 건 좀 그렇겠군요. 시리우스 님, 마차에 가서 정장을 가져올게요. 물론 옷 갈아입으시는 걸 도와드…….."

"저의 친구로서 초대하는 거니, 편한 복장으로 오셔도 됩니다."

"그런가요…….."

무기를 휴대하고 있기는 하지만, 우리는 평소와 다름없는 복장을 하고 있었다.

그래도 에밀리아가 매일 세탁을 해주기에 깨끗하고, 상대방도 개의치 않는다면 그냥 가기로 했다.

내가 옷 갈아입는 것을 돕지 못해 아쉬워하는 에밀리아의 머리를 쓰다듬어 준 후, 우리는 낮에 산 짐을 방과 마차에 가져다 두고 알베리오의 집으로 향했다.

그곳으로 향하던 도중, 나는 레우스와 이야기를 나누며 앞장을 서고 있는 알베리오에게 말을 걸었다.

"알베리오, 그 여관을 소개해줬을 뿐만 아니라 숙박료도 부담해줬지? 고마워."

"신경 쓰지 마세요. 저는 그것보다 많은 것을 받았으니까요.

마음 같아서는 저희 집에 머물러 주셨으면 합니다만, 제 입장 때문에…….”

“우리는 그 여관으로 충분해. 너야말로 너무 신경 쓰지 마.”

“레우스의 말이 맞아. 그것보다 마리나는 어쩌고 있어?”

“그 애는 집에서 여러분을 맞이할 준비를 하고 있습니다. 정성껏 대접을 할 테니, 저녁 식사도 저희 집에서 하고 가시죠.”

“응. 신세질게.”

시간적으로 저녁 식사를 같이 하게 될 것 같다고 예상했던 우리는 고개를 끄덕였다. 알베리오의 입장을 생각하면, 거절하는 게 더 폐일 테니까 말이다.

“이 마을의 특산품과 명물을 이용한 저녁 식사를 준비해뒀습니다. 배부르게…….”

“오, 그래도 돼?!”

“기대되네.”

“아…… 적당히 드셔주셨으면 합니다.”

알베리오도 보름가량 우리와 같이 지내면서, 저 두 사람에 대해 이해한 것 같았다.

만약 주의를 주지 않았다면, 저 두 사람이 저택의 식량을 전부 먹어치웠을 게 틀림없다.

“자네들이 내 동생을 단련시켜준 건가. 파라드의 당주로서, 그리고 형으로서, 감사의 뜻을 표하지.”

알베리오의 집인 커다란 저택에 도착한 우리는 우선 당주의 집무실로 안내됐다.

부하로 보이는 여성과 함께 책상 앞에 앉아서 서류 작업을 하고 있던 당주는 우리를 보더니 온화한 미소를 지었다.

"이런 식으로 맞이해서 미안하네. 급하게 처리해야 할 일이 있어서 말이지."

"아, 괜찮습니다. 오늘 저희를 초대해주셔서 감사합니다."

"그렇게 딱딱하게 굴지 않아도 되네. 자네들은 내 동생의 은인인 만큼, 나도 편하게 대해줬으면 좋겠군."

알베리오에게 얼추 설명을 들었겠지만, 그의 형인 파라드의 현 당주는 모험가에 지나지 않은 우리에게도 친절했다. 그리고 우리만이 아니라 부하들에게도 상냥한 목소리로 말을 건네고 있었다.

하지만 그 상냥함 안에 명백한 위엄이 어려 있으며, 파라드의 당주라는 게 납득되는 남자였다.

"나는 한동안 일을 더 해야 하니, 자네들은 알베리오와 함께 식사라도 하게. 나중에 나도 얼굴을 비추지."

"알았습니다. 그럼 나중에 뵙겠습니다."

"여러분, 이쪽이에요. 마리나도 기다리고 있죠."

많이 바쁜 건지 다시 서류 작업을 시작한 당주와 헤어진 우리는 저택의 식당으로 안내됐다.

큰 저택에 걸맞게 넓은 식당에는 고용인으로 보이는 메이드와 집사 여러 명이 있었다. 그 광경을 본 레우스는 낮은 신음을 흘렸다.

"으음…… 이렇게 보니 알의 지위가 높다는 걸 실감할 수 있네."

"지위가 높은 건 형님이지 내가 아냐. 나는 레우스와 마찬가지로 사부님의 제자에 지나지 않아."

"헤헤. 뭘 좀 안다니깐."

호쿠토의 모습을 본 고용인들이 깜짝 놀랐다. 하지만 호쿠토가 방해가 되지 않도록 식당 구석에 앉아서 가만히 있자, 그들도 진정한 것 같았다.

하지만 우리에게 무슨 일이 있다면, 호쿠토는 바로 나설 것이다. 그냥 앉아 있을 뿐인데, 중요인물을 지키는 비밀 경호원 같은 관록이 느껴졌다.

그리고 고용인들에게 안내를 받으며 자리를 앉았을 즈음, 우리는 한 사람이 아직 나타나지 않았다는 것을 깨달았다.

"저기, 마리나는 어디 간 거야?"

"이상하군요. 여기서 기다리겠다고 했는데…….."

"배가 고파서 뭐라도 주워 먹으러 간 거 아냐?"

"그렇지 않거든?!"

레우스의 목소리가 들린 건지, 마리나가 허둥지둥 식당에 들어왔다.

평소 입던 활동성 좋은 복장이 아니라 붉은색 드레스 차림인 마리나는 약간 부끄러워하면서도 치맛자락을 살짝 들어 보이며 기품 있게 인사를 했다.

"여러분, 어서 오세요. 오늘 저녁에는 저희 가문의 식사를 즐겨주셨으면 합니다."

"하하하, 웬일로 네가 드레스를 입은 이유를 알겠는걸. 평소보다 긴장한 것 같지만, 조신한 인사였어."

"오라버니, 그런 소리 하지 마세요. 하아…… 왠지 오라버니가 너를 닮아가는 것 같아."

"알은 변함이 없다고. 자아, 빨리 앉아서 식사나 하자!"

"으으…… 될 대로 되어버려."

아무래도 신세를 진 우리에게 제대로 인사를 하고 싶은 것 같지만, 레우스의 반응은 변함이 없었다.

마리나는 여전히 레우스를 노려봤지만, 곧 체념한 것처럼 한숨을 내쉬며 자리에 앉았다. 그리고 레우스를 노려보는 걸 관뒀지만, 예전보다 상냥한 분위기가 감도는 것처럼 느껴지는 건 단순한 기분 탓이 아니리라.

"다들 모인 것 같으니, 이제 식사를 하죠. 여러분, 잘 부탁드립니다."

""""예.""""

알베리오의 말에 고용인들이 대답하더니, 요리가 테이블로 계속 옮겨졌다. 이런 식사 자리에서는 보통 애피타이저로 시작되는 코스요리를 먹지만, 우리의 식성을 알기에 한꺼번에 요리를 전부 내오는 것 같았다.

다양한 어패류를 넣고 만든 전골 요리, 향신료로 간을 한 생선구이, 그리고 각양각색의 요리로 테이블이 채워지는 가운데, 이채로운 요리가 딱 하나 있었다.

"오오?! 이렇게 큰 생선은 처음 봐!"

"확실히 엄청난걸."

"나도 처음 봐."

사람도 통째로 삼킬 수 있을 것 같은 거대한 생선을 이용한 요리가 테이블의 절반을 가득 채우고 있었다.

"디네 호수에 사는 디네거라는 생선입니다. 원래 토막을 내서 요리를 하지만, 이번에는 통째로 요리를 해달라고 부탁했죠."

"먹을 맛 좀 나겠는걸!"

"너무 커서 어디부터 먹으면 좋을지 모르겠네요."

디네거는 전생에서 본 적 있는 세상에서 가장 큰 담수어를 연상케 했다.

너무 거대해서 잡기도 힘든 생선이며, 좀 맛도 좀 특이하다지만 꽤 맛있을 것 같았다.

우리…… 특히 리스와 레우스라면 잘 먹을 것 같아서 이렇게 통째로 조리를 한 것 같은데, 너무 커서 어디부터 먹으면 좋을지 감이 오지 않았다.

우리가 고민하는 사이, 이 저택의 고용인들이 생선을 잘라서 그릇에 담아줬다. 하지만 에밀리아는 근처에 있는 고용인에게 질문을 하면서 직접 잘랐다.

"감사해요. 여기가 맛있는 부위죠? 시리우스 님, 드세요."

"고마워. 그리고 나를 안 챙겨도 되니까, 에밀리아도 식사를 해."

이럴 때도 에밀리아는 내 시종으로서의 본분을 잊지 않았다.

생선의 가장 맛있는 부분을 나에게 건네줄 수 있어서, 에밀리아는 기분이 좋아 보였다.

한편, 레우스는……

"우물…… 맛있네! 그리고 아무리 먹어도 줄지가 않잖아. 진짜 최고야."

"토, 통째로 먹는 거냐. 디네거를 이런 식으로 먹는 사람은 처음 보는걸."

"자아, 좀 진정해! 그리고 디네거만이 아니라 채소도 먹으란 말이야."

레우스가 자신의 나이프와 포크를 디네거에 꽂고 우걱우걱 먹어대자, 남매는 어이없어하면서도 그런 그를 챙겨줬다.

그리고 식사에 있어서 타의 추종을 불허한다 해도 과언이 아닌 리스는……

"휴우…… 맛있었어."

"리스, 이 조개도 맛있어."

"아, 먹을래요."

이미 디네거를 절반가량 먹어치웠고, 뼈만 앙상하게 남은 디네거를 본 이 가문의 고용인들은 입을 쩍 벌린 채 아무 말도 하지 못했다.

이렇게 저택 고용인들을 경악하게 한 식사 자리가 이어지면서 평범한 위장을 지닌 자들이 만족했을 즈음, 나는 알베리오에게 앞으로의 예정에 대해 물어보았다.

"잘 먹었어, 알베리오. 그런데 예의 그 약혼자는 언제 찾아갈 거야?"

"내일 갈 생각입니다. 실은 형님이 아까 처리하던 건 그 일에 대한 준비죠."

로마니오의 당주에게 보낼 편지만이 아니라, 배도 수배해주느라 할 일이 많은 것 같았다.

내일은 출발할 거니 바쁜 게 당연하다는 생각을 하고 있을 때, 일을 얼추 정리한 당주가 와서 테이블의 상석에 앉더니 한숨 돌렸다.

"휴우…… 이걸로 준비는 마쳤군. 뒷일은 너에게 달렸어."

"고마워, 형님. 안 그래도 바쁜 시기에 번거롭게 했네."

"무슨 소리를 하는 거냐. 너는 무리라고 남들이 여기던 일을 해냈지. 이걸로 로마니오 측과도 원만하게 일이 진행될 거다. 그러니 자기 자신을 더 자랑스럽게 여겨."

그 후 우리는 다시 인사를 나눴다. 그리고 이렇게까지 얽혔으니…… 하고 말한 당주가 이 일의 뒷사정을 우리에게 들려줬다.

디네 호수는 장소에 따라 잡히는 어패류의 종류가 크게 다르며, 이 호수의 인근에 위치한 마을인 파라드와 로마니오에서의 어업에도 차이가 발생했다.

그래서 서로에게 부족한 어패류와 물자를 교역하고 있으며, 마을 간의 관계도 양호했다. 하지만 최근 들어 파라드를 미심쩍게 여기는 귀족이 로마니오에 있는 것 같았다.

그 귀족이 바로 알베리오에게 무모한 제안을 한 자이며, 로마니오 측 유력자의 딸…… 즉, 알베리오의 약혼자인 파멜라와 이어져서 로마니오를 손에 넣을 생각인 것 같았다.

그런 귀족이 당주가 된다면 여러모로 성가신 일이 벌어지겠지만, 알베리오가 사위가 되어서 파멜라와 맺어진다면 대부분의 사안은 해결된다는 것 같다.

호의를 존중하려는 생각도 있었겠지만, 그가 알베리오의 무모한 행동을 막지 않았던 것은 그런 정치적 의도가 있기 때문이리라.

"아뇨. 그건 여기 계신 사부님과 레우스 일행 덕분입니다. 형님, 답례를 하고 싶은데, 뭔가 좋은 게 없을까요?"

"그래? 그럼 내일 생각해보마. 그런데, 자네들은 모험가였지?"

"예. 저희는 견문을 넓히기 위해 여행을 하고 있습니다. 그리고 보수 말인데, 저희는 이미 충분히 받았습니다. 저희한테도 이점이 있었고, 마을의 숙박비도 대신 지불해주셨으니까요."

"보수 이야기는 나중에 다시 하지. 그리고 미안하지만, 은인인 자네들이 개인적으로 부탁하고 싶은 일이 있네. 실은……."

그리고 당주가 굳은 표정으로 그 의뢰의 내용을 이야기하자, 나는 바로 승낙했다.

여러모로 복잡하게 얽힌 내용이지만, 우리도 알베리오의 장래가 걱정되었다. 그래서 이 의뢰를 반길 정도였다.

그 후에는 별다른 문제도 없이 식사 자리가 끝났고, 여관으로 돌아간 우리는 내일에 대비해 푹…….

"시리우스 님. 시종으로서 밤시중을 들러 왔습니다."

"자기 전에 우리와 가볍게 즐기지 않겠어?"

"오, 오늘은 푹 쉬는 게 나을 것 같은데……."

연인이라는 이름의 포식자들에게 습격을 당했지만, 오래간만에 이용하는 침대를 마음껏 즐겼다.

다음 날…… 우리는 알베리오, 마리나와 함께 로마니오로 향하는 거대한 배에 탔다. 물론 호쿠토도 우리와 함께 이 배에 탔으며, 지금은 갑판 구석에 드러누워 햇볕을 쬐고 있었다.

로마니오까지 가는 데는 한나절 정도 걸리며, 새벽에 배를 탔으니 오후에는 도착할 것이다.

시간이 있으니 제자들에게 말을 통해 교육을 시켰지만, 그것도 일단락이 되자 잡담이나 나누게 되었다.

나는 제자들의 잡담을 들으면서, 어제 의뢰에 대해 생각했다.

『자네가 투무제에서 우승했다고 들었지. 그런 뛰어난 실력을 지닌 자네가 알베리오를 잠시만 더 지켜봐 줬으면 하네.』

『지켜봐…… 무슨 일이 생기면 알베리오를 지켜달라는 건가요?』

『단적으로 말하면 그런 의미지. 상대방이 뿔과 승부에 트집을 잡는 정도라면 괜찮지만, 직접적인 행동으로 나설 가능성도 있거든. 게다가 자네들은 내 여동생인 마리나에게 좋은 영향을 줬지. 그러니 잠시라도 더 같이 있어줬으면 좋겠군.』

어차피 의뢰를 못 받더라도 끝까지 지켜볼 생각이었다. 그러니 이것으로 당당히 알베리오를 지켜볼 수 있게 됐다.

"그런데 왜 육지를 따라 이동하는 거야? 둘러 가지 않고 똑바로 간다면 한나절도 안 걸릴 거잖아."

"사실 디네 호수에는 배마저 습격하는 거대한 마물이 살고 있어. 하지만 자기 영역에 들어가지만 않으면 괜찮으니, 이렇게 둘러 가는 거야."

로마니오로 곧장 가려면 마물의 영역을 지나가야 하지만, 육지를 따라 둘러 이동하면 안전한 것이다.

참고로 배가 아니라 육로로 이동하는 방법도 있지만, 고저차가 심한 산과 나무 때문에 크게 우회해야 한다. 그래서 배로 가는 것이 가장 빠른 것이다.

"거대한 마물…… 내가 벨 수 있을까?"

"부탁이니까 그러지 마, 레우스. 아무리 너라도 수중전은 무리잖아?"

"하아. 이상한 소리 좀 하지 마."

남매가 방금 말했다시피, 레우스처럼 대검이 주무기인 검사는 물의 저항 때문에 검을 휘두를 수 없다. 그러니 물속에서 싸우는 건 피하는 편이 좋으리라.

나의 '매그넘'도 위력이 줄어들 것이니까, 수면 밖으로 나왔을 때를 노리는 편이 좋을까? 뭐, 여러모로 생각을 해봤지만 현시점에서는 딱히 싸울 이유가 없기에 생각을 중단했다.

"거대한 마물…… 맛있을까?"

"관둬. 크다고 해서 꼭 맛있다는 법은 없어. 어제 디네거는 맛있었지만 말이야."

"너무 커서 맛이 없는 것도 있다고 시리우스 님이 자주 말씀 하셨죠."

"으음…… 그래. 우선 알베리오의 문제부터 해결하자."

물의 정령에게 부탁한다면, 물을 조종하는 마물을 물 밖으로 떠올릴 수도 있을지도 모른다는 생각이 들었다.

하지만 설령 해치우더라도, 상대는 배마저 덮치는 거대어다. 가지고 돌아가는 것도 정말 힘들 것 같으니, 포기해줘서 다행이 라는 생각이 들었다.

한동안 배를 타고 이동한 끝에 로마니오에 도착한 우리는 마 을을 통치하는 당주의 저택으로 향했다.

걸음을 옮기면서 마을을 둘러보니, 건물과 분위기가 약간 다 르기는 해도 전체적으로 파라드와 비슷한 마을이었다.

"저 노점의 생선구이…… 파라드에서는 동화 두 닢이었는데 여기서는 한 닢이네."

"어획량이 다르기 때문이겠지. 그런 세세한 부분에서 차이가 나는 건가."

"마을을 하나로 만들려고 해도, 정치적 문제만이 아니라 호수 를 사이에 두고 떨어져 있기 때문에 어려울 것 같네."

"맞아. 아무튼, 지금은 의뢰에 집중하자."

일찍 출발한 배로 편지를 보냈으니, 건너편에는 이미 알베리 오의 상황을 알고 있을 것이다.

목적지에 다가갈수록 알베리오는 긴장하는 것 같지만, 레우스와 마리나가 웃으면서 말을 걸기 때문인지 꽤 마음이 가벼운 것 같았다.

알베리오는 저 두 사람에게 맡기고, 나는 의뢰를 수행하기 위해 주위를 경계하며 걸음을 옮겼다.

저택에 도착하자 호쿠토를 본 고용인들 때문에 말썽이 벌어졌지만, 알베리오의 설명과 나에게 순종적인 호쿠토를 보고 납득한 것 같았다. 하지만 저택에 들일 수는 없다고 했기에, 호쿠토는 정원에서 기다리기로 했다.

그리고 몇 번이나 와본 적이 있기 때문인지 알베리오는 저택의 고용인들에게 환대를 받았고, 한두 마디 나눈 후에는 당주에게 안내됐다.

"오오…… 알베리오!"

"아저씨, 방금 돌아왔습니다."

당주는 알베리오와 마찬가지로 호미족이며, 겉보기에는 마흔을 넘긴 중년 남성이었다. 업무를 보는 중인지 바쁘게 서류와 격투를 벌이고 있지만, 알베리오의 모습을 보자마자 환한 미소를 지으며 그를 맞이했다.

저렇게 거리낌 없이 포옹을 하는 것을 보면, 마치 진짜 가족 같았다.

"로마니오 아저씨는 오라버니를 마음에 들어 해. 딸도 좋지만, 아들도 가지고 싶었나 봐."

"어라? 아들도 있다는 말을 들었던 것 같은데 말이야."

"있기는 한데, 아들 같은 느낌이 안 든다고 전에 말했어. 그리고 항간에서는 실종되었다는 소문이 돌고 있는데, 실은 바깥 세계를 보고 싶다면 집을 뛰쳐나간 것 같아……."

듣자하니 장남은 상당한 괴짜 같았다.

하지만 아버지는 그가 당주가 될 그릇이 아니라는 것을 이해하고 있으며, 여행을 떠나는 장남을 쾌히 보내주었다고 한다.

그런 장남이 됐기 때문에, 예의가 바르고 자신의 딸을 소중히 여겨줄 것 같은 알베리오를 이상적인 아들이라 여기는 것 같다. 그래서 사위로 들이는 데도 찬성했던 것이다.

"복잡하네……."

"아저씨는 아들을 싫어하는 게 아냐. 허심탄회하게 대할 수 있는 술친구…… 같다고 전에 말했어."

"정말 복잡하잖아."

"어쨌든 간에, 지금까지 딱히 문제가 없었으면 된 거 아냐?"

우리가 그런 이야기를 나누는 사이에 당주와 알베리오는 포옹을 풀었다. 그리고 알베리오가 우리를 간략하게 소개해준 후, 본론에 들어갔다.

"무사해서 다행이구나. 편지를 읽었을 때는 반신반의했지만, 그루지오프의 뿔을 진짜로 가져올 줄이야. 정말 잘했다!"

"걱정을 끼쳐 죄송합니다. 그런데…… 파멜라는 어디 있죠?"

"네가 온다는 말을 듣고 방에서 꽃단장을 하고 있는데, 아마 곧 오겠지. 아, 왔나 보군……."

바로 그때, 지면을 뒤흔드는 듯한 격렬한 발소리가 들리며 문이 활짝 열리더니, 호미족 여성이 숨을 헐떡이면서 안으로 뛰어들어왔다.

"알베리오 님! 무사하셨군요!"

"파멜라!"

어깨 근처까지 기른 금발과 다소 몸을 단련한 듯한 육체를 지닌 건강미 넘치는 여성이었다.

가장 큰 특징을 고르지만, 약간 무례한 발언일지도 모르지만 가슴 크기이려나? 에밀리아와 리스보다 한층 더 커서, 내가 봐도 이 자리에 있는 이들 중에서 가장 커 보였다.

그리고 드레스 차림이라 그런지 숙녀라는 말이 잘 어울리는 여성이며, 그 누구의 눈에도 미인으로 보일 만큼 아름다웠다.

그래……. 알베리오가 에밀리아와 피아를 보고도 전혀 마음이 흔들리지 않은 이유를 알겠다.

그런 두 사람은 포옹을 나눈 후에 떨어졌지만, 파멜라는 알베리오의 손을 한사코 놓지 않았다.

"오늘 아침에 도착한 편지를 보고 상황은 이해했어요. 진짜로 뿔을 가지고 오신 거죠?"

"그래. 너와 한 약속을 지키기 위해서 말이야. 자아, 이거야."

"정말 멋진 뿔이군요……. 이제 누구도 저희의 결혼을 방해하지 못할 거예요!"

"아니, 아직 할 일이 남아 있어. 반드시 이길 테니까 잠시만 더 기다려줘."

"에! 저는 언제까지나 기다릴게요."

왠지…… 프러포즈 직후의 노엘과 디가 생각나는 광경이다.

두 사람이 감격하며 다시 포옹을 나누자, 이 자리에 있는 여성들이 그 광경을 바라보고 있는데…….

"어머? 알베리오 님의 근육…… 예전보다 더 탄탄해진 것 같군요."

"사부님에게 단련을 받았거든. 약속을 지키기 위해서만이 아니라, 너를 지키기 위해 강해진 거야."

"우후후. 그럼 앞으로는 더 세게 끌어안아도 되겠군요. 알베리오 님……."

"하하하…… 큭! 아직 멀었어!"

알베리오한테서 뼈가 으스러지는 듯한 소리가 들리더니, 곧 그의 표정이 미묘하게 변했다.

아무래도 파멜라는 힘이 센 편이며, 애정에 따라 포옹할 때 주는 힘이 달라지는 것 같았다.

드디어 서로의 사랑을 파악하며 으스러뜨리기…… 아니, 포옹을 마친 파멜라는 그대로 무너지는 알베리오한테서 떨어지더니, 마리나에게 다가갔다.

"파멜라 씨. 오래간만이에요."

"당신도 무사해서 다행이야. 그것보다…… 왜 그러니? 평소처럼 언니라고 불러주렴."

"그게…… 다른 분들이 있으니까요."

"어이어이, 우리를 신경 쓰지 말라고. 피는 이어져 있지 않지만, 친언니 같은 사람이라고 전에 네가 말했잖아?"

"뭐?! 이, 입 다물어!"

"어머…… 참 기쁜 말을 들었네. 그리고 저 남자애…… 아하."

두 사람의 대화를 듣고 뭔가를 눈치챈 듯한 파멜라는 자애에 찬 미소를 지으면서 마리나도 안아줬다.

"무, 무슨 착각을 하신 건지는 모르겠지만, 저 녀석은 형님의 친구일 뿐, 저와는 아무런…… 으읍?!"

"나는 이제 다 눈치챘으니까 걱정하지 마렴. 자아, 꼬옥……."

"아, 아니에요! 저 녀석과 저는 아무 사이도…… 아아앗?! 언니, 그만해요! 아프니까 놔주세요!"

"미안해. 너무 기뻐서 힘 조절을 깜빡했어."

이거…… 말로 표현하기 힘든 여성이 나타났다. 알베리오와 마리나가 우리 같은 특이한 이들에게 금방 익숙해진 이유를 이제 알 것 같았다.

"후후. 마리나도 좋지만, 역시 알베리오 님과 포옹했을 때가 가장 기분이 좋아요."

"나도 파멜라를 안을 때가 가장 좋아."

"알베리오 님……."

"파멜라…… 큭! 괘, 괜찮아! 더 세게 안아도 된다고!"

여러모로 딴죽을 걸고 싶지만, 둘 다 행복해 보이니 괜한 소리는 하지 않기로 했다.

파멜라와 알베리오의 시끌벅적한 재회와 우리의 소개도 끝났을 즈음, 복도 쪽이 시끌벅적했다.

무슨 일인가 싶어 파멜라의 아버지가 자리에서 일어난 순간, 문이 활짝 열리더니 호미족 청년이 숨을 헐떡이며 모습을 드러냈다.

"알베리오…… 정말 돌아온 거냐."

"그래. 약속대로 그루지오프를 쓰러뜨리고 말이지."

마리나가 몰래 설명해준 바에 따르면, 이 청년이 바로 두 사람의 약혼에 참견을 한 귀족이라고 한다. 또한 그루지오프를 쓰러뜨리라는 소리를 한 장본인이기도 했다.

겉보기에도 귀족 같은 청년이며, 몸을 거의 단련하지 않은 건지 평범한 체격을 지녔다.

알베리오만큼은 아니지만 꽤 잘생긴 편인 이 청년은 분하다는 듯이 이를 갈며 트집을 잡으려 했다. 하지만 그가 꺼낸 그루지오프의 뿔을 보더니 혀를 찼다.

"정말 혼자 쓰러뜨린 거냐? 저기 있는 모험가들이 도와준 건 아니겠지?"

"그래. 나 혼자서 해치웠어. 하지만…… 그걸 증명할 수단이 없는 것도 사실이지. 그러니까, 네가 준비한 용병과 싸우기로 한 거잖아?"

"그래. 그럼 밖으로 나와. 당주님, 죄송하지만 정원을 빌리겠습니다."

"그래. 알베리오. 정말 괜찮은 거겠지?"

"문제없습니다. 아저씨. 저는 싸울 준비가 되어 있습니다."

"······좋아. 제대로 결판을 내지 않는다면 저쪽도 납득하지 못하겠지. 그럼 정원에서 모의전을 하도록 할까."

이야기가 정리되고 다들 정원으로 향하고 있을 때, 레우스는 마리나에게 저 귀족 청년에 대해 물어보았다.

"어이, 저 녀석은 왜 저렇게 거들먹거리는 거야?"

"지금은 파멜라 씨의······ 언니의 아버지가 로마니오의 당주지만, 원래는 저 남자의 아버지가 당주가 될 예정이었어."

차기 당주는 핏줄로 보면 저 청년의 아버지지만, 주위의 추천으로 분가인 파멜라의 아버지가 당주로 추대되었다고 한다.

"사람을 다스리는 능력은 현 당주님이 더 뛰어났어. 그래서 저 남자는 자기 대에서 당주 자리를 차지할 속셈인 거야. 하지만······ 전에는 저렇게 욕심에 눈이 먼 사람이 아니었던 걸로 기억해."

조금 거만하기는 했지만, 나쁜 인물은 아니었던 것 같다.

실제로 피멜리를 이내로 맞이하고 싶은 깃도 징치직인 이유 때문이 아니라, 순수하게 호의를 가지고 있기 때문이라고 한다.

하지만 마리나 개인의 의견에 따르면, 최근 들어 저 귀족은 과격한 행동을 취하고 있으며, 명백하게 이상해 보인다고 한다. 옛날 같으면 그루지오프를 토벌하라는 위험한 제안을 할 리가 없다고 단언했다.

그리고 저택 정원에 모두가 모인 후, 먼저 밖에 나갔던 귀족 청년이 한 남자를 데리고 왔다.

급소를 지키는 철제 가슴 갑옷과 무릎 방어구, 그리고 얼굴 전체를 가리는 철가면을 쓴 남자이며, 알베리오가 쓰는 검보다 더 큰 검을 짊어지고 있었다.

멀리서 느껴지는 저 남자의 기운과 마력으로 볼 때, 상당한 실력자 같았다.

"그루지오프를 토벌하여, 최근 들어 명성을 얻기 시작한 레지스란 이름의 용병이다. 그루지오프를 해치운 너라면, 멋진 승부를 펼칠 수 있겠지."

"…………."

귀족 청년이 설명을 하는 가운데, 레지스라 불린 용병은 아무 말 없이 검을 뽑아 들었다. 그러자 알베리오도 검을 뽑아 들며 대치했다.

두 사람 다 더 이상 대화를 나눌 필요가 없다고 생각하는 것 같으니, 시합은 곧 시작될 것 같았다.

"심판을 준비하는 걸 깜빡했군. 역시 당주님에게……."

"심판은 제가 맡도록 하죠."

"네놈은 누구지? 이건 우리 문제니까, 상관없는 녀석은 나서지 마라."

"저는 얼마 전에 열린 투무제에서 우승한 시리우스라고 합니다. 저라면 시합이 과격 양상을 띠기 시작했을 때 바로 끼어들어서 말릴 수 있죠. 그리고 저쪽에 있는 종마는 저의 명령에 따르니, 부정행위가 발각되면 바로 제압할 수 있을 겁니다."

"멍!"

"그거 믿음직한걸. 오히려 부탁을 하고 싶군."

"……어쩔 수 없군. 조금이라도 알베리오에게 가담하려는 낌새라도 보이면, 바로 이 마을에서 쫓아낼 테다."

쓸모없을 거라고 생각했지만, 투무제 우승이라는 직함은 꽤 쓰일 곳이 있었다. 그리고 호쿠토의 존재감 덕분에, 나는 바로 심판 역을 맡게 됐다.

이것으로 알베리오의 상대가 무슨 짓을 하든 바로 개입할 수 있을 것이다. 지금은 별다른 징후가 없지만, 혹시 모르니 대비를 해두기로 했다.

"그럼 다시 룰을 확인하겠습니다. 승패는 한쪽이 패배를 인정하거나 더는 싸울 수 없다고 제가 판단했을 때 갈립니다. 상대방을 죽이려 해도 저와 종마가 개입해서 제압할 겁니다."

"멍!"

"그럼……."

두 사람이 검을 거머쥐는 것에 맞춰 나는 손을 는 후, 두 번 정도 호흡을 하고 나서 손을 휘둘렀다.

"시작!"

시합 시작을 선언했지만, 알베리오와 용병은 검을 쥔 채 꼼짝도 하지 않았다.

아니…… 움직일 수 없었다는 것이 맞으리라.

기본적으로 알베리오는 상대의 공격을 기다리는 전법을 쓰며, 철가면을 쓴 용병은 어떤 식으로 공격할지 망설이고 있는 것이다.

"오라버니는…… 공격을 기다리는 걸 관둔 거 아니었어?"

"아예 때러치운 건 아냐. 형님과 훈련할 때는 공격만 펼쳤지만, 알이 가장 특기인 건 여전히 상대의 공격을 기다리는 방식이야."

"그럼 왜 그런 훈련을 한 건데?"

"자세한 건 모르겠지만, 형님은 알을 한층 더 강하게 만들려고 한 걸 거야."

레우스가 방금 말한 것처럼, 알베리오의 훈련은 적극적으로 공격하는 방식을 중점으로 이뤄졌다.

왜냐하면, 알베리오는 공격을 흘리는 기술에 있어서는 이미 충분한 레벨에 도달했기 때문이다. 그러니 그에 걸맞은 체력과 다른 기술을 익힌다면, 그 또한 자연스럽게 갈고 닦아질 거라고 생각했다.

필요한 것은 공격을 하는 감각, 그리고 임기응변에 맞춰 움직이기 위한 경험이다. 알베리오에게는 그것들이 부족했기 때문에, 평소에 하지 않는 것을 경험하게 해주었다.

"잘 봐. 슬슬…… 시작할 거야!"

싸우고 있는 건 알베리오지만, 레우스는 자신이 저 용병과 싸우는 것을 상상하고 있는 것 같았다.

상대의 움직임을 읽고 있는 레우스가 그렇게 말한 순간, 철가면의 용병이 먼저 앞으로 나서면서 검을 휘둘렀다.

레우스와 마찬가지로 완력이 뛰어난 검사인 듯한 그 용병이 휘두른 검은 묵직하면서 날카로웠다. 정통으로 맞았다간 얇은 검을 지닌 알베리오가 불리할 것이다.

하지만 알베리오는 차분하게 상대를 살피면서, 자신을 향해 쇄도하는 그 검에 맞춰 움직였다.

"하앗!"

철을 튕겨내는 격렬한 소리가 주위에 울려 퍼지더니, 그와 동시에 허공을 가르던 검이 정원 구석에 꽂혔다. 그리고 두 사람을 쳐다보니…….

"……제가 이겼……군요."

"홋…… 그래."

검을 잃은 용병, 그리고 상대의 목에 자신의 검을 댄 알베리오의 모습이 눈에 들어왔다.

이미 승패는 명백하게 갈렸다.

"승자…… 알베리오!"

"알베리오 님!"

그리고 내가 그렇게 선언한 순간, 파멜라가 그대로 달려가더니 알베리오의 품에 안겼다.

"서는 믿고 있었어요!"

"고마워, 파멜라. 이걸로 우리는 당당히…… 큭…… 조, 좀 너무 세게 안는 거 아냐? 좀 살살 안아줘!"

"끝내주게 멋졌어요! 지금 바로 결혼하죠!"

"윽?! 그래…… 겨, 결혼…… 으으윽!"

"언니, 진정하세요! 오라버니의 몸에서 이상한 소리가 나요!"

"헉?! 죄, 죄송해요. 너무 기쁜 나머지…….

마리나가 나선 덕분에 알베리오는 무사했지만, 모의전 때보다 더 심각한 대미지를 입은 것 같았다. 이제부터 알베리오는 저 포옹에 견딜 수 있도록 몸을 단련시켜야 할 것 같았다. 좀 어이없지만, 그의 진정한 적은 약혼자……인 건가.

"해냈구나, 알. 멋진 기술이었어!"

"네 검을 곁에서 계속 지켜본 덕분이야."

알베리오가 방금 승부에서 한 것을 간단하게 설명하자면, 상대의 검을 쳐냈을 뿐이다.

하지만 상대도 상당한 힘을 지녔기 때문에 평범하게 쳐서는 상대가 놓치게 할 수 없다. 실제로 나에게 훈련을 받기 전의 알베리오라면 쳐내는 것은 고사하고, 검의 궤도만 겨우 바꿀 것이다.

하지만 알베리오는 나와 레우스의 검술을 관찰하면서 감을 단련했고, 덕분에 어느 방향에서 쳐야 상대에게 최대한 부담을 안겨줄 수 있는지 순식간에 간파할 수 있게 됐다.

게다가 나와 모의전을 치르면서 공세를 펼치는 경험을 쌓았던 알베리오는 한순간의 틈을 노리며 망설임 없이 파고든 후, 정확한 일격을 날릴 수 있게 된 것이다.

이 결과에 유일하게 만족하지 못하고 있던 귀족 청년은 분한지 이를 갈았다. 그리고 방금 싸움을 치렀던 용병은 검을 주워든 후에 그 귀족에게 말을 걸었다.

"이럴 수가…… 말도 안 돼! 알베리오가 이렇게 강할 리가…….

"이제 그만 인정해. 저 녀석은 네가 제시한 말도 안 되는 조건을 전부 통과했을 뿐만 아니라, 나한테도 이겼다고."

"너, 설마…… 봐준 거냐?"

"정말 무례한 고용주군. 잘 들어. 나는 전력을 다해 싸웠고,

졌어. 그리고 너는 파멜라를 사랑하는 마음에서도 알베리오에게 진 거야."

"헛소리하지 마! 내가 더 그녀를 사랑……."

갑자기 말주변이 좋아진 철가면 남자와 귀족의 대화가 이어지는 가운데, 파멜라와 그의 아버지가 깜짝 놀랐다. 그리고 알베리오와 마리나는 뭔가를 떠올린 것처럼 고개를 갸웃거렸다.

"권력을 써서 그딴 조건을 강요하고, 게다가 자기는 싸우지도 않았으면서 뭐가 사랑한다는 거지? 이제 그만 자기 행동이 이상하다는 걸 눈치채. 너는 그 여자에게 속은 거야."

"아, 아냐……. 나는 속지……."

"뭐, 곧 병사를 보낼 테니까 책임을 떠넘길 거면 빨리해. 솔직히 말해, 그렇게 수상한 여자를 용케도 곁에 두는걸."

"이, 이 자식! 고작 용병 따위가 주제넘게 그딴 소리를 하는 거냐?!"

"그야 물론 나는 관계자거든."

그리고 용병은 방어구의 벨트를 풀더니, 주저 없이 철가면을 벗었다.

그와 동시에 방어구에 가려져 있던 여우 꼬리가 튀어나오더니, 철가면을 벗은 맨얼굴에는 여우 귀가 달려 있었다.

즉, 그도 호미족이었던 것이다. 하지만 나는 이 용병의 얼굴을 보고 마음에 걸렸다. 날카로운 눈길을 지녔고, 어린애처럼 장난스러운 미소를 머금고 있는 이 남자를 어디선가 본 듯한 느낌이 들었다.

그것도 극히 최근에…… 그렇다. 어딘가 파멜라를 닮았다.

"너…… 웨인이냐?!"

"오라버니?!"

내가 그런 생각을 한 순간, 파멜라와 그녀의 아버지가 그렇게 외쳤다.

즉, 그는 일전에 마리나가 설명해줬던 파멜라의 오빠이자, 실종되었다던 당주의 장남인 건가.

"파멜라가 얽힌 일이니까, 나도 너에게 간섭을 할 권리가 있어. 자아, 빨리 돌아가서 그 여자한테 따지라고. 왜 네 말대로 안 된 거냐고 말이야."

"이, 이 자식……."

두 사람만이 알고 있는 정보가 있는 건지, 귀족 청년은 더 이상 아무 말도 하지 않으며 돌아갔다.

애수가 느껴지는 그 뒷모습을 쳐다본 후, 웨인은 가족들을 향해 손을 흔들었다.

"여어, 아버지. 그리고 동생아. 나, 돌아왔어."

"오라버니, 무사하셨군요!"

"돌아오기는 무슨……. 너라는 녀석은 정말……."

"웨인 씨. 대체 왜……."

"나한테도 사정이 있었어. 그것보다, 알베리오는 정말 강해졌구나!"

그리고 그는 웃으면서 얼이 나간 듯한 알베리오의 어깨를 두드려준 후, 이야기를 시작했다.

웨인은 자신의 정체를 숨긴 채 모험가로 살아왔지만, 그루지오프를 토벌하고 만족한 그는 얼마 전에 로마니오에 돌아왔다고 한다.

"그런데 가문에 문제가 생긴 것 같아서 돌아가기 좀 그렇더라고. 그래서 길드에서 정보를 모으다 보니, 아까 그 녀석이 나한테 의뢰를 하더란 말이지."

내용은 알베리오와 승부를 해줬으면 한다는 것이었기에, 그는 그 의뢰를 맡고 정보를 모은 것 같았다.

그리고 그 귀족의 저택에서 살고 있는 고용인에게서 신경 쓰이는 정보를 얻은 것 같았다.

"그 남자는 다소 거만하기는 하지만, 이번 같은 일을 벌일 만한 녀석이 아니었어. 그런데 갑자기 성격이 변하기 시작한 건, 어떤 여자가 저택에 나타난 후부터지."

후드를 깊이 눌러쓴 묘령의 여성 같으며, 본격적으로 조사를 시작하려던 침에 일베리오가 우리와 함께 이 마을에 온 것이다.

"아버지. 빨리 그 남자의 저택에 사람을 보내. 꽤나 수상하거든."

"으, 음……. 알았다."

"오라버니, 여러모로 조사를 했다는 건 알았어요. 하지만 알베리오 님과 승부를 할 필요는 없었던 것 아닌가요?"

"아, 알베리오가 내 동생에게 어울리는 남자인지 시험해보고 싶어서 말이야……."

즉, 웨인은 잠입 수사를 하고 있었던 것 같았다. 들은 대로 상당한 괴짜…… 아니, 본능에 따라 사는 성격 같았다.

웨인이 전혀 미안해하시 않으며 웃음을 디뜨리자, 그 모습을 본 그의 아버지는 파멜라를 쳐다보며 말했다.

"파멜라. 마음대로 하렴."

"예, 아버님. 자아, 오라버니. 이 여동생과 재회의 포옹을 나누죠."

"아, 너한테 포옹을 당했다간 어디 한 군데 부러질 수도 있으니까…… 끄오오오오──?!"

인정사정 봐주지 않고 끌어안은 건지, 아까 알베리오와 포옹을 했을 때보다 더 명확하게 뼈가 으스러지는 소리가 들렸다.

알베리오와 마리나는 파멜라와 같은 의견인 건지, 쓴웃음을 지은 채 그 모습을 그저 지켜보고 있었다.

잠시 후 포옹에서 풀려난 웨인은 비틀거리면서 알베리오에게 다가가더니, 악수를 나눴다.

그의 표정은 진지 그 자체였지만, 몸이 아파서 그러는 게 아니라는 생각이 들었다.

"알베리오. 다시 말하겠는데, 내가 완전히 졌어. 가족을 내팽개쳐둔 내가 할 말은 아니지만, 동생을 잘 부탁해."

"웨인 씨…… 감사합니다."

"그럼 이제부터 마음 편히 네 밑에서 일할 수 있겠는걸."

"예? 제 밑……에서요?"

"파멜라와 결혼한다면, 로마니오의 차기 당주는 네가 될 거야. 나는 마을을 통치 같은 건 못 할 테니까, 경비대라도 들어가서 네 밑에서 일할 생각이거든."

"웨, 웨인 씨가 계신데 그럴 수는 없습니다!"

외부인의 의견이지만, 웨인의 말이 옳다고 생각한다.

장남인 웨인은 부모와 본인도 당주가 될 그릇이 아니라고 단언했으니, 필연적으로 현 당주의 딸과 결혼하게 된 알베리오가 차기 당주 후보가 될 것이다.

그게 무리라면 파멜라나 다른 귀족이 당주를 맡겠지만, 나의 개인적인 견해로는 알베리오에게는 자연스럽게 남들의 끌어당기며 이끌어나가는 능력을 지녔다고 생각한다.

파라드에서는 마을 사람들에게 사랑받고 있었고, 로마니오에서도 일부를 제외하면 그를 싫어하는 이가 없었다.

즉, 남에게 미움받지 않는 소질…… 당주로서의 능력은 충분히 갖췄다고 생각한다.

"그래. 나도 웨인보다는 알베리오가 당주 자리를 맡아줬으면 기쁠 섯 같군."

"아, 아저씨……."

"하지만 그건 장래의 이야기다. 너를 더욱 살펴본 후에 결정을 내릴 테니 안심하렴. 지금은 딸과 네가 결혼하는 모습을 보여줬으면 좋겠군. 가능하면 손주도…… 말이지."

"맞아요, 알베리오 님! 이제 저희를 갈라놓는 건 존재하지 않아요."

"……그래. 너와의 약속을 지키지."

그리고 두 사람은 마주 서더니, 알베리오가 한쪽 무릎을 꿇으며 파멜라의 손을 잡았다.

"파멜라…… 10년 전에 한 약속을 지킬 때가 왔어. 나와 결혼해줘!"

"기쁜 마음으로 프러포즈를 받아들이겠어요!"

알베리오의 프러포즈를 파멜라가 받아들인 순간, 우리는 아낌없는 박수를 보냈다.

두 사람이 남들의 시선을 개의치 않으며 포옹을 나누자, 이 자리에 있는 여성들이 부러움으로 가득 찬 눈길로 그들을 쳐다보았다.

"하아…… 멋져요. 저도 언젠가 시리우스 님에게…….'

"용은 무리니까, 호쿠토의 등에 타고 해주면 좋겠네."

"후후…… 기다리고 있을게."

그녀들은 마음만 먹으면 언제든 정착할 수 있는데도 이렇게 모험가 생활을 하고 있는 나를 따르고 있다.

그러니…….

"언젠가 반드시, 내 마음을 꼭 전할게."

기회를 봐서 그녀들에게 정식으로 프러포즈를 해야겠다고 나는 마음속으로 맹세했다.

"오라버니, 언니…… 정말…… 다행이야."

마리나는 행복의 절정을 만끽 중인 두 사람의 얼굴을 쳐다보고 있었다. 하지만 마리나에게서 위화감이 느껴진 듯한 레우스는 슬며시 다가가더니 그녀의 어깨에 손을 얹었다.

"저기…… 마리나. 쓸쓸하면 언제든 알에게 이야기해. 아무 말도 안 하는 게 가장 안 좋다고."

"무, 무슨 소리를 하는 거야?! 오라버니와 언니가 맺어져서 저렇게 행복해하는데, 내가 왜 쓸쓸해한다는 건데?!"

"그럼 내 착각이야? 나도 형님과 누나가 연인이 되었을 때 정말 기뻤지만, 왠지 멀어진 듯한 느낌이 들어서 좀 쓸쓸했거든. 그래서 마리나도 그런 게 아닐까 하고 생각했어."

"그럴 리가……."

마리나는 레우스의 말에 반박하려 했지만, 포옹 중인 오빠와 올케를 응시하다 보니 점점 기분이 가라앉더니 최종적으로는 한숨을 내쉬며 입을 열었다.

"……응, 그럴지도 몰라. 네 말대로 아주 약간…… 쓸쓸하기는 해. 오라버니는 이제 나만의 오라버니가 아니라는…… 그런 싫은 생각만 떠올라."

"역시 그렇구나. 하지만 그건 기분 탓이야. 멋대로 우리가 착각하고 있는 거지, 알이 변한 건 아니라고."

"잘난 척하지 말아줄래? 하지만…… 응. 조금은 네 말을 이해가 돼."

자신의 마음을 숨기며 얼버무리는 게 아니라, 똑바로 자각하면서 앞을 바라보는 게 중요하다.

레우스가 과거의 자신의 경험을 살려 마리나에게 조언을 해주자, 나는 그의 성장을 실감하며 기쁨을 느꼈다. 그건 그렇고, 결혼이 결정된 저 두 사람만큼은 아니지만 이쪽도 꽤 분위기가 좋은걸.

사이가 좋아지는 건 반길 일이지만, 앞날을 생각하면 좀 유감스러웠다.

우리는 모험가이기에, 마리나와 머지않아 작별하게 되는 것이다.

그리고 웨인이 말한 그 수상한 여자 말인데, 귀족의 저택에 보낸 경비의 보고에 따르면 이미 종적을 감췄다고 한다.

진짜로 있기는 했던 건지 의심스러울 정도로 자취조차 남아 있지 않았으며, 그 귀족 청년도 기억이 애매한지 그 여자에 대해 전혀 기억하지 못하는 것 같았다.

"중독성이 있는 듯한 향기를 맡자, 내가 뭐든 할 수 있을 것 같은 느낌이 들었어. 그걸 준비해준 게…… 젠장! 생각이 안 나!"

내가 진단을 해보니, 환각 작용 및 사고능력 저하 효과가 있는 약을 맡은 것 같았다. 그리고 그 여자의 유도에 따라, 파멜라를 손에 넣기 위해 그런 무리한 조건을 알베리오에게 제시한 것 같았다.

하지만 그것을 증명해줄 것은 찾지 못했고, 결국은 귀족 본인이 결단을 내려서 벌인 일이나 다름없었다. 결국 그는 분통을 터뜨리면서도 자신의 잘못을 인정하더니, 알베리오와 파멜라를 축복해줬다. 저 두 사람이 얼마나 서로를 마음에 두고 있는지 똑똑히 봤으니, 인정할 수밖에 없었던 걸지도 모른다.

나도 그 수상한 여자를 찾아볼까 했지만, 만난 적이 없을 뿐만 아니라 얼굴과 마력도 모르는 상대를 찾는 건 불가능에 가깝다.

경비가 마을 전체를 수색했는데도 찾지 못했을 뿐만 아니라, 제대로 된 목격 증언도 없었다. 결국 며칠 후에는 수색이 중단됐다.

여러모로 입맛이 쓸쓸하지만, 이렇게 알베리오의 문제는 무사히 해결됐다.

《레우스의 선택》

알베리오의 문제가 해결되고 며칠 후…….

우리는 파라드와 로마니오를 충분히 관광했는데도, 아직 떠나지 않았다.

왜냐하면, 며칠 뒤에 열릴 알베리오와 파멜라의 결혼식에 참석하기 위해서다.

그리고 우리는 그 준비를 돕고 있었으며, 나는 일단 파라드에 가서 알베리오의 형을 찾아갔다.

이유는 보고를 하기 위해서지만, 남들에게 들려주기 좀 그런 내용도 있었기에 나 혼자만 그를 찾아가기로 했다.

"……보고드릴 내용은 이것으로 전부입니다. 그 두 사람의 결혼은 고지식한 일부 귀족들에게 불쾌하게 만들 것 같지만, 마을 전체는 결혼을 축복해주는 분위기인 것 같더군요. 이전과 크게 달라질 것 같기는 않습니다."

"수고했네. 결혼식 준비는 어떻게 되어가고 있지?"

"약간 차질을 빚고 있기는 하지만, 이대로 가면 이틀 후에는 문제없이 치를 수 있을 겁니다."

"안심해도 될 것 같지만, 방심하기에는 아직 이른가. 다음은 자네들에게 줄 보수 말인데…… 전과 똑같은 걸로 괜찮겠나?"

"예. 설탕과 소금, 향신료, 그리고 지난번에 주셨던 어패류를 추가해주시면 감사하겠습니다."

일전에 파라드의 당주에게 받은 의뢰가 계속되고 있기에, 지금처럼 알베리오의 근황을 보고하러 올 때마다 보수를 받아가고 있다. 그리고 그 보수란 새로운 요리와 맛을 개척하는데 필요한 식재료와 특산품으로 받고 있다.

보고를 마치고 저택을 나선 나는 마침 마을을 산책하고 있던 제자들과 마주쳤다.

"아, 형님이다!"

"시리우스 님. 보고는 마치셨나요?"

"그래. 또 식재료를 잔뜩 받았으니까, 새로운 요리에 도전할 수 있겠어. 너희는 뭘 했어?"

"알베리오와 파멜라에게 줄 축하 선물을 찾고 있었어요."

"하지만 이 마을 물건들에는 익숙할 테니, 좀 특이한 게 없나 싶어 찾아다니는 중이야."

나는 웨딩 케이크를 만들 생각인데, 어떤 이유로 중지되었다. 그래서 이 근치에시는 맛볼 수 없는 요리를 내접해주기로 했다.

그 후, 나도 제자들과 함께 마을의 노점을 둘러봤지만 적당한 건 없어 보였다.

"형님. 이럴 때는 뭘 선물하면 상대가 가장 기뻐할까?"

"글쎄. 이 지방의 풍습에서 복을 부른다고 여겨지는 걸 주는 건 어때?"

두 사람의 인연을 더욱 공고하게 해줄 만한 것을 몇 개 언급해봤지만, 레우스는 영 확 와닿지 않는 것 같았다.

"뭐랄까…… 알을 깜짝 놀라게 해줄 만한 걸 선물하고 싶어!"

"후후, 우리보다 진지하네."

"하지만 그럴 만도 해. 두 사람은……."

"응! 알은 내 친구거든!"

함께 훈련하면서 서로에게 등을 맡길 수 있게 된 두 사람은 깊은 유대로 이어졌을 뿐만 아니라 레우스는 마리나와도 가까워졌다.

그런 만큼 헤어질 때 괴로울 거라는 걸 알고 있는 건지, 레우스는 요즘 들어 억지로 웃고 있을 때가 많았다.

그런 레우스의 속내를 눈치챈 에밀리아는 진지한 표정을 지으며 이렇게 말했다.

"레우스. 당신이 바란다면 이곳에 남는 것도……."

"무, 무슨 소리를 하는 거야?! 나는 형님을 따라가기로 이미 결심했거든? 누나와 함께 은월의 맹세도 했다고!"

"……그래요. 당신이 그렇게 결심했다면 이 누나는 아무 말도 하지 않겠어요."

아마 레우스가 이러는 건 나 때문일 것이다.

필요한 일이었다고는 해도, 어릴 적부터의 교육 때문에 레우스는 항상 나를 중심으로 생각하며 살아왔던 것이다.

그래서…… 이런 말을 하는 것이다.

레우스가 선택한 길인 데다, 나로서는 그것이 나쁘다고 단정지어 말할 수 없다. 하지만 자신의 감정을 억누르면서 나를 우선한다는 점이 레우스의 장점을 해치고 있다는 생각이 들었다.

경험을 통해 이럴 때는 과감한 치료가 필요하다고 생각하지만, 좀처럼 그런 기회가 찾아오지 않았다.

그리 생각하며 기회를 엿보던 나에게, 드디어 그 순간이 찾아왔다.

다음 날 아침, 파라드의 여관에서 묵었던 우리는 알베리오가 있는 로마니오로 향하기 위해 준비를 하고 있었다. 하지만 창밖으로 보이는 마을 전체가 묘하게 시끌벅적하다는 사실을 눈치챘다.

무슨 일이 벌어진 건지 알아보기 위해 여관의 카운터로 우리 전원이 향하고 있을 때, 파라드 당주의 일을 돕던 부하 여성이 허둥지둥 우리를 찾아왔다.

"여러분. 죄송하지만, 지금 즉시 당주님과 만나주셨으면 합니다."

"무슨 일이야? 이 사람이 갑자기 찾아온 것도 그렇고, 왜 이렇게 마을 선체가 술렁거리는 거시?"

"이 상황과 연관이 있을 것 같군. 알았습니다. 지금 바로 가보죠."

"감사합니다. 자초지종을 이동하면서 말씀드리죠……."

그리고 부하에게서 현재 상황에 대해 들으면서, 우리는 당주의 저택으로 향했다.

이 소동과 연관이 있는 건지 저택을 경비하는 이가 적었고, 우리는 딱히 제지를 받지 않으며 당주가 있는 곳으로 가서 자세한 이야기를 듣게 됐다.

"왔군. 갑자기 불러서 미안하네. 자초지종은 그녀에게 들었나?"

"예. 마물이 무리를 이뤄 쳐들어오고 있다더군요."

이 세계에서 마물이 무리를 이뤄 나타나는 것은 그렇게 드문 일이 아니다.

예를 들어 숲에서 사는 고블린이 지나치게 번식한 탓에, 식량과 번식에 필요한 여성을 잡기 위해 숲에서 일제히 튀어나오는 일도 있다. 상황을 각양각색이지만, 흔하게 일어나는 현상인 것이다.

하지만 이 마을에는 많은 모험가와 마을 경비대가 있기 때문에, 소규모 무리라면 무리 없이 대처할 수 있을 것이다. 최악의 경우, 배를 타고 호수로 도망치면 된다.

밖이 시끌벅적한 것은 방어 준비, 그리고 여차할 때를 대비해 배를 준비하느라 그런 것 같았다. 그래도 좀 분위기가 이상했다.

"정찰을 다녀온 자의 말에 따르면, 마물의 숫자가 천 마리 남짓이라는군. 상당한 희생을 치러야겠지만 대처는 가능하겠지. 하지만……."

"뭔가 이상한 점이 있나 보군요."

"그래. 이번 무리는 다양한 종류의 마물이 뒤섞여 있다는군. 결코 무리를 이루지 않을 듯한 마물들이 한꺼번에 이 마을로 몰려오고 있다네."

본능에 따라 사는 마물이 다른 종족의 마물과 손을 잡는다는 것은 있을 수 없는 일이다. 그러니 보통은 단일 종족의 마물들로 구성된 무리가 쳐들어와야 정상인 것이다.

하지만 이번에 몰려오는 무리에는 다양한 마물이 뒤섞여 있으며, 평소에는 서로를 잡아먹어야 정상인 마물들이 무리를 지어서 몰려오고 있다는 것 같았다.

"불가사의한 일이지만, 지금은 그 이유를 캐는 것보다 마을의 안전을 우선해야 하지. 하지만 마물이 한 종류라면 대책을 세우기도 쉽겠지만, 저렇게 다양해선 힘들거든. 그래서 조금이라도 이쪽의 병력을 늘리고 싶은 거라네."

"흠……."

다른 이들을 둘러보니, 반대하는 것 같지는 않았다.

하지만 결정권은 나에게 있다고 여기는 건지, 다들 묵묵히 내가 입을 열 때까지 기다리고 있었다.

짧은 기간 동안이지만 여러모로 편의를 제공받은 데다, 이곳은 알베리오의 고향이기도 했다. 신세를 진 만큼 모른 척할 수는 없다.

"알았습니다. 저희도 돕죠."

"정말인가? 고맙네."

"헤헷, 안심하라고. 형님과 우리가 힘을 합치면 마물 정도는 식은 죽 먹기거든."

"음. 내 동생을 그렇게 그만큼이나 단련시킨 자네들과 호쿠토 씨가 도와준다면 큰 힘이 되겠지. 자네들만 믿겠네. 그럼 마물과 맞서 싸울 장소는 이 마을의 북서쪽……."

현시점에서 세운 작전을 들은 후, 우리는 진지가 구축되고 있는 마을 외곽으로 향하기로 했다. 하지만 그 전에 장비를 챙기기 위해 여관에 잠시 들를 필요가 있었다.

그리고 여관에 돌아가서 마차에 실어둔 장비를 챙겼을 즈음, 당주가 보낸 마차가 여관 앞에 도착했다.

"마법과 장거리 공격 무기로 마물 무리가 접근하기 전에 최대한 숫자를 줄인 후, 근접 부대가 돌격한다…… 정석적인 작전인걸."

"뒷일은 현지를 살펴본 후, 임기응변에 따라 행동……하는 거죠?"

"그래. 우리는 유격대로서 마음대로 움직여도 된다니까, 위치를 잡는 것도 중요할 거야."

"우리를 신뢰하고 있나 보네."

"웅! 그 기대에 부응하자고."

"부상자도 최대한 줄이자."

"집단전에서는 예상하지 못한 일이 벌어지기 마련이지. 주위를 살피는 것도 있지 마."

"""응."""

"예."

우리는 그런 이야기를 나누고 마차에 타려 했다. 하지만 레우스는 로마니오가 있는 쪽을 쳐다보며 꼼짝도 하지 않았다.

"레우스, 왜 그래? 빨리 가자."

"이 냄새는…….."

"냄새? 어머…… 그 애가 왜 이쪽에 있는 걸까?"

반사적으로 '서치'를 사용해보자, 레우스가 고개를 갸웃거리는 이유를 알 수 있었다.

"두 사람 다 왜 그래?"

"저쪽을 봐."

레우스가 가리킨 방향을 쳐다보니, 숨을 헐떡이며 이쪽으로 뛰어오는 마리나의 모습이 눈에 들어왔다. 마리나는 로마니오에서 치러질 결혼식 준비 때문에 바쁠 텐데, 어째서 홀로 이곳에 온 걸까?

표정이 필사적인 것을 보면 무슨 일이 있는 게 틀림없어 보였다. 그런 마리나는 우리를 보더니 표정이 약간 밝아졌다.

"하아…… 하아…… 다행이야. 겨우 찾았어!"

"마리나, 무슨 일이야? 우리는 이제부터 마물을 퇴치하러 가야 하니까, 농땡이를 부릴 시간이 없어."

"뭐, 뭐어!? 이쪽도……."

"이쪽도? 어이, 설마 로마니오도……."

"맞아! 마물 무리가 로마니오에도 몰려오고 있어!"

자세한 이야기를 들어보니, 이쪽과 마찬가지로 로마니오에도 마물 무리가 몰려들고 있는 것 같았다.

아무래도 로마니오 쪽이 먼저 마물 무리의 공격을 받을 것 같으며, 무리의 규모 또한 더 큰 것 같았다.

다양한 종족이 뒤섞여 있는 건 그쪽도 마찬가지이며, 서둘러 토벌대를 조직해 요격을 하기 위해 출격했다고 한다. 그리고 그 토벌대에는 알베리오와 웨인도 포함되어 있는 것 같았다.

마리나는 이 상황을 파라드에 알리기 위해, 서둘러 준비한 소형 선박을 타고 이곳에 온 것이다.

"부탁이야! 오라버니를 구해줘! 이제 믿을 사람은 여러분뿐이야……."

"진정해, 마리나. 지금의 알베리오라면 간단히 당할 리가 없고, 웨인 씨도 있으니 고립만 당하지 않는다면……."

"……고립당할 것 같단 말이야!"

알베리오와 웨인은 좌익과 우익으로 나뉘어 배치되었다고 한다.

그리고 작전이 결정되고 출격하기 직전, 알베리오는 마중을 나온 파멜라와 입맞춤을 했다고 한다.

그 훈훈한 광경을 주위에 있는 이들을 미소 짓게 했지만, 일부 귀족들의 시선을 눈치챈 마리나는 위화감을 느꼈다고 한다.

"질투가 아냐. 뭔가 엄청 불길한 느낌이 들었어. 그래서 환술 능력으로 모습을 감추며 뒤를 따라가 봤더니……."

꼬리 탓에 남들의 시선에 민감한 마리나이기에 그것을 눈치챈 것이리라.

아무튼 그 수상한 귀족을 따라가 보니, 알베리오는 눈엣가시로 여기는 귀족들이 모여 있었다고 한다.

"그들은 오라버니를 죽여버리겠다는 소리를 늘어놨어. 게다가 오라버니가 속한 부대의 리더는 그 귀족의 부하라는 것도 알아냈단 말이야."

아무래도 부대를 유도해서 알베리오를 마물 무리에 고립시킨 후, 사고로 위장해 죽일 생각 같았다.

로마니오의 귀족들이 너무 얌전하다 싶었는데, 아무래도 이 상황에서 송곳니를 드러낸 건가?

아니…… 어쩌면 알베리오에게 말도 안 되는 조건을 내걸었던 귀족과 같은 상황일지도 모른다.

"나는 오라버니가 떠난 후에 그 사실을 알았어. 그래서 파멜라 언니의 아버지와 상의한 거야. 오라버니 쪽으로 병력을 보내겠다고 말씀하셨지만, 마물의 규모를 생각하면 여유가……."

현재 상황에서 고립된 부대를 구할 정도의 병력적 여유가 있을 리가 없다.

마리나는 혼자서 어쩔 수 없다는 것을 이해했기 때문에, 우리에게 의지하기 위해 배를 타고 이곳에 온 것이다.

"내가 할 수 있는 거라면 뭐든 할 테니까, 여러분의 힘을 빌려줘! 오라버니를…… 구해주세요!"

"그건 당연하잖아! 전부 우리에게 맡겨달라고!"

마리나가 깊이 고개를 숙이자, 레우스는 미소를 지으며 주저 없이 대답했다.

그건 그렇고…… 마물 무리가 동시에 두 개나 발견됐을 뿐만 아니라, 각각 다른 마을을 습격하려 한다?

우연일 가능성도 없지는 않지만, 이 일은 명백하게 작위적이었다.

모를 일투성이지만, 우선 마물들을 어떻게든 해야 할 것이다.

게다가…… 이런 상황이기는 하지만, 기회가 찾아왔으니 이용하기로 했다. 나중에 레우스에게 두들겨 맞을지도 모르지만 말이다.

마음속으로 쓴웃음을 지으면서 피아를 쳐다보니, 내 의도를 눈치챈 그녀는 몰래 고개를 끄덕였다.

"형님, 알한테는 내가 가보겠어! 그러니까 이쪽은⋯⋯."

"너 혼자 어떻게 갈 거지? 배를 타고 가면 한나절은 걸릴 거야."

"마, 맞아. 그럼 형님이나 피아 누나가 데려다주면⋯⋯."

"⋯⋯미안해. 그러고 싶지만⋯⋯ 좀 무리일 것 같아."

"어, 어째서야?! 알이 위험에 처했단 말이야! 부탁이야, 피아 누나!"

레우스가 그 뜻밖의 대답을 듣고 따지듯 그렇게 외쳤지만, 피아는 심각한 표정을 지으며 고개를 저었다.

"아까 바람이 가르쳐줬어. 실은 내 마을도⋯⋯ 마물에게 습격을 당한 것 같아."

────── 레우스 ──────

"피아⋯⋯ 그게 사실이야?"

"응. 그 아이들의 보고에 따르면, 상당한 규모의 마물이 쳐들어온 것 같아."

피아 누나의 고향이⋯⋯ 습격을 당했다?

그건 절대 막아야 해!

고향이 마물에게 습격을 당해서, 엄마와 아빠⋯⋯ 가족들이 전부 잡아먹히는 절망을, 피아 누나가 맛보게 하고 싶지 않다.

"하지만 걱정하지 마. 숲에서 싸우는 엘프들은 정말 강하니까, 습격을 당하더라도 피해는……."

"하지만 엘프의 인구는 많지 않다고 하셨죠? 게다가 피아 씨의 가족도……."

"……응. 솔직히 말하자면 걱정이 돼."

서둘러 가보자는 말을 하고 싶지만, 나는 그 말을 입에 담을 수 없었다.

왜냐하면 알도 위험에 처했기 때문이다.

하지만 알을 구하러 간다는 말도 할 수 없었기에, 나는 머리를 감싸 쥐었다.

"여기서 피아의 고향에 가려면 얼마나 걸려?"

"전력으로 하늘을 날면…… 하루 정도 걸릴 거야. 그리고 도착하더라도, 체력과 마력이 소모된 상태에서 얼마나 싸울 수 있을지……."

젠장…… 어쩌면 좋지?!

하지만 형님이라면 어떻게든…….

"어쩔 수 없지. 꽤 무모한 방법이지만, 마차를 타고 마물 무리를 중앙돌파하자. 지나가면서 마법으로 마물들을 숫자를 줄이면, 파라드 마을에 대한 의리는 지키는 거겠지. 우리는 그대로 피아의 고향으로 향하자."

"잠깐만, 형님! 알은…… 알은 어떻게 할 거야?!"

"알베리오에게는 그런 상황에서도 살아남을 방법을 가르쳤어. 마물들에게 포위당하더라도, 그 녀석이라면 충분히 빠져나올 수 있을 거야."

"그, 그래……. 형님과 호쿠토 씨에게 단련을 받은 알베리오
가 질 리가 없어."

"뭐?!"

그래……. 형님이 알을 믿는다면, 나도 믿어보는 거야.

알과 마리나에게는 미안하지만, 나는 형님의 제자이자 시종이
다. 영원히 형님의 뒤를 따르겠다고, 은월의 밤에 맹세한 것이다.

"알았어, 형님. 그럼 피아 누나의 고향으로……."

하지만………… 만약 알에게 무슨 일이 생긴다면?

예상치도 못한 마물이 나타날지도 모르고, 무엇보다 그는 형
님만큼 강하지 않다.

반드시 무사할 거라고는…… 단정 지을 수 없다.

"레우스…… 부탁이야. 오라버니를……."

애절한 눈길로 나를 쳐다보는…… 마리나.

그때, 파멜라 씨와 포옹을 하던 내 친구…… 알.

행복하게 포옹을 나누는 그 광경을 본 순간, 나는 마치 자기
일처럼 기뻤다.

그 모습을…… 두 번 다시 볼 수 없다면?

나는…… 나는…….

"레우스, 왜 그래? 빨리 마차로 돌아가자."

"나는………… 가."

"……다시 말해봐."

"나는…… 안 가! 알을 구하러 가겠어!"

내가 무심결에 그렇게 외치자, 리스 누나는 당혹스러운 표정을 지으며 나에게 말을 건넸다.

"레우스, 정말 괜찮겠어?"

"형님과 누나들이 있으면 피아 누나네 마을은 괜찮을 거야! 하지만…… 알은 달라. 지금 그 녀석은 혼자란 말이야!"

"우리는 언제 돌아올지도 모르고, 어쩌면 돌아오지 못할지도 몰라. 우리를 쫓아오려고 해도, 네가 알베리오를 구했을 즈음이면 우리는 한참 떨어진 곳에 있을 거야."

마차를 끄는 호쿠토 씨는 나보다 몇 배는 빠르며, 하루 종일 달릴 수도 있다.

그리고 형님들과 너무 떨어지면 냄새로 쫓는 것도 어려운 데다, 피아 누나의 고향은 숲속에 있다.

안내해주는 이가 없다면 당도할 수 없다고 피아 누나가 전에 말했으니, 쫓아가는 건 어려울 거라고 생각하지만…….

"어떻게든 하겠어! 형님을 꼭 찾아갈게!"

피아 누나의 문제가 해결될 때까지, 여기서 기다릴 생각도 해봤지만…… 그것도 싫다!

나는 형님을 쫓아가는 입장이지, 기다리는 입장이 아니다.

설령 따라잡았을 즈음에 모든 일이 마무리되었을지라도, 나는 형님을 쫓아갈 것이다.

하지만, 내가 가장 신경 쓰는 건 그게 아니다.

이를 악물며 내 앞에 선 누나는 분노를 억누르며 차가운 눈길로 나를 내려다보았다.

"레우스. 너는 그때 했던 맹세를 잊은 거니?"

"잊을 것 같아?! 잊을 리가 없잖아!"

그때 했던 맹세는 지금도 똑똑히 기억하고 있어!

"평생 동안……."

"목숨이 다할 때까지……."

""시리우스 님을 주인으로 모실 것을, 달에 맹세합니다.""

그렇다……. 누나와 함께했던, 은월의 맹세다.

나는 형님에게 구원받았고, 형님을 위해 살겠다고 맹세했다.

그것은 내가 지켜야만 하는 맹세이자, 긍지다.

"시리우스 님이 그리하라고 말씀하셨다면 몰라도, 당신이 자기 의지로 알베리오에게 간다면, 그것은 맹세는 어기는 짓이야."

주인으로 섬기는 자…… 형님의 명령에 따르지 않는 순간, 나는 시종으로 실격이다. 게다가 맹세를 어겼으니 나는 은랑족으로서 최악의 쓰레기가 되는 것이다.

형님과 누나를 배신하는 행위라는 건 알지만…… 그래도 어쩔 수 없어!

"알아! 맹세도 중요하지만, 알은 내버려 둘 수는 없어! 안 그랬다간, 나는 나 자신을 용서할 수 없을 거야!"

"그런가요. 당신이 그렇게 정했다면, 저는 아무 말도 하지 않겠어요. 뒷일은 시리우스 님에게 맡기도록 하죠."

"……정말 갈 거지?"

누나가 옆으로 물러서자, 난처한 표정으로 나를 쳐다보고 있는 형님의 모습이 눈에 들어왔다.

평소 같으면 알을 구하러 가라고 명령해줬을 테지만, 형님은 그러지 않았다.

그래도 나는…….

"형님…… 누나…… 미안해! 나, 맹세를 어길게!"

바닥에 넙죽 엎드리면서 고개를 깊이 숙인 나는 자신의 의지로 형님의 뜻을 거역했다.

"리스 누나, 피아 누나, 미안해! 하지만 형님이 있다면, 내가 없어도…… 어떻게든 될 거야!"

가슴 깊은 곳이 매우 아팠다.

이런 나를 알의 곁으로 데려다 달라고 부탁할 수는 없었다.

형님과 누나들의 얼굴을 볼 수 있었기에, 나는 그들의 대답도 듣지 않고 달려갔다.

"여러분…… 죄송해요."

"레우스가 직접 결정한 거야. 너도 빨리 가 봐."

등 뒤에서 마리나가 사과하는 목소리가 들렸지만, 나는 그 모든 것을 떨쳐버리려는 듯이 내달렸다.

"배로 띄우는 건 무리야. 지금은 대형선박을 준비하느라 정신이 없거든."

"그래도 부탁할게!"

"안 된다니까 그러네. 그리고 배가 급하게 출발한다면, 마을 사람들이 불안에 떨 거야."

말로 표현할 수 없는 감정과 눈물을 참으며, 나는 선착장에 있는 선원을 잡고 건너편으로 데려다달라고 부탁했다. 하지만 배로 호수를 건너가는 건 무리 같았다.

젠장…… 알이 위험에 처했을지도 모르는데, 이런 곳에서 발이 묶여 있을 수는 없어!

"하아…… 하아…… 기다려."

내가 배를 구하기 위해 항구를 뛰어다니고 있을 때, 마리나가 숨을 헐떡이며 나를 쫓아왔다.

맞아. 마리나가 이쪽으로 올 때 타고 왔을 배가 있을 거야. 그걸 타고 로마니오로 돌아가면 돼.

"마리나! 네가 탄 배는 어디 있어?!"

"아, 알았으니까 좀 진정해! 그 배는 저쪽에…… 앗?!"

마리나가 가리킨 곳에 조그마한 배가 있었지만, 대형선에 막혀서 출발이 불가능한 상태였다.

"말도 안 돼! 그, 그럼 다른 배는……."

"……저거야!"

내가 발견한 건 인근의 생선을 잡을 때 쓰는 조그마한 배였다. 이 배라면 배 사이로 빠져나갈 수 있을 것 같았다.

나와 마리나 두 명이 타면 비좁을 배이며, 노로 저으며 나아가야 할 것 같지만, 지금은 불평을 늘어놓을 때가 아니다.

"저 배로 가자! 지나갈 수 있을 것 같은 방향을 가르쳐줘."

"그래. 저쪽이야!"

마리나도 망설일 때가 아니라고 생각한 건지, 고개를 끄덕이며 나와 함께 내달렸다.

그리고 배에 타려던 순간, 한줄기 바람이 불더니 새하얗고 거대한 존재가 우리를 막아섰다.

"윽!? 호쿠토 씨가 왜 여기 있는 거야?"

형님들과 함께 마을을 떠난 거 아니었어?

내가 당혹스러워하자, 호쿠토 씨는 호수 쪽을 가리키며 낮은 울음소리를 냈다.

『나의 주인이 로마니오에 두고 온 물건이 있다고 했다. 그래서 가져와달라는 부탁을 받았지.』

"두고 온 물건…… 그게 뭐야?"

『그건 네가 알 필요가 없다. 출발 준비에 시간이 걸리니, 겸사겸사 너희도 건너편에 데려다주라고 주인께서 말했다.』

뭐야……. 피아 누나의 고향에 서둘러 가야 한다고 했으면서, 우리를 이렇게 챙겨줘도 괜찮은 거야?

정말 고맙지만, 나는 형님을 배신…….

『뭘 그렇게 망설이는 거지? 용서받지 못할 짓을 했지만, 너에게는 그만큼 중요한 일일 텐데? 고집을 피워서 전부 헛되게 할 건가?』

"윽?!"

아아…… 나는 정말 미숙하다.

호쿠토 씨가 말한 것처럼, 지금 나에게는 망설일 시간이 없다.

내가 아무 말 없이 고개를 끄덕이자, 호쿠토 씨는 미소를 지으면서 빨리 타라는 듯이 몸을 숙였다.

"으음…… 호쿠토 씨가 뭐라고 하는 거야?"

"건너편까지 데려다준다고. 이걸로 그 어떤 배를 타고 가는 것보다 빠르게 건너편으로 갈 수 있게 됐어!"

"뭐?! 정말…… 어, 자, 잠깐만?!"

나는 난처한 듯한 반응을 보이는 마리나의 손을 잡아끌면서 호쿠토 씨의 등에 탔다.

설마 내가 백랑 님의 등에 타게 되는 날이 올 줄이야. 다른 동족이 본다면 엄청 화낼 것이다.

『떨어지지 않도록 안장을 움켜잡아라. 그리고 네 검도 거기에 꽂아둬라.』

마차를 끌 때 쓰는 안장에는 물건을 고정시킬 수 있는 벨트가 꽂혀 있으니, 거기에 내 검을 고정시킬 수도 있었다.

이걸로 내 등이 비었으니…….

"마리나. 떨어지지 않도록 내 허리를 꼭 잡아!"

"뭐!? 하지만, 그러면……."

"알을 구하러 안 갈 거야?!"

"가, 갈 거야!"

마리나가 내 등에 매달린 것을 확인한 호쿠토 씨는 천천히 몸을 일으키며 울음소리를 냈다.

『좀 흔들릴 테니 꼭 잡고 있어라.』

그리고 나와 마리나를 태운 호쿠토 씨가 땅을 박차며 로마니오로 향했다…….

"어, 호쿠토 씨?! 그쪽은 호수라고!"

"헤, 헤엄쳐서 갈 거야?!"

호쿠토 씨의 발이라면 웬만한 산길은 아무렇지 않게 나아갈 수 있을 테니, 호수를 따라 육지를 달릴 거라고 생각했다. 하지만 호쿠토 씨는 호수를 향해 몸을 날린 것이다.

우리의 외침을 무시하며 선착장을 박찬 호쿠토 씨의 발이 그래도 물에 잠기⋯⋯지 않았다.

왜냐하면 호쿠토 씨는 물을 지면처럼 박차면서 날아올랐기 때문이다.

"호쿠토 씨, 뭘 하는 거야?!"

"뭐, 뭐가 어떻게 된 건데?!"

우리가 당혹스러워 하는 사이에도, 호쿠토 씨는 물을 박차면서 호수를 곧장 나아갔다.

이건 형님의 '에어 스텝'과 비슷하다는 느낌이 들었다.

『마력을 광범위하게 펼치며 걸음을 내디디면, 물도 충분한 발판이 되지.』

물이라는 저항이 있기 때문에 가능하다는 것을, 호쿠토 씨는 달리면서 가르쳐줬다.

저항이 존재하지 않는 공중에 발판을 만드는 '에어 스텝'보다 소모가 적기 때문에, 나도 연습만 하면 가능할지도 모른다.

"대단해⋯⋯. 벌써 호수 한가운데까지 왔네."

"호수를 곧장 나아가고 있으니까, 빠른 게 당연⋯⋯ 어, 잠깐만 있어봐. 호수 한가운데에는⋯⋯."

"어? 아⋯⋯ 마물?!"

그러고 보니 호수 중심에는 마물이 살고 있으며, 함부로 다가

가면 배를 타고 있더라도 습격을 당한다고 들었다.

우리가 그걸 떠올린 순간, 눈앞의 수면에서 거대한 무언가가 튀어나왔다.

"호, 혹시 이게……?!"

"어, 엄청 크네!"

온몸이 시꺼멓고, 머리에 뿔이 몇 개나 달린 그 물고기는 그루지오프보다 훨씬 거대했다. 그런 마물이 우리의 존재를 눈치채고 달려드는데도, 호쿠토 씨는 피하는 건 고사하고 곧장 나아갔다.

"호, 호쿠토 씨! 피해!"

"큭…… 이렇게 되면, 잡아먹히기 전에 베어버리겠어!"

내가 벨트에 꽂아둔 파트너를 향해 손을 뻗었을 때, 호쿠토 씨에게서 뿜어져 나오는 방대한 마력이 느껴졌다.

『주인의 명령을 수행중이다. 생선 따위가 방해하지 마라!』

그리고 호쿠토의 입에서 마력이 담긴 충격파가 뿜어져 나오더니, 그것을 맞은 마물이 그대로 튕겨 나가 허공을 갈랐다.

순식간에 튕겨 나간 마물은 그대로 사방에 물을 흩뿌리며 호수에 낙하했고, 축 늘어진 채 물 위에 떠 있었다.

『음, 발판이 하나 생겼군. 이용하도록 할까.』

망연자실한 우리와 달리, 호쿠토 씨는 방금 날려버린 마물을 발판으로 삼으며 날아올랐다.

"저 마물은 마을의 배를 몇 척이나 침몰시켜서, 디네 호수의 악마라고 불리는데……."

"악마……."

문뜩 뒤편을 쳐다보니, 아직 살아 있던 그 악마가 도망치듯 물속으로 들어가는 광경이 눈에 들어왔다.

"호쿠토 씨한테는 악마도 한 방 감이구나. 역시 형님의 파트너……."

"레우스……."

파트너…….

나는 형님의 등을 지킬 수 있도록…… 그리고 파트너라고 불리기 위해 강해지려 했지만, 이제는 무리일지도 모른다.

난처한 표정을 짓고 있던 형님과 누나들의 얼굴을 떠올리며 내가 침울한 표정을 짓자, 마리나가 나를 안고 있는 손에 더 힘을 주며 말했다.

"저기…… 미안해. 나 때문에 레우스가……."

"……마리나 탓이 아냐. 이건 내가 스스로 정한 거야."

내가 모르는 사이에 알게 무슨 일이 생긴다면, 그게 더 싫을 것이다.

결국 무서워서 형님의 대답도 듣지 않고 도망쳤지만, 나는 역시 형님을 쫓는 것을 관두고 싶지 않다.

이 소동이 정리된 후, 형님 일행이 얼마나 먼 곳에 있더라도 나는 반드시 쫓아가서 함께 다니게 해달라고 부탁하며 사과할 것이다.

가슴 속에 감도는 후회를 떨쳐내며 기합을 다시 넣었을 즈음, 로마니오는 어느새 눈앞에 있었다.

그날, 평소와 다름없는 일상이 이어지던 로마니오에, 마물 무리가 몰려왔다.

나에게 있어 이 마을은 어릴 적부터 몇 번이나 찾았던 제2의 고향이기에, 마물을 토벌하는 부대에 당연히 참가했다.

게다가…… 나는 파멜라와의 결혼을 앞두고 있다.

이 위기를 무사히 극복해서 마을 사람들을 안심시키는 것만이 아니라, 행복한 아내가 된다는 파멜라의 꿈도 이뤄주고 싶다.

정찰을 간 척후의 정보에 따르면, 마물의 숫자는 천이 넘는다고 한다. 하지만 이쪽도 그들을 상대할 충분한 인원을 모을 수 있었다.

"알베리오는 좌익의 2번대지? 나는 우익의 1번대야."

"양쪽으로 갈라졌군요."

나와 웨인 씨는 그루지오프를 쓰러뜨릴 수 있을 정도의 실력자라는 게 알려져 있기에, 서로 다른 부대에 배치된 것 같았다.

그리고 마물을 요격할 장소에 도착해서 맡은 자리로 향하려던 순간, 웨인 씨는 미소를 지으며 내 어깨를 두드렸다.

"잘 들어. 너는 꼭 살아남아야 해. 만약 너한테 무슨 일이 생긴다면, 여동생이 나를 포옹으로 죽이려고 할 거라고."

"파멜라의 품에 안겨 죽을 수 있다면, 그것보다 더한 행복을 없을 거라고 생각합니다만?"

"하아…… 너와 내 동생은 잘 어울리는 한 쌍이야. 그러니까 저 눈치 없는 마물들을 빨리 쓸어버리고, 너희의 결혼식을 열자고!"

"예! 웨인 씨도 무사하셔야 해요!"

그리고 각자의 위치에서 잠시 기다리자, 마을을 향해 우직하게 몰려오는 마물들의 모습이 눈에 들어왔다.

다양한 마물들이 뒤섞여 있는 그 광경을 보고 이 자리에 있는 이들 중 일부가 겁을 먹은 것 같지만, 우리의 등 뒤에는 반드시 지켜내야 하는 고향, 로마니오가 있다.

절대…… 물러설 수 없다.

"마법부대! 준비…… 발사!"

지휘관의 신호에 맞춰 마법이 일제히 발사되고, 함정이 발동되자, 마물의 숫자가 눈에 띄게 줄었다. 그리고 마물이 일정거리까지 다가오자, 나를 비롯해 말에 탄 근접부대가 돌격하게 됐다.

이렇게 마물들과의 싸움이 본격적으로 시작됐다.

내가 배치된 장소는 로마니오의 귀족이 거느린 병사와 마을 경비대 백여 명으로 구성된 부대다.

하지만 당주의 딸인 파멜라와 결혼하게 되었다 할지라도, 지금의 나는 일개 병사에 지나지 않았다. 그래서 이 부대는 로마니오의 귀족이 고용한 남자가 지휘하게 됐다.

"하앗!"

"멋진 검술이군요! 알베리오 님이 계시니 든든합니다."

"저도 마찬가지입니다. 여러분이 계시기에 저도 마음 놓고 앞장서서 싸울 수 있어요."

집단전은 거의 경험해본 적이 없지만, 사부님과 호쿠토 씨를 상대로 다수의 적을 상대하는 듯한 모의전을 겪은 덕분에 나는 냉정하게 싸울 수 있다.

게다가 내 주위에는 이렇게 함께 싸워주는 동료가 있다.

나는 등 뒤를 거의 신경 쓰지 않으며 마물들을 차례차례 쓰러뜨렸지만, 곧 뭔가가 이상하다는 것을 눈치챘다.

"전진하라! 단숨에 밀어붙이는 거다!"

……또다.

확실히 전황은 우리가 몰아붙이고 있지만, 어찌된 건지 아까부터 계속 전진 지시만 내리는 것 같다.

더 앞으로 나갔다간, 우리 부대는 고립되고 말 것이다.

위화감을 느낀 내가 주위를 둘러보니…….

"……큰일 났다! 빨리 후퇴해야 해!"

어느새 우리 부대는 지나치게 앞으로 나섰으며, 다른 부대와 분단되어 고립될 상황에 처했다. 이런 대군을 상대하면서, 이렇게 초보적인 실수를 범하는 건 말이 안 되는데…… 아니, 그런 생각은 나중에 하기로 했다.

내가 빨리 상황을 전하기 위해 뒤를 돌아보니, 우리 부대를 지휘하는 귀족과 그 직속 부하인 병사들이 똘똘 뭉쳐서 후퇴하는 모습이 눈에 들어왔다.

아직도 싸우고 있는 우리를 남겨둔 채…… 말이다.

"저기 봐! 저 녀석들만 물러나고 있어!"

"우리도…… 젠장! 무리야! 완전히 포위됐어!"

"어디가 마을 방향이지?!"

역시 다른 동료들도 눈치를 챈 것 같지만, 우리는 이미 마물에게 포위되고 말았다.

부대를 지휘하는 자도 사라지자, 일부 인원이 혼란에 빠진 채 억지로 마물 무리를 돌파하기 위해 돌격을 도모했지만…….

"안 돼, 돌아와! 적의 숫자가 너무 많…… 큭!"

우리는 십여 명에 불과한데, 마물은 백이 넘었다. 결국 돌격을 한 동료들은 허무하게 마물에게 당하고 말았다.

남겨진 우리는 서로의 등을 지키며 계속 싸웠지만, 상황은 계속 나빠졌다.

게다가 극도의 긴장과 끝이 보이지 않는 싸움 탓에 동료들이 서서히 지쳐가기 시작했고, 결국 동료가 한 명, 또 한 명 당하고 말았다.

"물러나세요! 여기는 제가 맡겠습니다!"

"미, 미안합니다, 알베리오 님! 하지만 이대로 있다간…….."

나는 동료들을 지키면서 계속 싸웠지만, 이대로 있다간 전멸하고 말 것이다.

게다가 지휘를 하는 자가 없기에, 한 덩어리로 똘똘 뭉쳐서 싸우거나 도망칠 수도 없다.

아주 잠시라도 좋다.

우리가 태세를 정비할 시간이 있다면…….

"제, 젠장! 다가오지 마…… 다가오지 말라고!"

"진정하세요! 서로가 서로의 등을 지키는 것만 생각하는 겁니다!"

이 궁지에서 벗어날 방법을 생각하면서 마물을 베고 있을 때, 인근에 있던 동료가 오거에게 당할 위기에 처했다.

오거는 나보다 몇 배는 커다란 인간형 마물이며, 움직임은 느리지만 돌도 간단히 부술 정도의 힘을 지닌 무시무시한 존재다. 거대한 나무를 뽑아서 만든 듯한 커다란 곤봉을 쥐고 있으며, 저 곤봉에 맞는다면 그대로 치명상을 입고 말 것이다.

"그렇게는 안 돼!"

반사적으로 몸을 날린 나는 오거가 휘두르려 한 곤봉을 검으로 흘려보낸 후, 그대로 상대의 팔을 베었다.

하지만 전투에 의한 피로 탓인지, 방심한 나는 오거가 다른 팔로 날린 주먹질에 바로 대처하지 못했다.

"아차…… 크윽!"

어찌어찌 공격을 흘리기는 했지만, 충격을 완전히 상쇄시키지 못한 나는 그대로 지면에 내동댕이쳐졌다.

바로 몸을 일으키려 했지만, 내가 굴러간 방향에 다른 오거가 있었다. 그리고 그 오거가 나를 잡고 들어 올린 것이다.

"알베리오 님?! 금방 구해…… 이익, 방해하지 마라!"

오거가 힘을 준다면, 나는 그대로 으스러지고 말 것이다.

하지만 나는 그 전에 허리에 찬 나이프를 뽑아서 오거의 팔을 찔렀고, 그 덕분에 오거의 팔에서 힘이 빠졌다.

"하아앗!"

그 틈에 탈출한 나는 오거의 팔을 발판 삼으며 몸을 날려서 오거의 목을 잘랐다.

"큭…… 더 있는 건가."

어찌어찌 쓰러뜨리기는 했지만, 숨을 고를 틈도 두지 않으려는 것처럼 다른 오거 두 마리가 나를 막아섰다.

게다가 마물은 오거만이 아니었다. 주위에는 다양한 마물이 웅성거리고 있었으며, 우리를 덮치고 있었다.

다른 장소에서 싸우고 있는 자들도 자기 자신을 지키느라 벅찬 상황이었으며, 그들에게 도움을 받을 가능성은 낮아 보였다.

정신적인 면도 포함해 그들은 거의 한계에 도달했으며, 그야말로 절체절명의 상황이지만…… 나는 더욱 심각한 상황을 맛본 적이 있다.

사부님과 호쿠토 씨와 대치하며 느꼈던 절망에 비하면, 이 정도는 아무것도 아니다.

그러니, 아직 싸울 수 있다.

게다가 진심으로 사랑하는 여성이…… 가족이 나를 기다리고 있다.

나를 성장시켜준 사부님과 친구에게, 나와 파멜라의 결혼하는 모습을 보여줘야만 한다.

절대…… 포기할 수 없다.

『아무리 꼴사나워도 상관없어. 살아남고 싶다면, 꾸준히 생각하며 계속 싸워. 포기하는 건, 죽은 후에 해도 되잖아.』

일전에 사부님이 했던 말을 떠올린 내가 몰려오는 두 오거를 향해 검을 들며 고함을 지른 순간…….

"…………이야아아아아아압————!!"

귀에 익은 고함소리가 사방을 뒤흔들더니, 공중에서 무언가가 이쪽을 향해 낙하했다.

그 무언가가 나를 막아선 오거의 앞에 착지한 순간, 튼튼하기로 유명한 오거를 그대로 두 동강 냈다.

"우랴아아아아아압——!!"

그리고 착지와 동시에 몸을 비틀더니, 땅을 힘차게 내디디면서 긴 강철덩어리를 횡으로 휘둘렀다. 그러자 남아 있던 오거의 상반신과 하반신이 그대로 분리됐다.

"뭐……야?"

강철덩어리…… 아니, 눈에 익은 대검으로 눈에 익은 검술을 선보인 이자는…… 누구지?

내 친구와 흡사하지만…… 그는 은랑족이기는 해도, 이렇게 온몸에 털이 난 늑대 같은 존재는 아니었다.

내가 갑작스러운 상황 속에서 당황하고 있을 때, 그 늑대인간은 근처에 있는 마물을 쓸어버리며 고함을 질렀다.

"여기는 내가 막겠어! 알은 저쪽을 어떻게든 해봐!"

"레우스…… 너야?"

일격에 모든 것을 쓸어버리는 힘, 귀에 익은 목소리 그리고 친구만이 쓰는 내 애칭을 듣자, 나는 상대가 레우스라고 확신했다.

"뭐하는 거야?! 형님에게 훈련을 받은 녀석이 이 정도 일로 얼이 나가지 말라고!"

그렇다. 친구가 나를 구하러 온 것이다. 정신이 나가 있을 때가 아니다.

"미안해! 잠시만 기다려줘!"

"그래! 내가 다 베어버리기 전에 끝내라고!"

내가 그 믿음직한 말을 들으면서 살아있는 동료들의 상태를 확인하기 위해 주위를 둘러본 순간, 기묘한 광경이 눈에 들어왔다.

"뭐야? 마물이……."

"어, 어떻게 된 거지?!"

마물의 주위에 수많은 여성이 나타났고, 마물은 닥치는 대로 그 여성을 공격하기 시작했다. 그 움직임은 점점 격렬해졌으며, 그뿐만 아니라 서로를 공격하기 시작했다.

아무튼 마물의 공격이 약간 잠잠해졌기에, 나는 흩어져 있는 동료들에게 말을 걸어서 한곳으로 모았다.

바로 그때, 내 목소리를 들은 고블린 한 마리가 나에게 쇄도했다. 내가 그 고블린을 향해 검을 들자…….

"멍!"

바람처럼 나타난 새하얀 존재가 나에게 달려들던 고블린을 앞발로 해치웠다.

그 순백색 털과 절망을 연상케 하는 위압감은 그 존재의 정체를 이야기하고 있었다.

그리고…….

"오라버니!"

"마리나?!"

호쿠토 씨의 등에 탄 이는 역시 마리나였다.

환영을 보고 예상을 했지만, 설마 너까지 나를 도우러 왔을 줄이야.

"도와주러 온 건 고맙지만, 여기는 위험해. 호쿠토 씨, 죄송하지만 제 동생을 안전한 곳에……."

"싫어요! 저는 오라버니에게 보호만 받는 동생이 아니에요! 이번에는 제가 오라버니를 도울 거예요!"

"윽?!"

남들이 자신의 꼬리를 보는 것을 두려워하며, 항상 내 등 뒤에 숨어 있던 마리나가 이렇게 강한 의지를 보이자, 나는 아무 말도 하지 못했다.

"게다가 지금은 그런 소리를 힐 때가 아니에요. 언니 곁으로 다 같이 돌아갈 때까지, 저도 같이 싸우겠어요!"

"하지만 너는…….."

"제 능력을, 사람들을 지키는 데 쓰고 싶어요!"

"……알았어. 마리나, 도와주겠니?"

"물론이죠!"

그래……. 나도 모르는 사이에, 너는 이렇게 성장했구나.

여동생의 성장을 실감한 나머지 눈물이 날 것 같지만, 아직 싸움은 끝나지 않았다.

나는 다시 마음을 잡은 후, 주위를 둘러보며 현재 상황을 정리하기 시작했다.

"우랴아아아아아압————!!"

레우스가 격렬하게 날뛰자, 마물들의 시선은 그쪽으로 향했다.

그리고 마리나가 만들어낸 환영에 의해 마물들은 혼란 상태에 빠졌고, 우리에게 접근하는 마물은 얼마 되지 않았다.

"이 환영은 언제까지 유지되지?"

"오래가지는 못해요. 슬슬 사라질 거예요."

레우스와 호쿠토 씨가 있으니 주위의 마물들을 전멸시키는 것도 무리는 아니겠지만, 부상자가 발생했으니 일단 진지까지 물러서는 편이 좋으리라.

하지만 로마니오가 있는 방향 쪽에는 아직 마물들이 많았고, 레우스를 전면에 내세우며 돌파하기에도 부상자를 지키며 나아가기에는 불안한 상황이었다.

뻔뻔한 짓이라는 생각이 들지만, 그래도 호쿠토 씨에게 퇴로를 만들어달라고 부탁할까 하는 생각을 하고 있을 때였다. 마리나를 내려놓은 호쿠토 씨가 낮은 울음소리를 내면서 돌아섰다.

"멍!"

"으음…… 무슨 말은 하는 건지는 모르겠지만, 정말 감사해요."

"호쿠토 씨는 다른 곳에 가시는 거야?"

"자초지종은 나중에 설명드리겠지만, 호쿠토 씨는 지금 바로 파라드로 돌아가야만 해요."

"그렇구나……."

분하지만, 호쿠토 씨에게도 그럴 만한 사정이 있을 것이다. 도움을 받아놓고 불평을 늘어놓는 것은 뻔뻔한 짓이다.

그리고 호쿠토 씨가 왔다는 것을 알고 기뻐하던 동료들은 우리의 대화를 듣고 술렁거리기 시작했다.

"아, 알베리오 님! 저 늑대는 저희와 함께 싸우지 않는 겁니까?"

"호쿠토 씨는 저희를 데려다주려고 여기까지 오신 거예요. 함께 싸워주지는 않으실 거예요."

"마, 맙소사……."

"그럼 사부님이……."

"예. 저희를 오라버니 곁으로 데려다주라는 명령을 내리신 것 같아요."

그렇다면 부탁을 드려봤자 소용이 없을 것이다.

호쿠토 씨는 사부님의 명령에만 따르니까 말이다.

"하지만, 저 늑대의 힘이라면……."

"심정은 이해하지만, 우리가 애원해봤자 호쿠도 씨는 받아주지 않겠지. 그래도 괜찮아. 저기서 싸우고 있는 내 친구가……."

"멍!"

내가 동료들을 진정시키기 위해 말을 건네고 있을 때, 호쿠토 씨는 천천히 로마니오에서 약간 벗어난 방향을 향해 몸을 돌리더니…….

"아우우우우우우————!!"

포효를 지른 순간, 입에서 엄청난 충격파가 뿜어져 나왔다.

그것은 지면을 부수면서 마물들을 추풍낙엽처럼 쓸어버리더니,

211

충격파가 지나간 곳에는 마물의 모습 자체가 완전히 사라졌다.

"우…… 우와아……."

"저, 저 늑대는 대체 뭐지?"

"멍!"

그리고 호쿠토 씨는 충격파에 의해 만들어진 길을 따라 당당히 사라졌다.

돌아가는 길에 울음소리를 낸 것은, 뒷일은 우리끼리 알아서 해라…… 같은 의미라는 느낌이 들었다.

이것도 사부님의 명령인 걸까?

아니, 그렇다면 마물들과 싸워줄 것이다. 아마 이것은 호쿠토 씨의 독단적인 행동이리라.

훈련 때는 엄격했지만, 실은 우리에게 물러터진 분이다.

"다들, 뛰어! 호쿠토 씨가 만든 길을 따라 로마니오로 돌아가는 거야!"

호쿠토 씨는 우리를 위해 길을 만들어준 것이다.

게다가 마물들이 아까 전의 충격파 때문에 겁을 먹은 건지, 이 길 쪽으로 다가오지 않았다. 즉, 진지로 돌아갈 절호의 기회인 것이다.

게다가 시야가 트인 덕분에…….

"저기 봐! 다른 부대의 모습이 보여! 서둘러 합류해!"

"알베리오 님, 가시죠."

"아뇨. 여러분은 먼저 가십시오. 저는 이곳에 남겠습니다."

다들 내 말에 놀랐지만, 나는 이미 결심했다.

"저기서 싸우고 있는 사람은 저의 친구입니다. 저는 그의 등을 지키러 갈 겁니다."

"그럼 저분과 함께 후퇴를……."

"어차피 마물은 토벌해야 합니다. 게다가 그와 함께라면 이 정도 마물에게 밀리지 않을 테죠."

레우스가 검을 휘두를 때마다 마물이 두 동강이 나거나 그대로 튕겨 날아갔다.

하지만 등 뒤의 공격을 경계하는 건지, 평소보다 움직임이 딱딱해 보였다.

레우스와 합류해서, 그가 전력을 다할 수 있도록 하는 것이 내 사명이리라.

"……알았습니다. 무운을 빌죠!"

레우스의 힘을 보고 납득한 듯한 동료들은 부상자들을 지키면서 호쿠토 씨가 만든 길을 따라 나아갔다.

아직 공포심에 사로잡혀 있는 건지, 길을 따라 나가는 동료들에게 다가가지 못하던 마물들은 우리를 표적으로 삼은 것 같았다.

"오라버니. 이제 환영은 없애도 되죠?"

"그래. 지금은 마력을 온존해. 그리고…… 레우스!"

"응!"

내가 친구의 이름을 외치자, 레우스는 그대로 내 곁으로 와서 등을 맞댔다.

레우스는 어느새 늑대가 아니라 평소의 모습으로 되돌아왔지만, 지금은 그것에 대해 이야기할 때가 아니다.

"그런데…… 어떻게 할 거야?"

"평소와 같아. 레우스가 전력을 다해 공격하고, 내가 보조하는 거지. 그러면서 임기응변적으로 싸우는 거야."

역시…… 레우스와는 손발이 척척 맞았다.

아직 주위에 대량의 마물이 남아 있지만, 이제 절망은 느껴지지 않았다. 그뿐만 아니라 나는 미소를 짓고 있었다.

"저도 열심히 싸울게요!"

"그래. 하지만 절대 무리는 하지 마."

"맞아. 너는 내가 지켜줄 테니까, 내 등 뒤에서 벗어나지 마!"

"으, 응……."

후후…… 평소 같으면 마리나가 화를 내며 반항했겠지만, 오늘은 꽤나 귀여운 반응을 보이는걸.

역시 너라면…….

"왔어, 알! 등 뒤를 부탁해!"

"그래!"

이런 사지까지 나를 구하러 와준 너에게, 나는 어떤 답례를 하면 될까?

아니…… 답례는 나중에 얼마든지 하면 된다.

지금은 마물을 해치워서, 로마니오를 위기에서 구해내는 것이 최우선이다.

믿음직한 친구와 여동생을 등 뒤로 느끼면서, 나는 검을 고쳐 쥐었다.

우리는 호쿠토 씨 덕분에 예정보다 훨씬 빠르게 호수를 건넜다.

호수 건너편까지 왔으니 이제 직접 뛰어가면 되지만, 호쿠토 씨는 마을 앞에서 방향을 바꾸더니, 항구와는 다른 장소에서 상륙했다.

"호쿠토 씨, 마을은 저쪽에 있어."

『너희의 목적지는 마을이 아니라 그 남자가 있는 곳이지? 겸사겸사 데려다주마.』

"그래주면 고맙지만, 형님이 기다리고 있는 거 아냐?"

『너희를 데려다준 후에 바로 돌아갈 거다. 미리 말해두겠지만, 마물 퇴치는 돕지 않을 거다.』

"……이건 내가 결정한 일이야. 알이 있는 곳까지 데려다주는 것만으로도 충분해. 그것보다 호쿠토 씨야말로 형님에게 혼나는 거 아냐?"

내가 진지한 표정으로 그렇게 대꾸하자, 호쿠토 씨는 만족감이 섞인 미소를 머금었다.

『그래야 내 주인의 제자지. 그리고 나를 걱정해주는 것 같은데, 그럴 필요 없다. 너희를 태우지 않는다면 금방 돌아갈 수 있거든.』

호쿠토 씨는 출발 전에 흔들릴 거라고 말했지만, 우리를 걱정해서 조심조심 뛰고 있었다.

만약 호쿠토 씨가 전력을 다한다면, 우리는 옛날 옛적에 떨어졌을 것이다. 그리고 호쿠토 씨라면 형님이 간단한 요리를 만드는데 걸리는 시간보다 더 빠르게 돌아갈 수 있을 것이다.

우리가 도착하자, 이미 마물들과의 싸움은 시작된 것 같았다. 호쿠토 씨는 우리가 알을 쉽게 찾을 수 있도록, 전장이 한눈에 보이는 낮은 산 위로 올라갔다.

그리고 정상에서 내려다보니, 넓은 전장 곳곳에서 로마니오 사람들이 마물 무리와 필사적으로 싸우고 있었다.

"알은……."

"오라버니는……."

""……저기야!""

나와 마리나가 동시에 손가락으로 가리킨 장소에는 집단과 분리된 채 마물들에게 포위된 이들이 있었다.

확증은 없지만, 나와 마리나의 감이 맞물렸다. 마리나가 말한 대로의 상황이 펼쳐지고 있으며, 서기에 알이 있을 가능성이 컸다.

『음. 희미하게 냄새가 느껴지는 것을 보면 틀림없겠지. 꽉 잡고 있어라.』

그리고 호쿠토 씨는 절벽 위에서 주저 없이 몸을 날렸다.

난다기보다 추락하는 것에 가깝지만, 호쿠토 씨는 도중에 바위를 박차면서 낙하속도를 줄였다. 그 덕분에 우리에게 가해지는 부담이 줄었다.

그리고 어느 정도 높이에서 벽을 박차더니, 마물들과의 전장에 내려섰다.

호쿠토 씨가 등장하자, 로마니오 사람들만이 아니라 마물들도 얼이 나갔다. 그 덕분에 우리는 방해를 받지 않으며 나아갈 수 있었다. 애초에 호쿠토 씨의 발이 너무 빨라서, 따라잡을 수 있는 녀석이 없었다.

아무튼 마물과 싸우지 않고 알이 있는 곳까지 갔지만, 완전히 마물들에게 포위당한 탓에 알의 모습을 확인할 수 없었다.

『흠…… 함부로 공격했다간 저기 있는 이들까지 휘말릴지도 모르겠군.』

"호쿠토 씨, 그렇다면……."

『날아오를 테니까, 뛰어내릴 준비를 해라.』

호쿠토 씨는 내가 뭘 하려는 건지 이해한 것 같았다.

나는 벨트에 꽂아둔 파트너를 움켜쥔 후, 언제든 휘두를 수 있도록 준비했다.

"마리나. 나는 뛰어내릴 거지만, 너는 호쿠토 씨의 등에 계속 타고 있어."

"뛰, 뛰어내려?!"

"지상이 무리라면, 하늘에서 다가갈 수밖에 없잖아? 게다가……."

"하늘…… 어?! 너 지금 뭐하는 거야?!"

내가 눈을 감고 집중을 하면서 몸 안에 불을 피우는 듯한 이미지를 품자…… 나는 늑대 모습으로 변신했다.

이번에는 처음부터 전력을 다하기로 했다.

너희가 마을을 덮치지만 않았다면, 나는 형님을 배신할 필요가 없었다고. 그러니 내 화풀이 상대가 되어줘야겠어.

그리고 호쿠토 씨가 땅을 박차면서 날아오르자, 마물들이 몰려 있는 곳의 중심이 보였다.

『저기군. 하지만…….』

우리는 알을 찾았지만, 거대한 마물들에게 둘러싸인 채 고전하고 있는 것 같았다.

알이라면 충분히 해치울 수 있는 마물이지만, 포위된 데다 숫자가 너무 많았다. 게다가 주위에서 싸우고 있는 이들을 신경 쓰느라 움직임이 좋지 않았다.

호쿠토 씨가 말끝을 흐린 것을 봐도 알 수 있듯이 좋지 않은 상황이지만, 그래도 어찌어찌 늦지 않게 도착했다.

그리고 알의 머리 위로 이동한 순간, 나는 주저 없이 호쿠토 씨 위에서 몸을 날렸다. 그리고 마물들의 주의를 끌기 위해, 낙하하면서 전력을 다해 고함을 질렀다.

"…………이야아아아아아아압————!!"

그 고함 소리를 들은 마물들이 내 존재를 눈치챈 가운데, 나는 알의 눈앞에 있는 마물을 향해 있는 힘껏 파트너를 휘둘렀다.

꽤 튼튼해 보이는 마물이지만, 낙하의 기세를 실어 휘두른 내 파트너는 마물을 간단히 두 동강 냈다.

"우랴아아아아아압———!!"

커다란 마물이 하나 더 있었기 때문에, 나는 몸을 비틀면서 파트너를 휘둘러 그대로 두 동강을 냈다. 그대로 차례차례 몰려오는 마물들을 베면서, 나는 등 뒤에 멍하니 선 채 꼼짝도 하지 않는 알을 향해 고함을 질렀다.

"여기는 내가 막겠어! 알은 저쪽을 어떻게든 해봐!"

"레우스…… 너야?"

어이어이, 내 얼굴을 잊기라도…… 아, 그러고 보니 알에게 변신한 모습을 보여준 적이 없었지.

쳇, 형님이 얼마나 대단한 사람인지 아는 녀석이 이 정도 일로 동요하지 말라고.

"뭐하는 거야?! 형님에게 훈련을 받은 녀석이 이 정도 일로 얼이 나가지 말라고!"

이 모습으로 변했을 때는 몸에서 힘이 넘쳐나는 탓에, 말투가 거칠어졌다.

하지만 알은 내가 누구인지 눈치채서, 진지한 표정을 지으며 돌아섰다.

"미안해! 잠시만 기다려줘!"

"그래! 내가 다 베어버리기 전에 끝내라고!"

반쯤 농담 삼아, 그리고 반쯤 진담 삼아 그렇게 말한 나는 마물들에게 분노를 퍼부으려는 듯이 파트너를 계속 휘둘러댔다.

마리나가 알과 합류하고 어느 정도 지났을 즈음, 호쿠토 씨는 마물 집단을 향해 충격파를 날려서 부상자들이 대피할 길을 만들어줬다

마물 퇴치는 돕지 않겠다고 했으면서, 결국 도와주네.

『착각하지 마라. 내가 돌아갈 길을 만든 것뿐이니까 말이다.』

그렇게 얼버무렸지만, 호쿠토 씨라면 마물들을 무시하며 돌아갈 수 있었을 것이다. 훈련 때는 전혀 인정사정 봐주지 않지만, 역시 호쿠토 씨는 상냥하다니깐.

호쿠토 씨가 사라진 후에도 나는 마물들을 계속 공격했지만 등 뒤를 지키면서 싸우는 탓에 공격에 전념할 수 없었고, 적의 숫자는 거의 줄이지 못했다.

빨리 전멸시키고 형님을 쫓아가고 싶지만, 그렇다고 서두르다 부상을 당할 수도 없다.

그렇다……. 냉정해지는 거다.

변신을 했을 때 생겨난 불꽃같은 열기를 검에 담은 후, 몸은 물처럼 차갑고 냉정하게 움직이는 것이다.

형님이 가르쳐준 무심(無心)이라는 것을 내 나름대로 해석하며 파트너를 휘두르다 보니, 어느새 내 몸은 평소 모습으로 되돌아왔다.

벌써 지친 건가? 아니다……. 이 정도 마물은 변신을 하지 않고도 충분히 상대할 수 있다고, 내 몸이 무의식적으로 판단한 것이다. 알과 합류했고, 싸움은 이제부터 계속될 테니 체력은 온존하라는 의미인 것이다.

이것도 내 안에 잠들어 있는 본능인 걸까?

본능에 몸을 맡기는 게 아니라, 상황에 따라 활용하라…… 형님이 했던 말이 이제 이해가 될 것 같았다.

형님과 누나 이외의 누군가를 위해 검을 휘두르는 기쁨을 느껬을 즈음, 드디어 준비가 된 알이 내 곁으로 돌아왔다.

"레우스!"

"응!"

마리나를 중심에 두고, 알과 등을 맞댄 나는 마물들을 향해 파트너를 휘둘렀다.

으음…… 마물들에게 포위되어 있는 상황인데도, 알이 등 뒤에 있으니 안심이 되는걸.

물론 형님에게 보호를 받을 때가 가장 안심되지만, 형님은 상황을 전체적으로 살피면서 나에게 다양한 경험을 시켜준다. 그래서 등을 맡기는 것과는 좀 달랐다.

뭐, 결국 나는 아직 형님이 등을 맡길 수 있을 만한 남자가 되지 못했다는 것이다.

그러니 알을 무사히 구출하고, 마물들을 전멸시켜 마을을 구한다고 하는 최고의 결과를 이뤄내고 싶다.

재회한 형님 일행이 나를 어떤 눈으로 쳐다보든, 가슴을 펴고 보고할 수 있도록 말이다.

"그런데…… 어떻게 할 거야?"

"평소와 같아. 레우스가 전력을 다해 공격하고, 내가 보조하는 거지. 그러면서 임기응변적으로 싸우는 거야."

"저도 열심히 싸울게요!"

"그래. 하지만 절대 무리는 하지 마."

"맞아. 너는 내가 지켜줄 테니까, 내 등 뒤에서 벗어나지 마!"

"으, 응……."

마리나가 동요한 것 같지만, 나는 틀린 말을 하지 않았다.

마리나 덕분에 나는 알을 구하러 올 수 있었고, 이번 일이 없었더라도 나는 마리나를 지켜주고 싶다는 생각을 가지고 있다.

"왔어, 알! 등 뒤를 부탁해!"

"그래!"

그리고 내가 알이 고함을 지른 순간, 마물들이 우리를 덮쳤다.

"우랴아아아아아압──!"

"하아아아아아아앗!"

마리나를 중심으로 나와 알이 앞뒤에 선 후, 서로의 등을 지키면서 몰려오는 마물들을 쓸어버렸다.

아까까지 계속 싸우고 있는 알이 지친 건지 걱정됐지만, 형님의 훈련과 모의전을 통해 체력을 단련했으니 아직 버틸 수 있을 것이다.

게다가 서로가 등 뒤를 신경 쓰지 않으면서 검을 휘두를 수 있는 데다, 그루지오프처럼 커다란 마물은 없으니 우리는 문제없이 싸우고 있다.

"레우스!"

"그래!"

알의 검으로 베기 힘든 마물, 그리고 쪼그마한 마물이 무리를 지어서 덤벼든다면, 우리는 위치를 바꿔서 상대하는 적을 바꿨다.

"자아, 너희 표적은 저쪽에도 있어!"

게다가 마리나가 나와 알의 환영을 곳곳에 만들어내서, 마물이 한꺼번에 달려들지 못하게 했다.

그건 그렇고…… 지금까지 마리나가 만들어낸 환영은 약간 흐릿했는데, 지금 보니 매우 명확했다.

특히 내 환영은 너무 명확해서, 마치 내가 한 명 더 있는 듯한 불가사의한 기분이 들었다.

"나뿐만 아니라 레우스의 환영도 완벽하게 만들 수 있게 됐는걸. 그만큼 그를 살펴봤다는 증거이려나?"

"오, 오라버니! 지금은 그런 소리를 할 때가……."

마리나가 갑자기 얼굴을 새빨갛게 붉혔지만, 환영만이 아니라 불꽃 마법으로 마물을 공격하는 걸 보면 아마 괜찮…… 어라, 화력이 너무 센 거 아냐? 나처럼 마물에게 화풀이를 하는 것 같잖아.

우리는 그런 식으로 한동안 계속 싸웠다.

다가오는 마물을 베고, 때때로 마물의 시체를 벽으로 삼았다. 또한 시체가 너무 많이 쌓여서 전투에 방해가 되면 이동하기도 했다. 우리는 서로의 버릇을 알고 있기에, 상황을 이용하며 절묘하게 싸워나갔다.

그리고 우리가 세는 것 자체가 귀찮을 정도로 많은 마물들을 쓰러뜨렸을 즈음, 우리를 포위한 마물들의 숫자도 눈에 띄게 줄었다.

"휴우…… 저 녀석들이 마지막인 것 같군. 알과 마리나는 괜찮아?"

"나는 멀쩡해. 오라버니는 어때요?"

"나도 괜찮아. 이대로 가면 무사히 이길 수 있겠지만, 신경 쓰이는 점이 하나 있어."

"그래. 움직임이 이상할 뿐만 아니라, 도망치려는 기색을 전혀 보이지 않아."

내가 방금 그 말을 하면서 날려버린 고블린이 그 예다.

고블린은 머리가 나쁘고 본능에 따라 살기 때문에, 보통은 여성인 마리나를 우선적으로 노릴 것이다. 하지만 지금은 자기 근처에 있는 자부터 닥치는 대로 공격하고 있었다.

게다가 이렇게 일방적으로 당한다면 실력 차이를 이해하고 도망쳐도 이상하지 않은데, 아까부터 도망치려 하는 마물이 단 한 마리도 없었다.

"이런 상황이 된 시점에서 좀 이상하다는 생각이 들었어. 내 예상인데, 마물들을 선동하는 지휘관 같은 존재가 있는 걸지도 몰라."

"그럴 가능성이 있지만, 여기에는 없는 것 같……네!"

내가 눈앞의 마물을 베자, 이것으로 우리 주변의 마물들을 전부 정리했다.

다른 장소에서는 전투가 이어지고 있지만, 적어도 알의 안전은 확보했다.

"휴우…… 정리됐군. 레우스, 정말 고마워."

"신경 쓰지 마. 나는 주위를 좀 둘러보고 올 테니까, 너는 잠시 쉬고 있어."

"응. 그렇게 할게. 그것보다 사부님은…… 어, 레우스?"

지금은 형님과 누나에 대한 이야기를 피하고 싶었던 나는 도망치듯 그 자리를 벗어났다.

적의 숫자를 줄이는 것을 우선하면서 싸웠으니, 아직 숨통이 끊어지지 않은 마물이 있을 것이다.

나는 허를 찔리지 않도록, 아직 숨이 붙어 있는 마물을 찾아서 파트너로 해치웠다.

"이걸로 이 주변의 녀석들은 전부 해치운 거 같은데."

마물의 피비린내 때문에 냄새를 거의 맡을 수 없지만, 주변에서는 우리 이외의 살아 있는 존재의 기척이 느껴지지 않았다.

그건 그렇고…… 정신없이 전투를 치르던 탓에 몸이 마물의 피로 범벅이 됐다.

누나가 봤다면 직접 옷을 빨라고 말할 듯한 상황이지만, 알을 구하기 위해서라면 이 정도는 아무것도 아니다.

내가 파트너를 땅에 꽂으며 깊은 한숨을 내쉬자, 진지한 표정을 짓고 있는 알과 난처한 표정을 짓고 있는 마리나가 내 곁으로 다가왔다.

"……레우스."

"응? 왜 그런 표정을 짓고 있는 거야?"

"마리나에게 들었어. 나를 구하기 위해, 사부님을 따르겠다는 소중한 맹세를 깼다고……."

"알이 신경 쓸 필요는 없어. 마리나한테도 말했지만, 이건 내가 결정한 거야."

사과를 한다고 용서해줄지 알 수 없지만, 지금은 마물들을 전멸시키고 형님을 쫓아가야만 한다.

"좀 쉬었다고 마물을 해치우러 가자. 다음은 어느 쪽의……."

"레우스!"

알은 내 말을 막듯 고함을 지르더니, 분하다고 말하는 듯한 표정을 지으며 나를 부둥켜안았다.

"너는…… 사부님의 뜻을 거스르면서까지, 나를 구하러 와준 거지?"

"당연하잖아. 알은 내 친구라고."

"그렇게 존경하고, 목표로 삼던 이의 믿음을 배신하면서까지…… 이 바보야. 나는 너에게 어떻게 보답하면 되냔 말이야."

"그럴 필요 없어. 그리고 형님 일행은 강하니까 걱정이 안 되지만, 알 쪽은 걱정이 됐거든."

"그……래. 사부님에 비하면, 나는 아직 멀었으니까 말이야."

그리고 알은 내 어깨에 손을 얹으며 포옹을 풀더니, 안타까운 눈으로 내 눈을 들여다봤다.

"나는 정말 위험한 상황이었어. 포기할 생각은 없었지만, 파멜라를 두고 이 세상을 떠나는…… 그런 공포를 몇 번이나 맛봤지."

"하지만 이제 괜찮지?"

"그래. 네가 도와줬잖아. 아직 싸움은 계속되고 있고, 전부 다 끝난 후에 말할 생각이었지만…… 지금 바로 전하지 않았다간 마음이 풀리지 않을 것 같아. 레우스…… 네 덕분에 나는 살았어. 누가 뭐라고 하든, 너는 칭찬받아 마땅한 일을 한 거야."

그 말을 들은 순간, 내 마음속에 따뜻한 무언가가 감돌았다.

그렇다……. 형님과 누나들 때문에 마음이 씁쓸하지만, 나는 잘못된 일을 하지 않았다.

"으음…… 멋대로 말해서 미안해. 하지만 오라버니에게는 알려드리고 싶었어."

"괜찮아. 덕분에 나도 마음이 조금 편해졌거든. ……고마워."

"무슨 소리를 하는 거야. 고맙다는 말을 해야 할 사람은 바로 나야."

드디어 평소 모습으로 돌아온 알과 마리나를 보며 안심하고 있을 때, 멀리서 말을 탄 이들이 이곳으로 다가오는 것이 느껴졌다.

"알베리오 님——!"

"저들은…… 다행이야. 무사히 합류했나 보네."

알의 이름을 외치며 앞장서서 이곳으로 달려오고 있는 건, 내가 혼자 싸우고 있을 때 알과 이야기를 나누던 남자들 중 한 명이다.

그 남자는 로마니오의 귀족이며 우리보다 연상 같지만, 싹싹해서 이야기를 나누기 쉽고, 검술 실력도 뛰어나서 믿음직하다고 알이 알려줬다.

모처럼 마물 무리에게서 벗어났지만, 알이 걱정된 나머지 동료들을 모아서 돌아온 것 같았다. 신뢰해도 될 것 같은걸.

그리고 알의 앞에 서 있는 스무 명 가량의 남자들은 주위를 둘러보며 망연자실한 표정을 짓고 있었다.

"맙소사…… 이렇게 많은 마물을 전부 쓰러뜨리다니……."

"말도 안 돼. 백 마리가 넘는 마물을 겨우 셋이서……."

그리고 남자들의 시선이 나와 마리나를 향하더니, 표정이 딱딱하게 굳어…… 아니, 우리를 두려워하는 것 같았다.

생각해보니…… 나는 지금 온몸이 피로 범벅이 되어 있었다.

그리고 마리나도 환영을 만들어내는데 집중하느라, 꼬리를 감추는 환술이 풀리고 말았다. 그 남자들은 대부분 호미족인 만큼, 꼬리가 세 개인 마리나를 두려워하는 것도 무리는 아니다.

"레우스……."

그런 그들의 시선을 느낀 마리나가 내 등 뒤에 숨으려 했지만, 나는 그런 그녀를 제지했다.

"신경 쓰지 마. 우리는 알을 구하러 왔을 뿐이니까, 당당하게 행동하면 돼."

"그……렇지? 응, 우리는 아무 잘못도 없어."

형님과 누나들에게 미움받는다는 고통에 비하면, 이런 알지도 못하는 녀석들의 시선은 전혀 무섭지 않다.

당당한 나를 본 마리나도 마음이 진정된 것 같지만, 아까까지 미소를 머금고 있던 알의 눈빛이 날카로워졌다.

"당신들의 심정이 이해 안 되는 것도 아니지만, 이 두 사람은 내 목숨을 구해줬어. 게다가 나의 소중한 여동생과 친구인 만큼, 두려워할 필요는 없단 말이다!"

"하, 하지만……."

"로마니오 마을을 지키는 자들은 미신이나 겉모습을 두려워하는 마음 약한 자들인 건가?"

이거…… 진짜로 화난 거지?

생각해보니, 알이 화내는 모습은 처음 보는 걸지도 모른다.

"두 사람은 우리와 함께 마물과 싸우는 든든한 동료야. 그리고 주위를 봐. 이곳에 굴러다니는 마물 중 대부분은 저 멋진 검을 쥔…… 레우스가 해치운 거야."

알이 나에게 눈짓을 보내자, 나는 파트너를 가볍게 휘둘러 보였고…….

"오오! 저렇게 거대한 검을 저렇게 가볍게……."

"어이, 저 검은 꽤 무거운 거 아냐?"

"역시 엄청난 실력을 보유한 자가 틀림없어."

아까까지만 해도 두려워하고 있던 그들이 갑자기 눈을 반짝이면서 나를 쳐다보았다.

아니, 알이 그렇게 생각하도록 유도한 것이다. 이런 상황이니까, 강한 동료가 있다는 것을 알려주면 안심할 것이다.

"레우스, 아직 싸울 수 있겠어?"

"당연하지. 알이야말로 지친 거 아냐?"

"사부님에게 받은 훈련에 비하면 이 정도는 아무것도 아냐. 마리나는……."

"아직 마력이 남아 있어요, 오라버니!"

그리고 우리의 상태를 확인한 알은 자신을 걱정해 돌아온 남자에게 전체적인 전황에 대해 물어보더니, 검을 지면에 꽂으며 고함을 질렀다.

"우리는 이대로 우익을 향해 돌격하며, 앞을 막아서는 마물들을 쓸어버릴 거다!"

그리고 보니 우익에는 파멜라 씨의 오빠가 있다고 했지?

그쪽에서는 아직 싸움이 이어지고 있는 건지, 격렬한 전투음이 들려왔다.

"나와 레우스가 정면을 맡으며 길을 열겠다! 다른 이들은 우리가 해치우지 못한 마물을 막아줬으면 한다!"

"잠깐만! 이렇게 많은 마물을 쓰러뜨린 직후잖아. 너희는 일단 돌아가서 잠시 쉬는 편이 나을 거야."

"우리는 괜찮아! 그리고 빨리 싸움을 끝내기 위해, 우리와 함께 싸워줬으면 해!"

우리보다 나이가 많아 보이지만, 알의 당당한 모습을 본 그 남자들은 감탄하면서 고개를 끄덕였다.

그리고 보니, 전에 형님이 이런 말을 했었지.

『리스의 언니만큼은 아니지만, 알베리오도 남의 위에 서서 지휘하는 능력이 뛰어날 것 같은 느낌이 드는 걸.』

알의 의도에 따라 나도 움직인 적이 있고, 남자들의 반응을 보아하니, 알은 지휘관으로서 뛰어난 능력을 지닌 것 같았다.

나와는 다른 힘을 지닌 알을 보니, 왠지 기뻤다. 그리고 방금 온 이들 중에서 가장 지위가 높아 보이는 남자가 미소를 지으며 자신의 가슴을 두드렸다.

"좋아. 알베리오 님이 구해준 목숨이니까 말이야. 함께 하도록 하지."

"……맞아. 여기까지 온 이유를 잊을 뻔했어."

"나도 싸우지."

"여러분…… 감사합니다!"

사람들이 차례차례 가슴을 두드렸고, 결국 전원이 알을 쳐다보며 같은 행동을 취했다. 마리나가 몰래 가르쳐준 바에 따르면, 저렇게 자신의 가슴을 두드리는 행동은 상대방에 대한 경의의 표시라고 한다.

이렇게 동료들이 늘어난 가운데, 나와 알이 앞장을 서며 이동하게 됐다. 하지만 우리가 탈 말이 없었다.

그래서 몇 명이 말을 같이 타기로 하면서, 우리에게 말을 양보해줬는데…….

"나는 두 발로 뛰면 되니까 필요 없어."

"안 돼, 레우스. 다음 장소는 그렇게 멀지 않지만, 조금이라도 체력을 온존해야 해."

"내 검은 무거우니까, 말이 제대로 뛰지 못할걸?"

애초에 나는 말을 탄 적이 거의 없거든.

지면에 발을 닿았을 때가 검이 휘두르기 쉬우며, 무엇보다 몸을 단련시키기 위해서도 달리는 편이 낫기 때문이다.

그리고 잘 생각해보니, 나는 마차에 타고 이동할 때보다 뛰면서 이동할 때가 더 많았던 것 같은 느낌이 들었다.

체력은 아직 충분히 남아 있기에, 나는 알의 제안을 거절하며 파트너를 검집에 집어넣었다. 바로 그때, 말에 탄 마리나가 내 곁으로 왔다.

"실은 말은 타본 적이 없는 거지?"

"그렇지는 않은데, 능숙하게 탈 자신이 없어."

"하아…… 그럴 줄 알았어. 미리 말해두겠는데, 말은 갑옷을 입은 병사도 태우니까, 네 검을 실어도 아마 괜찮을 거야. 자아……."

마리나는 못 말린다는 듯이 한숨을 내쉬더니, 나를 향해 손을 내밀었다.

"……왜 그래? 악수라도 하자는 거야?"

"아냐! 나는 말을 잘 모니까, 내 뒤편에 타라는 거야."

"하지만 이동 도중에 마물이 막아선다면……."

"그때 말을 내려서 검을 휘두르면 되잖아! 오라버니도 말씀하셨다시피, 조금은 체력을 아껴!"

"으, 응?!"

뭐야……. 한순간, 마리나가 누나처럼 보였어.

무서운 건 아니지만, 거부를 용납하지 않는 듯한 박력이 느껴진 나머지 무심코 고개를 끄덕였다.

차분하게 생각해보니 마리나의 말이 맞았다. 게다가 나를 걱정해서 해준 말인 것이다. 기분이 나쁘지는 않은걸.

아무튼 마물이 많아지면 말에서 내리기로 한 후, 나는 마리나가 모는 말에 탔다.

"……허리까지는 허락해주겠지만, 가슴을 만진다면 그대로 밀쳐버릴 거야."

"손이 아니라 다리로 버틸 테니까 안심해. 그리고 마리나의 꼬리는 겉보기만이 아니라 감촉도 참……."

"그런 소리 좀 하지 말란 말이야!"

잘은 모르겠지만, 꼬리 세 개가 몇 번이나 내 얼굴을 때렸다. 뭐, 아프지는 않지만 말이다.

알은 그런 우리를 옆에서 즐거운 듯이 쳐다보고 있었지만, 말을 탄 후에는 진지한 표정을 지으며 동료들을 돌아보았다.

"길은 우리가 만들겠어! 나와 내 친구의 뒤를 따라라!"

""""오오오오──!""""

알의 말에 우렁찬 고함으로 답한 동료들을 이끌며, 우리는 다시 전장으로 뛰어들었다.

그리고 우리는 근처에서 싸우고 있는 집단을 향해 달려갔고, 마물들의 배후를 찌르며 나아갔다.

"알베리오 님. 저쪽 부대가 궁지에 몰려 있습니다!"

"확인했어! 배후에서 단숨에 공격하자!"

"알았어. 부탁해, 마리나!"

"떨어지지 마!"

마물 집단에게 나와 알이 날카로운 창처럼 돌격해서 길을 만들었고, 뒤를 따르는 동료들이 그 길을 넓혔다.

"한계에 도달한 자는 마을로 돌아가라! 아직 싸울 수 있는 자는 나와 내 친구의 뒤를 따라라!"

그리고 마물들을 처리한 후, 알은 살아남은 자들에게 그렇게 외치면서 다음 집단을 향해 달려갔다.

마물의 숫자는 상당했지만, 마리나가 절묘하게 말을 몰아준 덕분에 나는 말에서 내려서 싸우는 일이 거의 없었다.

"무, 무례한 놈!"

"이 부대의 지휘관은 바로 나다!"

그중에는 알에게 불평을 늘어놓는 자도 있고, 귀족이라는 지위를 이용해 지휘관의 자리를 빼앗으려는 멍청이도 있었지만, 알의 박력에 압도당하더니 벙어리처럼 입을 다물며 마을로 돌아갔다.

"알베리오 님, 괜찮겠나? 저런 녀석들도 전투에는 도움이 될 텐데 말이다."

"이런 상황에서 저런 자들에게 등을 맡기는 건 위험합니다. 그리고 현재 저희의 사기와 병력으로 충분하죠."

"하하, 그것도 맞는 말이군. 그럼 다음에는 어디로 향하지?"

"알! 저쪽에 있는 녀석들도 밀리고 있어!"

"가죠, 오라버니!"

"좋아, 전원 우리 뒤를 따라라!"

""""예!""""

그렇게 동료를 늘리면서 전장을 내달리다 보니, 우리는 70명이 넘는 집단이 되었다.

"슬슬 중앙의 부대가 보일 것 같은데……."

"저기 아냐?"

드디어 도착한 중앙은 마물이 가장 많이 몰려드는 지점인지라 처음부터 많은 병력이 배치됐다.

그래서 다른 곳과 다르게 마물에게 밀리고 있지 않았기에, 우리가 돌격을 할 필요는 없어 보였다.

"아무래도 여기는 문제가 없어 보이는걸. 좋아. 우리는 우익과 합류한 후에……."

"위험해, 알!"

바로 그때, 동료들에게 지시를 내리려 하는 알을 향해, 느닷없이 마물 하나가 달려들었다.

내가 반사적으로 그 마물을 벴지만, 어딘가 이상했다. 이 마물은 알을 공격하려고 했던 게 아니라, 평범하게 날아왔던 것이다.

"덕분에 살았어, 레우스. 그런데 대체 어디서……."

"윽?! 오라버니, 저기 좀 보세요!"

마리나가 가리킨 곳은 중앙부대가 있는 지점이다.

격렬한 전투가 벌어지고 있는 것 같았다. 알에게 날아온 것처럼 수많은 마물이 사방으로 날아가고 있었으며, 유심히 보니 마물만이 아니라 사람도 허공을 가르고 있었다.

"……뭐야?!"

저쪽을 보니…… 매우 불길한 예감이 들었다.

예감뿐만 아니라 냄새도 느껴졌기에, 무시할 수가 없었다.

"알!"

"그래, 가보자!"

내 시선을 받고 고개를 끄덕인 알은 동료들에게 말을 걸며 돌격 준비를 했다.

그런 와중에 나는 마리나에게 한 마디 건네며 말을 박차며 도약했다. 그리고 마물과 싸우고 있는 병사 및 모험가들을 뛰어넘자…….

"근접부대는 함부로 나서지 마라! 떨어져!"

"중급 마법도 통하지 않는 건가?! 상급 마법을 쓸 수 있는 자는 없나?!"

"영창 시간을 벌어…… 크아아악?!"

그곳에서는 100명이 넘는 전사들이 겨우 한 마물 때문에 고전하고 있는 광경이 펼쳐지고 있었다.

"……뭐야?"

100명이 한꺼번에 달려드는데도 쓰러뜨리지 못하는 것을 보면 충분히 강한 상대일 것이다. 하지만 저 마물을 강하다고 단정지어도 될지 감이 오지 않았다.

정말로 생물인지 의심이 되는 마물이…… 그곳에 있었던 것이다.

"레우스! 너무 앞으로…… 아닛?!"

"저, 저게 뭐야?!"

뒤늦게 나를 따라온 알과 마리나도 그 마물을 보더니 경악했다.

형님과 함께 다양한 마물을 본 나뿐만 아니라, 저 두 사람도 처음 보는 것 같았다. 그러니 저것은 이 근처에 존재하는 마물이 아닌 것 같았다.

마물의 팔은 여섯 개이며, 다리는 네 개다. 그리고 꼬리는 두 개인데 머리는 하나인, 왜 저런 몸을 지닌 건지 불가사의한 마물이다.

그런 괴물이 여섯 개의 팔에 각각 쥔 통나무를 휘두르며 날뛰고 있었다.

어떻게 공격하면 좋을지 고민하고 있을 때, 파멜라 씨의 오빠인 웨인 씨가 우리를 발견하더니 다가왔다.

"무사했구나, 알베리오! 어…… 마리나와 레우스, 왜 너희까지 여기 있는 거지?"

"웨인 씨도 무사했군요. 이 두 사람은 도와주러 온 겁니다. 그런데 저건 대체……."

"나도 잘 모르겠지만, 다른 마물들과 함께 쳐들어와서 마구 날뛰고 있는 것 같아."

웨인 씨는 우익의 마물들을 처리한 후, 우리와 마찬가지로 다른 이들을 도우며 이동하고 있었던 것 같았다. 그리고 중앙에 와보니 저 괴물이 날뛰고 있어서 엄호하려 했지만…….

"보다시피, 오거 같은 팔을 마구 휘둘러대고 있기 때문에 다가갈 수가 없는 것 같다. 화살을 맞아도 멀쩡할 뿐만 아니라, 중급 마법을 맞아도 끄떡도 없지."

"상급 마법은 어떤가요? 쓸 수 있는 자가 있을 텐데요?"

"저 녀석이 피로를 모르는 것처럼 날뛰고 있기 때문에, 영창 도중에 공격을 받았어. 목숨을 부지했는데, 지금은 후방으로 피신했지."

"팔을 휘두르는 속도가 오거보다 빠른 거군요. 무기가 하나라면 흘릴 수 있겠지만, 여섯 개나 된다면…….."

"게다가 우리만이 아니라 같은 편인 마물도 공격하고 있어. 진짜 이해가 안 되는 녀석이야."

이곳에 왔을 때, 알을 향해 마물이 날아왔던 것은 이 녀석 때문인 것 같았다.

"다행인 건 주위에 있는 상대를 날려버리는데 정신이 팔린 탓에, 마을에 다가가지 않는다는 점인데…….."

"예. 이런 마물을 내버려 둘 수는 없죠. 여기서 어떻게든 해치워야 합니다!"

그래. 이딴 녀석이 마을에 들어갔다간 말도 안 되는 일이 벌어질 것이다.

그러니 주위의 인간들은 흙마법으로 벽을 만들거나 지면에 구멍을 뚫어서 떨어뜨리려 했지만, 벽은 통나무에 의해 박살이 났고, 구멍에는 아무렇지 않게 기어 올라왔다.

"아무튼 주위에 남아 있는 마물을 미끼로 삼으며 함부로 다가가지 않아서 피해를 줄이고 있지만, 손 쓸 방법이 없는 상태야."

"그래도 마을에 가게 둘 수는…… 레우스?"

두 사람이 이야기를 나누는 사이, 나는 눈앞에 있는 괴물을 관찰했다.

우선 알이 오거의 이름을 언급했을 때 눈치챈 건데, 저 괴물의 상반신…… 오거와 똑같지 않아?

그리고 여섯 개나 되는 팔도 전부 오거의 팔이며, 다리도 말처럼 생긴 마물과 똑같았다. 그리고 꼬리라고 생각한 것은 뱀 마물을 억지로 붙여둔 것 같은 느낌이었다.

왠지 눈에 익다 싶었는데, 저것은 내가 알을 구하러 온 후에 베어 넘긴 마물들을 합쳐서 만든 것 같았다.

"이런 말을 하고 싶지는 않지만…… 정말 흉측하게 생겼네. 다른 마물을 억지로 붙여서 만든 것 같잖아. 왠지 불쌍해."

마리나가 말한 것처럼, 마물들을 억지로 붙여서 만든 마물……이라는 것이 가장 정답에 가깝다는 생각이 들었다. 저 녀석에게서 느껴지는 냄새도 뒤죽박죽이기는 하지만, 그래도 아주 미세하게 원래 마물의 냄새가 느껴졌다.

그리고 가장 신경 쓰이는 점은 바로 괴물의 움직임이다.

마물을 간단히 날려버리는 점을 보면 엄청난 힘을 지닌 게 틀림없어 보이지만, 움직임이 명백하게 이상했다.

팔에서 피가 뿜어져 나오는데, 전혀 고통을 느끼지 않는 것처럼 통나무를 휘둘러대고 있는데…… 혹시 고통을 느끼지 않는 건가?

무엇보다 눈에서 힘이 느껴지지 않을 뿐더러 살아 있는 느낌이 들지 않았다. 마치 시체가 움직이고 있는 것만 같았다.

으음…… 형님이라면 더 자세한 걸 알아낼 수 있겠지만, 내 관찰력으로는 이 정도가 한계다.

"이상한 구석이 많은 상대지만…… 어차피 베어버리면 그만이야!"

"레우스?!"

움직임은 빠르지만, 나라면 간파할 수 있다. 여기서부터는 직접 맞서 싸우면서 확인해볼 수밖에 없다.

나는 한시라도 빨리 형님을 쫓아가야 하니, 빨리 이 녀석을 베어버려서 이 싸움에 종지부를 찍고 말겠다.

알의 제지를 뿌리친 나는 다른 모험가들의 시선을 한 몸에 받으면서 그 괴물을 향해 파트너를 휘둘렀다.

"우랴아아아아아아앗————!"

괴물이 들고 있는 통나무는 튼튼해 보였지만, 내 파트너라면 간단히 벨 수 있다.

하지만 괴물은 통나무가 잘려나간 것을 개의치 않으며 주먹으로 공격을 펼쳤다. 게다가 다른 팔도 나에게 휘둘러댔기에, 나는 일단 뒤편으로 크게 물러나면서 거리를 벌렸다.

역시 개별적으로 움직이는 여섯 개의 팔이 성가셨다.

나도 마음만 먹으면 '산파(散破)'로 동시에 여섯 번의 공격을 펼칠 수 있지만, 그 공격은 하나하나가 약하기 때문에 밀려버릴 것 같았다.

"즉, 공격 하나에 실린 힘은 내가 더 뛰어나……."

실제로 격돌해보고 알게 된 것은 저 괴물이 그저 힘에 의존해 통나무를 휘둘러대고 있다는 점이다.

강파일도류와 비슷하기는 하지만, 저렇게 아무렇게나 휘두르는 통나무와 주먹이라면 피하는 것도 어렵지 않을 것이다.

다음번에는 파트너로 베어버리겠다고 내가 생각한 순간, 갑자기 저 괴물이 하늘을 올려다보며 울부짖었다.

"뭐, 뭐야?!"

"웨인 씨! 주위에 있는 마물이 갑자기 강해…… 으윽?!"

"젠장, 또 흉포해졌어!"

호쿠토 씨에 비하면 보잘것없는 포효지만, 괴물이 울부짖자 주위의 상황이 기묘해졌다.

괴물에게 호응하듯 주위의 마물들도 울부짖는가 싶더니, 굶주린 짐승처럼 격렬하게 날뛰기 시작한 것이다.

"역시 이 소동의 원흉은 이 녀석이야! 하지만, 뭐가 어떻게 된 거지?"

"마물에게만 통하는 뭔가가 있겠죠. 아무튼 현재까지 알아낸 건, 저 녀석을 확실하게 해치우지 않는다면 또 같은 일이 벌어질 거라는 점이에요."

즉, 이 괴물의 포효에는 그걸 들은 마물들을 흉포하게 만드는 효과가 있는 건가.

신중하게 공격을 펼칠 때가 아니기에, 나는 다시 돌격을 해서 그 괴물을 베려 했다.

움직임은 빠르지만…… 형님이나 알의 움직임을 떠올려.

낭비를 최대한 없애며, 최소한의 힘으로 공격을 빗겨내는 거야.

"우랴아아아아아아압――!!"

"저, 저 녀석은 대체 뭐야?! 저 괴물의 공격을 전부 흘려보내고 있잖아!"

"레우스……. 너는 대체 얼마나…….."

그래……. 이딴 공격은 아무것도 아냐.

라이오르 할아버지의 검에 비하면 훨씬 느려 터졌고, 형님처럼 교묘한 페인트를 섞지도 않아.

그냥 우직하게 휘두르는 통나무의 궤도를 비틀기만 할 뿐이라면, 적은 힘으로도 충분히 가능해.

그렇게 여섯 개의 통나무를 흘려보냈지만······.

"큭······ 조금만 더······ 하면 되는데······."

지금의 나는 이게 한계였다.

게다가 공격을 흘려보낼 때는 호흡을 할 여유도 없기 때문에, 도중에 숨이 턱까지 찬 나머지 거리를 벌릴 수밖에 없었다.

"하아······ 하아······ 한 번 더!"

공격을 흘려보내는 것에 익숙하지 않은 탓에, 평범하게 검을 휘두르는 것보다 더 힘들었다.

게다가 괴물은 피로를 모르는 건지, 애초부터 전력을 다해 공격을 펼치고 있었다. 이대로 전투가 길어진다면 내가 불리해질 것이다.

하지만, 조금만 더 하면 된다. 조금만 더하면······ 닿을 것이다.

"아직······ 아직 멀었어어어어——!"

내가 움직이지 못하게 되기 전에, 이 녀석을 베어······.

"나도 거들도록 하지!"

"알?!"

"분하지만, 지금의 나로선 레우스처럼 공격을 전부 흘려보내는 건 무리겠지. 하지만 팔 두 개 정도는 막아내겠어! 나를 믿어줘!"

그야 물론 믿지!

무턱대고 끼어들면 방해만 될 테니, 알은 나의 싸움을 관찰하고 있었던 거지?

"부탁해!"

"나만 믿어!"

그리고 나와 알이 괴물의 정면에 서자, 웨인 씨는 괴물의 뒤편으로 이동했다.

"이 자식들아, 멍청히 서 있지 마! 저 두 사람이 이 괴물을 막는 동안, 빨리 주위의 마물을 해치우고 엄호하는 거야!"

"""그, 그래!"""

웨인 씨가 꼬리로 변하는 뱀을 상대하며 그렇게 외치자, 마물을 상대하고 있는 모험가들의 사기가 상승했다.

곳곳에서 격렬한 싸움이 벌어지는 가운데, 일격이라도 맞았다간 죽을지도 모르는 공격을 쳐내고 있던 나는 자연스레 미소를 머금었다.

"……불가사의한 일도 다 있네. 상대는 다르지만, 사부님과 모의전을 할 때가 생각나."

"알도 그래? 하지만 형님이나 호쿠토 씨에 비하면, 이 녀석은 약해빠졌다고!"

"그래! 그러니까 승산이 있어! 자아, 밀어붙이자!"

"응!"

알이 맡기로 한 팔은 쳐다보지 않을 뿐만 아니라, 아예 신경도 쓰지 않았다.

덕분에 조금 여유가 생겼기에, 내 파트너는 드디어 괴물의 몸에 닿았다. 그리고 그대로 상대의 허리 부분을 깊숙하게 베며 상처를 새겼다.

"좋아, 한 번 더 하자!"

그대로 밀어붙인 나는 왼쪽 팔 중 하나를 잘라버렸다.

바로 그때, 괴물의 뒤편에 있는 웨인 씨가 꼬리로 변했던 뱀을 베더니 그대로 괴물의 등을 박차며 도약했다.

"목을 노리겠어! 너희도 내 타이밍에 맞춰!"

"지금이야, 레우스!"

"우라아아아아아아아압━━━━!"

그리고 알이 공격을 빗겨낸 순간, 나는 괴물의 오른팔을 전부 잘라버렸고, 웨인 씨는 괴물의 목을 쳤다.

아무리 강한 괴물이라도, 목이 잘려나간다면 목숨을 부지하지 못할 것이다.

공격이 끝난 후에도 방심하지 않으며 상대를 유의 깊게 살피는 우리 앞에서, 그 괴물은 비틀거리며 지면에 무너지듯 쓰러졌다.

"휴우…… 해냈군요."

"그래. 이걸로 이 소동에 마침표가 찍힌다면 좋을 텐데 말이야. 좋아. 그럼 주위에 있는 마물을 해치우러…….."

괴물이 움직이지 않게 되었다는 것을 확인한 알과 웨인 씨가 다른 이들에게 자신들의 승리를 알리기 위해 돌아선 순간……
목이 없는 괴물이 갑자기 벌떡 일어섰다.

누가 봐도 죽은 게 분명한 그 괴물이 다시 일어날 거라고는 생각도 하지 못한 건지, 알과 웨인 씨가 뒤늦게 돌아봤을 순간에는 이미 괴물이 남아 있는 팔을 치켜들었다.

하지만…….

"그렇게는 안 돼!"

나는 괴물이 일어서는 순간에 바로 몸을 날렸다.

왠지 불길한 예감이 들어서 경계를 풀지 않았는데, 그 예감이 적중한 것이다.

모든 힘을 다 쏟아부으며 내지른 파트너가 상대의 가슴에 박히자, 괴물은 치켜든 팔을 축 늘어뜨리며 움직임을 멈췄다.

나는 본능에 따라 내질렀을 뿐이지만, 어쩌면 저기가 괴물의 약점이었던 걸지도 모른다.

완전히 목숨이 끊어진 것 같지만, 방심은 금물이다.

나는 파트너에 꿰뚫린 상태인 괴물을 그대로 들어 올린 후, 사람이 없는 곳으로 던져버리며 외쳤다.

"마리나! 태워버려!"

"으, 응!"

내가 고함을 지르자, 마리나는 대답을 하면서 화염 마법을 사용했다.

그러자 주위에 있던 이들도 화염 마법을 사용했고, 괴물의 몸은 순식간에 불꽃에 휩싸였다. 그리고 결국 시꺼멓게 타버리고 말았다.

"……끝난 거야?"

"그래…….”

알이 그렇게 중얼거리자, 나는 숨을 고르며 겨우겨우 고개를 끄덕였다.

지금까지 한시도 쉬지 않으며 싸워온 데다, 저 괴물의 공격을 흘려보내는 것은 너무 힘들었다. 강파일도류의 '산파'를 쉴 새 없이 펼친 것이나 다름없으니 당연할지도 모른다.

마리나의 말에 타며 체력을 온존하지 않았다면, 도중에 꼼짝도 못 하게 됐을지도 모른다. 정말…… 덕분에 살았어.

"휴우…… 덕분에 살았어, 레우스. 완전히 방심하고 있었거든."

"또 너 덕분에 목숨을 부지했…… 레우스? 왜 그래?!"

"아무것도…… 아냐……."

주위에서 들려오는 목소리가 점점 멀어졌다.

이건…… 그거다. 형님과 모의전을 하다 몇 번이나 맛봤던, 기절 직전의 그 느낌이다.

이대로 쓰러지고 싶지만, 나는 지금 잘 때가 아니다.

빨리 마물을 전부 해치우고…….

"형님을…… 쫓아가야 해……."

"이런 상태에서 무슨 소리를 하는 거야? 정신 차려!"

"혹시 다친 거야?! 큭, 피로 범벅이 된 탓에 알 수 없어. 물 마법으로 피를 전부 씻겨내야 해!"

"어이, 치료 마법을 쓸 수 있는 녀석이 있으면 빨리 와봐! 서둘러!"

괜찮아. 좀 피곤해서 움직이지 못하는 것뿐이야.

나는 그렇게 말하고 싶지만, 결국 아무 말도 하지 못한 채 그대로 무너지듯 쓰러졌다.

형님…… 빨리…… 쫓아가야…….

※ ※ ※ ※ ※

"……으…… 어?"

"윽!? 레우스, 정신이 들었구나!"

"마리나……?"

정신을 차려보니, 나는 처음 보는 방에 드러누워 있었다.

이미 밖은 어둑어둑했으며, 실내에서는 눈이 부시지 않을 정도의 불빛이 켜져 있었다.

그리고 목소리가 들린 곳을 돌아보니, 마리나가 안심을 한 건지 환한 미소를 지으며 내 얼굴을 들여다보고 있었다.

"어라, 나는……?"

"기억 안 나? 너, 그 마물을 해치운 후에 그대로 쓰러졌어."

머릿속이 멍한 상태에서 상반신을 일으켜보니, 내 몸 곳곳에는 붕대가 감겨 있었다.

"마물…… 아, 그래. 으음…… 그 후에 어떻게 됐어?"

"그 마물을 쓰러뜨리니 다른 마물이 갑자기 얌전해지지 뭐야. 그래서 편하게 퇴치했어. 지금은 전부 정리되었어. 로마니오 마을도 무사하니까 안심해."

아직 모르는 일투성이지만, 나는 마리나의 설명을 듣고 안도의 한숨을 내쉬었다.

그리고 손을 말아 쥐면서 몸 상태를 확인해보니, 다소 피로가 남아 있는 점 이외에는 딱히 문제가 없었다.

"자아, 물은 마실 수 있겠어?"

"응. 미안해."

마리나가 물이 들어있는 컵을 내밀자, 나는 그것을 건네받아서 마셨다. 그리고 바로 그때, 방의 문이 열리면서 알이 들어왔다.

"레우스!"

"알이잖아. 무사했구나."

"너 덕분이야. 너야말로 몸 상태가 어때?"

"아, 얼추 살펴봤는데 딱히 문제는…… 어라?"

나…… 꼭 해야 하는 일이 있었던 것 같은 느낌이 드는데 말이야. 알은 무사하니까, 이제 파라드로 돌아가서…….

"윽?! 나, 대체 얼마나 의식을 잃고 있었던 거야?!"

"응? 네가 쓰러진 후로 아직 한나절 밖에 흐르지 않았어."

"여기는 파멜라의 집이야. 허락은 받았으니까, 푹 쉬어."

"그럴 때가 아니라고! 알, 파라드행 배를 수배해줘! 나는 빨리 형님을 좇아가야 해!"

나는 침대에서 뛰쳐나오며 알을 향해 그렇게 외쳤다.

한나절…… 전투를 치른 시간과 배의 이동 시간을 생각해보면, 형님과는 하루 이상 차이가 나고 말 것이다.

형님의 흔적이 조금이라도 남아 있는 동안에 좇아가야 한다고 생각하며 내가 조바심을 내고 있을 때, 알은 내 어깨를 가볍게 두드리며 진정시켰다.

"미안해. 밤이 됐기 때문에 배를 출항시킬 수는 없어. 그리고 네가 쫓아갈 필요는…….”

“아, 레우스. 일어났구나.”

그럼 나룻배를 빌리거나 육지를 따라 달려가야겠다고 생각하던 나는 귀에 익은 목소리를 듣고 움직임을 멈췄다.

“하아. 아무리 시리우스 님에게 반항했더라도, 그건 무모한 짓이에요.”

“너무 그러지 마. 레우스는 그 정도로 충격을 받은 거야. 그리고 피로가 쌓이기는 했어도 후유증은 없으니까 다행이야.”

방문을 열고 안으로 들어온 이는 누나와 리스 누나였다.

어…… 두 사람이 왜 여기 있는 거지?

“후후, 영웅 님께서 깨어나셨나 보네.”

피아 누나도 있잖아?

게다가 영웅이라니……. 어, 뭐가 어떻게…….

“레우스, 몸은 괜찮은 거야?”

……형님.

“어, 째서……?”

볼을 두들겨 맞은 흔적, 그리고 목덜미에 누나가 깨문 듯한 흔적이 남아 있지만, 이 체취와 상냥한 미소…… 형님이 틀림없다.

“으음…… 몸이 좀 지쳤을 뿐이야. 그것보다 형님은 피아 누나의 고향으로 향한 게…….”

“아, 그 일 말인데…….”

그리고 형님은 내 질문을 듣더니, 말끝을 흐리며 머리를 긁적인 후…….

"피아의 고향이 마물에게 습격을 당했다는 건…… 거짓말이야."

그렇게, 말했다.

처음에는 그 말을 이해하지 못해 얼이 나갔지만, 나는 곧 그 말을 이해하며 약간 안심했다.

"그럼 피아 누나의 고향은 무사한 거지?"

"내 고향은 마물도 길을 헤매는 숲에 있기 때문에, 습격을 당하는 일 자체가 좀처럼 없어. 게다가 내 고향은 여기서 먼 곳에 있기 때문에, 그 아이들도 그곳의 상황을 아는 건 무리일 거야."

"그…… 그렇구나. 그럼 형님은 왜 그런 소리를 한 거야?"

그런…… 알을 죽게 내버려 두겠다는 듯한 발언과 그런 거짓말을 하면서까지, 내가 은월의 맹세를 깨게 한 이유가 뭐지?

"은월의 맹세는…… 가벼운 게 아니라고, 형님!"

"알아. 하지만 너는 나에게 한 맹세에 집착할 필요가 없어. 그 어떤 상황에 처하든, 냉정하게 최선의 선택을 할 수 있게 되어 줬으면 해."

"내가…… 내가 어떤 마음으로, 맹세를 깬 건지 알기나 해?!"

형님은 누나와 내 생명을 구해줬을 뿐만 아니라, 지금까지 길러준 은인이다.

그래서 나는 은월의 맹세를 했으며, 형님을 위해 살겠다고 누나와 함께 맹세했는데…… 왜 이런 짓을 벌인 거야?!

그리고 최선의 선택이라니…….

"알의 목숨을 이용하면서까지 벌일 일은 아니잖아!"

정신을 차리고 보니, 나는 형님을 향해 주먹을 휘둘렀다.

"큭!"

하지만 형님은 내 주먹을 피하는 것은 고사하고 정통으로 두 들겨 맞더니, 그대로 뒤편에 있는 벽에 내동댕이쳐졌다.

"……어?"

"시리우스 님?!"

어……라?

왜…… 왜 안 피한 거야?

평소의 형님이라면, 내가 아무렇게나 휘두른 주먹 정도는 간 단히…….

"으…… 괜찮아. 네가 겪었을 고통에 비하면, 이 정도는 아무 것도 아냐."

"미, 미안…… 나는, 형님을 진짜로 때리려던 게……."

훈련을 하고 있는 것도 아닌데, 나는 형님을 때렸…….

"으으…… 큭!"

나는 이 사실을 받아들이지 못한 나머지, 창밖으로 몸을 날리 며 도망쳤다.

"……하아."

방을 뛰쳐나온 나는 방금까지 파멜라 씨의 아버지인 로마니오 당주의 저택에 있었다는 것을 알았다.

그 저택에서 뛰쳐나온 나는 무턱대고 마을을 내달렸고, 지금 은 항구의 선착장에 앉아서 바다를 멍하니 쳐다보고 있었다.

"……최악이야."

맹세를 깼을 뿐만 아니라, 나는 형님을 때리고 말았다.

누나…… 화났겠지. 아니, 나 자신도 나를 용서할 수가 없어.

나는 지금까지 신세를 진 형님을, 훈련 중도 아닌데 두들겨 패고 말았다.

하지만…… 형님도 너무했다고.

나를 위해서라고 해도, 그리고 알이 위험하다는 것을 알면서도, 왜 그런 상황에서 나에게 거짓말을 한 걸까?

처음부터 알을 구하러 가라고 나에게 명령했다면 이런 일을 벌어지지 않았을 것이며, 애초에 우리만 믿고 찾아온 마리나를 실망시킬 수는 없었단 말이야.

그렇게 궁지에 몰지 말고, 호쿠토 씨와 나만 보내면 좋았을 거야.

"하지만…… 전부 나를 위해서 한 일이겠지…….'

형님이 아무 이유 없이 그런 짓을 할 리가 없다. 그러니 나에게 꼭 필요한 일일 것이다.

하다못해 자세한 설명이라도 듣고 불평을 늘어놨다면 좋았을 테지만…… 나는 참다못한 나머지 형님을 때리고 말았다.

솔직히 말해, 한동안은 형님과 얼굴도 마주하고 싶지 않았다.

"하아…… 형님을 때려버렸네."

"……나를 위해서 그런 거지?"

"알?"

내가 머리를 감싸 쥐고 있을 때, 어느새 나타난 알이 내 옆에 섰다.

살기가 느껴지지 않는다고 해도 이렇게까지 다가오는데 눈치채지 못하다니…… 나는 정말 한심해.

내가 헛웃음을 흘리고 있을 때, 알은 호수를 쳐다보며 내 옆에 앉았다.

"너는 내 목숨을 이용한 것까지 그럴 필요는 없었다고 말하면서 사부님을 때렸어. 너는 나를 생각해서 그런 행동을 취한 거지?"

"……그래. 알의 목숨을 형님이 함부로 여겼다고 생각이 든 순간, 무심코……."

"고마워. 확실히 너무하기는 하고, 나도 레우스의 입장이었다면 같은 짓을 했을지도 몰라. 하지만, 네가 잘못 생각하고 있는 게 있어."

알은 그렇게 말하면서 아까 전투가 벌어진 쪽을 쳐다보더니, 미소를 머금었다.

"네가 잠들어 있는 사이에 들은 건데, 사부님은 쭉 우리를 걱정했어."

"……그게 무슨 소리야?"

"우리가 마물들과 싸우고 있는 동안, 사부님은 근처 언덕 위에서 우리를 지켜보고 있었던 것 같아. 전장에서 벗어난 호쿠토 씨도 함께 말이지."

"…………."

"그리고 우리와 함께 싸운 병사와 모험가에게 들었던 건데, 자기들을 공격하던 마물의 머리가 갑자기 터져나가서 목숨을 부지한 경우가 꽤 있나 봐. 진상은 알 수 없지만, 나는 사부님이 도와준 거라고 생각해."

그래. 그런 게 가능한 사람은 형님뿐이야. 먼 곳에 있는 상대를 마법으로 꿰뚫어버리는 건 형님의 특기거든.

즉, 형님은 파라드 측의 마물들을 금방 처리한 후, 우리를 쭉 지켜보고 있었던 건가.

나는 그런 형님을…….

"젠장. 형님을 볼 면목이 없어."

"위안이 될지는 모르겠지만, 형님은 전혀 화가 나지 않은 것 같았으니까 안심해."

"어떻게 안심하냐고! 하지만…… 영문을 모르겠네. 형님은 왜 내 주먹을 피하지 않은 거지?"

"그건 본인에게 물어봐. 저기, 레우스. 이런 상황에서 이런 말을 하는 건 실례일지도 모르지만, 너에게 꼭 전하고 싶은 말이 있어."

알이 왠지 미안한 표정을 지었기에, 나는 고개를 끄덕이며 그의 말에 귀를 기울였다.

"정 사부님을 볼 면목이 없다면…… 이 마을에 남지 않겠어? 너만 괜찮다면, 마리나와 결혼해서 우리 가족이 되어 함께 이 마을을 지키며 살아가는 것도 좋지 않을까?"

마리나의 마음이 어떤지는 모르지만, 알과 함께 이 마을을 지키며 살아가는 내 모습을 잠시 상상해봤다.

그것도…… 나쁘지 않을지도 모르겠는걸.

하지만 역시…….

"미안해. 나는…… 형님을 따라가겠어."

"그래? 역시 괜한 질문이었구나. 하지만 말을 안 할 수가 없었어. 미안해."

"사과할 필요 없어. 이런저런 일이 있기는 했지만, 역시 나는 형님의 등을 지키고 싶어. 그것만은…… 절대 관둘 수 없어."

"하하, 역시 레우스야."

알은 만족한 것처럼 웃으며 일어서더니, 뒤돌아선 채 나를 돌아보며 말했다.

"돌아가면 다른 사람들에게 레우스는 괜찮다고 전해둘게. 그리고 정신을 차린 지 얼마 안 됐으니까 건강 해치기 전에 돌아와."

"……응."

그리고 알은 뒤도 돌아보지 않으며 걷고 있었다.

남겨진 나는 다시 호수를 한 번 쳐다본 후, 마음을 다잡으려는 듯이 볼을 때렸다.

"……가라앉아 있을 때가 아냐. 어차피 해야 할 일은 변함이 없으니까, 빨리 사과하고 용서해달라고 하자."

머리 쓴다고 답을 찾을 수 있을 것 같지도 않고, 슬슬 배도 고프니까 말이다.

성대하게 울리는 배를 쓰다듬으면서 몸을 일으켰을 때, 맛있는 냄새가 나서 돌아보니…….

"……먹을래?"

"형님……."

도시락 통을 든 형님의 모습이 눈에 들어왔다.

--------- 시리우스 ---------

　나를 때린 레우스는 죄책감을 견딜 수 없는지 저택을 뛰쳐나갔다.

　바로 쫓아갈까 생각했지만, 지금은 시간을 두고 난 뒤에 이야기를 나누는 편이 좋을 것이다.

　배도 고플 테니 간단하게 도시락을 싸서 쫓아가겠다고 내가 말하자, 알베리오는 고개를 저었다.

　『사부님. 제가 먼저 이야기를 나눠도 되겠습니까? 실은 개인적으로 할 이야기도 있습니다.』

　그래, 이럴 때는 레우스의 친구인 알베리오가 적임일 것이다.

　그래서 알베리오를 먼저 보낸 나는 샌드위치가 가득 들어있는 도시락을 들고 레우스를 쫓아갔다.

　그리고 두 사람을 발견한 내가 다가가 보니 이미 이야기를 마친 것 같았으며, 레우스의 표정도 꽤 차분해 보였다.

　뒷일을 부탁한다고 말하며 고개를 숙인 알베리오를 배웅한 후, 나는 도시락을 들고 다가갔다. 그러자 레우스가 약간 어색한 미소를 지으며 나를 맞이했다.

　"……역시 형님이 만든 밥은 맛있어."

　"그래? 내 몫은 생각하지 말고 많이 먹어."

　그리고 레우스와 나란히 앉은 후, 나는 그가 체력을 회복하려는 듯이 도시락을 먹는 모습을 잠시 동안 쳐다보았다.

　낮부터 아무것도 먹지 않아서 그런지, 레우스는 이 도시락만으로는 부족한 것 같았다. 나중에 음식을 더 준비해줘야겠다.

"자아, 물 마셔."

"응. 고마워."

3인분은 준비했지만, 레우스는 순식간에 다 먹어치웠다.

마지막으로 내가 준비한 물을 건네받아서 마신 후, 레우스는 나를 향해 천천히 고개를 숙였다.

"형님…… 때려서 미안해."

"네가 사과할 필요 없어. 이건 응분의 대가야."

예전에 변신한 레우스가 우리 앞에서 사라졌을 때, 그는 거짓말을 한 자기 자신을 벌하기 위해 나에게 두들겨 맞고 입은 상처를 치료하지 않았다.

그래서 나도…….

"너한테 거짓말을 한 건 사실이잖아. 자연적으로 치료될 때까지 기다릴 거야."

"그럼 볼과 목의 멍은……."

"그래. 에밀리아와 리스한테 당한 거야."

레우스가 맹세를 깨고 사라진 후, 진상을 안 에밀리아와 리스가 내 몸에 이런 상처를 낸 것이다.

『이유는 알겠지만, 레우스만이 아니라 저희도 속인…… 뻐리에요!』

『맞아! 우리도 진심으로 걱정했단 말이야!』

259

에밀리아는 그렇게 말하며 내 목을 깨물었고, 리스는 나한테 따귀를 때렸다. 에밀리아는 그냥 나에게 어리광을 부리는 것처럼 느껴지기도 했다.

양쪽 다 심하게 아프지는 않았지만, 그래도 마음은 꽤나 아팠다.

그리고 피아에게는 미리 설명을 해뒀기 때문에, 그녀도 에밀리아와 리스에게 벌을 받았다.

한동안 술을 못 마시게 되어서 피아는 땅이 꺼져라 한숨을 내쉬었다.

"저기, 형님. 왜 이런 짓을 한 거야?"

"아까도 말했다시피, 네가 맹세에 얽매이지 않으며 최적의 판단을 내릴 수 있게 되기를 바랐기 때문이야."

"……좀 더 자세하게 이야기해줘."

말보다는 몸으로 이해해줬으면 하지만, 일단 대답을 해주도록 할까.

"알베리오가 위험에 처했다는 걸 마리나가 말해줬을 때, 너는 구하러 가겠다고 말했어. 하지만 피아의 고향이 마물의 습격을 받고 있다는 이야기를 들었기 때문이기도 하겠지만, 내가 알베리오는 괜찮을 거라고 말했을 때…… 너는 뭐라고 했지?"

"형님 말대로, 알은 괜찮을 거라고……."

"그게 문제인 거야. 아무리 나를 믿더라도, 무턱대고 내 말을 믿기만 하면 안 되는 거지."

나도 실수를 범할 때가 있으며, 이번처럼 레우스가 납득할 수 없는 답을 내놓을 때가 있다.

그러니 내 말에 그냥 휘둘리기만 하는 게 아니라, 자신의 의지로 선택을 할 수 있게 되어줬으면 하는 것이다.

"그리고 하나 더. 아까도 말했다시피 어떤 상황에서도 냉정하게 생각할 수 있게 되기를 바랐어."

나는 이번에 알베리오를 그냥 내버려 두면 안 될 거라고 판단했다.

훈련 기간도 보름 정도밖에 안 되며, 아군 또한 그를 해치려하는 상황이기 때문이다.

"알베리오를 구하러 가는 건 좋아. 하지만 너는 그 상황에서 은월의 맹세를 깨지 않고도 그를 구하러 갈 방법이 있었을 거야."

만약 진짜로 피아의 고향이 습격을 당하고 있더라도, 나와 피아만 먼저 그곳으로 향하고, 에밀리아와 리스가 파라드에 남으며, 레우스와 마리나가 로마니오로 향하면 된다.

장거리 연락수단을 지닌 나와 피아는 하늘을 날아서 이동할수 있고, 남은 세 사람 또한 호쿠토가 끄는 마차를 타고 이동하면 되는 것이다.

바로 거기까지 생각이 이르러서 의견을 내놓는다면 만점이지만, 그건 너무 많은 것을 바라는 걸지도 모른다.

그것도 그럴 것이, 친구의 목숨이 걸려 있는 상황이다.

냉정하지 못하는 레우스가 그것을 눈치채는 것도 무리겠지만, 이럴 때는 말로 설명해주는 것보다 실제 체험을 통해 익히는 게 최선일 거라고 생각한다.

즉, 궁극의 선택을 내려야 할 때, 얼마나 냉정하게 상황을 판단하면서 가장 적절한 선택을 망설임 없이 내릴 수 있는가…… 나는 레우스가 그런 경험을 하기를 바랐다.

하지만…… 개인적으로 문제가 있긴 했다.

"살다 보면 피치 못할 선택을 해야 할 때도 있거든. 하지만 이번 일은 네 맹세와 긍지를 짓밟는 행위이기도 했어. 이런 일을 벌여서…… 정말 미안해."

"……이제 됐어. 형님과 나란히 서기 위해서는 검술 실력만 갈고 닦아선 안 된다는 것을 알았거든. 저기…… 형님. 나는 아직 형님의 제자 맞지?"

"네가 싫어서 관두지 않는 한, 파문시킬 생각은 없어."

"그렇구나. 그럼 형님. 앞으로도 잘 부탁해."

더욱 화내도 될 테지만, 레우스는 개운한 미소를 지으며 고개를 숙였다.

겉보기에는 어엿한 어른이지만, 아직 눈을 뗄 수 없는 어린애 같은 녀석이다.

하지만 그런 언밸런스함이 레우스의 매력이다. 정말 가르치는 보람이 있는 제자다.

"너는 마음이 복잡할지도 모르지만, 맹세를 깨면서도 친구의 곁으로 향한 너는 정말 자랑스러웠어."

"헤헤…… 나중에 누나에게 엄청 혼날 것 같지만 말이야."

내 마음 같은 건 어쨌든 간에, 알베리오를…… 친구를 구하러 간 것은 잘못된 행동이 아니다.

친구를 소중히 여기지 않는 녀석은 제대로 하나같이 변변찮은 놈이니까 말이다.

　그때, 레우스가 진짜로 알베리오를 두고 가려고 했다면 내가 두들겨 팰 생각이었지만, 괜한 걱정으로 끝났다.

　뭐, 내 볼과 목이 좀 따끔한 맛을 보기는 했지만, 실로 만족스러운 결과였다.

　"그러고 보니, 처음으로 너에게 얼굴을 맞았는걸. 허리 회전을 살린 멋진 주먹질이었어."

　"그런 말 들어도 전혀 기쁘지 않아. 젠장…… 언젠가 반드시 모의전에서도 그렇게 한 방 먹여주고 싶어."

　"하하하, 기대할게."

　그래. 너라면 분명 해낼 수 있을 거야.

　나는 그때를 고대하며, 레우스와 함께 웃음을 터뜨렸다.

　　　　　　　　※ ※ ※ ※ ※

　약간 이야기를 거슬러 올라가겠다.

　레우스가 은월의 맹세를 깨겠다고 선언하며, 마리나와 함께 사라진 후…… 나는 깊은 한숨을 내쉬었다.

　진실을 안 레우스에게 두들겨 맞을지도 모르고, 알베리오의 제안에 따라 이곳에 남겠다는 말을 할 가능성도 있는 것이다.

　하지만 레우스의 자주성을 단련시키기 위해, 나는 거짓말을 했다.

"그 순순한 녀석에게 거짓말을 하고 싶지는 않았는걸."

"시리우스 님?"

"혹시 피아 씨의 이야기는…….."

"아, 실은…….."

그리고 나는 에밀리아와 리스에게 진실을 이야기해줬다.

피아의 고향이 습격을 당했다는 것은 거짓말이며, 항상 내 말에 따르려 하는 레우스에게 괴로운 선택지를 제시한 것을 말이다.

하지만 이것은 내 독선이며, 레우스는 아무 생각 없이 내 밑에 있는 편이 행복할지도 모른다.

하지만 레우스는 나와 나란히 서서, 내 등을 지키는 존재가 되고 싶다고 말했다.

즉, 내 파트너가 되고 싶다는 것이다. 그렇다면 이야기는 달라진다.

레우스의 실력은 인정하지만, 아직 정신면의 경험이 부족했다.

내 명령에 우직하게 따르기만 하는 자에게, 등을 맡기고 싶지는 않다.

그래서 이번에 거짓말을 한 것이지만, 결과적으로 레우스는 맹세를 깨면서까지 친구를 돕는다는 선택을 했다.

아직 부족한 면이 많지만, 이대로 성장해간다면 분명…….

그리고 피아도 공범이라는 부분까지 이야기한 순간, 에밀리아와 리스가 미소를 지으며 나에게 다가왔다.

"이유는 알겠지만, 레우스만이 아니라 저희도 속인…… 뻐리에요!"

"맞아! 우리는 진심으로 걱정했단 말이야!"

"미안…… 윽?! 아야야야야얏?!"

"자아, 장비를 점검하러 가볼까…….""

"피아 씨? 도망칠 생각 말아요! 우물!"

"피아 씨도 공범이잖아!"

"아, 아하하……. 좀 봐주면 참 좋겠네."

다른 이들을 속인 벌로 나는 리스에게 따귀를 맞았고, 에밀리아는 내 목을 깨물었다. 레우스가 느꼈을 고통에 비하면 아무것도 아니기에, 나는 그냥 감수하기로 했다.

한편 공범인 피아는 오늘부터 이틀 동안 금주를 하게 됐다.

"하아…… 하지만 레우스를 속였으니 어쩔 수 없네. 때로는 금주를 하는 것도 괜찮을지 몰라."

"……미안해."

"시리우스가 사과할 필요 없어. 네 이야기를 듣고 납득을 한후에 한 행동이니까, 이건 자업자득이야."

하아, 이런 말을 들으니 아무 소리도 못하겠네.

"피아 씨의 이야기가 거짓말이라면, 우리는 파라드 쪽의 마물과 싸우면 되는 거네?"

"그래. 그 전에…… 호쿠토!"

"멍!"

"너는 레우스와 마리나를 알베리오의 곁으로 데려다줘. 그리고 그 후에는 몰래 레우스 일행을 지켜봐 줬으면 해."

그리고 이것은 레우스가 헤쳐나가야 할 시련이니, 꼭 필요한 경우가 아니면 마물을 최대한 해치우지 말아달라고 부탁해뒀다.

호쿠토는 자기한테 맡겨달라는 듯이 울음소리를 내더니, 우리 앞에서 바람처럼 사라졌다.

이제 레우스 일행 쪽은 괜찮겠지만, 집단전에서는 무슨 일이 벌어질지 알 수 없다.

"빨리 마물들을 정리한 후에, 건너편 상황을 살피러 가자."

"역시 레우스가 걱정이 되나 보네?"

"그러면 안 되는 거야?"

"아냐. 시리우스 씨다워."

리스가 미소를 지으며 그렇게 말했다. 레우스가 신경이 쓰이니 어쩔 수 없잖아.

그리고 에밀리아는…….

"씨리우스 니임……."

내 목을 여전히 입술로 꼭 깨물고 있었다.

눈은 촉촉하게 젖었으며, 볼 또한 상기된 채 나를 꼭 끌어안고 있었다. 침대에서 나와 같이 잘 때와 같은 모습처럼 보였다.

"저기…… 이 애, 흥분한 것 같지 않아?"

"은랑족에게 있어서 목이나 어깨를 깨무는 건 애정 표시거든. 아마 그게 맞을 거야."

"자아. 이제 충분히 했으니까 그만 떨어져, 에밀리아."

"아아. 자, 잠시만 더…….."

에밀리아가 한사코 떨어지려 하지 않자, 리스가 억지로 떼어냈다. 에밀리아는 꽤나 흥분한 것 같았다.

일단 에밀리아의 머리를 쓰다듬어서 진정시킨 후, 나는 생각을 바꿨다.

"자, 이제 파라드의 토벌대와 합류할 건데⋯⋯."

사전에 들은 정보에 따르면, 파라드의 토벌대보다 마물 측이 수적으로 우세한 것 같았다.

마법과 함정을 구사하면 이길 수 있겠지만, 심각한 피해를 입을지도 모른다.

하지만, 머지않아 이 마을을 떠날 우리가 마물들을 전멸시켰다간 마을 전체의 위기감이 줄어들 것이다. 그리고 우리가 마물들을 해치웠다는 게 알려지면 여러모로 성가신 상황이 벌어질지도 모른다.

그러니⋯⋯.

"토벌대가 전투를 시작하기 전에, 마물들의 숫자를 줄여둘까 해. 나는 저기 있는 언덕에서 저격을 할 테니까, 세 사람은 토벌대와 합류⋯⋯."

"아, 잠깐만 기다려봐. 마물을 줄일 거면 나한테 맡겨주지 않겠어?"

"그건 상관없는데, 마물을 전멸시키면 안 돼."

"응. 피해를 적당히 입힐 수 있는 마법이 있어."

피아가 한쪽 눈을 감으며 자신만만한 어조로 그렇게 말했다. 그럼 피아에게 맡겨볼까.

에밀리아와 리스는 토벌대와 합류하고, 나와 피아는 전장을 내려다볼 수 있는 언덕으로 이동했다.

마물과 싸울 장소는 별다른 장애물이 존재하지 않는 널찍한 평원이다.

한쪽에서는 파라드의 토벌대가 진형을 짜서 마물과 싸울 준비를 하고 있으며, 그대로 시선을 반대편으로 돌리면, 파라드를 향해 몰려오는 수많은 마물들의 모습이 눈에 들어왔다.

아마 마물들이 평원 한가운데를 지났을 즈음, 토벌대가 마법을 날리며 전투가 시작될 것이다.

"알고 있던 것보다 숫자가 더 많네. 피아, 괜찮겠어?"

"나만 믿어. 바람의 정령의 힘을 보여줄게."

마력을 집중시키기 시작한 피아는 천천히 두 손을 들어 올리더니, 눈을 감으며 노래하기 시작했다.

이것은 마법의 영창이 아니라 그녀 특유의 방법이며, 예전에 들은 설명에 따르면…….

『바람의 정령들은 내 노래를 좋아해. 그래서 노래를 부르면, 평소보다 더 힘을 내.』

즉, 피아는 대규모 정령마법을 날릴 때 노래를 부르는 것이다.

아름다운 노랫소리가 울려 퍼지는 가운데, '서치'로 마력의 흐름을 조사해본 나는 피아에게서 뿜어져 나오는 마력이 평원의 한가운데를 향해 흐르는 것을 알 수 있었다.

나는 정령을 볼 수 없지만, 마력이 소용돌이치는 평원에서 위화감이 느껴졌다. 아마 대량의 바람의 정령이 소용돌이를 이루고 있는 것이리라.

잠시 후에 피아의 노래가 끝났지만…… 평원에는 변화가 일어나지 않았다.

"마법이 발동되지 않은 것 같은데 말이야."

"네가 '임팩트'를 쓸 때, 리모컨……이라고 했지? 그것과 마찬가지로 정령에게 부탁하면 임의로 발동시킬 수 있게 했어. 이제 마물들이 접근한 순간에……."

피아의 마력이 평원 중심에서 원을 그리듯 소용돌이치고 있자, 감지 능력이 뛰어난 자가 아니면 눈치채지 못할 것이다.

그리고 마물이 그 중심에 들어선 타이밍에 피아가 한 손을 들어 올리더니…….

"자아. 다들, 날뛸 때가 됐어. 마음껏 마물들과 놀렴!"

손을 내린 순간, 평원의 한가운데에 거대한 회오리가 생겨났다.

그 회오리는 꼼짝도 하지 않았지만, 그만큼 범위가 넓었다. 전체의 3할 가량의 마물이 그대로 그 회오리에 삼켜졌다.

피아가 하지 않는다면 내 '안티머테리얼'을 연달아 쏴서 쓸어버릴 생각이었지만, 그럴 필요는 없을 것 같았다.

"마물들을 동정하고 싶어지는걸. 저래서는 도망도 못 치잖아."

휘말린 마물의 사지가 뜯겨나가며 휘날렸고, 지면에도 구멍이 생길 정도로 위력이 엄청났다.

하지만 수제 망원경으로 살펴보니, 오거처럼 체중이 상당하고 튼튼한 마물에게는 효과가 거의 없는 것 같았다.

저래서야 소용돌이가 사라진 후에 날뛸 것 같으니…….

"좀 해치워둘까……."

이대로는 내가 여기 있는 이유가 없으니까 말이야.

그래서 스나이퍼 라이플을 이미지한 '스나이프'로 소용돌이에 휘말린 대형 마물을 우선적으로 저격했다.

내가 바람의 흐름을 읽어서 착탄 지점의 오차를 수정하며 저격을 해서 마물의 숫자를 줄이고 있을 때, 토벌대의 진지에서 다양한 마법이 발사됐다. 그리고 회오리의 범위 밖에 있는 마물들에게 쏟아졌다.

느닷없이 생겨난 회오리 때문에 얼이 나간 토벌대가 마물들의 접근을 허용하는 사태는 벌어지지 않은 것 같았다.

"바람은 곧 사라지겠지만, 마물은 충분히 줄인 것 같네."

피아의 회오리에 의해 많은 마물들이 처리됐고, 내가 저격으로 대형 마물을 절반가량 해치웠다.

이만큼이나 병력이 차이가 난다면, 이제 토벌대가 압도적으로 유지할 것이다.

하지만…… 아까부터 느껴지는 이 묘한 감각은 뭐지?

"그럼 에밀리아와 리스가 있는 곳으로 돌아가자. 이제 남들이 보는 앞에서 활약해야겠네."

"…………."

"시리우스? 저기, 왜 그래?"

"피아, 너는 먼저 돌아가. 좀 신경 쓰이는 일이 생겼어."

"……네가 돌아가기를 바란다면 그렇게 하겠는데, 내가 도울 일은 없는 거야?"

내 진지한 표정을 본 피아는 이유를 묻지 않으며 그렇게 대답했다.

그래. 단독으로 하늘을 날 수 있는 피아라면 나를 따라올 수 있을 것이니, 그녀에게 도움을 받기로 했다.

"그럼 따라오겠어? 저 집단의 뒤편에서 한가운데를 향해 돌격하고 싶어."

"좋아. 내가 옮겨줄까?"

"부탁해. 좀 집중해서 조사하고 싶은 게 있거든."

"후후, 나만 믿어! 이런 말을 하는 건 좀 그렇지만, 너한테 도움이 되어서 기쁘네."

피아가 기쁨이 어린 듯한 쓴웃음을 지으며 그렇게 말하자, 내 긴장이 조금은 풀렸다.

그리고 피아의 마법으로 하늘로 날아오른 우리는 마물들의 뒤편으로 이동했다.

토벌대 사람들과 마물들에게 들키지 않도록 거리를 벌리면서 우회한 후, 나는 마물들의 뒤편에서 다시 '서치'를 발동시켰다.

이동은 피아에게 맡기면 되기에, 나는 집중적으로 '서치'를 발동시킬 수 있었다.

"……역시 뭔가 이상한 반응이 느껴져."

"그 반응이 신경 쓰이는 거야?"

"그래. 마물이 밀집된 탓에 알기 힘들지만, 마물들에 섞여서 명백하게 이상한 반응이 존재해."

그 어떤 마물도 살아있는 생명체이며, 특유의 마력을 지니고 있다.

하지만 그런 마력이 밀집되어 있는 가운데, 명백한 불순물 같은 존재가 섞여 있었다.

충분히 다가간 후에 지면에 내려선 내가 다시 귀를 기울여보니, 마물들의 선두집단이 토벌대와 싸우는 소리가 들려왔다.

곧 있으면 토벌대가 예의 반응과 접촉할 것 같았다.

"여기서 그렇게 멀지 않아. 나는 이대로 뛰어가며 돌격할 테니까, 피아는……."

"마물들이 다가오지 못하게 하면 되지?"

"응. 부탁해."

나는 믿음직한 피아와 함께, 땅을 박차면서 마물 무리를 향해 돌격했다.

적진 후방에서의 기습은 인간을 상대로 유효하지만, 본능에 따라 사는 마물에게는 크게 의미가 없다.

그래서 돌격과 동시에 주위의 마물이 본능적으로 우리에게 달려들었지만, 피아는 바람 마법으로 다가오는 마물을 전부 날려버렸다.

"너희와 놀 짬은 없으니까, 저쪽에 가 있어!"

"역시 대단한걸!"

"후후, 나도 다른 애들과 마찬가지로 너한테 단련을 받고 있거든!"

하늘을 날면서 나와 나란히 이동하고 있는 피아가 측면과 후방을 담당했고, 내가 정면의 마물에게 '임팩트'를 날리며 정면

돌파를 했다.

목표는 내가 몇 번 마법을 날렸을 즈음에 발견했지만, 그것은 바로 기묘한 마물이었다.

"이건…… 대체 뭘까?"

원래 두 개였던 팔이 여섯 개로 늘어난 오거의 상반신과 말처럼 생긴 하반신인 마물, 그리고 뱀처럼 생긴 마물이 꼬리처럼 붙어 있는…… 기묘한 마물이다.

주위에 존재하는 마물의 부위를 실과 바늘로 꿰매서 만든 듯한 그 모습은 전생의 전설에 나오는 그 괴물을 연상케 했다.

"몸의 밸런스는 이상하고, 기분 나쁜 마물이네……."

"기분 나쁜 건 겉모습만이 아닌 것 같아."

실제로 접촉을 하고 '스캔'을 해보지 않더라도, '서치' 반응만으로 알 수 있다.

저 부위는 전부 다른 마물로 구성되어 있지만, 피는 한 방울도 흐르고 있지 않았다.

그리고 가슴에 커다란 마법진이 그려져 있으며, 거기서 흘러나온 마력이 각 부위에 명령을 내려 움직이고 있었다. 즉, 이 마물은 사체로 만든 골렘인 것이다.

골렘은 마법진으로 바위나 모래를 매개체 삼아 만들지만, 저것은 살점을 매개체로 해서 만든 골렘이라 할 수 있을 것 같았다.

자연적으로 발생한 마물이 아니라 누군가에 의해 만들어진 것 같으니, 키메라(합성마수)라고 부르기로 했다.

마치 악질적인 인체실험의 피해자 같은 모습을 보니, 전생의 쓰디쓴 기억이 되살아났다.

"저 마물을 중심으로 마물이 모여 있네. 이 무리의 원인은 저 녀석 아닐까? 아무튼 빨리 해치워…… 어, 왜 그래?"

"아, 신경 쓰지 마. 저걸 빨리 해치우는 편이 좋겠는걸."

"맞아……. 아, 큰일 났어. 바람이여, 부탁해!"

키메라가 울부짖자, 주위의 마물이 활발한 움직임을 보이기 시작했다. 피아의 말대로 이 소동의 원인은 저 녀석이 틀림없어 보였다.

아까까지는 피아가 딴짓을 하면서도 대처가 가능했지만, 지금은 집중해서 마법을 펼치지 않았다간 주위의 마물에게 밀릴 것 같았다.

"오래는 못 버틸 거 같아!"

"그래! 금방 해치우겠어!"

좀 더 관찰하고 싶지만, 그럴 수 없는 상황이었다.

피아에게 주위의 마물을 맡긴 후, 나는 키메라를 향해 뛰어갔다.

키메라에게는 오거의 팔이 달려 있지만, 그것은 단순한 고깃덩어리에 지나지 않았다. 그러니 피로나 고통을 전혀 느끼지 않으리라.

마물이 다가오는 존재를 쓰러뜨리기 위해 전력을 다해 휘두른 팔을 피하는 건 어렵겠지만, 지능이 없는 존재의 기계적인 움직임이라면 어찌어찌 피할 수 있다.

"너무 솔직한걸."

품속으로 뛰어들기 직전에 속도를 단숨에 줄이며 페인트를 걸자, 키메라는 그대로 걸려들었다.

내가 품속으로 뛰어들기 전에 모든 팔을 다 휘둘렀고, 그 틈을 이용해 파고든 나는 키메라의 핵인 마법진을 향해 양손을 내밀며…….

"끝장을 내주지……."

양손으로 동시에 전력을 다한 '샷건'을 날려서, 마법진과 키메라의 가슴을 박살 냈다.

마법진이 꿰뚫린 키메라에게서 마력이 느껴지지 않았기에, 빨리 피아를 데리고 탈출…….

"거기냐!"

그 순간…… 마물과는 명백하게 다른 이질적인 마력과 살기를 느낀 나는 먼 곳에 있는 언덕을 향해 반사적으로 '매그넘'을 날렸다.

"윽?!"

그곳에 있는 건…… 인간일까?

거리가 꽤 떨어져 있는 데다 반사적으로 공격한 탓에, 조준이 약간 어긋나면서 상대의 팔에 맞은 것 같았다.

"…………."

한 번 더 공격할까 했지만, 상대는 한 마디 중얼거린 후에 모습을 감췄다.

'서치'로 반응을 살펴봤지만…… 움직임이 비정상적으로 빨랐다. 게다가 숲속으로 도망친 탓에 장거리 저격도 불가능했다.

하다못해 하늘로 날아오른다면 해치울 수 있겠지만…… 이쪽 상황을 고려해볼 때, 저 녀석을 쫓는 건 포기하는 편이 좋겠지.

"저기, 시리우스! 이제…… 힘들 것 같아!"

내가 그런 생각을 하는 사이, 피아의 급박한 목소리가 들렸다.

피아의 마법은 대군을 쓸어버리는 데는 적합하지만, 주위의 피해를 고려해가며 싸우는 데는 적합하지 않다. 그래서 평소보다 더 마력이 극심하게 소모되고 있는 것이다.

마력이 고갈된 건지 숨을 헐떡이고 있는 피아를 안아서 회수한 나는 마물을 피하며 토벌대의 진지를 향해 달려갔다.

"하아…… 마력이 거의 바닥나 버렸네."

"무리시켜서 미안해. 하지만, 피아 덕분에 살았어."

"도움이 되었다니 기뻐. 그런데, 우리는 지금 어디로 향하고 있는 거야?"

"너를 에밀리아와 리스에게 맡긴 후, 레우스를 살펴보러 갈 거야. 아까 그 마물이 건너편에도 있을지 모르거든."

그 마물이 있더라도 레우스라면 지지 않겠지만, 혹시 모르니 살펴보러 가기로 했다.

무엇보다, 저 수수께끼의 존재가 신경 쓰였다.

언뜻 보기에 인간 같았으며, 신체적 특징은 성인 여성 같았다.

아마 알베리오와 맞섰던 로마니오의 귀족을 세뇌했다는 정체 불명의 여자일지도 모른다.

이건 내 예상이지만, 저 여자와 마법진에서 느껴졌던 마력이 미묘하게 비슷한 것을 보면 그녀가 키메라를 만든 장본인일 것이다.

일부러 마물이 있는 전장에 모습을 드러낸 것을 보면, 자신이 만든 작품을 관찰하려던 것이 틀림없다. 매드 사이언티스트가 흔히 취하는 행동이다.

놓쳐서 아쉽기는 하지만, 이곳에서는 더 이상 활동할 수 없다고 여겼을 것이다.

"이런 소동을 일으킨 녀석. 다음에는 놓치지 않겠어."

"어서 오세요, 시리우스 님. 피아 씨."

그리고 마물과 싸우는 토벌대 사이로 진지로 돌아온 나는 전위의 교대 요원으로 전투를 준비 중인 에밀리아와 합류했다.

근처에는 부상자를 치료 중이던 리스는 피아를 안아 든 나를 보더니 깜짝 놀랐다.

"피아 씨?! 혹시 다친 거야?"

"괜찮아. 마력을 너무 많이 썼을 뿐이야."

"다행이야. 시리우스 씨는…… 괜찮지?"

"응. 미안하지만 나는 레우스를 보러 갔다 올게. 우리한테 무슨 일이 있었는지는 피아에게 물어봐."

피아를 깔개 위에 내려놓은 내가 출발하려던 순간, 에밀리아가 나를 막아서며 컵을 내밀었다.

"어, 왜 그래?"

"시리우스 님. 하다못해 수분보충이라도 하고 가세요."

"……그래. 고마워, 에밀리아."

그러고 보니 아까부터 계속 뛰어다니느라 체력이 꽤 소모되었다. 아직 여유가 있기는 하지만, 방심은 금물일 것이다.

나는 에밀리아의 머리를 쓰다듬어 주면서 컵을 건네받은 후, 안에 내용물을 천천히 마셨다.

"그럼 다녀올게."

"예, 조심해서 다녀오세요."

"레우스 쪽을 잘 부탁해."

"다녀와."

꼬리를 흔들며 조신하게 인사를 건네는 에밀리아, 그리고 앉은 채 미소를 짓고 있는 피아와 리스에게 배웅을 받으면서, 나는 다시 내달리기 시작했다.

토벌대 진지에서 빠져나온 나는 남들 몰래 허공을 박차며 하늘로 날아오른 후, 그대로 디네 호수를 단숨에 건넜다.

그리고 호쿠토의 마력을 표식 삼아서 전장에 도착한 나는 언덕 위에서 아래편을 내려다보고 있는 호쿠토를 발견했다.

"휴우…… 호쿠토, 기다렸지? 레우스는…….'"

"멍!"

호쿠토가 차분한 것을 보면, 레우스 일행도 무사한 것 같았다.

호쿠토의 옆에 서서 두 사람을 살펴보니, 알베리오는 즉석에서 소대를 짜서 이끌고 있었으며, 레우스는 마리나와 같은 말을 타고 선두에서 달리고 있었다.

"……멋지게 싸우고 있는걸."

"멍!"

레우스는 말에 탄 적이 거의 없으니 제대로 몰 수 없을 거로 생각했는데, 마리나가 절묘하게 보좌해주고 있는 것 같았다.

특히 부대의 선두는 마물과 가장 먼저 마주치게 되는 위험한 위치다.

그래도 레우스의 발이 되어 최선을 다하고 있는 마리나를 보자, 나는 자연스레 미소를 머금었다. 레우스만이 아니라, 그녀도 성장하고 있는 것이다. 진짜로 좋은 여성과 만난 것 같았다.

마물에게 당할 위기에 처한 모험가가 보이면 '스나이프'로 엄호를 하며 계속 레우스 일행을 쳐다보던 나는…… 예의 그 마물을 발견했다.

"역시 이쪽에도 있었구나. 하지만 저건……."

로마니오의 토벌대 중심에서는 내가 쓰러뜨렸던 키메라와 똑같이 생긴 존재가 날뛰고 있었다.

하지만 그 여자의 반응이 느껴지지 않는 것을 보면, 이쪽에는 키메라뿐인 것 같았다.

내가 여자의 기척을 찾아보고 있을 때, 레우스 일행이 키메라와 전투를 시작했다.

보아하니, 이쪽에는 강력한 장거리 공격을 펼칠 수 있는 이가 없는 것 같았다. 그래서 필연적으로 근접 전투를 벌이게 됐다.

그래서 정면에서 공격하는 레우스에게 저 괴물이 연거푸 공격을 펼쳤지만, 그는 나에게 익힌 기술과 옆에서 지켜봤던 알베리오의 기술을 살려 절묘하게 흘려냈다.

거의 동시에 날아오는 여섯 개의 팔을 레우스가 장시간 동안 흘려보내는 광경을 보자, 나는 깜짝 놀랐다.

"……나는 저러지 못할 거야. 할아버지가 보면 좋아하겠어."

약간 궁지에 몰리기는 했지만, 레우스는 알베리오와 웨인에게 협력을 받아서 키메라를 해치우는 데 성공했다.

그 후에도 레우스는 방심하지 않으며 키메라의 숨통을 끊은 후, 소각 처분을 했다. 깔끔한 뒤처리였다. 참고로 나는 피아에게 혹시 키메라가 또 나타난다면 태워버리라고 말해뒀다.

나는 언제든 '스나이프'를 쓸 수 있도록 대비했지만, 한계를 넘어선 레우스가 쓰러지는 모습을 보고 천천히 전투태세를 풀었다.

아직 마물이 남아 있지만, 뒷일은 토벌대만으로 충분할 것이다.

이리하여 레우스는 친구인 알베리오를 지켜냈다.

쓰러진 제자의 모습을 눈에 새긴 후, 나는 해가 저물고 있는 하늘을 올려다보며 중얼거렸다.

"드디어 여기까지 왔구나……."

아직 정신적인 면에서의 경험이 부족하지만, 레우스는 이번 일을 통해 크게 성장했다.

이대로 성장한다면, 언젠가 라이오르 할아버지만이 아니라 나도 넘어서는 전사가 될 게 틀림없다.

진실을 안 후에도 나와 함께 하려 한다면, 앞으로도 그의 기대에 전력을 다해 부응할 생각이다.

"너를 파트너라고 부르는 날을, 고대하고 있겠어…… 레우스."

《함께하는 행복》

마물들의 습격이 있고 며칠 후…….

희생자들의 장례식을 치르고, 부상자들의 상처가 아물었을 즈음…… 로마니오의 거대한 저택 안에서 결혼식이 거행됐다.

『그럼 신랑 알베리오 님과 신부 파멜라 님의 결혼식을 거행하겠습니다.』

바람을 타고 울려 퍼지는 사회자의 목소리가, 두 사람의 결혼식이 시작된다는 것을 고했다.

이 결혼식은 전생에서의 결혼처럼 거창하지 않으며, 결혼을 하는 두 사람을 소개한 후에 신에게 맹세한 후에는 바로 식사회로 이어졌다.

말로 하면 간단하지만, 주위에 두 사람의 결혼을 제대로 보고하기 위한 엄연한 의식이었다.

현실적으로 한마디 하자면, 결혼식은 사교행위의 일환이며, 귀족들이 다양한 인연을 쌓으려 하는 자리이기도 했다.

그래서…….

"만나서 반갑니다. 당신이 로마니오의 영웅이죠?"

"당신 같은 영웅이 제 휘하에 들어와 준다면 기쁠 것 같습니다만……."

"돈이라면 얼마든지 주지. 내 밑에 들어올 생각이 없나?"

일전의 전투에서 다양한 활약을 보인 덕분에 로마니오에서 영웅이라 불리게 된 레우스의 주위에는 수많은 귀족들이 모여 있었다.

전장에서 일기당천의 실력을 뽐냈을 뿐만 아니라, 키메라를 상대로 한 걸음도 물러나지 않으며 싸운 것이다. 그와 함께 싸운 병사와 모험가 같은 목격자도 많으니, 그렇게 불리게 되는 게 당연할지도 모른다.

"으음…… 미안하지만, 나는 형님 말고 다른 사람을 모실 생각은 없어."

턱시도 같은 파티용 복장을 걸친 레우스는 파티에 온 귀족들에게 열렬한 권유를 받고 난처한 표정을 지었다.

레우스는 귀족들에게 공손하게 대처하는 것을 잘 못한다. 그래서 고전하고 있는 것 같지만, 이것도 경험이다.

"고생하고 있는 것 같네."

"그렇군요. 하지만 이제 저 애도 이런 자리에도 익숙해질 필요가 있다고 생각해요."

"아하하, 오늘은 이쯤에서 그만하게 하자."

"맞아. 모처럼의 파티니까 즐겨야 하지 않겠어?"

그런 레우스를 떨어진 곳에서 지켜보고 있던 우리도 남 말할 처지는 아니었다.

내 옆에는 파티용 드레스를 입은 에밀리아, 리스, 피아가 있기 때문이다.

"저런 자들은 눈빛만으로 제압할 수 되지 않으면 끈질기게 구니까요. 리스도 이런 걸 배워야 한다고 생각해요."

검은색 드레스와 아름다운 은발이 멋진 조화를 이루고 있는 에밀리아는 정말 아름다웠으며, 이 파티장의 주목을 한 몸에 모으고 있었다.

많은 귀족들이 에밀리아에게 말을 걸었지만, 그녀는 딱 잘라 거절하면서 엘리시온에서 보여줬던 그 위압감 넘치는 미소로 전부 격퇴했다.

레우스에게 저런 혹평을 하는 것도 당연했다.

"그건 힘으로 해결할 수 있는 게 아니잖아. 나라면 파티장에서 도망쳤을지도 몰라."

리스는 파란색 드레스 차림이며, 머리카락을 머리 뒤편으로 말아 올렸다.

유독 돋보일 만큼 아름답지는 않은데도 남들의 눈길을 끄는 그 불가사의한 모습에 귀족들 몇 명이 그녀에게 말을 걸려고 했지만, 에밀리아와 내가 위압해서 전부 쫓아버렸다.

"저기, 시리우스. 이거 정말 맛있어. 너도 마시지 않겠어?"

그리고 숲을 이미지한 녹색 드레스, 그리고 엘프가 지닌 신비적인 미모를 아낌없이 드러내고 있는 피아가 눈에 들어왔다.

레우스에게 거짓말을 한 바람에 벌로 금주되었던 것이 해제가 되어, 오래간만에 마신 와인 때문에 볼이 발그레해진 그 모습에서는 색기가 느껴졌다. 어쩌면 결혼식의 주역인 신랑신부보다 더 주목을 받는 듯한 느낌마저 들었다.

엘프의 특징인 귀를 숨겼지만, 그녀의 미모는 차원이 다르기에 주위의 귀족들도 함부로 말을 걸지 못하는 것 같았다. 때때로 말을 거는 용사도 있지만, 피아는 과시하듯 내 팔을 꼭 끌어안아서 그들을 격퇴했다.

"그럼 마셔볼까? 잔은…… 아. 고마워, 에밀리아."

주목을 받고 있는 미녀들을 이끄는 나에게도 선망과 질투심이 섞인 시선이 쏠렸지만, 단 한 명도 나에게 시비를 걸지 않았다.

아무래도 파라드 측의 키메라를 해치운 것이 나라는 사실이 널리 알려진 것 같으며, 나와 적대관계가 되는 게 위험하다는 것을 이해하고 있는 것이다.

그 이야기를 퍼트린 이는…… 바로 피아다.

내가 레우스를 살피러 간 사이에 파라드의 토벌대가 키메라의 시체를 발견했고, 피아가 이 키메라를 내가 해치웠다는 사실을 알린 것이다.

『하지만 엄연한 사실이잖아? 레우스만 유명해지는 건 좀 그래. 시리우스도 좀 더 제대로 된 평가를 받아야 한다고 생각해.』

엘리시온에서도 그 때문에 제자들이 난처했던 적이 있는 만큼, 나는 순순히 받아들이기로 했다.

내가 키메라를 쓰러뜨리는 모습을 보지는 못했지만, 전장에서 활약한 내 제자들이 입을 모아 그걸 긍정했다. 게다가 알베리오도 자신을 단련시켜준 스승인 나라면 그 정도는 충분히 해낼 거라고 주위 사람들에게 말한 것이다.

그래서 레우스 못지않게 많은 권유를 받았지만, 나는 딱 잘라 거절하거나 리펠 공주에게 받은 망토를 보여줘서 물러나게 했다.

그건 그렇고, 리펠 공주가 준 망토 덕을 이렇게 보게 될 줄은 몰랐는걸. 다음에 리펠 공주를 만나게 된다면, 감사 인사와 함께 케이크를 선물해야겠다.

그중에는 끈질기게 권유하는 귀족도 있었기에, 내가 위압감을 뿜어서 쫓아내려던 순간……

"사부님. 여러분. 여기 계셨군요."

알베리오와 파멜라가 우리 앞에 나타났다.

내빈의 눈길도 있는 데다 신랑신부 앞에서도 끈질기게 권유를 할 만큼 간이 크지는 않은 건지, 그 귀족은 대충 얼버무리면서 물러났다.

참고로 레우스와 함께 전장에서 싸운 알베리오도 사람들에게 높은 평가를 받고 있으며, 지금은 로마니오의 차기 당주의 자리를 확고하게 했다.

영웅의 친구이자, 실력도 충분한 것이다. 그리고 전장에서 보여준 지휘관의 능력에 반한 건지, 지금은 많은 귀족들에게서 높은 평가를 받고 있는 것 같았다.

내빈을 상대하느라 바쁠 테니 어느 정도 인사가 끝났을 즈음에 우리 쪽에서 얼굴을 비출 생각이었는데, 상대방이 우리를 찾아올 줄이야.

주위의 시선이 우리에게 더 쏠렸지만, 일단 결혼부터 축하해 주기로 했다.

"아, 초대해줘서 고마워. 두 사람, 결혼 축하해."

"알베리오 씨, 파멜라 씨, 축하드립니다."

"알베리오와 행복해야 해."

"축하해, 파멜라. 이 자리에서 가장 행복한 사람은 당신이 틀림없을 것 같네."

"우후후…… 감사합니다. 여러분의 드레스도 참 잘 어울려요. 괜찮으시다면, 여러분도 이 자리에서 결혼식을 올리지 않겠어요?"

파멜라의 제안이 마음에 드는 건지, 세 여성은 볼을 붉혔다.

하지만 이 결혼식의 주역은 알베리오와 파멜라, 두 사람이다.

게다가…….

"미안하지만, 그녀들과는 언젠가 정식으로 결혼식을 올릴 예정이니까 사양하겠어. 그때는 우리가 너희를 초대할게."

"어머나! 기대하고 있을게요."

"그때는 제가 축하를 드리겠습니다!"

그들의 등 너머로 들려오는 꼬리 흔드는 소리가 더 빨라지고, 내 소매와 팔을 쥔 그녀들의 손에 힘이 들어가는 가운데, 나는 이 자리에 누군가가 없다는 것을 눈치챘다.

"그런데 마리나는 어디 간 거야?"

"그 애는…… 각오를 다지고 있을 거예요."

"얼마 전까지만 해도 알베리오 님에게 어리광을 부렸는데…… 어느새 성장했네."

신랑신부의 소개 때는 가족으로서 두 사람의 곁에 있었지만, 어느새 모습을 감춘 것이다. 알베리오와 파멜라의 의미심장한 말을 듣고 고개를 갸웃거리고 있을 때, 레우스 쪽에서 새로운 움직임이 있었다. 또 누가 권유를 하러 왔나 싶어 돌아보니, 레우스는 그와 인연을 맺으려 하는 귀족 여성들에게 댄스 신청을 받고 있었다.

레우스를 통해 자기 지위를 높이려는 이뿐만 아니라 순수하게 그를 좋아해주는 여성도 있었다. 그래서 레우스도 뭐라고 대답하면 좋을지 몰라 망설이고 있는 것 같았는데……

"레우스 님, 저와 춤추지 않겠어요?"

"저와 춤춰요! 예?!"

"영웅 님. 결혼을 전제로 저와 사귀어주세요!"

"아, 나는……."

"레우스."

그것은 다른 여성들의 목소리에 가릴 만큼 작은 목소리였지만, 레우스는 그 목소리를 놓치지 않았다.

"마리나야?"

알베리오의 집에서 본 것과 다른 붉은색 드레스를 입은 마리나가 미소를 지으며 레우스를 향해 손을 내민 것이다.

"나와…… 춤추지 않겠어?"

"응!"

그러자 레우스는 주저 없이 마리나의 손을 잡으며, 댄스홀로 향했다.

그 와중에 두 사람이 어떤 대화를 나눈 건지, 나는 그들의 입술을 읽어서 파악했다.

『저기…… 괜찮겠어?』

『응. 신경 쓸 필요…… 없잖아.』

가장 눈길을 끄는 것은 마리나가 자신의 꼬리 세 개를 환영으로 숨기지 않고 당당히 드러내고 있다는 점이다.

그 탓에 레우스에게 말을 걸던 여성들이 물러서더니, 어쩌면 좋을지 몰라 당혹스러워했다. 하지만 마리나는 전혀 개의치 않으며 레우스의 손을 잡은 채 걸음을 옮겼다.

"그래. 각오를 다진다는 말이 무슨 뜻인지 이제 알겠어."

"예. 꼬리를 두려워하는 게 자기 자신이라는 것을 깨닫고, 드디어 앞으로 한 걸음 내디딘 것 같아요. 레우스…… 그리고 여러분과 만난 덕분이죠."

"우리보다는 주로 레우스 덕분이겠죠. 아, 시리우스 님. 저기 좀 보세요. 저 두 사람이 춤추고 있어요."

레우스는 엘레나 엄마에게서 시종 교육 삼아 댄스도 배웠기에, 얼추 춤을 출 줄 알았다.

하지만 하도 오래간만이라 능숙하게 추지 못했지만, 마리나가 능숙하게 리드를 하면서 잘 이끌어주고 있었다.

두 사람은 때때로 말다툼을 하면서도, 즐겁게 춤을 췄다.

"그것보다…… 마리나의 오빠로서, 어떻게 생각해?"

저 훈훈한 두 사람을 미소를 머금으며 지켜보던 피아가 알베리오를 향해 의미심장한 시선을 보냈지만…….

"글쎄요. 레우스는 여성에 관심이 없고, 항상 솔직담백하게 말을 하는 바람에 마리나를 화나게 만들죠."

"한심한 이야기지만, 부정할 수 없군요."

"하지만 그것이야말로 레우스의 장점이죠. 게다가 무엇보다…… 그녀는 저의 친구입니다. 함께 수련하고, 함께 싸우며, 그의 장점을 저는 잔뜩 알았죠. 그런 레우스가 동생의 연인이 된다면, 저는 기쁜 마음으로 축복해줄 겁니다."

알베리오는 두 사람의 춤추고 있는 모습을 기쁨에 찬 눈길로 쳐다보고 있었다.

지금 화제가 되고 있는 두 사람은 한동안 춤을 춘 후에야 남들의 눈길을 끌고 있다는 사실을 눈치챈 것 같았다. 그리고 마리나가 몰래 귓속말을 한 후, 두 사람은 파티장 밖에 있는 인기척 없는 발코니로 이동했다.

그런 훈훈한 모습을 바라보며 와인을 마시고 있을 때, 피아가 내 앞에 서며 손을 내밀었다.

"이번에는 우리 차례 같네. 시리우스, 춤추자."

"춤추는 건 좋지만, 피아는 저런 춤을 출 줄 알아?"

"이런 파티용 댄스를 배운 적은 없어. 하지만 주위 사람들과 똑같이 움직이면 되지?"

저런 자신감은 대체 어디에서 오는 걸까.

이런 형식적인 댄스는 엘리시온의 졸업 파티 때 이후로 처음 춘다.

아무튼 간단한 움직임만이라도 확인해보자 싶어 생각하고 있을 때, 에밀리아와 리스가 내 앞에 서더니 드레스 자락을 가볍게 들어 올리며 인사를 했다.

"시리우스 님. 저희가 댄스 시범을 보이는 건 어떨까요?"

"피아 씨라면 충분히 출 수 있겠지만, 본보기 정도는 될 수 있을 거야."

"그럼 두 사람의 움직임을 참고하도록 할게. 기왕이면 조금이라도 더 능숙하게 추고 싶거든."

피아는 춤추는 순서에 딱히 집착하는 것 같지는 않았다. 그리고 저 두 사람을 가족이라 생각하고 있으니 더 그럴 것이다.

그런고로, 가장 댄스가 능숙한 에밀리아의 손을 잡은 나는 댄스장으로 나가서 인사를 했다.

그리고 서로의 손을 움켜쥔 후, 연주되는 음악에 맞춰 춤추기 시작했다.

이 세계의 댄스는 남자가 상대의 여성을 적절히 리드하면서 추는 것이 상식이다.

하지만 에밀리아는 완벽하게 내 움직임에 맞출 수 있기 때문에, 우리는 그야말로 일심동체처럼 멋진 댄스를 선보였다.

"전에 췄을 때보다 훨씬 능숙해진 것 같은걸."

"우후후…… 시리우스 님의 시종으로서 이 정도쯤은 식은 죽먹기죠."

이런 자리에서 춤추는 일이 거의 없었는데도, 에밀리아는 댄스를 계속 수련한 것 같았다. 빠져들 것처럼 매력적인 미소를 머금은 에밀리아의 얼굴을 응시하며, 우리는 댄스를 즐겼다.

그리고 에밀리아와 댄스를 마친 나는 리스와 댄스를 췄다.

전에는 꽤 어색했지만, 지금은 경쾌한 스텝을 밟고 있었기에 조금 놀랐다.

"때때로 에밀리아와 함께 연습을 했어. 어……때?"

"그래. 많이 늘었어. 좀 더 빨리 춰도 될까?"

"응. 해볼게. 특훈의 성과를…… 보여주겠어."

예전보다 더 적극적으로 변하면서, 리스는 더욱 매력적으로 변했다.

리스는 앞으로도 표적이 될 것 같지만, 나는 그녀를 반드시 지켜내겠다고 마음속으로 맹세했다.

"좋아~, 춤추자!"

마지막은 예상조차 안 되는 피아 차례다.

에밀리아와 리스를 보고 얼추 움직임을 파악했다고 했지만, 과연 얼마나 잘 출지 모르겠다.

"이런 식으로 추면 되지?"

"……좀 이상하지 않아? 다른 움직임이 섞여 있는 것 같아."

"아, 그래? 버릇이 남아 있어서 좀 어렵네."

아무래도 고향에서 추던 춤의 움직임이 섞여 있는 것 같았다.

하지만 그렇다고 꼴사나워 보이지는 않았다.

그래도 전혀 다른 댄스가 섞여서 그런지 불가사의한 댄스가 되었지만, 피아는 태연자약했다.

호기심이 왕성한 피아다운 댄스……라고 할 수도 있다.

"내가 이런 말을 하는 것도 좀 그렇지만, 시리우스는 용케 따라오네."

"그렇게 빠르지도 않으니까, 움직임을 맞추는 건 어찌어찌 가능하거든."

"후후, 너라면 그렇게 말할 줄 알았어. 좀 더 빠르게 출 건데, 과연 따라올 수 있을까?"

피아는 도전적인 눈길로 나를 쳐다보며 그렇게 말했지만, 나라면 가능할 거라고 확신하고 있는 것 같았다.

"좋아. 전력을 다해볼까."

"후후. 믿음직하네. 그럼 간다!"

"좋아, 해보자고!"

덕분에 꽤나 거친 댄스가 됐지만, 피아는 틀에 갇히는 것보다 자유롭게 움직이는 편이 훨씬 매력적이라고 생각한다.

그 매력을 무너뜨리지 않기 위해, 나는 멀티태스크(병렬사고)까지 쓰며 그녀의 움직임을 쫓았다.

솔직히 말해 꽤 힘들었지만, 즐겁게 춤추는 피아를 보니 사소한 문제 같았다.

"좋아. 꽤 움직임을 파악했어. 더 빨리 움직여도 돼!"

"역시 너는 최고라니깐!"

주위 사람들과 전혀 다른 춤을 추고 있지만, 그래도 나와 피아는 전력을 다해 댄스를 즐겼다.

주역보다 눈에 띈 점은 반성해야겠지만, 아무튼 이렇게 알베리오와 파멜라의 결혼식은 끝났다.

이틀 후…… 우리는 신혼인 알베리오 부부와 마리나를 데리고, 디네 호수 인근으로 향했다.

파멜라의 말에 따르면 이 장소에는 위험한 마물이 거의 오지 않기 때문에 호수의 먹거리들을 마음껏 채취할 수 있다고 한다.

"흐음…… 꽤 좋은 장소네."

"우후후. 실은 저희 가문만 아는 장소지만, 여러분에게는 알려드려도 괜찮겠죠."

"그거 영광인걸. 그럼 바로 준비를 해볼까."

호쿠토가 끌고 있는 마차를 세운 후, 우리는 실고 온 물건을 내려놓거나, 바위를 이용해 간이 가마를 만들었다.

"저도 요리를 잘하니 도울게요."

"사부님. 저도 도와드릴……."

"손님을 번거롭게 하고 싶지는 않지만, 아무것도 하지 않으며 가만히 있는 것도 좀 그렇겠지. 그럼 저쪽에서 피아와 함께 식재료 확보를 해줘."

준비한 낚싯대를 건네받은 신혼부부는 피아의 설명을 들으며 낚시를 시작했다.

낚싯줄을 드리울 뿐이지만, 두 사람은 어깨를 맞댄 채 즐거워하고 있었다. 아무래도 한동안 내버려 둬도 문제는 없을 것 같았다.

"자아, 불도 준비가 됐으니 시작해볼까."

이런 장소에 와서 캠프를 준비한 것은 신혼인 두 사람을 우리가 나름대로 축하해주고 싶었기 때문이다.

결혼식은 끝났지만, 그건 주위에 자신들의 결혼을 알리는 의식 같은 행사였다.

게다가 이 세계에서는 신혼여행이라는 게 존재하지 않는다.

그래서 두 사람이 느긋하게 즐길 수 있도록, 이런 자리를 마련한 것이다.

게다가…… 할 일도 다했고, 알베리오의 결혼식에도 참석했다.

그러니 슬슬 여행을 떠날 생각이기에, 이건 작별 인사 자리를 겸하고 있다.

뭐, 이런저런 설명을 하기는 했지만 결국은 맛있는 음식을 다 같이 즐겁게 먹자……는 것이다.

요리 준비는 나와 에밀리아와 리스가 맡고, 식재료 조달은 호쿠토와 레우스와 마리나가 맡았다. 그리고 피아는 신혼부부의 접대와 호위를 담당했다.

"결혼을 축하하는 자리인 만큼, 거하게 차려보자."

"웅! 그런데 우리가 뭘 잡으면 될까?"

"일단 빠에야와 이 호수의 생선들을 이용해 전골을 만들 거야. 그리고 너희가 낚은 식재료에 맞춰서 만들까 해."

"얼마나 호화로운 요리를 만들게 될지는 저희 활약에 달려 있는 거군요."

"우리만 믿어! 가자, 마리나!"

"꼭 뛸 필요는…… 하아, 정말. 좀 차분하게 행동하란 말이야."

"멍!"

레우스와 마리나는 작살과 그물을 가지고 호수로 향하더니,

준비해온 나룻배에 탔다.

또한 호쿠토는 호쾌하게 호수에 뛰어들더니, 직접 생선을 잡으러 갔다. 정말 시끌벅적했지만, 알베리오 부부의 낚시를 방해하지 않기 위해 좀 떨어진 곳에서 그런다는 배려심은 잊지 않은 것 같았다.

그 사이에 바비큐용 망을 준비하고, 20인분은 될 듯한 냄비에 다시마 육수를 내고 있을 때, 나룻배를 세우고 작살을 든 레우스의 목소리가 들렸다.

『으음…… 역시 바닥이 보이지 않네. 어쩔 수 없지…….』

『자, 잠깐만?! 갑자기 뭐하려는 거야?!』

그대로 작살을 던질 줄 알았더니, 레우스는 상반신의 옷을 벗으며 호수에 뛰어들려고 했다.

생선보다는 새우나 게 같은 갑각류가 필요하다고 내가 아까 말했으니, 아마 직접 바다에 뛰어들어서 채취할 생각인 것 같았다.

마리나는 호수에 뛰어든 레우스를 보며 어이없어했지만, 그 얼굴에는 상냥함이 어려 있는 것 같았다.

"상의만이라고는 해도 여성 앞에서 느닷없이 옷을 벗는 건 좀 그렇군요. 그나마 마리나가 레우스의 그런 점을 이해하고 있어서 다행이네요."

"그래서 좀 아쉬워."

"예. 저 애라면 저희를 따라올 거라고 생각했는데 말이죠……."

결혼식 다음날, 다 같이 언제 출발할지 이야기를 나누던 우리는 마리나에 대해 언급했다.

이제 알베리오에게 의존하고 있지는 않으니, 우리와 함께 여행을 하자고 권유해보자는 의견이 나왔다. 하지만 레우스가 이미 그런 말을 해본 것 같았다.

마리나는 한동안 고민한 것 같지만, 결국 로마니오에 남겠다고 말한 것 같았다.

"레우스의 좋은 파트너가 될 줄 알았는데…… 아쉬워요."

"그녀가 스스로 정한 거야. 그걸 존중해주자."

그저 오빠와 떨어지기 싫은 게 아니라, 마리나는 마리나 나름의 생각이 있어서 남는 것 같았다.

『푸핫! 마리나, 이거 좀 봐! 이렇게 커다란 집게가 달린 녀석을 잡았어!』

『하아, 정말! 그 집게는 사람의 팔 정도는 간단히 잘라버리니까, 좀 조심해.』

순진무구하고 때때로 폭주하는 레우스를 말려줄 인재가 늘어날 것을 기대했는데, 여러모로 아쉽다.

레우스 일행과 호쿠토의 활약 덕분에 충분한 식재료를 확보했으니, 다음은 요리반인 우리가 나설 차례다.

커다란 생선은 적당한 크기로 잘라서 망에 굽거나, 냄비에 넣어서 익히는 등, 우리는 멋진 팀워크를 선보이며 요리를 만들어갔다.

그리고 모든 요리가 완성되자, 우리는 다 같이 파티를 시작했다.

결혼식 때처럼 화려하지는 않지만, 우리는 이런 소박한 요리를 다 같이 둘러앉아서 즐기는 게 적성에 맞았다.

"이게 빠에야……군요. 쌀이라는 식재료에 어패류의 맛이 배여서 참 맛있어요. 나중에 만드는 법을 가르쳐주지 않겠어요?"

"물론이죠. 저택에 돌아가면 가르쳐드릴게요."

"상대의 마음을 거머쥐고 싶다면, 위장부터 거머쥐라는 말을 들은 적이 있어요. 힘내세요."

"파멜라 씨라면 애정이 잔뜩 들어 있는 요리를 만들 테니까, 한 번에 거머쥘 것 같아."

"어머나! 에밀리아 님과 리스 님은 요리로 시리우스 님의 마음을 움켜잡은 거군요?"

""으음…….""

파멜라가 존경심으로 가득 찬 눈길로 쳐다보자, 에밀리아와 리스는 고개를 슬며시 돌렸다.

"후후, 실은 위장을 잡힌 쪽에 가깝나 보네."

"그런 소리 하지 마."

"참고로 나는 한 3할 정도일걸? 그리고 너의 남자다움과 포용력이 7할 정도를 차지하고 있을 거야."

"그렇게 세세하게 설명하지 않아도 돼."

사실인데…… 하고 중얼거리면서, 피아는 요리를 안주 삼아 와인을 마셨다.

"멍!"

"호쿠토 씨도 형님의 상냥함과 애정에 반했다네."

"쓰다듬어 주기를 바란다면, 솔직하게 말해."

"크응……."

"나는 시리우스 님의 모든 면에 반했어요!"

"알았어. 쓰다듬어 줄 테니까 잠시만 기다려."

그리고 준비된 식사를 전부 먹어치운 후, 나는 어젯밤에 준비한 케이크를 마차에서 꺼냈다.

결혼식 때 준비해줄까도 했지만, 이 세계에는 케이크에 집착하는 사람이 많기 때문에 관뒀다. 엘리시온에서처럼 가르간 상회에 떠넘길 수도 없으니까 말이다.

제자들만이 아니라 이미 케이크를 먹어본 적이 있는 다른 이들도 눈을 반짝이는 가운데, 에밀리아가 케이크를 잘라서 나눠 줬다.

"알. 네 몫이 좀 크지 않아? 나와 바꾸자."

"으음…… 똑같은 것 같은데 말이야."

"다르다고. 이쪽의 크림이라든가, 토핑이 다르잖아."

"너 정말…… 어린애 같은 소리 하지 마! 그리고 오라버니가 이 자리의 주역이니까 좀 참으란 말이야!"

"그것도 그렇네. 그럼 마리나도 나보다 큰 것 같으니까, 교환……."

"싫어. 아, 그래도 케이크에 토핑된 과일을 준다면, 이 부분을 줄 수도 있어."

"잠깐만, 그건 너무 작잖아. 과일과 바꿀 거면 이 정도는 줘야지.”

“안 돼. 나도 정말 고대했단 말이야.”

결혼식 이후로 많이 가까워진 이 두 사람을, 우리는 흐뭇한 표정으로 쳐다보았다.

 마리나

『마리나는 고생을 많이 했구나. 하지만 말이야. 그렇다면 더욱 강해져야 해.』

『전에 마리나도 강해져야만 한다고 내가 말했지? 그건 마음이 강해져야 한다는 말이야. 한심한 걸 가지고 고민할 바에야, 최선을 다해 너에게 주어진 상황을 뒤집어.』

『그러니까 마음도 강해져서, 포기하지 않으면 돼. 적어도, 알을 위해 최선을 다하는 너를 나쁘게 말하는 녀석은 없을 테고, 만약 있다면 그건 단순한 멍청이야. 그러니까 신경 쓰지 말고 최선을 다하면 돼.』

뭐랄까…… 저 녀석다운 우직한 말이라는 생각이 들었다.

내 고민을 전혀 개의치 않는 듯한 발언이지만, 적어도 나는 그 말을 듣고 구원받았다.

꼬리가 여러 개인 사람이 날뛰었다는 것은 전설에 지나지 않는다.

과거는 과거이며, 나는 나라는 것을…… 그 녀석이 가르쳐줬다.

그런 것을 깨닫기 위해, 나는 대체 얼마나 고민한 걸까.

실제로 로마니오와 파라드를 마물 무리가 덮친 그 날부터…… 나를 향한 주위의 시선이 약간 달라졌다.

나는 그저 오라버니를 구하기 위해, 그리고 홀로 남겨지지 않기 위해 필사적으로 따라갔을 뿐인데, 많은 이들이 나에게 감사했다.

마물의 눈길을 돌리기 위해 내가 만들어낸 환영 덕분에 목숨을 부지한 사람이 잔뜩 있는 것 같았다. 꼬리가 세 개라는 것을 숨기지도 않았는데 말이다.

그리고 나는 이해했다.

꼬리가 세 개라는 것은 아무것도 아니다.

꼬리를 두려워하는 건, 남들이 아니라…… 나인 것이다.

그리고 내가 레우스에게 댄스를 신청해서 함께 춘 후, 우리는 발코니로 향했다.

달빛이 쏟아지는 발코니에는 아무도 없었으며, 지금은 단둘뿐이라고 생각하니 갑자기 가슴이 뜨거워졌다.

마치 연인 사이…… 아니, 이 생각을 더 하는 건 좋지 않을 테니 관둬야겠다.

"우리, 엄청나게 주목받았네. 깜짝 놀랐어."

……응. 예상은 했지만, 레우스는 평소와 마찬가지야.

단둘인데도 딱히 개의치 않고 있는 레우스를 보며 한숨을 내쉰 나는 그의 등을 가볍게 두드리며 나란히 섰다.

"주목을 받는 게 당연하잖아? 지금의 너는 로마니오의 영웅이니까 말이야."

"영웅이라 불리니 멋쩍네. 그것보다 아까는 고마웠어. 마리나는 나를 구해준 거지?"

"……네가 너무 한심해서 그런 거야."

내 알몸을 보고 칭찬하더니, 여성에게 둘러싸여 히죽거리는 건 고사하고 당황하기나 하는…… 이상한 녀석이다.

게다가 오라버니에 비하면 침착하지 못한 데다 남의 마음속에 서슴없이 들어서는 뻔뻔함 때문에 몇 번이나 얼이 나갔다.

하지만 어느새 나는 그와…… 레우스와 함께 있는 것을 즐거워하게 됐다.

같은 또래 남자애와 이렇게 말다툼을 한 건 처음이다.

레우스가 내 꼬리를 개의치 않으며, 어린애처럼 구김 없는 미소를 지으며 말을 걸어주는 게 기뻤다.

그리고…… 인정하고 싶지는 않지만, 오라버니를 위해 싸우는 그 용맹한 모습에 반했다.

그래서 레우스가 귀족 여자애들에게 둘러싸여 있는 게 싫었고, 정신을 차려보니 그에게 댄스를 신청했다.

실은 그 전…… 귀족 남성들에게 권유를 받을 때 구해주고 싶었지만, 나는 그 분위기에 압도당한 나머지 좀처럼 나서지 못했다.

다음에는 꼭…….

"꽤 잘 추기는 하던데 아직 멀었어. 발이 몇 번이나 엉켰잖아."

"댄스를 배우기는 했는데, 오래간만이거든. 하지만 마리나와 추니 꽤나 즐거웠어."

"그랬구나. 나도 즐거웠어."

그 후, 우리는 별것 아닌 이야기를 나눴다.

아까 댄스를 비롯해, 마물 대군과 싸우고, 호쿠토 씨의 등에 탄 것까지…… 내용은 점점 과거로 거슬러 올라가고 있었다.

그리고 오라버니가 시리우스 씨의 제자가 되려 했을 때의 이야기를 하던 즈음, 레우스는 문뜩 생각난 것처럼 손뼉을 쳤다.

"전부터 하려던 이야기인데, 마리나도 우리와 함께 여행을 하지 않을래?"

"내가 말이야?"

"그래. 마리나라면, 형님과 누나들도 환영할 거야."

"레우스는…… 내가 그러기를 바라는 거야?"

"나? 으음, 마리나와 함께 있으면 즐겁거든. 네가 우리와 같이 여행을 해준다면 기쁠 거야."

으으…… 뭐야. 그렇게 환한 미소를 짓는 건 반칙이잖아.

솔직히 말하자면, 레우스 일행과 함께 여행을 하는 것도 나쁘지 않다는 생각이 들었다.

왜냐하면, 나는 이 꼬리 탓에 기피 대상이 되고 있고, 오라버니에게는 이제 언니가 있다. 게다가 로마니오의 차기 당주가 된 오라버니는 나를 신경 써줄 여유가 없을 정도로 바쁠 것이다.

레우스 일행과 함께라면 마음 놓고 여행을 즐길 수 있을 것이기에, 이 제안을 받고 정말 기뻤다.

하지만…….

"그런 말을 해줘서 고마워. 하지만…… 미안해. 나는 관둘래."

나는 체력과 마력이 뛰어난 편이 아니며, 특기인 환술도 만능은 아니다.

게다가 레우스와 오라버니가 그 괴물과 싸우고 있을 때, 나는 두려움에 떨면서 아무것도 못 했다. 마지막에 마법을 날린 것도, 레우스가 말을 걸어준 덕분이다.

지금의 나는 다른 이들의 발목만 잡을 것이다.

"왜야? 형님이라면 내가 설득하겠어."

"보호받기만 해선, 이전과 다를 게 없잖아."

거절한 이유는 그것만이 아니다.

아까 레우스가 귀족들에게 둘러싸여 난처해하는 모습을 보면서 생각한 게 있다.

"그러니까 나는…… 이곳에서 강해질 거야. 이제부터도 당당히 꼬리를 드러내며, 오라버니의 버팀목이 될 수 있도록 마음을 단련하고 싶어."

레우스는 확실히 강하지만, 예의를 차려야 하는 상황에서의 대처법과 머리를 써야 하는 줄다리기에서는 능숙하지 못했다.

이대로 여행을 계속한다면, 이번처럼 권유를 받는 일이 몇 번이나 일어날 것이며, 레우스 본인도 모르는 사이에 속는 일도 벌어질지도 모른다.

시리우스 씨와 언니들이 항상 곁에 있어준다는 보장도 없으니…….

"내가 강해진 다음, 레우스를 대신에 귀족들과 교섭을 해줄게."

"그럼 형님이 전에 말했던 비서 같은 게 되어주겠다는 거야? 그거 든든하네. 하지만 여기서만 강해질 수 있는 건 아니잖아?"

"이제부터 오라버니는 당주 교육을 시작해야 하니까, 나도 그런 오라버니의 곁에서 배울 생각이야. 그리고 오라버니에게 보답하고 싶거든."

언니는 저래 봬도, 적으로 여기는 상대나 불합리한 요구를 하는 상대의 말은 딱 잘라 거절한다.

미소를 지으며 상대를 주저 없이 내치는 그 비정함을, 나는 배울 생각이다.

그리고 오라버니에게 충분히 보답을 한 후, 나는 레우스와 함께 하고 할 생각이다.

저 녀석은 강해질 생각뿐이니, 내가 그의 부족한 부분을 보완해주고 싶나.

나는 그런 결의를 굳혔지만, 중요한 점이 하나 있다.

"저, 저기, 에밀리아 씨와 리스 씨에게 들은 건데 말이야. 너는 장래를 약속한 여자애가 있다며……?"

결혼을 할지는 모르지만, 그 애는 분명 레우스를 진심으로 마음에 두고 있을 것이다.

그런 애와 레우스의 사이에 내가 멋대로 끼어드는 것은 사례가 아닐까 하는 생각이 들어서 물어본 거지만, 레우스는 난처한 표정을 지으며 머리를 긁적였다.

305

"아…… 잘은 모르겠지만, 어느새 그렇게 된 것 같아."

"그 애를 좋아하지는 않는 거야?"

"으음…… 나는 아직 사랑이 어떤 건지 모르거든. 하지만 노와르를 울리고 싶지는 않고, 소중히 여기고 싶은 걸 보면…… 좋아하기는 하는 것 같아."

"예상했던 것보다 더 복잡한 사이네. 뭐, 서두르지 않아도……."

"그렇게 보면, 마리나를 상대로도 같은 감정이 느껴져. 응. 즉, 나는 마리나도 좋아하나 봐."

"……뭐?"

이건 혹시 고백……인 걸까?

그런데 레우스는 평소와 다름없다고나 할까, 납득을 한 것처럼 몇 번이나 고개를 끄덕이며…….

"마리나는 어린애가 아니고, 내 가족도 아냐. 그러니까, 형님이나 누나처럼 이성으로서 좋아하는 걸 거야."

이성으로서…….

그 말을 들은 순간, 몸 안이 뜨거워지며 얼굴이 새빨갛게 달아오르는 것이 느껴졌다.

"아…… 아하하. 농담……이지?"

당황한 나는 반사적으로 그렇게 말하는 게 한계였다.

하지만 레우스는 고개를 갸웃거리면서…….

"농담이 아니거든? 중요한 점은 솔직하게 전해야 한다고, 형님이 말했거든."

레우스는 전혀 부끄러워하지 않으며, 나를 향해 미소 지었다.

왜…… 왜 이 녀석은 이렇게 솔직하게 말을 하는 거냔 말이야!

"그러니까, 나는 마리나의 결정을 응원할게. 그리고 강해진다면, 내 비서를 맡아줘!"

아아…… 큰일 났다.

짧은 기간 동안 같이 지냈지만, 나는 레우스의 성격을 파악했기에 알 수 있다.

레우스는 내 마음을 완전히 이해하고 있는 게 아니라는 것을 말이다.

이대로 있다간, 나는 자기 비서가 되어줄 여자라고 생각하며 납득할 것 같은 느낌이 들어!

내 마음을 솔직하게 전해야………… 하아, 정말!

"레, 레우스!"

"응? 어, 어이?!"

"우, 움직이면 안 돼!"

"우, 움직이지 말라니…… 움직이고 싶어도 그럴 수가 없다고."

"입도 다물어!"

"으, 응!"

힘 조절 같은 걸 생각할 여유가 없었던 나는 레우스의 얼굴을 힘껏 움켜쥐며…….

─────── 시리우스 ───────

마물에게 습격을 받고 며칠 후, 나는 호쿠토와 에밀리아를 데리고 로마니오에 있는 어느 저택으로 향했다.

레우스는 아침부터 모험가 길드에 혼자 의뢰를 맡으러 갔으며, 리스와 피아는 로마니오의 마을에서 쇼핑을 하고 있다.

"……온 것 같군. 마음껏 조사하게."

"그럼 실례하겠습니다."

이곳은 알베리오와 시비가 붙었던 귀족의 저택이며, 이곳의 당주는 지친 표정으로 우리를 맞이했다.

그리고 저택 안에 있는 창고로 안내해준 당주는 건물 안을 조사하고 있는 우리에게 당시 상황을 설명해줬다.

"이곳에서 무슨 일이 있었는지는 물론이고, 상대의 얼굴도 생각이 안 나. 기억하는 건 이 창고를 내줬던 것과 상대가 여자라는 것뿐이지."

"그렇군요. 그럼 좀 더 조사해보겠습니다."

이곳에 온 것은 눈앞에 있는 귀족을 속이고, 기억을 지운 여자의 흔적을 찾기 위해서다.

내 예상으로는, 그 여자가 마물 무리를 이끌던 키메라를 만든 범인이라는 생각이 들었다. 하지만 주위에서는 귀족들을 세뇌해서 많은 이들을 혼란에 빠뜨린 죄인 정도로 여기고 있다.

마물이 무리지어 몰려온 원흉이 그 여자일 가능성이 높다고 가르쳐줘도 되겠지만, 그것은 어디까지나 내 예상에 불과했다.

그리고 증거가 될 키메라 사체도 완전히 태워버렸기 때문에 함부로 입을 놀리지 않기로 했다.

결국 키메라에 관해서는 아무것도 알지 못하기에, 돌연변이에 의해 발생한 마물이라고 여겨지고 있었다.

그리고 그 수상한 여자는 귀족을 함정에 빠뜨린 죄인으로서 로마니오와 파라드 측으로부터 지명수배를 받고 있으니, 이곳에 돌아올 일은 없으리라.

혹시 모르니 알베리오에게만 내 생각을 알려주며 조심하라고 충고를 해뒀다.

"마법진 흔적은…… 없군."

"지극히 평범한 창고군요."

그리고 나는 알베리오를 통해, 로마니오의 당주에게서 그 여자에 대한 조사 허가를 받았다.

하지만 조사를 해봐도 수상한 것은 하나도 발견되지 않았다. 원래 이 창고에 있던 물건을 옆으로 치워뒀을 뿐, 수상한 물건은 보이지 않았다.

이런 곳에서 키메라를 만들었을 것 같지는 않지만…….

"……멍!"

"시리우스 님이 사전에 알려주신 대로군요. 다양한 냄새가 뒤섞여서 알기 힘들지만, 희미하게 피 냄새가 난다고 호쿠토 씨가 말하셨어요."

백랑을 개 취급하는 것 같아서 좀 그렇지만, 역시 개의 후각을 속이지 못하는 것 같았다. 물론 은랑족인 에밀리아와 레우스도 후각이 뛰어나지만, 역시 호쿠토에게는 못 미치는 것 같았다.

그대로 냄새를 맡으며 주위를 둘러보던 호쿠토는 창고 한편에 서서 짖었다.

"멍!"

"저곳이 피 냄새가 가장 진하게 난다는군요. 저도 이 만큼이나 다가가니, 희미하게 느껴져요."

"어디……."

바닥에 손을 대고 '스캔'을 써봤지만, 이 밑에는 공간이 존재하지 않았다. 즉, 흙과 돌의 반응만 느껴지지만, 흙이 파냈다가 다시 채운 듯한 위화감이 느껴졌다. 원래 지하가 존재했지만, 최근에 묻은 것이다.

"하지만, 이제 와서 다시 파도……."

마석을 써서 지하를 팔 수 있지만, 흙이 뒤섞였으니 증거는 전부 손상되었을 것이다.

전생처럼 과학에 의한 증명도 무리일 테고, 애초에 이렇게 증거인멸에 신경 쓸 녀석이 눈에 띄는 증거를 남겨뒀을 리가 없다.

아무래도 포기할 수밖에 없을 것 같았다.

"어떤가. 뭔가 찾았나?"

"아뇨…… 유감스럽게도 못 찾았습니다. 그래도 혹시 모르니 이 창고는 박살 내버리는 편이 좋을지도 모르겠군요."

"흥. 원래 그럴 생각이었다. 이렇게 기억이 나지 않으니 기분 나쁘거든. 깨끗하게 밀어버린 후, 다른 건물을 지을 거다!"

그리고 분하다는 듯한 표정을 지은 그 귀족과 헤어진 후, 우리는 알베리오가 사는 당주의 저택으로 돌아갔다.

"……알았습니다. 수상한 행동을 보이는 자가 있으면 조심하도록 하죠."

"이제 오지 않을 거라고 생각하지만, 지금은 그것만으로 충분하겠지. 그런데…… 괜찮아?"

알베리오에게 결과를 보고하러 가보니, 그는 당주의 저택에 있는 집무실에서 차기 당주에게 필요한 지식을 익히고 있었다.

수많은 자료를 보느라 머리에 열이라도 나기 시작한 건지, 책과 서류가 가득 쌓인 책상에 넙죽 엎드려서 크게 한숨을 내쉬고 있었다.

"아뇨. 저한테는 필요한 지식이니까요. 조금이라도 더 공부를 해야……."

"서방님. 차가 준비됐습니다."

당주의 저택이라면 이런 시중을 드는 고용인이 있겠지만, 알베리오의 차는 아내인 파멜라가 준비하는 것 같았다.

같이 준비해온 우리 몫의 차를 마시고 있을 때, 파멜라는 옆 책상에 앉아 알베리오와 같은 상태가 되어 있는 마리나에게 컵을 내밀었다.

"하아…… 고마워요, 언니."

"무리하지 마렴, 마리나. 자아, 사랑하는 레우스 군도 곧 돌아올 테니까, 좀 쉬면서 몸가짐을 단정하게 하는 게 어떠니?"

"언니! 레우스와 저는 그런 사이가…… 그, 그리고 레우스는 길드에 의뢰를 받으러 갔으니까, 아직 돌아오지 않을 거예요!"

알베리오와 같은 지식을 배며 교섭술을 익힌 후, 레우스 전속 비서가 되고 싶다는 마리나도 오빠와 함께 공부를 하고 있었다.

레우스의 힘을 이용하려 하거나 속이려 하는 자들을 간파하고, 레우스의 부족한 부분을 메워줄 수 있는 어엿한 여성이 되기 위해 공부하고 있는 것이다.

알베리오와 파멜라의 결혼식 날, 귀족에게 권유를 받으며 난처해하던 레우스를 본 게 이런 생각을 하게 된 계기 같았다.

레우스를 위한 일이라고 말할 때의 반응을 보면 단순히 비서가 되고 싶은 게 아닌 것 같았다. 노엘의 딸인 노와르와 마찬가지로, 레우스를 마음에 둔 것 같았다.

어느새 레우스를 이름으로 부르게 된 것을 보면, 저 두 사람은 순조롭게 가까워지고 있는 것 같았다.

그 후, 우리는 알베리오 일행과 함께 홍차를 마시며 휴식을 취했다.

호쿠토는 내 발치에 드러누워 있고, 에밀리아는 파멜라에게 홍차를 끓이는 방식을 가르쳐주고 있으며, 알베리오와 마리나는 눈을 감은 채 쉬고 있다.

그래서 할 일이 없는 내가 근처에 있던 자료를 살펴봤다.

"과거의 수지 보고서와 인심장악술……. 자료는 풍부한 것 같군."

한동안 자료를 읽어보던 나는 도중에 몇 가지 눈치챈 점이 있다.

과거의 보고서를 읽어보며 당주에게 필요한 능력을 배우는 건 좋지만, 읽어보니 신경 쓰이는 부분이 많았다.

전생의 파트너는 조직의 사령탑이기도 했기 때문에, 제왕학 등에 매우 정통했다. 그런 파트너와 함께 일을 하다 보니 나도 자연스레 그런 부분을 배우게 됐고, 서류상의 위화감이나 부족한 부분을 눈치챌 수 있게 됐다.

자료를 읽을수록 내 표정이 굳어지자, 홍차를 마시기 위해 눈을 뜬 알베리오와 마리나가 나를 쳐다보았다.

"사부님? 왜 그러십니까?"

"딱히 이상한 내용은 아니었는데……."

"……좀 신경 쓰이는 점이 있어서 말이야. 질문 좀 해도 될까?"

남매가 들고 있는 자료를 쳐다보자, 나는 그대로 보충설명을 했다.

좀 더 효율적인 계신법, 상대의 미음을 움켜쥐고 뜻대로 유도하는 인심장악술의 또 다른 접근법, 그리고 마리나가 가장 알고 싶어 할, 교섭술에서 써먹을 수 있는 대화법을 몇 개 가르쳐줬다.

"……그런 느낌으로, 상대의 의도에 넘어가서 일망타진하는 방법도 있어. 상대의 정보와 병력을 파악하고 있다는 가정하에서 말이지."

최종적으로는 지휘관의 마음가짐과 전술에 관해서까지 이야기하자, 남매는 흥미로워하면서 내 이야기에 귀를 기울였다.

이렇게까지 설명한 내가 할 말은 아니지만, 이래서야 저 두 사람에게 휴식이 안 될 것 같은 느낌이 들었다.

"뭐…… 문득 생각나는 건 이 정도일까. 그것보다 너희는 좀 제대로 쉬는 게 어때?"

"괜찮습니다. 이야기를 듣기만 하니 딱히 부담이 안 되거든요."

"저도 마찬가지예요. 시리우스 씨의 이야기는 정말 공부가 되거든요."

"게다가…… 사부님은 곧 여행을 떠나실 예정이죠? 그 전에 조금이라도 더 가르침을 받고 싶습니다."

알베리오가 약간 쓸쓸한 표정을 짓자, 마리나도 풀이 죽었다. 우리가 없어진다는 것은 레우스도 사라진다는 것을 뜻하니까 말이다.

제대로 서로의 마음을 확인한 적은 없지만, 연인이나 다름없는 존재와 헤어지는 게 분명 싫을 것이다.

침묵이 방 안을 가득 채운 가운데, 파멜라가 분위기를 바꾸려는 듯이 가볍게 손을 흔들면서 입을 열었다.

"맞다. 시리우스 님, 언제 출발할지 정하셨나요?"

"그래……. 2, 3일 후에는 떠날 예정이야."

"괜찮다면, 내일도 여기서 저희를 가르쳐주시지 않겠어요?"

"관둬, 파멜라. 사부님도 여행 준비 때문에 바쁘실 텐데, 그런 부탁을……."

다음 목적지는 꽤 멀며, 경우에 따라서는 보급도 어려울 수 있는 장소다. 그래서 모레까지 필요한 물자를 전부 산 다음, 보존 식량으로 만들어둬야 한다.

하지만 지금은 다른 사람도 충분히 할 수 있는 작업이며, 틈틈이 공부를 가르쳐주는 것 정도는 딱히 문제될 게 없다. 실은 원래부터 그럴 생각이었다.

"아니, 괜찮아. 오늘은 해야 할 작업이 있으니 돌아가겠지만, 내일은 아침에 얼굴을 비출게."

"사부님…… 감사합니다."

"저도 감사드려요. 보수는 어떻게 하시겠어요?"

"보수……."

많은 희생자가 발생했을 키메라를 토벌한 포상금을 파라드와 로마니오 양쪽에서 받았기 때문에, 이미 자금 면에서는 윤택했다.

그러니 무료로 해줄 수도 있지만, 그래선 알베리오와 마리나도 납득하지 못할 것이다.

적당한 게 없나 싶어서 생각하고 있을 때, 이 방의 문 쪽에서 노크 소리와 함께 이 저택 고용인의 목소리가 들려왔다.

"아가씨. 레우스 님께서 오셨습니다."

"그럼 이곳으로 안내해줘."

"읔?!"

레우스가 왔다는 것을 안 마리나의 여우귀와 꼬리 세 개가 쫑긋 서더니, 허둥지둥 흐트러진 머리카락을 손질하기 시작했다.

그 속내가 뻔히 드러나는 모습을 보며 미소를 짓고 있을 때, 레우스가 문을 열며 안으로 들어왔다.

"실례합니다…… 어, 형님? 형님이 왜 여기 있는 거야?"

"아침에 말했던 조사가 끝나서 보고를 하려고 말이야. 너야말로 무슨 일로 여기에 들린 거야?"

"마리나에게 볼일이 있거든. 알, 마리나 좀 빌려도 돼?"

"그건 괜찮은데……."

알베리오가 고개를 갸웃거리는 가운데, 레우스는 마리나의 앞으로 걸어가며 미소를 지었다.

"마리나, 공부는 좀 어때?"

"으, 으음…… 이제 막 시작해서 아직 모르는 거 투성이야. 그것보다 나한테 무슨 볼일이야?"

"실은 너한테 줄 게 있거든. 손 좀 내밀어볼래?"

"……이렇게 말이야?"

마리나는 시선을 돌리며 볼을 붉히더니, 레우스의 말에 고개를 끄덕이며 오른손을 내밀었다.

그러자 레우스는 호주머니에서 아름답게 장식된 펜던트를 꺼내서 마리나의 손 위에 올려놓았다.

"……어?! 이건, 설마……."

"어제 마을에서 마리나에게 줄 선물을 찾아봤는데, 좋아하는 사람에게 주는 돌이라는 게 있다는 이야기를 들었거든."

그것은 디네 호수에 서식하는 생선 마물이 만들어내는, 붉은색 보석이다.

웬만한 보석보다 가치가 있기에 이 마을에서 매우 인기가 있지만, 그 마물은 경계심이 엄청나서 손에 넣기 힘들다고 한다.

아침부터 혼자서 모험가 길드에 간 것은, 이 보석을 얻기 위해서였던 건가.

"물 안이라 힘들기는 했지만, 어찌어찌 의뢰를 달성했어. 그리고 보수 대신에 그 보석을 받은 거야. 그리고 여기에 오는 길에 가게에 들러서 펜던트로 만들었어. 자아, 마리나에게 줄게."

"하, 하지만, 이건⋯⋯."

"좋아하는 사람에게 선물을 하는 건 당연한 일이잖아? 사양하지 말고 받아줘."

레우스는 평소처럼 순수한 미소를 짓고 있지만, 마리나는 얼굴을 붉힌 채 고개를 숙이고 있었다.

좋아하는 사람에게 선물을 받았다고 해도, 반응이 좀 격한 것 같다.

그저 이런 일에 익숙하지 않기 때문⋯⋯이라고 생각하며 내가 고개를 갸웃거리고 있을 때, 알베리오가 몰래 귓속말을 했다.

아무래도 저 보석은 연인에게 주는 선물일 뿐만 아니라, 로마니오와 파라드에서는 프러포즈 선물로서도 쓰이는 것 같았다.

레우스는 그것을⋯⋯ 알 리가 없지.

뭐, 지금의 레우스라면 그걸 알더라도 아무렇지 않게 건네줄 것 같으니, 지금은 아무 말도 하지 않으며 그냥 지켜보기로 했다.

고개를 숙인 채 보석을 만지작거리던 마리나는 곧 고개를 들더니, 환한 미소를 지으며 펜던트를 움켜쥐었다.

"⋯⋯고마워."

"끈의 길이는 대충 맞췄거든. 맞는지 확인하게 한 번 걸어봐."

"그래. 으음⋯⋯ 괜찮은 것 같아. 어울려?"

"응. 마리나한테는 빨간색이 잘 어울린다니깐!"

마리나는 꼬리 세 개를 동시에 흔들면서 행복하다는 듯이 배시시 웃었다.

음…… 이성에게 관심이 없던 레우스가 이렇게 솔직하게 행동할 줄이야.

"보수는 결정됐군."

"아, 죄송합니다. 그러고 보니 이야기 도중이었죠. 그럼 뭘 원하십니까?"

"그럼 다음에 이 마을에 왔을 때, 마리나를 레우스의 반려자로 삼고 싶어. 물론 두 사람이 동의를 했을 때 말이지."

"어머나, 참 좋은 생각이에요. 서방님은 어떻게 생각하세요?"

"응……. 나도 좋아."

마리나가 평소에 이런 말을 들었다면 발끈했겠지만, 레우스의 선물에 정신이 팔려서 방금 그 말을 듣지 못한 것 같았다.

자세한 이야기는 재회했을 때 하기로 하고, 지금은 간단한 구두약속만으로 충분할 것이다.

한마음 한 뜻인 우리는 환하게 미소 짓고 있는 두 사람을 상냥한 눈길로 응시했다.

우리는 휴식을 마치고 공부를 다시 시작한 두 사람에게 방해가 되지 않도록 저택을 나섰다.

여관으로 돌아가고 있을 때, 기분이 좋은 듯이 앞장서서 걷고 있는 레우스의 뒷모습을 지켜보던 나와 에밀리아는 마치 짜기

라도 한 것처럼 서로를 쳐다보며 미소 지었다.

"정신적으로, 그리고 남자로서 크게 성장한 것 같은걸."

"예. 누나로서, 저 아이의 걱정거리가 하나 줄어서 기뻐요."

"응? 형님, 누나. 방금 무슨 말 했어?"

"아, 레우스도 성장했다는 생각했을 뿐이야."

"그래?"

"그런데 레우스. 마리나에게 그걸 건네준 건 좋지만, 노와르는 어떻게 할 생각이죠?"

에밀리아가 다른 대륙에 있는 노와르를 언급하자, 레우스는 여전히 미소를 머금은 채 마리나에게 건네준 것과 똑같은 펜던트를 꺼내서 보여줬다.

"헤헤……. 자아, 노와르 거도 준비해뒀어."

"흐흑…… 시리우스 님. 저 애가…… 저 애가 이렇게…… 성장을……."

"음. 에밀리아, 네 마음은 충분히 이해해. 그리고 레우스. 메리페스트에 있는 노와르에게 그 펜던트를 어떻게 건네줄 거지?"

"…………어쩌면 좋을까?"

우리는 아직 메리페스트 대륙에 돌아갈 예정이 없다.

적어도 1년 동안은 돌아갈 생각이 없으며, 짐을 보내더라도 노와르가 사는 마을은 너무 멀다. 게다가 신뢰할 수 없는 상대에게 부탁을 했다간 도둑맞거나 분실될 가능성도 있는 것이다.

평범하게 생각해보면, 노와르와 재회할 때까지 펜던트를 꼭 가지고 다니는 편이 좋겠지만…….

"네 용기를 봐서, 내가 지혜를 빌려주지. 내일까지 노와르에게 보내는 편지를 써둬. 확신은 없지만, 노와르에게 전달할 수 있을지도 몰라."

"오오! 알았어, 형님! 그럼 노엘 누나와 디 형님 앞으로도 편지를 쓸래!"

"저도 쓸게요. 후후…… 레우스가 선물을 보내면, 언니도 참 놀라겠죠."

이 세계에서 가장 신뢰할 수 있는 장사꾼은 가르간 상회 사람들이다.

그리고 그 가르간 상회가 일전에 미라교 사건이 일어났던 포니아 주변의 항구 마을에 지점을 낸다는 정보를 입수했다.

거기까지 편지와 짐을 보낸다면, 노엘 가족이 사는 마을까지 보내줄지도 모른다.

"그럼 일단 돌아가도록 할까요. 곧장 향한다면, 여기로 올 때 걸렸던 시간의 절반이면 도착할 수 있겠죠?"

"모두가 다 돌아갈 필요는 없어. 호쿠토."

"멍!"

호쿠토가 전력으로 달린다면, 하루 안에 왕복할 수 있을 것이다.

도로를 따라가는 게 아니라, 강과 산을 건너며 일직선으로 나아갈 테니까 말이다.

"부탁해도 될까?"

"멍!"

"고마워. 오늘은 빗질을 실컷 해줄게."

"크응……."

가장 고생을 하게 된 호쿠토에게 설명을 해주자, 자기한테 맡기라는 듯이 낮은 웃음소리를 흘렸다.

만약 가르간 상회의 사람이 없다면, 좀 아쉽지만 가지고 돌아오면 된다. 호쿠토의 지능이라면 그 정도 임기응변은 가능할 것이기에, 마음 놓고 맡길 수 있다.

편지 내용을 가지고 즐겁게 이야기를 나누고 있는 남매와 몸을 비비는 호쿠토의 머리를 쓰다듬어 주며, 우리는 숙소를 향해 걸어갔다.

여행 준비를 하면서 알베리오와 마리나를 가르치며 며칠을 보낸 후…… 드디어 여행을 떠나는 날이 왔다.

다음 목적지의 위치상, 우리는 파라드 마을에서 출발을 하기로 했다. 그러자 알베리오 일가 전원이 우리를 마중하러 왔다.

"레우스…… 너를 만나서 정말 다행이야."

"나도 마찬가지야. 마을의 당주가 되었으니 고생이 많겠지만, 힘내라고!"

오늘까지 많은 대화를 나눴기에, 작별 인사는 짤막했다.

서로의 우정을 확인하듯, 두 사람은 굳은 악수를 나눴다.

"여러모로 감사했어요. 여러분이 가르쳐준 기술은 절대 헛되이 하지 않을게요."

"예. 알베리오와 행복해지세요."

"홍차를 끓일 때 가장 중요한 건 애정이랍니다. 노력을 게을리하지 마세요."

"아이가 생기면 모두가 행복해지니까, 그쪽으로도 힘내."

여자들은 남자들이 끼어들기 힘든 화제로 이야기를 나누고 있었다.

조금 떨어진 곳을 쳐다보고 있을 때, 레우스와 작별 인사를 마친 알베리오가 나에게 악수를 청했다.

가르쳐야 할 것은 전부 가르쳤기에, 할 이야기는 딱히 없다.

"자기 자신의 신념을 잊지 마."

"예! 사부님의 무사평안을 빕니다. 다시 로마니오를 찾아주시는 날을 아내, 그리고 마리나와 함께 기다리겠습니다!"

그리고 마리나는 레우스의 눈앞에 선 채 딱딱하게 굳어 있었다. 무슨 말을 하면 좋을지 감이 오지 않는 것 같았다.

이럴 때야말로 레우스가 말을 걸어야겠지만, 그도 이런 쪽으로는 경험이 부족한 탓에 머리를 긁적이며 생각에 잠겨 있었다.

"아…… 저기…… 말이야. 잘 지내."

"……응. 레우스야말로……."

어느새 주위의 시선이 레우스와 마리나에게 몰렸지만, 두 사람은 그걸 눈치채지 못할 만큼 눈앞에 있는 상대에게 집중하고 있는 것 같았다.

노엘과 디 정도는 아니지만, 이 두 사람도 자기들만의 세계를 만드는 타입 같았다.

"휴우…… 안 되겠네. 역시 너는 말보다 행동이 어울려."

그리고 크게 숨을 내쉰 마리나는 레우스의 품속에 뛰어들면서 그의 목을 깨물었다.

물론 상대가 아프지 않게 살며시 깨물었으며, 곧 레우스의 목에서 입을 뗀 마리나는 부끄러움을 감추려는 듯이 포옹을 한 채 그의 귓가에 속삭였다.

"이, 입맞춤을 남들 앞에서 하는 건 부끄러우니까, 이 정도로 봐줘. 그래도…… 되, 지?"

"응. 마리나의 마음은 충분히 전해졌어. 이럴 때 무슨 말을 해야 하는 건지 모르겠지만, 아무튼 기뻐."

"다행이야. 나는 너를 보필할 수 있을 만큼 강해질 테니까, 꼭 데리러 와줘."

"응. 꼭 너를 데리러 올게."

"야, 약속한 거야! 너무 오래 기다리게 했다간…… 아야야얏?! 자, 잠깐만! 너무 세게 물지 마!"

"아, 미안해. 그래도 이래야 내 마음이 전해지지 않겠어?"

세게 물수록 깊은 애정이 담겨 있다는 건 알지만…… 역시 레우스는 마무리가 어설펐다.

그리고 많은 사람들에게 배웅을 받으면서 파라드를 떠난 우리는 마차를 타고 길을 따라 천천히 나아갔다.

레우스는 오늘 많은 생각이 드는 건지, 평소처럼 뛰지 않고 마차 뒤편에 앉아서 멍하니 파라드 쪽을 쳐다보고 있었다.

"……레우스, 괜찮아?"

"응? 나는 괜찮아. 걱정 끼쳐서 미안해."

"친구만이 아니라 연인과도 헤어졌잖아. 이야기해도 마음이 풀릴 리가 없지만, 그래도 지나치게 생각하지는 마."

"알아. 그래도 노엘 누나나 디 형과 헤어졌을 때와는 완전히 다르네……."

레우스는 그렇게 말하더니, 고개를 들면서 하늘을 올려다보았다.

여러모로 쓸쓸하기는 하겠지만, 너는 우리와 함께 하는 길을 선택했어. 아무리 쓸쓸하더라도, 선택한 길을 따라 나아갈 수밖에 없다.

무슨 이야기를 할지 생각하고 있을 때, 레우스가 자리에서 일어나더니 무기를 뽑아 들었다.

"……응. 그 두 사람과는 언제든 만날 수 있으니까, 이렇게 의기소침할 때가 아냐. 마리나도 노력하고 있으니까, 나도 노력해야 해."

응. 그래야 레우스지.

자력으로 답을 찾아내며 몸을 일으킨 레우스는 마차에서 뛰어내리며 평소처럼 훈련을 시작했다.

"형님! 내가 정찰을 하고 올게!"

그리고 넘치는 힘을 유감없이 발휘하며 앞장서서 달려가는 레우스의 등을 쳐다보고 있을 때, 내 옆에 있던 에밀리아가 땅이 꺼져라 한숨을 내쉬었다.

"하아…… 저 모습을 보니 괜한 걱정을 한 것 같네요. 좀 더 차분해졌으면 좋겠어요."

"저런 점도 레우스의 장점이지. 한동안은 갈림길이 없으니까, 오늘은 마음대로 하게 두자."

위치라면 금세 알 수 있으니, 서둘러 쫓아갈 필요는 없으리라.

그대로 한동안 마차를 몰던 우리가 언덕 위에서 이제부터 향한 곳을 쳐다보니, 그곳에는 울창한 녹색 숲이 펼쳐져 있었다.

지평선 너머까지 펼쳐져 있는 건 아닐까 싶은 착각마자 들 만큼 광대한 숲이다.

"하아…… 대단하네. 이렇게 넓은 숲은 처음 봐."

"이 숲속에 피아 씨의 고향이 있는 거죠?"

"그래. 도망치듯 뛰쳐나왔지만, 역시 고향의 숲이 보이니 안심되네."

다음 목적지는 이 숲에 있는 엘프의 마을…… 피아의 고향이다.

"저기, 시리우스. 정말 괜찮겠어? 나는 가출을 했으니까, 엘프의 마을에 들어갈 수 없어."

"괜찮아. 피아도 가족들이 걱정되잖아?"

설령 엘프의 마을에 들어설 수 없더라도, 인근에서 정령에게 부탁한다면 가족의 안위 정도는 확인할 수 있으리라.

게다가 피아의 부모님과 만날 수 있을지도 모른다.

뭐, 나는 피아가 가출한 원흉이기도 하니까 피아의 부모님에게 혼이 날지도 모르고, 만나시 못할 가능성도 있다. 그래도 가능하면 직접 뵙고 인사를 드리고 싶었다.

"형님! 이쪽으로 좀 와봐! 뭔가 엄청난 게 있어!"

"자아, 레우스도 기다리다 지친 것 같으니까, 빨리 가볼까. 호쿠토."

"멍!"

가까운 이와의 작별을 경험하고, 새로운 만남에 대한 기대를 품으며, 우리는 여행을 이어갔다.

그루지오프를 토벌하기 위해, 알베리오의 훈련을 시작한 지 이틀이 흘렀을 즈음…….

오늘도 시리우스 일행이 만든 거점 인근에서는 남자들의 목소리가 울려 퍼지고 있었다.

"커억?!"

"크악?!"

"반응이 느려! 방어가 흐트러지더라도, 바로 대처하는 움직임을 몸에 새겨!"

시리우스는 연계가 흐트러진 틈을 찔려 지면에 쓰러진 레우스와 알베리오를 향해 목검을 내밀면서 꾸짖듯이 그렇게 말했다.

그런 꼴사나운 모습을 선보이고 있는 오빠를, 마리나는 안타까운 표정으로 쳐다보았다.

"오라버니……."

"……걱정되나요?"

"당연…… 꺄앗?!"

바로 그때, 소리 없이 등 뒤에 나타난 에밀리아 때문에 놀란 마리나가 깜짝 놀라면서 펄쩍 뛰었다.

"에, 에밀리아 씨……죠? 놀랐잖아요."

"죄송해요. 소리를 내지 않고 걷는 게 몸에 익어서 말이죠. 하지만, 제가 등 뒤에 설 때까지 눈치채지 못한 것도 문제 아닐까요?"

"으…… 그렇기는 한데, 저는 오라버니가 걱정되어서……."

"예. 소중한 사람이 지면에 쓰러져 있는 모습을 보니 괴롭겠죠. 하지만…… 마리나 님은 이대로 가만히 있을 건가요? 아무것도 하지 않으며, 그저 알베리오 님을 지켜보기만 할 건가요?"

에밀리아가 그렇게 날카로운 지적을 하자, 마리나는 분노를 느꼈다. 하지만 에밀리아의 진지한 표정을 보자, 상대가 자신을 자극하려 하는 게 아니라는 사실을 깨달았다.

"혹시…… 뭐라도 도우라는 건가요? 여러분에 비하면 크게 도움이 안 되지만, 그래도 나름대로 돕고 있다고 생각하는데 말이죠."

"아뇨, 그런 이야기가 아니랍니다. 알베리오 님만이 아니라, 마리나 님도 단련을 하는 게 어떨까요?"

"예?!"

그 말을 들은 마리나의 표정이 딱딱하게 굳어버렸지만, 그것도 무리는 아니었다.

겨우 며칠 동안 같이 다녔을 뿐이지만, 남성들만이 아니라 여성들도 혹독한 훈련을 하는 광경을 매일같이 봤기 때문이다.

자기가 그 훈련에 참가했다간 죽을지도 모른다고 생각한 마리나가 겁을 먹자, 다른 곳에서 작업을 하고 있던 리스와 피아가 다가왔다.

"어디까지나 마법 실력을 단련하자는 거니까 안심해."

"우리는 여행을 하니까 몸도 단련하고 있지만, 마리나는 그럴 필요가 없잖아."

하지만 시리우스와 갓 재회했을 즈음을 떠올린 피아는 마리나의 심정을 이해한다는 듯이 고개를 끄덕였다. 그 모습을 본 마리나는 약간 마음이 진정됐다.

"마리나 님이 원하신다면 육체 단련도 도와드리겠습니다만……."

"괜찮아요! 저는 마법만으로 충분해요!"

마리나가 주저 없이 대답하자, 에밀리아는 약간 아쉽다는 듯한 표정을 지으면서 고개를 끄덕였다. 에밀리아가 준비를 하겠다면서 마차로 돌아가자, 마리나는 복잡한 표정을 지으며 그런 그녀를 쳐다보았다.

"불안하겠지만, 마리나가 손해를 보지는 않을 거라고 생각해. 그러니까 에밀리아를 믿어줘."

"걱정을 하는 건 아니에요. 하지만, 저기…… 피아 씨와 리스 씨도 가르쳐주실 거죠?"

마물에게서 자신을 구해준 레우스를 때려버렸던 마리나는 그의 누나인 에밀리아를 약간 부담스럽게 여겼다. 자신이 매료될 만큼 맛있는 홍차를 끓일 수 있을 정도의 기술을 지녔다는 것을 몰랐다면, 에밀리아와는 필요 최소한의 대화만 나눌 것이다.

"물론 우리도 협력할게. 하지만 적성이 불 속성인 마리나에게 마법을 가르쳐줄 거라면, 아마 에밀리아가 중심이 될 거야."

"어, 어째서죠? 두 사람은 제가 발끝에도 미치지 못할 정도의 마법을 쓸 수 있잖아요!"

이곳에 거점을 만들기 전에 마물과 몇 번 싸웠으며, 그 과정에서 마리나는 세 사람과의 실력 차를 깨달았다.

그래서 이해가 되지 않았다.

저 두 사람이 정령을 볼 수 있다는 건 모르지만, 마리나의 눈에는 에밀리아가 마법으로는 저 두 사람보다 뒤떨어진다고 느꼈다. 그런데 왜 에밀리아가 중심이 되는 걸까…… 같은 의문을 느끼고 있는 것이리라. 비교를 하는 것 자체가 실례라는 것을 이해하고 있는 건지, 마리나가 약간 미안함이 묻어나는 목소리로 그렇게 말하자, 리스와 피아는 쓴웃음을 지으며 말했다.

"나와 리스는 좀…… 특수하거든."

"응. 마리나의 적성이 물 속성이라면 힘이 되어줄 수 있을지도 모르지만, 나는 불 속성이 완전히 꽝이야."

"나도 불 속성 마법은 전혀 못 써. 그리고 적성은 바람뿐이야."

정령은 질투심이 강해서, 자기 이외의 속성 마법을 쓰려고 하면 방해한다. 그래서 초급 마법을 쓰는 것도 어렵다. 리스는 과거에 미라 님이라 불렸던 물의 상급 정령…… 나이아가 곁에 있기 때문에 불 속성 마법을 발동조차 시킬 수가 없으리라.

시리우스와 처음 만났을 즈음에는 다른 속성의 마법을 못 쓴다며 한탄을 하던 리스도, 지금은 물 속성만으로 충분하다 느끼며 달관했다.

"에밀리아도 적성은 바람이지만, 불 마법도 어느 정도 쓸 수 있어. 무엇보다 우리 중에서 시리우스 씨와 가장 오랫동안 같이 지내왔으니까, 가르치는 걸 잘해."

"게다가 에밀리아는 레우스를 누구보다 이해하고 있으니까 예전 일은 신경 쓰지 않아도 돼. 아니, 그 애에게 맞서준 걸 에밀리아는 기뻐하고 있을 거야."

"……알았어요."

심경이 복잡하지만, 마리나는 자신과 마찬가지로 희소한 존재인 피아의 말을 듣고 긍정적으로 여기자고 생각하며 고개를 끄덕였다.

그 순간, 짐을 손에 든 에밀리아가 돌아왔다.

"오래 기다리셨죠? 시리우스 님에게 허락을 받았으니, 바로 시작하죠."

"아, 그걸 사용하는구나."

"예. 그녀의 능력을 생각하면, 이게 최적일 것 같아서요."

에밀리아가 가지고 있는 건, 조그마한 상자에 들어있는 여러 개의 마석이었다.

희소한 마석을 이용해 뭘 하려는 건가 싶어 마리나가 고개를 갸웃거리는 가운데, 에밀리아는 마석을 지면에 내려놓았다.

"시리우스 님이 만드신 이 마석에는 '크리에이트'의 마법진이 새겨져 있어요. 이것을 손바닥으로 감싸며 지면에 손을 댄 다음, 마력을 주입하면……."

그리고 에밀리아가 주입한 마력에 의해 '크리에이트'가 발동되자, 눈앞에 흙이 솟구치면서, 주먹만 한 흙인형이 생겨났다.

"본보기 삼아 간단한 걸 만들어봤습니다만, 세세하게 상상을 하며 마석을 발동시키면 더욱 정교한 걸 만들 수 있어요."

개나 고양이 모양을 한 흙덩어리가 차례차례 만들어지는 가운데, 마리나는 뭔가를 눈치채며 고개를 들었다.

"혹시 이건……."

"눈치챈 것 같네. 마리나도 알베리오의 환영을 만들어낼 때는 알베리오를 상상하지? 그것과 마찬가지야."

"마법에서 중요한 것은 상상력…… 시리우스 님은 이미지라고 말하시죠. 이것은 그 이미지를 단련하는 훈련이랍니다."

에밀리아가 시리우스에게 배운 기초와 요령을 자기 나름대로 해석하면서 설명해주자, 마리나는 자신만만하게 고개를 끄덕이며 마석을 손에 쥐었다.

"좋아. 이거라면 나도……."

조금 마음이 편해진 마리나가 지면에 손을 대자, 그녀의 눈앞에 에밀리아가 만든 것과 똑같은 흙인형이 생겨났다.

"해냈어!"

"……아뇨. 그렇지 않아요."

"어…… 어디가 잘못된 거죠? 에밀리아 씨와 똑같잖아요."

"등 쪽이 어설퍼요. 그리고 강도도 약하군요."

간단히 말해, 마리나가 만든 것은 엉망진창이었다.

그리고 에밀리아가 손가락 끝으로 가볍게 찔렀을 뿐인데, 흙인형은 그대로 무너졌다.

한편, 에밀리아가 만든 것은 돌처럼 단단하며, 마리나가 근처에 떨어져 있던 막대로 때렸는데도 부서지지 않았다.

"어…… 왜 이렇게 차이가 나는 거지?"

"저는 흙을 단단히 뭉치면서 만들었기 때문이랍니다. 이미지만 적절하게 해주면, 그 정도는 가능하죠."

"마리나의 환영은 안개 같은 거니까, 흙으로 형태를 만드는 게 오히려 어려울까?"

"아뇨. 집중력이 부족할 뿐만 아니라, 기존의 상식에 사로잡혀 있다는 증거겠죠. 우선 무리라고 여기는 그 착각부터 부숴야 할 것 같군요."

에밀리아는 엄격하게 지적을 하면서 다시 지면 위에 둔 마석 위에 손을 얹더니, '크리에이트'를 발동시켰다. 아까와 달리, 진지한 표정으로 완성한 것은…….

"어어어?!"

"여전히 완성도가 끝내주네."

"시리우스 님의 모습은 저의 눈만이 아니라 혼에 새겨져 있으니까요."

크기는 에밀리아의 허리 언저리까지 올 정도지만, 그녀가 만든 건 시리우스를 쏙 빼닮은 인형이었다.

약동감 넘치는 움직임만이 아니라, 마법을 펼치는 순간의 늠름한 표정까지 묘사했다. 그야말로 하나의 예술품이 탄생한 것이다.

하지만…….

"그래도…… 좀 실패했군요. 시리우스 님의 속눈썹은 좀 더 가늘었어요."

"문제는 속눈썹 같은 게 아니라고 생각하는데 말이죠……."

"완성도 면에서 약간 유감스럽지만, 이것으로 마리나 님도 이해하셨을 거라고 생각해요. 중요한 것은 한계를 단정 짓지 않는 상상력, 그리고 그것을 해내기 위한 집중력이랍니다."

뭐가 유감스러운 건지는 모르겠지만, 마리나는 자신의 실력이 부족하다는 점을 충분히 이해했다.

"으음…… 혹시, 피아 씨와 리스 씨도 가능한가요?"

"응. 나는 에밀리아처럼 정교한 건 무리지만, 비슷한 건 만들 수 있어."

설령 마법진을 통해 흙마법을 펼칠지라도, 질투심이 강한 바람의 정령들이 방해를 한다.

그래서 피아는 에밀리아에게 비슷한 크기의 흙덩어리를 만들어 달라고 한 후, 회오리를 발생시켜서 그 흙덩어리에 조각을 했다.

그리고 회오리가 사라지자, 그 자리에는 흙덩어리가 아니라 바닥에 앉아 있는 호쿠토의 조각상이 존재했다.

"으음…… 아직 전체적으로 거친 느낌이네. 다음에는 동작을 바꿔볼까?"

"거칠고 말고 할 레벨이……."

"나는…… 이런 식으로 해."

마지막으로 리스는 물 구슬을 만들어내더니, 마력을 조절해 형태를 바꿨다.

물이라 표정까지 만들어내는 건 어렵지만, 리스의 손바닥에는 용에 탄 남자를 형상화한 물로 된 조각상이 완성됐다.

"이건…… 시리우스네. 그는 용에 탄 적도 있어?"

"아냐. 나는 탄 모습을 본 적이 없지만, 왠지 멋질 것 같아서……."

왕자님이 용을 타고 사로잡힌 공주님을 구한다…… 그런 이야기를 동경하던 리스다운 작품이다. 집중을 풀면 그대로 사라지고 말 그 예술품을 다 같이 탄성을 터뜨리며 지켜보고 있을 때, 갑자기 등 뒤에서 뭔가가 떨어지는 소리가 들렸다.

"…………멍."

고개를 돌려보니, 사냥을 마치고 돌아온 호쿠토의 모습이 눈에 들어왔다.

아까 그 소리는 사냥감을 떨어뜨리는 소리였다. 그리고 호쿠토는 믿기지 않는 광경을 본 것처럼 입을 쩍 벌린 채, 한 곳을 뚫어져라 쳐다보고 있었다.

그 시선이 향한 곳에는 용의 등에 탄 시리우스의 조각상이 있었다.

"……크응."

"자, 잠깐만, 호쿠토! 이건 내가 멋대로 상상한 거지, 호쿠토한테 문제가 있는 건……."

리스의 상상에 불과할지라도, 주인이 자기 말고 다른 존재의 등에 타고 있는 모습을 보니 괴로운 것 같았다.

평소 그렇게 늠름하던 호쿠토가 삐치면서 어딘가로 뛰어가자, 리스는 필사적으로 달래며 쫓아갔다.

"……뭐, 이미지가 얼마나 중요한지는 이해하셨을 테니, 다음에는 좋아하는 사람이나 물건을 만들어보도록 할까요."

"저기…… 저대로 내버려 둬도 될까요?"

"괜찮아. 시리우스가 쓰다듬어 주면 호쿠토는 금방 기분이 풀릴 거야."

"그, 그렇군요······."

시리우스 일행의 독특한 분위기에 익숙해질 때까지, 좀 더 시
간이 걸릴 것 같았다.

리스가 자리를 비웠지만, 딱히 문젯거리가 되지 않는지 훈련
을 계속됐다.

"오라버니······ 오라버니······."

"괜찮군요. 그래요······. 눈을 감아도 떠올릴 수 있는 소중한
이를 생각하면서, 마력을 주입하는 거예요. 끝까지 집중력을 흐
트러뜨리지 마세요."

이렇게 소중한 오빠를 상상하며 만든 흙인형은 다른 세 사람
이 만든 것보다 못하지만, 그래도 완성도가 상당했다.

"후후, 잘 만들었네. 그만큼 알베리오를 소중하게 여기고 있
구나."

"하아······ 하아······. 고마워요."

"다음에는 레우스의 흙인형을 만들어볼까요."

"예?! 그, 그건 무리예요! 왜 일부러 그 녀석······ 아, 저기······
당신의 동생분을······."

"밉살스러운 상대이기에, 그 모습을 똑똑히 기억하고 있을 테
니까요. 이런 건 경험이 중요하니, 아무튼 도전을 해보도록 하
세요."

"으으······ 예."

이렇게 다양한 흙인형을 계속 만들었고, 마리나의 마력이 바

닥난 후에야 이 훈련은 끝났다.

그리고 남자들의 훈련도 끝난 건지, 시리우스가 지칠 대로 지친 두 제자와 함께 돌아왔는데…….

"잘은 모르겠지만, 이러면 돼?"

"응. 시리우스 씨는 호쿠토에 탔을 때가 가장 멋져. 호쿠토, 내 말 맞지?"

"멍!"

시리우스는 만족스러워 보이는 호쿠토의 등에 타고 있었다.

여담이지만…….

"오, 오라버니?!"

"오늘도 호되게 당한 것 같네."

기절한 레우스와 알베리오는 호쿠토의 꼬리에 돌돌 말린 채 이곳으로 옮겨졌다.

다음 날…….

오늘도 아침부터 알베리오의 훈련이 시작됐고, 남자들의 고함 소리(두 사람의 절규)가 울려 퍼지는 가운데, 세탁 등의 잡일을 마친 에밀리아는 새로운 훈련을 마리나에게 시켰다.

"오늘 훈련은 이거랍니다."

"이것……인가요?"

마리나가 어제보다 더 고개를 갸웃거리는 것도 무리는 아니었다.

왜냐하면, 에밀리아가 준비한 것은 이 근처에 서식하는 소형 마물, 그리고 격자 모양의 구멍이 뚫린 프라이팬이기 때문이다. 고기나 생선을 구울 때 쓰는 조리기구이며, 시리우스가 특별히 주문제작한 것이다.

"마치 요리를 하는 것 같네요……."

"예. 진짜로 요리를 할 거니까요."

에밀리아가 태연자약한 어조로 그렇게 말하자, 마리나는 의문에 휩싸였다. 그리고 에밀리아는 거점에 만든 가마 앞에 서서 손에 쥔 마물을 보여줬다.

"이 마물을 아나요?"

"아…… 혹시, 드래노코인가요?"

드래노코는 인간의 머리 만한 크기이며, 용과 비슷한 머리를 지닌 도마뱀 타입 마물이다.

손발이 짧고 전체적으로 동글동글하게 생긴 이 마물의 고기는 매우 맛있다지만, 겉모습만 봐서는 상상이 안 될 정도로 움직임이 재빠르기 때문에 잡기 어려운 마물이디.

"지금부터 이 드래노코를 요리할 거예요. 그리고 마을에서 들은 이야기에 따르면, 통째로 구워먹었을 때 가장 맛있다더군요."

리스가 그 말에 가장 먼저 반응하면서 마리나를 쳐다보았다.

"아마…… 쇠꼬챙이에 꿴 후, 숯 위에서 빙글빙글 돌리며 천천히 굽지?"

"그래요. 통구이를 하면 기름이 몸 전체에 스며들면서, 잘라서 굽는 것보다 맛있죠. 전에 먹어본 적이 있는데, 정말 맛있었답니다."

"잘 알고 있는 것 같군요. 이 프라이팬으로 통구이를 할 거랍니다."

에밀리아는 라미나의 대답을 듣지도 않고 가마에 불을 지피더니, 손질을 한 드래노코를 프라이팬 위에 올렸다.

그대로 긴 젓가락을 이용해서 드래노코를 프라이팬 위에서 돌리며 구웠다.

"하지만 숯과 다르게 가마에서는 불이 지나치게 세기 때문에, 표면이 타고 말죠. 그렇기 때문에, 드래노코를 돌리면서 화력 조절을 할 필요가 있답니다."

겉보기에는 젓가락으로 드래노코를 돌리고 있는 것처럼 보이지만, 에밀리아는 마법으로 발생시킨 바람을 가마에 불어넣어서 화력을 절묘하게 조절하고 있었다.

"드래노코가 다 구워질 때까지 시간이 걸리는 만큼, 마력을 장시간 유지하는 끈기와 집중력이 필요하죠. 단순한 요리라 생각하며 방심하면 안 돼요."

마법을 발동시키면서 다른 작업하는 연습이 아니라, 마법을 지속시키는 집중력과 요리 수업을 병행할 수 있는 것이다. 그야말로 일석이조의 훈련법이다.

그런 설명을 하는 시간도 포함해서 15분가량이 흘렀을 즈음, 드래노코에 충분히 열이 가해졌기에 시식을 해봤다. 다른 작업을 하고 있던 피아도 포함해, 고기 한 덩어리를 4등분해서 다 같이 맛봤다.

"와아…… 맛있네."

"고기 기름이 전체적으로 잘 배였어. 불이 균등하게 가해졌나 보네."

"으으…… 제가 전에 먹어봤던 것보다 더 맛있는 것 같아요."

"만족한 것 같아 기쁘군요. 자아, 다음은 마리나 차례예요."

"하지만 이제 드래노코가 없잖아요? 혹시 그걸 잡아 오는 것부터……."

"멍!"

"감사해요, 호쿠토 씨. 죄송하지만, 세 마리만 더 잡아주시지 않겠어요?"

드래노코는 찾는 것도 어려운 걸로 유명하지만, 호쿠토에게는 식은 죽 먹기일 것이다. 피를 뺀 드래노코를 에밀리아에게 건네준 호쿠토는 바람처럼 사라지며 또 사냥을 하러 갔다.

"……으음, 이거 한 마리로도 양이 상당하니까, 두 마리 더 먹는 건 좀……."

"괜찮아! 얼마든지 먹을 수 있어!"

식기가 준비된 테이블 앞에 앉아서 눈을 반짝이고 있는 리스는 정말 믿음직했다.

"우려할 점이 사라진 것 같으니, 시작해보도록 할까요. 아, 마리나의 적성은 불 속성이니까 가마가 아니라 직접 불을 피우세요."

"난이도가 상승한 것 같네……."

이미 선택지가 없다는 사실을 깨달은 마리나가 각오를 다지며 고개를 끄덕였다.

341

첫 번째…….

"으으…… 새까맣게 탔어……."

"화력이 너무 강했군요. 마력을 억누르세요."

"탄 부분을 제거하면 먹을 수 있어."

세 번째…….

"이, 이 정도면…… 됐을까?"

"겉면은 익었지만, 안은 어떨까요?"

"아아…… 중심은 전혀 익지 않았네. 맛이 좀 나빠지겠지만, 내가 다시 구울게."

다섯 번째…….

"하아…… 이제, 마력이…….."

"말을 할 수 있다는 건, 아직 여유가 있다는 거죠. 지금이 바로 한계를 넘어설 때예요!"

"나는 더 먹을 수 있어!"

"리스. 목적이 변한 거 아냐?"

"……멍."

시리우스 일행이 돌아올 때까지, 에밀리아의 훈련은 계속됐다.

그렇게 다양한 훈련을 받던 마리나는 쑥쑥 성장했다.

오라버니에게 뒤처지지 않기 위해 마리나 본인이 최선을 다해 노력했으며, 알베리오의 훈련이 끝날 즈음에는 그녀의 특수 능력인 환술의 정밀도가 더욱 좋아졌다. 그리고 초급 마법 정도는 무영창으로 가능하게 됐다.

그리고 알베리오가 그루지오프 토벌에 도전하기 전날…… 마리나는 에밀리아에게 자신이 얼마나 성장했는지 보여주기 위해, 수많은 환영을 만들어냈다.

"……대단해요. 유심히 살피지 않으면 분간이 되지 않을 정도로 완벽한 환영이에요."

"에밀리아 씨라면 한눈에 간파할 수 있겠지만요."

"저라면 냄새로 분간할 수 있겠지만, 이 정도로 비슷하다면 한눈에 파악하지는 못할 거예요. 상대의 집중을 조금이라도 흐트러뜨릴 수 있으니, 마리나의 환술은 성공한 거나 다름없죠."

시리우스의 시종인 에밀리아는 마리나를 '마리나 님'이라고 불렀다. 하지만 마리나의 요청에 따라 그냥 이름으로 부르기로 했다.

"하지만 당신은 이제 겨우 입구에 섰을 뿐이에요. 앞으로도 단련에 힘쓰세요."

"예!"

매일 같이 함께 훈련을 했을 뿐만 아니라 레우스에 대한 적대심도 줄어든 덕분인지. 마리나는 에밀리아를 거북하지 않게 됐다.

그뿐만 아니라 스승으로 여기게 된 에밀리아에게 칭찬을 받자, 마리나는 진심으로 기뻐하며 미소를 지었다. 귀와 꼬리가 똑같다면, 사이좋은 자매처럼 보일 듯한 광경이었다.

에밀리아가 시리우스에게도 보여주지 않겠냐고 말하자, 마리나는 전부터 신경 쓰이던 점에 대해 물어보았다.

"저기…… 에밀리아 씨는 왜 저를 단련시켜준 건가요?"

사실 시리우스는 마리나도 단련시켜주고 싶었지만, 기간이 보름밖에 안 되기 때문에 알베리오 한 명만 가르치는데도 벅찼다.

　하지만 마리나는 그냥 멀뚱히 기다리게만 하는 것도 좀 그렇다고 생각한 시리우스가 그녀에게 마법이라도 가르쳐주는 게 좋을 것 같다고 말하자, 에밀리아가 주저 없이 나선 것이다.

　마리나는 그 말을 듣고, 동생과 자신의 사이를 생각해서 나선 걸까…… 하고 생각했다. 하지만 지금까지 에밀리아에게 가르침을 받으면서 그런 느낌을 전혀 받지 못했기에, 더 불가사의한 느낌이 들었다.

　마리나가 그렇게 말하자, 에밀리아는 눈을 감으며 천천히 입을 열었다.

　"그게 말이죠. 가장 큰 이유는 제가 모시는 시리우스 님이 바쁘신데, 저는 한가했기 때문이랍니다."

　"그게 전부……는 아니죠?"

　"물론이죠. 당신은 왠지 레우스를 닮은 것 같아서 동생처럼 느껴지거든요. 그래서 챙겨주고 싶어졌답니다."

　"제가 그렇게 무례한 남자와 닮았을 리가 없어요!"

　"후후, 그럴지도 모르겠군요. 이건 제가 멋대로 하는 생각이니까 너무 신경 쓰지 말아주세요."

　실은…… 은랑족 중에서 저주받은 아이라 불리는 동생을 둔 누나로서, 동족에게 있어 기피의 대상인 마리나는 내버려 둘 수가 없었다. 하지만, 레우스가 저주받은 아이라는 걸 알려줄 수는 없기에, 그 점에 관해 에밀리아가 할 말은 없었다.

"게다가………… 장래에 제 올케가 될지도 모르죠."

"어? 방금 뭐라고 했어요?"

"아, 시리우스 님의 심정이 왠지 이해가 된다는 생각이 들었답니다."

엘리시온의 학교에서 후배에게 이런저런 것들을 가르치기도 했지만, 에밀리아가 한 사람을 이렇게 열심히 가르친 것은 처음이다.

사제관계……는 아닐지도 모르지만, 처음에는 여동생처럼 느껴졌던 마리나의 성장을 실감한 에밀리아는 만족한 것처럼 고개를 끄덕였다.

"즉, 당신이 성장해서 기쁘다는 말이랍니다."

"그, 그렇게 띄워주지 마세요. 여러분에 비하면 제 실력은 보잘것없잖아요."

"후후. 앞으로도 방심하지 말고, 자신의 힘을 올바른 일에 써주세요."

"예!"

처음 만났을 때에 비해 레우스와 마리나는 가까워졌지만, 얼굴을 마주할 때마다 말다툼을 벌이는 것을 보면 두 사람이 친해지는 것은 한참 나중의 일일지도 모른다.

그러나…… 훈련을 통해 그녀에 대해 알게 된 에밀리아는 확신했다.

일편단심이지만 고집이 강하고 무슨 말을 들으면 바로 대꾸하려 하는 이 여자애가, 언젠가 레우스의 버팀목이 되어주는 좋은 반려자가 될 거라고 말이다.

　그리고, 자신을 시누이라 여기게 되는 날이 멀지 않았다⋯⋯고
생각하며, 에밀리아는 미래의 올케인 마리나에게 말을 건넸다.

후기

여러분, 오래간만입니다. 네코입니다.

10권을 딱 한 권 남겨둔, 9권이 발매되었습니다.

이건 Nardack 님의 멋진 일러스트와 이 작품에 대한 여러분의 조력, 그리고 응원해주시는 독자 여러분 덕분입니다.

그럼 이번 9권을 쓰면서 생각한 바를 조금 적어볼까 합니다.

9권에서는 시리우스가 아니라 레우스가 주역이었습니다.

이 이야기를 만든 건 3년 전의 일이며, 당시에는 레우스의 파트너라 할 만한 존재를 만드는 것뿐만 아니라, 연애에 서툰 남녀의 보이 미츠 걸 풍의 이야기를 쓰고 싶었습니다.

레우스에게는 장래를 약속한 노엘의 딸…… 노와르가 있지만, 역시 같은 또래이자 남자를 이끌어주는 연인이 필요하겠지…… 라는 이유로 마리나가 탄생했습니다.

그러고 보니 벌써 3년이나 흘렀군요.

시간은 쏜살같이 흐르지만, 네코의 집필 속도는 여전히 빨라지지 않는다는 점이 고민입니다.

자아, 이제 남은 페이지가 없으니 이쯤에서 실례하겠습니다.

다음 권도 독자 여러분이 읽어주기를 빌며…… 이만 줄이겠습니다.

World Teacher 9
©2018 by Koichi Neko
First published in Japan in 2018 by OVERLAP, Inc.
Korean translation rights reserved by Somy Media, Inc.
Under the license from OVERLAP, Inc., Tokyo JAPAN

월드 티처 이세계식 교육 에이전트 **9**

2019년 5월 8일 1판 1쇄 인쇄
2019년 5월 15일 1판 1쇄 발행

저   자 네코 코이치
일 러 스 트 Nardack
옮 긴 이 이승원
발 행 인 유재옥
본 부 장 조병권
담당편집자 김민지
편집 1팀 정영길 김민지 이성호 조찬희
편집 2팀 김다솜
편집 3팀 박상섭 김효연
라이츠담당 박선희 오유진
디 지 털 최민성 박지혜
발 행 처 ㈜소미미디어
인쇄제작처 코리아피앤피
등   록 제2015-000008호
주   소 서울시 마포구 토정로 222, 403호 (신수동, 한국출판콘텐츠센터)
판   매 ㈜소미미디어
마 케 팅 한민지 한주원
물   류 허석용 최태욱
전   화 편집부 (070)4164-3962, 3963 기획실 (02)567-3388
　　　　　　판매 및 마케팅 (02)567-3388, Fax (02)322-7665

ISBN 979-11-6389-499-5 04830
ISBN 979-11-5710-074-3 (세트)

Longman

Vocabulary
MENTOR
JOY

2

Longman
Vocabulary MENTOR JOY 2

지은이 | 교재개발연구소
발행처 | Pearson Education South Asia Pte Ltd.
판매처 | inkedu(inkbooks)

전화 | 02-455-9620(주문 및 고객지원)
팩스 | 02-455-9619
등록 | 제13-579호

ISBN | 979-11-88228-19-5

잘못된 책은 구입처에서 바꿔 드립니다.

Longman

Vocabulary
MENTOR
JOY

Daily Words

2

Pearson

Vocabulary
최신개정판 MENTOR JOY

Vocabulary MENTOR JOY 최신개정판 시리즈는 총 3권으로 구성되어 있으며, 각 권당 400단어로 총 1,200단어를 학습할 수 있습니다.

| Book 1 Phonics Words

- 첫소리, 단모음, 장모음 등 소리에 따른 단어 구성
- 그림 제시를 통한 인지적 단어 학습
- 친절한 발음 설명을 통한 소리 학습
- 생생한 문장을 통한 자연스런 단어 학습

| Book 2 Daily Words

- 일상생활과 연계된 주제별 단어로 구성
- 콜로케이션을 통한 실용적 단어 학습
- 단어, 콜로케이션에서 문장까지 확장 학습
- 문제풀이를 통한 자연스런 단어 학습

| Book 3 Social Words

- 사회생활과 연계된 인문, 과학 등의 주제별 단어로 구성
- 콜로케이션을 통한 실용적 단어 학습
- 단어, 콜로케이션에서 문장까지 확장 학습
- 문제풀이를 통한 자연스런 단어 학습

영어발음기호표

영어를 시작하는 데 있어서 가장 기본은 영어 읽기입니다. 하지만 한글과 달리 영어는 소리와 철자가 완전히 일치하지 않기 때문에 단어를 올바르게 읽기가 쉽지 않습니다. 그래서 영단어의 소리를 제대로 표기한 발음기호표가 필요합니다. 『Vocabulary MENTOR JOY』에 첨부된 발음기호표를 통해 차근차근 영어의 발음기호를 읽는 법을 익히다 보면 영어 학습의 초석을 단단하게 다질 수 있을 것입니다.

🐟 모음

구분	[a]	[e]	[i]	[o]	[u]	[ə]	[ʌ]	[ɔ]	[ɛ]	[æ]
소리	아	에	이	오	우	어	어	오	에	애
기호	ㅏ	ㅔ	ㅣ	ㅗ	ㅜ	ㅓ	ㅓ	ㅗ	ㅔ	ㅐ

🐌 자음

1. 유성자음(16개)

구분	[b]	[d]	[j]	[l]	[m]	[n]	[r]	[v]	[z]	[dʒ]	[ʒ]	[tz]	[ð]	[h]	[g]	[ŋ]
소리	버	드	이	러	므	느	르	브	즈	쥐	지	쯔	뜨	흐	그	응
기호	ㅂ	ㄷ	ㅣ	ㄹ	ㅁ	ㄴ	ㄹ	ㅂ	ㅈ	주	ㅈ	ㅉ	ㄸ	ㅎ	ㄱ	ㅇ

2. 무성자음(10개)

구분	[f]	[k]	[p]	[s]	[t]	[ʃ]	[tʃ]	[θ]	[t]	[ŋ]
소리	프	크	퍼	스	트	쉬	취	쓰	츠	응
기호	ㅍ	ㅋ	ㅍ	ㅅ	ㅌ	수	추	ㅆ	ㅊ	ㅇ

How to Use This Book

실제 생활과 연계된 주제별 단어 400개를 학습할 수 있습니다. 특히, 콜로케이션을 통해 단어의 실제 쓰임을 자연스럽게 익힐 수 있습니다. 단어와 콜로케이션 소개, 써보기와 문제풀이 등으로 구성되어 있고, 스스로 복습할 수 있는 워크북도 함께 제공하고 있습니다.

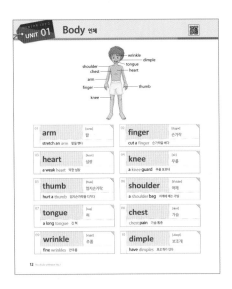

Step 1

콜로케이션을 통해 단어의 일상적인 쓰임을 자연스럽게 익힐 수 있습니다. 또한 원어민의 발음을 통해서 단어의 정확한 소리를 확인할 수 있습니다.

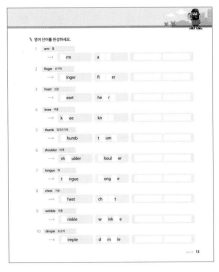

Step 2

콜로케이션과 함께 학습한 단어를 직접 써봄으로써 암기에도 효과적입니다.

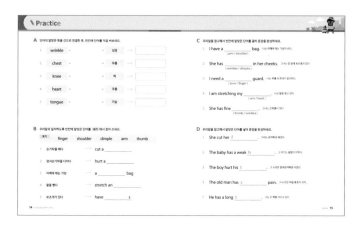

Step 3

문제 풀이를 통해 단어를 효과적으로 학습할 수 있습니다. 여기에 사용된 유용한 콜로케이션과 영어 문장들은 실제로 단어를 활용하는 데도 크게 도움이 될 수 있습니다.

Step 4

유닛 5개가 끝나면 학습한 50개의 단어를 다시 한 번 확인할 수 있도록 리뷰 파트가 제공됩니다. 리뷰를 통해서 단어를 반복 학습할 수 있습니다.

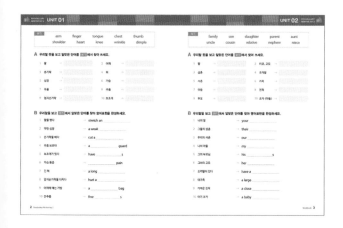

Step 5

제공된 워크북은 학생 스스로 단어를 학습할 수 있도록 구성하였습니다. 수업시간에 배운 단어를 집에서 복습할 수 있습니다.

Syllabus

Vocabulary MENTOR JOY는 총 3권 1,200단어로 구성되어 있습니다

1. 학원 또는 학교 방과 후 수업 교재로 사용 시에는 수업 종료 10분 전에 음원을 통해 원어민의 발음을 먼저 들을 후에 10개의 단어씩 학습합니다.

2. 가정에서 스스로 학습 시에는 하루 10분 책과 함께 음원을 들으며 큰소리로 따라 읽으며 학습하고, 자기 전에 하루 10단어씩 복습합니다.

3. 학원에서 보카 교재로 사용시(주 3회 수업), 저학년의 경우에는 하루 1개 유닛씩(권당 3개월 소요), 고학년의 경우에는 하루 2개 유닛씩(권당 2개월 소요) 학습합니다.

각 권의 학습 내용

Unit	Book 1	Book 2	Book 3
1	b_ and p_	Body 인체	School 학교
2	d_ and t_	Family 가족	Subjects 과목
3	f_ and v_	Friends 친구	Tests 시험
4	m_ and n_	Personality 성격	Homework 숙제
5	h_ and j_	Appearance 외모	Supplies 소모품
6	s_ and z_	Emotions 감정	Vacations 방학
7	l_ and r_	Senses 감각	Field Trips 현장학습
8	w_ and y_	Health 건강	Field Days 체육대회
9	k_, _x and qu_	Physiology 생리현상	School Events 학교행사
10	hard and soft c_	House Things 집안 물건	Campus Cleanup 교내미화
11	hard and soft g_	Kitchen Things 주방 물건	Performances 공연
12	short _a_	Descriptions 사물 묘사	Special Days 특별한 날
13	short _e_	Shapes 모양	Jobs 직업
14	short _i_	Numbers & Quantities 수와 양	Places 장소
15	short _o_	Positions 위치	Cities & Nations 도시와 나라

Unit	Book 1	Book 2	Book 3
16	short _u_	Time 시간	World 세계
17	long _a_	Calculations 계산	Marriage 결혼
18	long _i_	Calendar 달력	Environment 환경
19	long _o_	Clothes 의류	Disasters 재해
20	long _u_	Food 음식	Religion 종교
21	_ea_ and _ee(_)	Cooking 요리	Animals 동물
22	_ai_ and _ay	Meals 식사	Plants 식물
23	_oa_ and _ow(_)	Snacks 간식	Insects 곤충
24	_ou_ and _ow(_)	Food Shopping 장보기	Weather 날씨
25	_oi_ and _oy	Eating Out 외식	Traffic 교통
26	long and short _oo_	Fashion 패션	Vehicles 탈것
27	_ue and _ui_	Housing 주거	Technology 기술
28	_er_, _ir_ and _ur_	Sport 운동	Earth & Universe 지구와 우주
29	_ar_ and _or_	Hobby 취미	Restaurants 식당
30	l blend - bl_, cl_, fl_	Shopping 쇼핑	Postal Service 우편서비스
31	l blend - gl_, pl_, sl_	Traveling 여행	Security 보안, 안전
32	r blend - br_, cr_, fr_	Visiting 방문	Museums 박물관
33	r blend - dr_, pr_, tr_	Party 파티	Health Care 의료서비스
34	s blend - sk_, sm_, sn_	Media 미디어	Movies 영화
35	s blend - sp_, st_, sw_	Computer 컴퓨터	Politics 정치
36	ending blend - _nd, _nt	Ordinals 서수	Crime 범죄
37	ending blend - _ng, _nk	Functional Words 기능어	Economy 경제
38	ch_ and sh_	Directions 방향	Prepositions 전치사
39	ph_, th_ and wh_	Antonyms 반의어	Antonyms 반의어
40	silent syllable	Month 월	Verb Phrases 동사구

Contents

UNIT 01 Body 인체

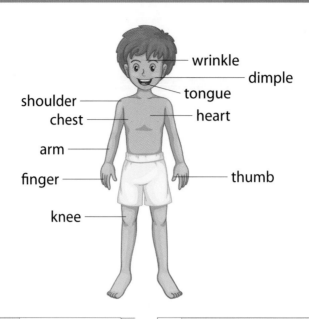

01 **arm**	[ɑːrm] 팔
stretch an arm 팔을 뻗다	

02 **finger**	[fíŋɡər] 손가락
cut a finger 손가락을 베다	

03 **heart**	[hɑːrt] 심장
a weak heart 약한 심장	

04 **knee**	[niː] 무릎
a knee guard 무릎 보호대	

05 **thumb**	[θʌm] 엄지손가락
hurt a thumb 엄지손가락을 다치다	

06 **shoulder**	[ʃóuldər] 어깨
a shoulder bag 어깨에 매는 가방	

07 **tongue**	[tʌŋ] 혀
a long tongue 긴 혀	

08 **chest**	[tʃest] 가슴
chest pain 가슴 통증	

09 **wrinkle**	[ríŋkl] 주름
fine wrinkles 잔주름	

10 **dimple**	[dímpl] 보조개
have dimples 보조개가 있다	

✏ 영어 단어를 완성하세요.

1   arm 팔
    ⟶   ☐ rm   a ☐ ☐   ☐ ☐

2   finger 손가락
    ⟶   ☐ inger   fi ☐ ☐ er   ☐ ☐

3   heart 심장
    ⟶   ☐ eart   he ☐ r   ☐ ☐

4   knee 무릎
    ⟶   k ☐ ee   kn ☐ ☐   ☐ ☐

5   thumb 엄지손가락
    ⟶   ☐ humb   t ☐ um ☐   ☐ ☐

6   shoulder 어깨
    ⟶   sh ☐ ulder   ☐ houl ☐ er   ☐ ☐

7   tongue 혀
    ⟶   t ☐ ngue   ☐ ong ☐ e   ☐ ☐

8   chest 가슴
    ⟶   ☐ hest   ch ☐ t   ☐ ☐

9   wrinkle 주름
    ⟶   ☐ rinkle   w ☐ ink ☐ e   ☐ ☐

10 dimple 보조개
    ⟶   ☐ imple   d ☐ m ☐ le   ☐ ☐

✎ Practice

A 단어의 알맞은 뜻을 선으로 연결한 후, 빈칸에 단어를 직접 써보세요.

1 wrinkle •   • 심장   ⟶ [   ]

2 chest •   • 무릎   ⟶ [   ]

3 knee •   • 혀   ⟶ [   ]

4 heart •   • 주름   ⟶ [   ]

5 tongue •   • 가슴   ⟶ [   ]

B 우리말과 일치하도록 빈칸에 알맞은 단어를 보기 에서 찾아 쓰세요.

보기	finger	shoulder	dimple	arm	thumb

1 손가락을 베다 ⟶ cut a _____

2 엄지손가락을 다치다 ⟶ hurt a _____

3 어깨에 매는 가방 ⟶ a _____ bag

4 팔을 뻗다 ⟶ stretch an _____

5 보조개가 있다 ⟶ have _____ s

C 우리말을 참고해서 빈칸에 알맞은 단어를 골라 문장을 완성하세요.

1 I have a _____ bag. 나는 **어깨**에 매는 가방이 있다.
   (arm / shoulder)

2 She has _____ in her cheeks. 그녀는 양 볼에 **보조개**가 있다.
   (wrinkles / dimples)

3 I need a _____ guard. 나는 **무릎** 보호대가 필요하다.
   (knee / finger)

4 I am stretching my _____. 나는 **팔**을 뻗고 있다.
   (arm / heart)

5 She has fine _____. 그녀는 잔**주름**이 있다.
   (thumb / wrinkles)

D 우리말을 참고해서 알맞은 단어를 넣어 문장을 완성하세요.

1 She cut her f _____. 그녀는 **손가락**을 베었다.

2 The baby has a weak h _____. 그 아기는 **심장**이 약하다.

3 The boy hurt his t _____. 그 소년은 **엄지손가락**을 다쳤다.

4 The old man has c _____ pain. 그 노인은 **가슴** 통증이 있다.

5 He has a long t _____. 그는 긴 **혀**를 가지고 있다.

Family 가족

01 **family** [fǽməli] 가족	02 **son** [sʌn] 아들
a large family 대가족	my son 나의 아들

03 **daughter** [dɔ́ːtər] 딸	04 **parent** [pɛ́(ː)ərənt] 부모
your daughter 너의 딸	his parents 그의 부모님

05 **aunt** [ænt] 이모, 고모	06 **uncle** [ʌ́ŋkl] 삼촌
her aunt 그녀의 고모	their uncle 그들의 삼촌

07 **cousin** [kʌ́zən] 사촌	08 **relative** [rélətiv] 친척
our cousin 우리의 사촌	a close relative 가까운 친척

09 **nephew** [néfjuː] 조카(아들)	10 **niece** [niːs] 조카딸
a baby nephew 아기 조카	have a niece 조카딸이 있다

✎ 영어 단어를 완성하세요.

1   family   가족

→   ___amily   f ___ m ___ ly

2   son   아들

→   ___on   s ___

3   daughter   딸

→   d ___ ughter   da ___ g ___ ter

4   parent   부모

→   par ___ nt   p ___ ren ___

5   aunt   이모, 고모

→   aun ___   ___ u ___ t

6   uncle   삼촌

→   ___ncle   u ___ c ___ e

7   cousin   사촌

→   cou ___ in   c ___ sin

8   relative   친척

→   ___elative   r ___ lativ ___

9   nephew   조카 (아들)

→   ne ___ hew   n ___ ph ___ w

10   niece   조카딸

→   ___iece   n ___ ce

Practice

A 단어의 알맞은 뜻을 선으로 연결한 후, 빈칸에 단어를 직접 써보세요.

1 son   •   • 부모   → [   ]

2 niece •   • 사촌   → [   ]

3 parent •   • 조카딸 → [   ]

4 uncle •   • 삼촌   → [   ]

5 cousin •   • 아들   → [   ]

B 우리말과 일치하도록 빈칸에 알맞은 단어를 보기 에서 찾아 쓰세요.

보기	family	aunt	nephew	relative	daughter

1 대가족   → a large _____

2 가까운 친척 → a close _____

3 아기 조카   → a baby _____

4 너의 딸   → your _____

5 그녀의 고모 → her _____

C 우리말을 참고해서 빈칸에 알맞은 단어를 골라 문장을 완성하세요.

1 He is my close _____. 그는 나의 가까운 **친척**이다.
(cousin / relative)

2 His _____ are proud of him. 그의 **부모님**은 그를 자랑스러워 한다.
(parents / family)

3 How old is your _____? 너의 **딸**은 몇 살이니?
(son / daughter)

4 I hold my baby _____. 나는 아기 **조카**를 안는다.
(aunt / nephew)

5 They are our _____. 그들은 우리 **사촌들**이다.
(relatives / cousins)

D 우리말을 참고해서 알맞은 단어를 넣어 문장을 완성하세요.

1 My mom has a n_____. 나의 엄마는 **조카딸**이 있다.

2 She lives with her a_____. 그녀는 **고모**와 산다.

3 The boy is my s_____. 그 소년은 나의 **아들**이다.

4 Their u_____ is a doctor. 그들의 **삼촌**은 의사다.

5 I want a large f_____. 나는 **대가족**을 원한다.

Friends 친구

01 **best**	[best] 최고의, 가장 좋은
my best friend 나의 가장 친한 친구	

02 **close**	[klous] 가까운
be close to my mom 엄마와 가깝다	

03 **chat**	[tʃæt] 이야기 하다
chat with a friend 친구와 이야기 하다	

04 **meet**	[miːt] 만나다
meet again 다시 만나다	

05 **gather**	[gǽðər] 모이다
gather together 함께 모이다	

06 **miss**	[mis] 그리워하다
miss a son 아들을 그리워하다	

07 **quarrel**	[kwɔ́(ː)rəl] 말다툼하다
quarrel with a classmate 급우와 말다툼하다	

08 **together**	[təgéðər] 함께
live together 함께 살다	

09 **share**	[ʃɛər] 나누다
share the work 일을 나눠 하다	

10 **friendship**	[fréndʃip] 우정
a wonderful friendship 아주 멋진 우정	

✎ 영어 단어를 완성하세요.

1   best   최고의, 가장 좋은
    → [ ]est   b[ ]s[ ]   [   ][   ]

2   close   가까운
    → clos[ ]   c[ ]se   [   ][   ]

3   chat   이야기 하다
    → [ ]hat   c[ ]t   [   ][   ]

4   meet   만나다
    → mee[ ]   m[ ]t   [   ][   ]

5   gather   모이다
    → [ ]ather   ga[ ]he[ ]   [   ][   ]

6   miss   그리워하다
    → mi[ ]s   m[ ]s[ ]   [   ][   ]

7   quarrel   말다툼하다
    → [ ]uarrel   quar[ ][ ]l   [   ][   ]

8   together   함께
    → to[ ]ether   tog[ ]th[ ]r   [   ][   ]

9   share   나누다
    → [ ]hare   s[ ]ar[ ]   [   ][   ]

10   friendship   우정
    → friend[ ]hip   fri[ ]ndsh[ ]p   [   ][   ]

Practice

A 단어의 알맞은 뜻을 선으로 연결한 후, 빈칸에 단어를 직접 써보세요.

1 best • • 말다툼하다 →

2 close • • 그리워하다 →

3 miss • • 함께 →

4 quarrel • • 최고의, 가장 좋은 →

5 together • • 가까운 →

B 우리말과 일치하도록 빈칸에 알맞은 단어를 보기 에서 찾아 쓰세요.

보기	gather	share	chat	meet	friendship

1 친구와 이야기 하다 → _____ with a friend

2 다시 만나다 → _____ again

3 함께 모이다 → _____ together

4 일을 나눠 하다 → _____ the work

5 아주 멋진 우정 → a wonderful _____

C 우리말을 참고해서 빈칸에 알맞은 단어를 골라 문장을 완성하세요.

1 She is my _____ friend. 그녀는 나의 **가장 친한** 친구다.
   (best / gather)

2 I _____ with my friends. 나는 친구들과 **이야기 한다**.
   (chat / together)

3 All my friends will _____ together. 내 모든 친구들이 함께 **모일** 것이다.
   (gather / close)

4 Susan _____ with her classmate. Susan은 급우와 **말다툼했다**.
   (chatted / quarreled)

5 This book is about a wonderful _____. 이 책은 아주 멋진 **우정**에 대한 것이다.
   (share / friendship)

D 우리말을 참고해서 알맞은 단어를 넣어 분상을 완성하세요.

1 I am c_____ to my mom. 나는 엄마와 **가깝다**.

2 We will m_____ again soon. 우리는 곧 다시 **만날** 것이다.

3 They m_____ their son. 그들은 아들을 **그리워한다**.

4 They live t_____. 그들은 **함께** 산다.

5 We s_____ the work. 우리는 일을 **나눠 한다**.

UNIT 04 Personality 성격

01	**brave** [breiv] 용감한
	a brave soldier 용감한 군인

02	**nice** [nais] 멋진
	a nice guy 멋진 남자

03	**active** [ǽktiv] 활동적인
	active teenagers 활동적인 십대들

04	**diligent** [dílidʒənt] 부지런한, 성실한
	a diligent student 성실한 학생

05	**lazy** [léizi] 게으른
	get lazy 게을러지다

06	**shy** [ʃai] 수줍어하는
	be shy 수줍어하다

07	**wise** [waiz] 현명한
	a wise old man 현명한 노인

08	**clever** [klévər] 영리한
	be clever enough 충분히 영리하다

09	**timid** [tímid] 겁 많은
	a timid child 겁 많은 아이

10	**curious** [kjú(:)əriəs] 호기심이 많은
	become curious 호기심이 생기다

✎ 영어 단어를 완성하세요.

1 brave 용감한
→ ⬚rave b⬚a⬚e ⬚⬚

2 nice 멋진
→ ni⬚e ⬚ic⬚ ⬚⬚

3 active 활동적인
→ ⬚ctive a⬚t⬚ve ⬚⬚

4 diligent 부지런한, 성실한
→ dili⬚ent d⬚lig⬚nt ⬚⬚

5 lazy 게으른
→ ⬚azy l⬚⬚y ⬚⬚

6 shy 수줍어하는
→ ⬚hy s⬚⬚ ⬚⬚

7 wise 현명한
→ wi⬚e w⬚s⬚ ⬚⬚

8 clever 영리한
→ ⬚lever cl⬚v⬚r ⬚⬚

9 timid 겁많은
→ ti⬚id t⬚m⬚d ⬚⬚

10 curious 호기심이 많은
→ ⬚urious c⬚ri⬚us ⬚⬚

Practice

A 단어의 알맞은 뜻을 선으로 연결한 후, 빈칸에 단어를 직접 써보세요.

1 brave • • 영리한 →
2 nice • • 수줍어하는 →
3 shy • • 용감한 →
4 wise • • 멋진 →
5 clever • • 현명한 →

B 우리말과 일치하도록 빈칸에 알맞은 단어를 보기 에서 찾아 쓰세요.

보기	active	timid	curious	diligent	lazy

1 활동적인 십대들 → _____ teenagers

2 성실한 학생 → a _____ student

3 게을러지다 → get _____

4 겁 많은 아이 → a _____ child

5 호기심이 생기다 → become _____

C 우리말을 참고해서 빈칸에 알맞은 단어를 골라 문장을 완성하세요.

1 My dad is a _____ soldier. 나의 아빠는 **용감한** 군인이다.
   (wise / brave)

2 He looks like a _____ guy. 그는 **멋진** 남자처럼 보인다.
   (nice / timid)

3 They are _____ teenagers. 그들은 **활동적인** 십대들이다.
   (brave / active)

4 Sally is a _____ student. Sally는 **성실한** 학생이다.
   (nice / diligent)

5 Don't be _____. **수줍어하지** 마라.
   (shy / clever)

D 우리말을 참고해서 일맞은 단어를 넣어 문장을 완성하세요.

1 The w _____ old man knows everything.
   그 **현명한** 노인은 모든 것을 안다.

2 I am getting l _____ these days.
   나는 요즘 **게을러**지고 있다.

3 The t _____ child is afraid of the dark.
   그 **겁 많은** 아이는 어둠을 두려워한다.

4 I became c _____ about her.
   나는 그녀에 대한 **호기심이** 생겼다.

5 The dog is c _____ enough to save him.
   그 개는 그를 구할 만큼 충분히 **영리하**다.

UNIT 05 Appearance 외모

01 handsome [hǽnsəm] 잘생긴

a handsome actor 잘생긴 배우

02 beautiful [bjúːtəfəl] 아름다운

a beautiful woman 아름다운 여자

03 heavy [hévi] 무거운, 뚱뚱한

a heavy man 뚱뚱한 남자

04 ugly [ʎgli] 못생긴

an ugly duckling 미운(못생긴) 오리 새끼

05 curly [kə́ːrli] 곱슬곱슬한

curly hair 곱슬곱슬한 머리

06 blond [blɑnd] 금발의

with blond hair 금발머리를 한

07 dark [dɑːrk] 어두운, 다크

a dark circle 다크서클

08 beard [biərd] 턱수염

grow a beard 턱수염을 기르다

09 charming [tʃɑ́ːrmiŋ] 매력적인

a charming person 매력적인 사람

10 bald [bɔːld] 대머리의

go bald 대머리가 되다

✎ 영어 단어를 완성하세요.

1 handsome 잘생긴

→ ☐andsome   h☐ndso☐e   ☐☐

2 beautiful 아름다운

→ ☐eautiful   b☐aut☐ful   ☐☐

3 heavy 무거운, 뚱뚱한

→ ☐eavy   h☐vy   ☐☐

4 ugly 못생긴

→ ugl☐   u☐☐y   ☐☐

5 curly 곱슬곱슬한

→ c☐rly   ☐url☐   ☐☐

6 blond 금발의

→ blon☐   b☐o☐d   ☐☐

7 dark 어두운, 다크

→ ☐ark   d☐☐k   ☐☐

8 beard 턱수염

→ bear☐   b☐☐rd   ☐☐

9 charming 매력적인

→ ☐harming   ch☐rmin☐   ☐☐

10 bald 대머리의

→ ba☐d   b☐l☐   ☐☐

✎ Practice

A 단어의 알맞은 뜻을 선으로 연결한 후, 빈칸에 단어를 직접 써보세요.

1	blond	•	•	매력적인	→	
2	dark	•	•	잘생긴	→	
3	handsome	•	•	금발의	→	
4	charming	•	•	무거운, 뚱뚱한	→	
5	heavy	•	•	어두운, 다크	→	

B 우리말과 일치하도록 빈칸에 알맞은 단어를 보기 에서 찾아 쓰세요.

보기	bald	beautiful	ugly	curly	beard

1 아름다운 여자 ⟶ a _____ woman

2 곱슬곱슬한 머리 ⟶ _____ hair

3 대머리가 되다 ⟶ go _____

4 미운(못생긴) 오리 새끼 ⟶ an _____ duckling

5 턱수염을 기르다 ⟶ grow a _____

C 우리말을 참고해서 빈칸에 알맞은 단어를 골라 문장을 완성하세요.

1 I know the ＿＿＿＿＿＿＿＿ actor. 나는 그 **잘생긴** 배우를 안다.
(handsome / charming)

2 Lisa is a ＿＿＿＿＿＿＿＿ woman. Lisa는 **아름다운** 여자다.
(ugly / beautiful)

3 Look at the ＿＿＿＿＿＿＿＿ man. 그 **뚱뚱한** 남자를 봐라.
(heavy / curly)

4 Do you know the girl with ＿＿＿＿＿＿＿＿ hair? 너는 **금발**머리를 한 소녀를 알고 있니?
(blond / dark)

5 He started going ＿＿＿＿＿＿＿＿. 그는 **대머리**가 되기 시작했다.
(beard / bald)

D 우리말을 참고해서 알맞은 단어를 넣어 문장을 완성하세요.

1 I am like an u＿＿＿＿＿＿＿＿ duckling. 나는 미운(**못생긴**) 오리 새끼 같다.

2 The little boy has c＿＿＿＿＿＿＿＿ hair. 그 꼬마는 **곱슬곱슬한** 머리다.

3 There is a d＿＿＿＿＿＿＿＿ circle under each eye. 각 눈 아래 **다크**서클이 있다.

4 My uncle is growing a b＿＿＿＿＿＿＿＿. 나의 삼촌은 **턱수염**을 기르고 있다.

5 She is a real c＿＿＿＿＿＿＿＿ person. 그녀는 정말 **매력적인** 사람이다.

A 다음 영어 단어의 우리말 뜻을 쓰세요.

1 thumb → _____

2 wise → _____

3 shoulder → _____

4 together → _____

5 tongue → _____

6 diligent → _____

7 wrinkle → _____

8 beautiful → _____

9 uncle → _____

10 heavy → _____

11 relative → _____

12 beard → _____

13 meet → _____

14 brave → _____

B 다음 우리말을 보고 영어표현을 완성하세요.

1 cut a f _____
손가락을 베다

2 m _____ a son
아들을 그리워하다

3 a k _____ guard
무릎 보호대

4 a _____ teenagers
활동적인 십대들

5 your d _____
너의 딸

6 have a n _____
조카딸이 있다

7 my b _____ friend
나의 가장 친한 친구

8 become c _____
호기심이 생기다

9 c _____ with a friend
친구와 이야기 하다

10 a h _____ actor
잘생긴 배우

11 a baby n _____
아기 조카 (아들)

12 c _____ hair
곱슬곱슬한 머리

13 q _____ with a classmate
급우와 말다툼하다

14 go b _____
대머리가 되다

C 우리말과 같도록 괄호 안에서 알맞은 단어에 동그라미 하세요.

1 She has (wrinkles / dimples) in her cheeks. 그녀는 양 볼에 **보조개**가 있다.

2 They are our (cousins / aunts). 그들은 우리 **사촌들**이다.

3 We (share / gather) the work. 우리는 일을 **나눠 한다**.

4 I want a large (family / parents). 나는 대**가족**을 원한다.

5 Don't be (shy / timid). **수줍어하지** 마라.

6 He looks like a (nice / handsome) guy. 그는 **멋진** 남자처럼 보인다.

7 All my friends will (gather / share) together. 내 모든 친구들이 함께 **모일** 것이다.

8 I am getting (lazy / curly) these days. 나는 요즘 **게을러**지고 있다.

D 우리말과 같도록 다음 영어 문장을 완성하세요.

1 This book is about a wonderful f_____. 이 책은 아주 멋진 **우정**에 대한 것이다.

2 The dog is c_____ enough to save him. 그 개는 그를 구할 만큼 충분히 **영리하다**.

3 She lives with her a_____. 그녀는 **고모**와 산다.

4 The t_____ child is afraid of the dark. 그 **겁 많은** 아이는 어둠을 두려워한다.

5 I am like an u_____ duckling. 나는 미운(**못생긴**) 오리 새끼 같다.

6 Do you know the girl with b_____ hair? 너는 **금발**머리를 한 소녀를 알고 있니?

7 The old man has c_____ pain. 그 노인은 **가슴** 통증이 있다.

8 There is a d_____ circle under each eye. 각 눈 아래 **다크**서클이 있다.

Emotions 감정

01 **hate** [heit] 싫어하다	02 **boring** [bɔ́:riŋ] 지루한
hate **each other** 서로 싫어하다	a boring book 지루한 책

03 **angry** [ǽŋgri] 화난	04 **crazy** [kréizi] 미친
be angry **with me** 나에게 화나다	drive me crazy 나를 미치게 하다

05 **excited** [iksáitid] 흥분한	06 **worry** [wɔ́:ri] 걱정하다
look excited 흥분해 보이다	worry **about me** 나에 대해 걱정하다

07 **upset** [ʌpsét] 속상한	08 **lonely** [lóunli] 외로운
be so upset 무척 속상하다	a lonely night 외로운 밤

09 **afraid** [əfréid] 두려워하는	10 **emotion** [imóuʃən] 감정
be afraid **of a dog** 개를 두려워하다	express emotion 감정을 표현하다

✎ 영어 단어를 완성하세요.

1   hate 싫어하다

→ h ☐ te   ☐ at ☐   ☐ ☐

2   boring 지루한

→ bor ☐ ng   b ☐ rin ☐   ☐ ☐

3   angry 화난

→ a ☐ gry   ☐ n ☐ ry   ☐ ☐

4   crazy 미친

→ cra ☐ y   ☐ raz ☐   ☐ ☐

5   excited 흥분한

→ e ☐ cited   ☐ xcite ☐   ☐ ☐

6   worry 걱정하다

→ worr ☐   ☐ or ☐ y   ☐ ☐

7   upset 속상한

→ ☐ pset   up ☐ e ☐   ☐ ☐

8   lonely 외로운

→ lon ☐ ly   ☐ one ☐ y   ☐ ☐

9   afraid 두려워하는

→ a ☐ raid   ☐ fr ☐ id   ☐ ☐

10 emotion 감정

→ emo ☐ ion   ☐ m ☐ tion   ☐ ☐

Practice

A 단어의 알맞은 뜻을 선으로 연결한 후, 빈칸에 단어를 직접 써보세요.

1	hate •	• 지루한	→
2	upset •	• 화난	→
3	lonely •	• 싫어하다	→
4	boring •	• 속상한	→
5	angry •	• 외로운	→

B 우리말과 일치하도록 빈칸에 알맞은 단어를 보기 에서 찾아 쓰세요.

보기   emotion   crazy   excited   worry   afraid

1 나를 미치게 하다 → drive me _____

2 흥분해 보이다 → look _____

3 나에 대해 걱정하다 → _____ about me

4 개를 두려워하다 → be _____ of a dog

5 감정을 표현하다 → express _____

C 우리말을 참고해서 빈칸에 알맞은 단어를 골라 문장을 완성하세요.

1 The kid drives me _____ . 그 아이가 나를 **미치게** 한다.
(crazy / hate)

2 Why do they look _____ ? 왜 그들은 **흥분해** 보이니?
(angry / excited)

3 You don't need to _____ about me. 너는 나에 대해 **걱정할** 필요 없다.
(worry / boring)

4 She spent a _____ night in London. 그녀는 런던에서 **외로운** 밤을 보냈다.
(upset / lonely)

5 Tears are a way to express _____ . 눈물은 **감정**을 표현하는 방법이다.
(emotion / afraid)

D 우리말을 참고해서 알맞은 단어를 넣어 문장을 완성하세요.

1 The two boys h_____ each other. 그 두 소년은 서로 **싫어한다**.

2 Do you think it is a b_____ book? 너는 그것이 **지루한** 책이라고 생각하니?

3 Don't be a_____ with me. 나한테 **화내지** 마라.

4 Tell me why you are so u_____ . 왜 그렇게 **속상한**지 말해줘.

5 Don't be a_____ of a dog. 개를 **두려워하지** 마라.

Senses 감각

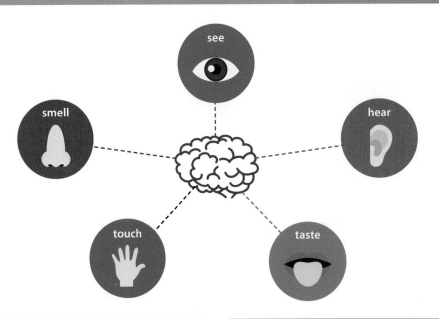

01 **feel**	[fiːl] 느끼다
feel better 기분이 좋아지다(좋게 느끼다)	

02 **hear**	[hiər] 듣다
hear a weather report 일기예보를 듣다	

03 **see**	[siː] 보다
see a doctor 진찰 받다(의사를 보다)	

04 **taste**	[teist] 맛이 나다
taste of mint 박하맛이 나다	

05 **sense**	[sens] 감각
a sense of humor 유머 감각	

06 **touch**	[tʌtʃ] 만지다
touch a painting 그림을 만지다	

07 **sight**	[sait] 시력
have good sight 시력이 좋다	

08 **sound**	[saund] 소리
a strange sound 이상한 소리	

09 **seem**	[siːm] ~인 것 같다
seem to know 아는 것 같다	

10 **balance**	[bǽləns] 균형
keep a balance 균형을 유지하다	

✎ 영어 단어를 완성하세요.

1 feel 느끼다

→ 　eel 　f　l

2 hear 듣다

→ 　he　r 　h　a

3 see 보다

→ 　s　e 　　e

4 taste 맛이 나다

→ 　aste 　t　st

5 sense 감각

→ 　sens　 　e　se

6 touch 만지다

→ 　t　uch 　ouc

7 sight 시력

→ 　sigh　 　ig　t

8 sound 소리

→ 　s　und 　oun

9 seem ~인 것 같다

→ 　se　m 　s　e

10 balance 균형

→ 　b　lance 　alan　e

Practice

A 단어의 알맞은 뜻을 선으로 연결한 후, 빈칸에 단어를 직접 써보세요.

1   seem   •   •   느끼다   →   _____

2   see   •   •   듣다   →   _____

3   feel   •   •   만지다   →   _____

4   touch •   •   ~인 것 같다 →   _____

5   hear   •   •   보다   →   _____

B 우리말과 일치하도록 빈칸에 알맞은 단어를 보기 에서 찾아 쓰세요.

보기	sight	taste	sense	sound	balance

1   박하맛이 나다   →   _____ of mint

2   유머 감각   →   a _____ of humor

3   시력이 좋다   →   have good _____

4   이상한 소리   →   a strange _____

5   균형을 유지하다   →   keep a _____

C 우리말을 참고해서 빈칸에 알맞은 단어를 골라 문장을 완성하세요.

1   This ice cream _____ of mint.   이 아이스크림은 박하**맛이 난다**.
    (seems / tastes)

2   He has a good _____ of humor.   그는 유머 **감각**이 좋다.
    (sense / sound)

3   You need to keep a _____.   너는 **균형**을 유지할 필요가 있다.
    (balance / sight)

4   Don't _____ the paintings.   그 그림들을 **만지지** 마라.
    (feel / touch)

5   I have very good _____.   나는 **시력**이 매우 좋다.
    (hear / sight)

D 우리말을 참고해서 알맞은 단어를 넣어 문장을 완성하세요.

1   I heard a strange s _____ last night.
    나는 지난밤 이상한 **소리**를 들었다.

2   Take a shower, and you will f _____ better.
    샤워를 해라, 그러면 기분이 좋아질(좋게 **느껴질**) 것이다.

3   Did you h _____ a weather report this morning?
    너는 오늘 아침에 일기예보를 **들었니**?

4   You had better s _____ a doctor.
    너는 진찰 받는 게(의사를 **보는** 게) 좋겠다.

5   They s _____ to know everything.
    그들은 모든 것을 아는 **것 같다**.

Health 건강

01 health [helθ] 건강

be good for health 건강에 좋다

02 diet [dáiət] 다이어트

go on a diet 다이어트 하다

03 gain [gein] 늘어나다, 얻다

gain weight 몸무게가 늘어나다

04 lose [lu:z] 줄다, 잃다

lose weight 몸무게가 줄다

05 weight [weit] 몸무게

watch my weight 내 몸무게에 신경 쓰다

06 keep [ki:p] 유지하다

keep a body warm 몸을 따뜻하게 유지하다

07 rest [rest] 휴식

take a rest 휴식하다

08 relax [rilǽks] 쉬다

need to relax 쉬어야 하다

09 medicine [médisin] 약

take medicine 약을 먹다

10 condition [kəndíʃən] (건강) 상태

be in bad condition 건강 상태가 안 좋다

✎ 영어 단어를 완성하세요.

1 health 건강
   → h ㅁ alth   ㅁ eal ㅁ h   ㅁㅁ

2 diet 다이어트
   → die ㅁ   ㅁ i ㅁ t   ㅁㅁ

3 gain 늘어나다, 얻다
   → g ㅁ in   ㅁ a ㅁ n   ㅁㅁ

4 lose 줄다, 잃다
   → los ㅁ   ㅁ o ㅁ e   ㅁㅁ

5 weight 몸무게
   → w ㅁ ight   ㅁ ei ㅁ ht   ㅁㅁ

6 keep 유지하다
   → ke ㅁ p   ㅁ ee ㅁ   ㅁㅁ

7 rest 휴식
   → r ㅁ st   ㅁ es ㅁ   ㅁㅁ

8 relax 쉬다
   → re ㅁ ax   ㅁ el ㅁ x   ㅁㅁ

9 medicine 약
   → m ㅁ dicine   ㅁ edi ㅁ ine   ㅁㅁ

10 condition (건강) 상태
   → co ㅁ dition   ㅁ on ㅁ ition   ㅁㅁ

Practice

A 단어의 알맞은 뜻을 선으로 연결한 후, 빈칸에 단어를 직접 써보세요.

1 lose • • 건강 →

2 medicine • • 줄다, 잃다 →

3 health • • 쉬다 →

4 relax • • 약 →

5 weight • • 몸무게 →

B 우리말과 일치하도록 빈칸에 알맞은 단어를 보기 에서 찾아 쓰세요.

보기	diet	gain	keep	rest	condition

1 휴식하다 → take a _____

2 건강 상태가 안 좋다 → be in bad _____

3 다이어트 하다 → go on a _____

4 몸무게가 늘어나다 → _____ weight

5 몸을 따뜻하게 유지하다 → _____ a body warm

C 우리말을 참고해서 빈칸에 알맞은 단어를 골라 문장을 완성하세요.

1 I will go on a _____. 나는 **다이어트**를 할 것이다.
   (diet / weight)

2 I _____ weight too much. 나는 몸무게가 너무 많이 **늘었다**.
   (gained / lost)

3 I need to _____ for a while. 나는 당분간 좀 **쉬어야** 한다.
   (relax / keep)

4 You have to take _____. 너는 **약**을 먹어야 한다.
   (medicine / rest)

5 I have to watch my _____. 나는 내 **몸무게**에 신경 써야 한다.
   (weight / health)

D 우리말을 참고해서 알맞은 단어를 넣어 문장을 완성하세요.

1 Milk is very good for our h_____. 우유는 우리의 **건강**에 아주 좋다.

2 Amy is going to l_____ weight. Amy는 몸무게를 **줄일** 것이다.

3 You need to k_____ your body warm. 너는 몸을 따뜻하게 **유지해야** 한다.

4 We take a r_____ for ten minutes. 우리는 10분 동안 **휴식**한다.

5 My best friend is in bad c_____. 내 가장 친한 친구가 **건강 상태**가 안 좋다.

UNIT 09

Physiology 생리현상

01
hungry
[hʌ́ŋgri]
배고픈

look hungry 배고파 보이다

02
thirsty
[θə́ːrsti]
목이 마른

be thirsty 목이 마르다

03
cough
[kɔ(ː)f]
기침하다

cough a lot 기침을 많이 하다

04
cold
[kould]
감기

catch a cold 감기에 걸리다

05
sneeze
[sniːz]
재채기

hold a sneeze 재채기를 참다

06
blood
[blʌd]
피, 혈액

give blood 헌혈하다

07
sleepy
[slíːpi]
졸린

sleepy eyes 졸린 눈

08
full
[ful]
배가 부른

be full 배가 부르다

09
snore
[snɔːr]
코를 골다

snore heavily 코를 심하게 골다

10
dizzy
[dízi]
어지러운

feel dizzy 어지럽다

영어 단어를 완성하세요.

1 hungry 배고픈

   → h　ngry　　un　ry

2 thirsty 목이 마른

   → thi　sty　　hirs　y

3 cough 기침하다

   → c　ugh　　oug

4 cold 감기

   → col　　o　d

5 sneeze 재채기

   → sn　eze　　nee　e

6 blood 피, 혈액

   → blo　d　　loo

7 sleepy 졸린

   → 　leepy　　sl　py

8 full 배가 부른

   → ful　　f　l

9 snore 코를 골다

   → s　ore　　sn　e

10 dizzy 어지러운

   → diz　y　　izz

✏ Practice

A 단어의 알맞은 뜻을 선으로 연결한 후, 빈칸에 단어를 직접 써보세요.

1 sleepy •   • 목이 마른 → [   ]

2 snore •   • 기침하다 → [   ]

3 thirsty •   • 재채기 → [   ]

4 sneeze •   • 졸린 → [   ]

5 cough •   • 코를 골다 → [   ]

B 우리말과 일치하도록 빈칸에 알맞은 단어를 보기 에서 찾아 쓰세요.

보기	hungry	cold	blood	full	dizzy

1 배가 부르다 → be _____

2 배고파 보이다 → look _____

3 감기에 걸리다 → catch a _____

4 헌혈하다 → give _____

5 어지럽다 → feel _____

C 우리말을 참고해서 빈칸에 알맞은 단어를 골라 문장을 완성하세요.

1 I _____ heavily while sleeping. 나는 자는 동안 **코를** 심하게 **곤다.**
(snore / sleepy)

2 That poor boy looks _____. 저 가난한 소년은 **배고파** 보인다.
(full / hungry)

3 The boys _____ a lot. 그 소년들은 **기침을** 많이 **한다.**
(cough / snore)

4 Babies can catch a _____ easily. 아기들은 쉽게 **감기에** 걸릴 수 있다.
(cold / dizzy)

5 I often give _____. 나는 종종 **헌혈**한다.
(thirsty / blood)

D 우리말을 참고해서 알맞은 단어를 넣어 문장을 완성하세요.

1 I saw your s_____ eyes then. 나는 그때 너의 **졸린** 눈을 보았다.

2 I am already f_____. 나는 벌써 **배가 부르다.**

3 I felt d_____ this morning. 나는 오늘 아침에 **어지러웠다.**

4 I hold a s_____ in class. 나는 수업 중에 **재채기를** 참는다.

5 He was t_____ after playing soccer. 그는 축구를 한 후 **목이 말랐다.**

House Things 집안 물건

01 closet [klάzit] 벽장

a hall closet 복도 벽장

02 carpet [kάːrpit] 카펫

a roll of carpet (말아놓은) 카펫 하나

03 furniture [fə́ːrnitʃər] 가구

sell furniture 가구를 팔다

04 curtain [kə́ːrtən] 커튼

draw a curtain 커튼을 걷다

05 bookcase [búkkèis] 책장

a built-in bookcase 붙박이 책장

06 pack [pæk] 싸다

pack a bag 가방을 싸다

07 carry [kǽri] 운반하다

carry a suitcase 여행가방을 운반하다

08 television [telivíʒn] 텔레비전

watch television 텔레비전을 보다

09 light [lait] (전깃)불, 빛

turn off a light 불을 끄다

10 own [oun] 자신의, 소유의

my own car 내 소유의 자동차

✎ 영어 단어를 완성하세요.

1 closet 벽장

→ cl[ ]set | lose[ ] | [ ][ ]

2 carpet 카펫

→ carp[ ]t | ar[ ]et | [ ][ ]

3 furniture 가구

→ f[ ]rniture | [ ]urni[ ]ure | [ ][ ]

4 curtain 커튼

→ curt[ ]in | ur[ ]ain | [ ][ ]

5 bookcase 책장

→ bookc[ ]se | [ ]oo[ ]case | [ ][ ]

6 pack 싸다

→ pac[ ] | [ ]a[ ]k | [ ][ ]

7 carry 운반하다

→ c[ ]rry | [ ]arr[ ] | [ ][ ]

8 television 텔레비전

→ tele[ ]ision | [ ]elevi[ ]ion | [ ][ ]

9 light (전깃)불, 빛

→ ligh[ ] | [ ]ig[ ]t | [ ][ ]

10 own 자신의, 소유의

→ o[ ]n | [ ]w[ ] | [ ][ ]

Practice

A 단어의 알맞은 뜻을 선으로 연결한 후, 빈칸에 단어를 직접 써보세요.

1	bookcase •	• 벽장	→	
2	furniture •	• 카펫	→	
3	closet •	• 가구	→	
4	carpet •	• 책장	→	
5	curtain •	• 커튼	→	

B 우리말과 일치하도록 빈칸에 알맞은 단어를 보기 에서 찾아 쓰세요.

보기   pack   carry   television   light   own

1 여행가방을 운반하다   ⟶   _____ a suitcase

2 텔레비전을 보다   ⟶   watch _____

3 불을 끄다   ⟶   turn off a _____

4 내 소유의 자동차   ⟶   my _____ car

5 가방을 싸다   ⟶   _____ a bag

C 우리말을 참고해서 빈칸에 알맞은 단어를 골라 문장을 완성하세요.

1 My brother _____ the bag yesterday. 내 형은 어제 가방을 **쌌다**.
(packed / owned)

2 We watch _____ in the evening. 우리는 저녁에 **텔레비전**을 본다.
(television / carpet)

3 The shoes are in the hall _____. 그 신발들은 복도 **벽장** 안에 있다.
(closet / curtain)

4 She sells _____ at the market. 그녀는 시장에서 **가구**를 판다.
(furniture / light)

5 We _____ a suitcase. 우리는 여행가방을 **운반한다**.
(carry / pack)

D 우리말을 참고해서 알맞은 단어를 넣어 문장을 완성하세요.

1 It is time to draw a c_____. **커튼**을 걷을 시간이다.

2 You have to turn off a l_____. 너는 **불**을 꺼야 한다.

3 I have my o_____ car. 내 **소유의** 자동차가 있다.

4 Give me a roll of c_____, please. **카펫** 하나 주세요.

5 There is a built-in b_____ in my room. 내 방에는 붙박이 **책장**이 있다.

A 다음 영어 단어의 우리말 뜻을 쓰세요.

1 lonely → _____
2 relax → _____

3 hear → _____
4 hungry → _____

5 sight → _____
6 sleepy → _____

7 balance → _____
8 curtain → _____

9 health → _____
10 pack → _____

11 weight → _____
12 feel → _____

13 diet → _____
14 see → _____

B 다음 우리말을 보고 영어표현을 완성하세요.

1 c _____ a suitcase
여행가방을 운반하다

2 t _____ of mint
박하맛이 나다

3 be a _____ with me
나에게 화나다

4 t _____ a painting
그림을 만지다

5 look e _____
흥분해 보이다

6 g _____ weight
몸무게가 늘어나다

7 w _____ about me
나에 대해 걱정하다

8 k _____ a body warm
몸을 따뜻하게 유지하다

9 a b _____ book
지루한 책

10 c _____ a lot
기침을 많이 하다

11 be t _____
목이 마르다

12 a hall c _____
복도 벽장

13 give b _____
헌혈하다

14 sell f _____
가구를 팔다

C 우리말과 같도록 괄호 안에서 알맞은 단어에 동그라미 하세요.

1   Don't be (afraid / keep) of a dog.   개를 **두려워하지** 마라.

2   I heard a strange (sound / hear) last night.   나는 지난밤 이상한 **소리**를 들었다.

3   They (seem / worry) to know everything.   그들은 모든 것을 아는 **것 같다**.

4   Babies can catch a (cold / condition) easily.   아기들은 쉽게 **감기**에 걸릴 수 있다.

5   I (cough / snore) heavily while sleeping.   나는 자는 동안 **코를** 심하게 **곤다**.

6   The two boys (hate / touch) each other.   그 두 소년은 서로 **싫어한다**.

7   The kid drives me (gain / crazy).   그 아이가 나를 **미치게** 한다.

8   Tell me why you are so (upset / sleepy).   왜 그렇게 **속상한**지 말해줘.

D 우리말과 같도록 다음 영어 문장을 완성하세요.

1   He has a good s _____ of humor.   그는 유머 **감각**이 좋다.

2   Amy is going to l _____ weight.   Amy는 몸무게를 **줄일** 것이다.

3   We take a r _____ for ten minutes.   우리는 10분 동안 **휴식**한다.

4   You have to take m _____.   너는 **약**을 먹어야 한다.

5   My best friend is in bad c _____.   내 가장 친한 친구가 **건강 상태**가 안 좋다.

6   I hold a s _____ in class.   나는 수업 중에 **재채기**를 참는다.

7   I am already f _____.   나는 벌써 **배가 부르다**.

8   I felt d _____ this morning.   나는 오늘 아침에 **어지러웠다**.

Kitchen Things 주방 물건

01 refrigerator [rifrídʒərèitər] 냉장고

in the refrigerator 냉장고 안에

02 sink [siŋk] 싱크대

a kitchen sink 부엌 싱크대

03 cupboard [kʌ́bərd] 찬장

put it in a cupboard 그것을 찬장에 두다

04 wash [wɑʃ] 씻다, 빨다

wash the dishes 설거지 하다(접시들을 씻다)

05 dry [drai] 말리다, 마른

dry my shirt 내 셔츠를 말리다

06 oven [ʌ́vən] 오븐

turn on an oven 오븐 스위치를 켜다

07 microwave [máikrəwèiv] 전자레인지

microwave meals 전자레인지 음식

08 put [put] 놓다

put a bottle 병을 놓다

09 clear [kliər] 치우다

clear the table 식탁을 치우다

10 chopsticks [tʃʌ́pstiks] 젓가락

use chopsticks 젓가락을 사용하다

✏️ 영어 단어를 완성하세요.

1   refrigerator 냉장고

→   refri◻erator   ◻efrigerat◻r   ◻◻

2   sink 싱크대

→   ◻ink   s◻n◻   ◻◻

3   cupboard 찬장

→   cup◻oard   c◻pb◻ard   ◻◻

4   wash 씻다, 빨다

→   ◻ash   wa◻◻   ◻◻

5   dry 말리다, 마른

→   ◻ry   d◻◻   ◻◻

6   oven 오븐

→   ov◻n   o◻e◻   ◻◻

7   microwave 전자레인지

→   ◻icrowave   m◻cr◻wave   ◻◻

8   put 놓다

→   ◻ut   p◻◻   ◻◻

9   clear 치우다

→   ◻lear   cl◻a◻   ◻◻

10   chopsticks 젓가락

→   cho◻sticks   ◻hops◻icks   ◻◻

Practice

A 단어의 알맞은 뜻을 선으로 연결한 후, 빈칸에 단어를 직접 써보세요.

1 cupboard • • 오븐 →

2 microwave • • 냉장고 →

3 oven • • 싱크대 →

4 refrigerator • • 찬장 →

5 sink • • 전자레인지 →

B 우리말과 일치하도록 빈칸에 알맞은 단어를 보기 에서 찾아 쓰세요.

보기	clear	chopsticks	wash	dry	put

1 내 셔츠를 말리다 → _____ my shirt

2 병을 놓다 → _____ a bottle

3 식탁을 치우다 → _____ the table

4 젓가락을 사용하다 → use _____

5 설거지 하다(접시들을 씻다) → _____ the dishes

C 우리말을 참고해서 빈칸에 알맞은 단어를 골라 문장을 완성하세요.

1 He has to _____ the table. 그는 식탁을 **치워야** 한다.
(clear / wash)

2 Koreans use _____. 한국인들은 **젓가락**을 사용한다.
(chopsticks / sink)

3 Place it in the _____. 그것을 **냉장고** 안에 넣어라.
(cupboard / refrigerator)

4 I just lived on _____ meals. 나는 그저 **전자레인지** 음식으로 살았다.
(microwave / oven)

5 I _____ the bottle on the table. 나는 식탁 위에 그 병을 **놓았다**.
(dry / put)

D 우리말을 참고해서 알맞은 단어를 넣어 문장을 완성하세요.

1 I put my plates in the kitchen s_____.
나는 접시들을 부엌 **싱크대**에 놓았다.

2 Mom put the cans in a c_____.
엄마가 통조림을 **찬장**에 두었다.

3 I d_____ my shirt before going out.
나는 외출 전에 내 셔츠를 **말린다**.

4 She turned on the o_____.
그녀는 그 **오븐** 스위치를 켰다.

5 We w_____ the dishes after dinner.
우리는 저녁식사 후 설거지를 한다(접시들을 **씻는다**).

Descriptions 사물 묘사

01 **silver** [sílvər] 은		02 **soft** [sɔ(:)ft] 부드러운
silver coins 은화		a soft sofa 부드러운 소파

03 **useful** [júːsfəl] 유용한		04 **modern** [mádərn] 현대의
be more useful 더 유용하다		a modern building 현대 건물

05 **useless** [júːslis] 쓸모 없는		06 **metal** [métəl] 금속의
useless things 쓸모 없는 것들		metal parts 금속 부품

07 **colorful** [kʌ́lərfəl] 형형색색의		08 **hard** [haːrd] 단단한
colorful flowers 형형색색의 꽃들		a hard mattress 단단한 매트리스

09 **detail** [ditéil] 세부 묘사		10 **describe** [diskráib] 묘사하다
rich with detail 세부 묘사가 풍부한		describe things 사물들을 묘사하다

✏ 영어 단어를 완성하세요.

1 silver 은
→ sil␣er ␣ s␣ver ␣ ␣

2 soft 부드러운
→ s␣ft ␣o␣t ␣ ␣

3 useful 유용한
→ us␣ful ␣se␣ul ␣ ␣

4 modern 현대의
→ ␣odern mod␣r ␣ ␣

5 useless 쓸모 없는
→ us␣less use␣␣ss ␣ ␣

6 metal 금속의
→ ␣etal m␣t␣l ␣ ␣

7 colorful 형형색색의
→ color␣ul col␣rfu␣ ␣ ␣

8 hard 단단한
→ ␣ard h␣r␣ ␣ ␣

9 detail 세부 묘사
→ de␣ail det␣i␣ ␣ ␣

10 describe 묘사하다
→ descri␣e d␣scrib␣ ␣ ␣

Practice

A 단어의 알맞은 뜻을 선으로 연결한 후, 빈칸에 단어를 직접 써보세요.

1 useless • • 세부 묘사 →

2 hard • • 묘사하다 →

3 detail • • 쓸모 없는 →

4 describe • • 금속의 →

5 metal • • 단단한 →

B 우리말과 일치하도록 빈칸에 알맞은 단어를 보기 에서 찾아 쓰세요.

보기   silver   soft   colorful   useful   modern

1 은화 → _____ coins

2 부드러운 소파 → a _____ sofa

3 더 유용하다 → be more _____

4 현대 건물 → a _____ building

5 형형색색의 꽃들 → _____ flowers

C 우리말을 참고해서 빈칸에 알맞은 단어를 골라 문장을 완성하세요.

1 Zippers are more _____ than buttons. 지퍼가 단추보다 더 **유용하다**.
(useful / useless)

2 The factory makes _____ parts. 그 공장은 **금속** 부품을 만든다.
(silver / metal)

3 Look at the _____ flowers. **형형색색의** 꽃들을 봐라.
(colorful / hard)

4 This picture is rich with _____. 이 그림은 **세부 묘사**가 풍부하다.
(detail / describe)

5 I want to live in the _____ building. 나는 그 **현대** 건물에서 살고 싶다.
(soft / modern)

D 우리말을 참고해서 알맞은 단어를 넣어 문장을 완성하세요.

1 It is hard to d_____ the things. 그 사물들을 **묘사하기** 어렵다.

2 I sleep on a h_____ mattress. 나는 **단단한** 매트리스에서 잔다.

3 He found s_____ coins. 그는 **은화**를 발견했다.

4 They watch TV on a s_____ sofa. 그들은 **부드러운** 소파에서 TV를 본다.

5 We often buy u_____ things. 우리는 종종 **쓸모 없는** 것들을 산다.

Shapes 모양

01 **round** [raund] 둥근	02 **square** [skwɛər] 정사각형(의)
a round face 둥근 얼굴	a square room 정사각형의 방

03 **triangle** [tráiæŋgl] 삼각형	04 **rectangle** [rektæŋgl] 직사각형
cut a triangle 삼각형을 자르다	draw a rectangle 직사각형을 그리다

05 **flat** [flæt] 평평한	06 **sharp** [ʃɑːrp] 날카로운
with flat roofs 평평한 지붕을 지닌	a sharp knife 날카로운 칼

07 **wide** [waid] 넓은	08 **narrow** [nǽrou] 좁은
a wide river 넓은 강	a narrow street 좁은 거리

09 **huge** [hjuːdʒ] 커다란	10 **tiny** [táini] 조그만
a huge sandcastle 커다란 모래성	a tiny insect 조그만 곤충

✎ 영어 단어를 완성하세요.

1 round 둥근

→   [ ] ound   r [ ] u [ ] d   [ ][ ]

2 square 정사각형(의)

→   s [ ] uare   sq [ ] ar [ ]   [ ][ ]

3 triangle 삼각형

→   [ ] riangle   tri [ ] ngl [ ]   [ ][ ]

4 rectangle 직사각형

→   rec [ ] angle   r [ ] ct [ ] ngle   [ ][ ]

5 flat 평평한

→   [ ] lat   f [ ] a [ ]   [ ][ ]

6 sharp 날카로운

→   shar [ ]   s [ ] a [ ] p   [ ][ ]

7 wide 넓은

→   [ ] ide   w [ ] d [ ]   [ ][ ]

8 narrow 좁은

→   narr [ ] w   na [ ] ro [ ]   [ ][ ]

9 huge 커다란

→   [ ] uge   h [ ] g [ ]   [ ][ ]

10 tiny 조그만

→   ti [ ] y   [ ] ny   [ ][ ]

Practice

A 단어의 알맞은 뜻을 선으로 연결한 후, 빈칸에 단어를 직접 써보세요.

1 narrow •   • 둥근 → _____

2 wide   •   • 정사각형(의) → _____

3 huge   •   • 넓은 → _____

4 square •   • 좁은 → _____

5 round   •   • 커다란 → _____

B 우리말과 일치하도록 빈칸에 알맞은 단어를 [보기] 에서 찾아 쓰세요.

보기	flat	sharp	triangle	rectangle	tiny

1 삼각형을 자르다 → cut a _____

2 직사각형을 그리다 → draw a _____

3 평평한 지붕을 지닌 → with _____ roofs

4 날카로운 칼 → a _____ knife

5 조그만 곤충 → a _____ insect

C 우리말을 참고해서 빈칸에 알맞은 단어를 골라 문장을 완성하세요.

1 She has a _____ face. 그녀는 **둥근** 얼굴이다.
(round / rectangle)

2 We live in a _____ room. 우리는 **정사각형의** 방에 산다.
(square / sharp)

3 They turned into a _____ street. 그들은 **좁은** 거리로 들어섰다.
(narrow / wide)

4 My brother is cutting a _____. 내 남동생은 **삼각형**을 자르고 있다.
(tiny / triangle)

5 There are buildings with _____ roofs. 지붕이 **평평한** 건물들이 있다.
(flat / huge)

D 우리말을 참고해서 알맞은 단어를 넣어 문장을 완성하세요.

1 I can draw a r_____ easily.
나는 **직사각형**을 쉽게 그릴 수 있다.

2 That is a s_____ knife.
저것은 **날카로운** 칼이다.

3 It is a very w_____ river.
그것은 매우 **넓은** 강이다.

4 I built a h_____ sandcastle.
나는 **커다란** 모래성을 쌓았다.

5 There are many t_____ insects in the cave.
그 동굴에 많은 **조그만** 곤충들이 있다.

Numbers & Quantities 수와 양

01 quantity [kwántəti] 양, 수량

a large quantity 많은 양

02 hundred [hándrəd] 백, 100

three hundred dollars 3백 달러

03 thousand [θáuzənd] 천, 1000

two thousand passengers 2천 명의 승객

04 million [míljən] 백만

millions of people 수백만의 사람들

05 lot [lɑt] 많음, 다수

a lot of people 많은 사람들

06 some [sʌm] 몇몇의

some stores 몇몇 가게들

07 many [méni] (셀 수 있는) 많은

many mistakes 많은 실수들

08 much [mʌtʃ] (셀 수 없는) 많은

make much money 많은 돈을 벌다

09 half [hæf] 반, 절반

in half 반으로

10 quarter [kwɔ́:rtər] 4분의 1

a quarter of a dallar 4분의 1달러

영어 단어를 완성하세요.

1   quantity 양, 수량
    → [ ] uantity   qu [ ] nti [ ] y   [   ][   ]

2   hundred 백, 100
    → hund [ ] ed   h [ ] n [ ] red   [   ][   ]

3   thousand 천, 1000
    → [ ] housand   thou [ ] a [ ] d   [   ][   ]

4   million 백만
    → milli [ ] n   m [ ] l [ ] ion   [   ][   ]

5   lot 많음, 다수
    → l [ ] t   [ ] o [ ]   [   ][   ]

6   some 몇몇의
    → [ ] ome   s [ ] m [ ]   [   ][   ]

7   many (셀 수 있는) 많은
    → ma [ ] y   m [ ] n [ ]   [   ][   ]

8   much (셀 수 없는) 많은
    → [ ] uch   m [ ] c [ ]   [   ][   ]

9   half 반, 절반
    → ha [ ] f   h [ ] l [ ]   [   ][   ]

10 quarter 4분의 1
    → [ ] uarter   q [ ] art [ ] r   [   ][   ]

Practice

A 단어의 알맞은 뜻을 선으로 연결한 후, 빈칸에 단어를 직접 써보세요.

1 quarter • • (셀 수 없는) 많은 →

2 thousand • • 반, 절반 →

3 half • • 4분의 1 →

4 million • • 천, 1000 →

5 much • • 백만 →

B 우리말과 일치하도록 빈칸에 알맞은 단어를 보기 에서 찾아 쓰세요.

보기	lot	some	many	quantity	hundred

1 몇몇 가게들 → _____ stores

2 많은 실수들 → _____ mistakes

3 많은 사람들 → a _____ of people

4 많은 양 → a large _____

5 3백 달러 → three _____ dollars

C 우리말을 참고해서 빈칸에 알맞은 단어를 골라 문장을 완성하세요.

1 There are _____ of people. 수백만의 사람들이 있다.
(thousands / millions)

2 _____ stores open at midnight. 몇몇 가게들은 한밤중에 문을 연다.
(Half / Some)

3 I made too _____ mistakes. 나는 너무 **많은** 실수들을 했다.
(many / much)

4 We use a large _____ of water. 우리는 많은 **양**의 물을 사용한다.
(lot / quantity)

5 Sam saves three _____ dollars. Sam은 3**백** 달러를 저금한다.
(hundred / quarter)

D 우리말을 참고해서 알맞은 단어를 넣어 문장을 완성하세요.

1 A l_____ of people live in the city. **많**은 사람들이 도시에 산다.

2 The ship carries two t_____ passengers. 그 배는 2**천** 명의 승객을 싣는다.

3 Bob didn't make m_____ money. Bob은 **많**은 돈을 벌지 못했다.

4 I divided the money in h_____. 나는 그 돈을 **반**으로 나눴다.

5 A q_____ of a dollar is 25 cents. 4**분의** 1달러는 25센트다.

Positions 위치

01 **last**	[læst] 마지막의
the last bus 마지막 버스	

02 **middle**	[mídl] 중간의
the middle child 중간 아이	

03 **front**	[frʌnt] 앞, 앞면
in front of the gate 문 앞에	

04 **over**	[óuvər] 위로, 너머
over the trees 그 나무들 위로	

05 **back**	[bæk] 뒤의
in the back row 뒷줄(뒤의 열)에	

06 **on**	[ən] 위에
on the desk 책상 위에	

07 **under**	[ʌ́ndər] 아래에
under the chair 의자 아래에	

08 **in**	[in] 안에
be in hospital 입원 중이다(병원 안에 있다)	

09 **between**	[bitwíːn] 사이에
between meals 식사 시간 사이에	

10 **center**	[séntər] 중앙
at the center 중앙에	

✎ 영어 단어를 완성하세요.

1 last 마지막의
　→ l　st　　　　　as　　　　　　　　　

2 middle 중간의
　→ 　iddle　　　　m　d　le　　　　　　

3 front 앞, 앞면
　→ fro　t　　　　　ron　　　　　　　　

4 over 위로, 너머
　→ 　ver　　　　　o　e　　　　　　　　

5 back 뒤의
　→ bac　　　　　　a　k　　　　　　　　

6 on 위에
　→ 　n　　　　　　o　　　　　　　　　　

7 under 아래에
　→ un　er　　　　　nde　　　　　　　　

8 in 안에
　→ 　n　　　　　　i　　　　　　　　　　

9 between 사이에
　→ b　tween　　　betw　e　　　　　　

10 center 중앙
　→ cen　er　　　　c　nte

Practice

A 단어의 알맞은 뜻을 선으로 연결한 후, 빈칸에 단어를 직접 써보세요.

1 back •   • 중앙   → [_____]

2 under •   • 위로, 너머 → [_____]

3 on •   • 뒤의   → [_____]

4 center •   • 위에   → [_____]

5 over •   • 아래에   → [_____]

B 우리말과 일치하도록 빈칸에 알맞은 단어를 [보기] 에서 찾아 쓰세요.

보기	between	last	middle	front	in

1 마지막 버스   → the _____ bus

2 중간 아이   → the _____ child

3 문 앞에   → in _____ of the gate

4 식사 시간 사이에   → _____ meals

5 입원 중이다(병원 안에 있다) → be _____ hospital

C 우리말을 참고해서 빈칸에 알맞은 단어를 골라 문장을 완성하세요.

1 Don't eat _____ meals. 식사 시간 **사이에** 먹지 마라.
(between / on)

2 The house is at the _____ of the city. 그 집은 도시의 **중앙에** 있다.
(in / center)

3 They are standing in _____ of the gate. 그들은 문 **앞에** 서 있다.
(front / back)

4 Birds are flying _____ the trees. 새들이 그 나무들 **위로** 날아가고 있다.
(over / on)

5 A dog is sleeping _____ the chair. 개 한 마리가 의자 **아래에서** 자고 있다.
(last / under)

D 우리말을 참고해서 알맞은 단어를 넣어 문장을 완성하세요.

1 The book is o_____ the desk. 그 책은 책상 **위에** 있다.

2 My brother is i_____ hospital. 내 남동생은 입원 중이다(병원 **안에** 있다).

3 He missed the l_____ bus home. 그는 집으로 가는 **마지막** 버스를 놓쳤다.

4 I am the m_____ child of three. 나는 셋 중에 **중간** 아이다.

5 We sit in the b_____ row. 우리는 뒷줄(**뒤의** 열)에 앉는다.

A 다음 영어 단어의 우리말 뜻을 쓰세요.

1 refrigerator → _____   2 triangle → _____

3 cupboard → _____   4 sharp → _____

5 useful → _____   6 wide → _____

7 metal → _____   8 huge → _____

9 describe → _____   10 million → _____

11 round → _____   12 middle → _____

13 square → _____   14 back → _____

B 다음 우리말을 보고 영어표현을 완성하세요.

1 a kitchen s_____
부엌 싱크대

2 a large q_____
많은 양

3 m_____ meals
전자레인지 음식

4 three h_____ dollars
3백 달러

5 p_____ a bottle
병을 놓다

6 two t_____ passengers
2천 명의 승객

7 use c_____
젓가락을 사용하다

8 make m_____ money
많은 돈을 벌다

9 a h_____ mattress
단단한 매트리스

10 in h_____
반으로

11 rich with d_____
세부 묘사가 풍부한

12 in f_____ of the gate
문 앞에

13 a t_____ insect
조그만 곤충

14 u_____ the chair
의자 아래에

C 우리말과 같도록 괄호 안에서 알맞은 단어에 동그라미 하세요.

1 I can draw a (triangle / rectangle) easily.　나는 **직사각형**을 쉽게 그릴 수 있다.

2 I (dry / describe) my shirt before going out.　나는 외출 전에 내 셔츠를 **말린다**.

3 She turned on the (microwave / oven).　그녀는 그 **오븐** 스위치를 켰다.

4 He has to (clear / wash) the table.　그는 식탁을 **치워야** 한다.

5 He found (metal / silver) coins.　그는 **은화**를 발견했다.

6 They watch TV on a (soft / hard) sofa.　그들은 **부드러운** 소파에서 TV를 본다.

7 Look at the (colorful / wide) flowers.　**형형색색의** 꽃들을 봐라.

8 We often buy (useful / useless) things.　우리는 종종 **쓸모 없는** 것들을 산다.

D 우리말과 같도록 다음 영어 문장을 완성하세요.

1 There are buildings with f_____ roofs.　지붕이 **평평한** 건물들이 있다.

2 A l_____ of people live in the city.　**많**은 사람들이 도시에 산다.

3 S_____ stores open at midnight.　**몇몇** 가게들은 한밤중에 문을 연다.

4 I made too m_____ mistakes.　나는 너무 **많은** 실수들을 했다.

5 He missed the l_____ bus home.　그는 집으로 가는 **마지막** 버스를 놓쳤다.

6 Birds are flying o_____ the trees.　새들이 그 나무들 **위로** 날아가고 있다.

7 My brother is i_____ hospital.　내 남동생은 입원 중이다(병원 **안에** 있다).

8 Don't eat b_____ meals.　식사 시간 **사이에** 먹지 마라.

Time 시간

01 **time**	[taim] 시간
enough time 충분한 시간	

02 **noon**	[nu:n] 정오
at noon 정오에	

03 **minute**	[mínit] 분
twenty minutes 20분	

04 **o'clock**	[əklák] ~ 시
three o'clock 3시	

05 **midnight**	[mídnàit] 자정
after midnight 자정 이후에	

06 **always**	[ɔ́:lweiz] 항상
always **help people** 항상 사람들을 도와주다	

07 **often**	[ɔ́(:)fən] 자주
how often 얼마나 자주	

08 **never**	[névər] 결코 (~ 아닌)
be never **at home** 결코 집에 없다	

09 **usually**	[júːʒuəli] 보통
usually **do** 보통 하다	

10 **until**	[əntíl] ~ 까지
until **daylight** 동이 틀 때까지	

✎ 영어 단어를 완성하세요.

1 time 시간

    ⟶ ti e   t m

2 noon 정오

    ⟶   oon   n n

3 minute 분

    ⟶ minu e   m n te

4 o'clock ~시

    ⟶   'clock   o' l ck

5 midnight 자정

    ⟶ mid ight   midni t

6 always 항상

    ⟶   lways   alw y

7 often 자주

    ⟶ o ten   of e

8 never 결코 (~ 아닌)

    ⟶ ne er   n v r

9 usually 보통

    ⟶   sually   usua l

10 until ~까지

    ⟶ u til   un i

Practice

A 단어의 알맞은 뜻을 선으로 연결한 후, 빈칸에 단어를 직접 써보세요.

1	midnight	•	•	정오	→	
2	o'clock	•	•	분	→	
3	noon	•	•	보통	→	
4	minute	•	•	~시	→	
5	usually	•	•	자정	→	

B 우리말과 일치하도록 빈칸에 알맞은 단어를 보기 에서 찾아 쓰세요.

| 보기 | always | often | never | time | until |

1 얼마나 자주   →   how _____

2 결코 집에 없다   →   be _____ at home

3 동이 틀 때까지   →   _____ daylight

4 충분한 시간   →   enough _____

5 항상 사람들을 도와주다   →   _____ help people

C 우리말을 참고해서 빈칸에 알맞은 단어를 골라 문장을 완성하세요.

1   We don't have enough _____ . 우리는 충분한 **시간**이 없다.
    (time / never)

2   The students have lunch at _____ . 그 학생들은 **정오**에 점심을 먹는다.
    (midnight / noon)

3   We _____ do homework at home. 우리는 **보통** 집에서 숙제를 한다.
    (usually / often)

4   I took a rest for twenty _____ . 나는 20**분** 동안 휴식했다.
    (minutes / o'clock)

5   He arrived about three _____ . 그는 대략 3시에 도착했다.
    (o'clock / always)

D 우리말을 참고해서 알맞은 단어를 넣어 문장을 완성하세요.

1   The stores close after m_____ . 그 가게들은 **자정** 이후에 문을 닫는다.

2   They a_____ help people. 그들은 **항상** 사람들을 도와준다.

3   How o_____ do you eat spaghetti? 너는 스파게티를 얼마나 **자주** 먹니?

4   My sister is n_____ at home. 내 여동생은 **결코** 집에 있지 **않**다.

5   I studied u_____ daylight. 나는 동이 틀 때**까지** 공부했다.

Calculations 계산

1 2 3 4 5 6 7 8 9 0
+ ? — × = ÷

01 **add** [æd] 더하다		**02** **count** [kaunt] (수를) 세다	
add ten 10을 더하다		count numbers 수를 세다	
03 **minus** [máinəs] ~을 빼면		**04** **plus** [plʌs] ~을 더하면	
minus three 3을 빼면		plus seven 7을 더하면	
05 **number** [nʌ́mbər] 수, 숫자		**06** **double** [dʌ́bl] 두 배의	
the number of animals 동물들 수		double pay 두 배의 임금	
07 **divide** [diváid] 나누다		**08** **wrong** [rɔ(:)ŋ] 틀린, 잘못된	
divide the total 합계를 나누다		a wrong answer 틀린 답	
09 **right** [rait] 옳은		**10** **calculate** [kǽlkjulèit] 계산하다	
a right answer 옳은 답		calculate the price 가격을 계산하다	

✎ 영어 단어를 완성하세요.

1   add   더하다

　　→   ⬜ dd　　a ⬜　　⬜⬜

2   count   (수를) 세다

　　→   coun ⬜　　c ⬜ u ⬜ t　　⬜⬜

3   minus   ~을 빼면

　　→   ⬜ inus　　m ⬜ n ⬜ s　　⬜⬜

4   plus   ~을 더하면

　　→   pl ⬜ s　　p ⬜ u ⬜　　⬜⬜

5   number   수, 숫자

　　→   nu ⬜ ber　　n ⬜ m ⬜ er　　⬜⬜

6   double   두 배의

　　→   ⬜ ouble　　d ⬜ u ⬜ le　　⬜⬜

7   divide   나누다

　　→   di ⬜ ide　　div ⬜ d ⬜　　⬜⬜

8   wrong   틀린, 잘못된

　　→   ⬜ rong　　wr ⬜ n ⬜　　⬜⬜

9   right   옳은

　　→   ⬜ ight　　r ⬜ g ⬜ t　　⬜⬜

10 calculate   계산하다

　　→   calcu ⬜ ate　　calcul ⬜ t ⬜　　⬜⬜

Practice

A 단어의 알맞은 뜻을 선으로 연결한 후, 빈칸에 단어를 직접 써보세요.

1 minus •   • 더하다 → [   ]

2 plus •   • ~을 빼면 → [   ]

3 right •   • ~을 더하면 → [   ]

4 add •   • 두 배의 → [   ]

5 double •   • 옳은 → [   ]

B 우리말과 일치하도록 빈칸에 알맞은 단어를 보기 에서 찾아 쓰세요.

보기	number	wrong	divide	count	calculate

1 가격을 계산하다 → _____ the price

2 동물들 수 → the _____ of animals

3 틀린 답 → a _____ answer

4 합계를 나누다 → _____ the total

5 수를 세다 → _____ numbers

C 우리말을 참고해서 빈칸에 알맞은 단어를 골라 문장을 완성하세요.

1 We count the _____ of animals. 우리는 동물들 **수**를 센다.
(number / count)

2 She receives _____ pay. 그녀는 **두 배의** 임금을 받는다.
(double / add)

3 We _____ the total by two. 우리는 그 합계를 2로 **나누었다**.
(plus / divided)

4 I _____ ten to the total. 나는 합계에 10을 **더한다**.
(add / minus)

5 We did not _____ the price. 우리는 가격을 **계산하지** 않았다.
(calculate / wrong)

D 우리말을 참고해서 알맞은 단어를 넣어 문장을 완성하세요.

1 The boys can c_____ numbers. 그 소년들은 수를 **셀** 수 있다.

2 Ten m_____ three is seven. 10에서 3을 **빼면** 7이다.

3 Three p_____ seven is ten. 3에 7을 **더하면** 10이다.

4 He gave me a w_____ answer. 그는 나에게 **틀린** 답을 줬다.

5 His teacher wants a r_____ answer. 그의 선생님은 **옳은** 답을 원한다.

Calendar 달력

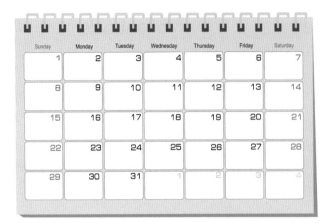

Sunday	Monday	Tuesday	Wednesday	Thursday	Friday	Saturday
1	2	3	4	5	6	7
8	9	10	11	12	13	14
15	16	17	18	19	20	21
22	23	24	25	26	27	28
29	30	31	1	2	3	4

01 month [mʌnθ] 달
a special month 특별한 달

02 week [wi:k] 주, 일주일
once a week 일주일에 한 번

03 weekend [wíːkènd] 주말
last weekend 지난 주말

04 calendar [kǽləndər] 달력
check the calendar 달력을 확인하다

05 tomorrow [təmɔ́:rou] 내일
tomorrow morning 내일 아침

06 today [tədéi] 오늘
later today 오늘 늦게

07 yesterday [jéstərdèi] 어제
the day before yesterday 그저께(어제 전날)

08 future [fjú:tʃər] 미래
for the future 미래를 위해

09 present [prézənt] 현재(의)
in the present 현재에

10 year [jiər] 해, 1년
this year 올해

✎ 영어 단어를 완성하세요.

1 month 달

→ mo th   m n h   [　　][　　]

2 week 주, 일주일

→ [　]eek   w e   [　　][　　]

3 weekend 주말

→ we kend   weeke[　　]   [　　][　　]

4 calendar 달력

→ calen[　]ar   ca e dar   [　　][　　]

5 tomorrow 내일

→ [　]omorrow   tomor o   [　　][　　]

6 today 오늘

→ tod y   [　]oda[　]   [　　][　　]

7 yesterday 어제

→ yes erday   e terday   [　　][　　]

8 future 미래

→ [　]uture   fut r   [　　][　　]

9 present 현재(의)

→ p esent   pres n   [　　][　　]

10 year 해, 1년

→ [　]ear   y a   [　　][　　]

Practice

A 단어의 알맞은 뜻을 선으로 연결한 후, 빈칸에 단어를 직접 써보세요.

1	present •	• 미래	→	
2	tomorrow •	• 현재(의)	→	
3	future •	• 해, 1년	→	
4	today •	• 내일	→	
5	year •	• 오늘	→	

B 우리말과 일치하도록 빈칸에 알맞은 단어를 보기 에서 찾아 쓰세요.

보기	calendar	yesterday	month	week	weekend

1 지난 주말　　　→ last _____

2 달력을 확인하다　　→ check the _____

3 특별한 달　　　→ a special _____

4 일주일에 한 번　　→ once a _____

5 그저께(어제 전날)　→ the day before _____

C 우리말을 참고해서 빈칸에 알맞은 단어를 골라 문장을 완성하세요.

1 The mall was crowed last _____. 그 쇼핑몰은 지난 **주말** 붐볐다.
   (weekend / week)

2 I check the _____ on the wall. 나는 벽에 있는 **달력**을 확인한다.
   (year / calendar)

3 Amy can receive it _____ morning. Amy는 **내일** 아침에 그것을 받을 수 있다.
   (yesterday / tomorrow)

4 She will be back later _____. 그녀는 **오늘** 늦게 돌아올 것이다.
   (today / present)

5 I came back the day before _____. 나는 그저께(**어제** 전날) 돌아왔다.
   (year / yesterday)

D 우리말을 참고해서 알맞은 단어를 넣어 문장을 완성하세요.

1 July is a very special m _____ for me.
   7월은 나한테 매우 특별한 **달**이다.

2 Mina plays the piano once a w _____.
   Mina는 **일주일**에 한 번 피아노를 친다.

3 We save money for the f _____.
   우리는 **미래**를 위해 돈을 모은다.

4 You have to do your best in the p _____.
   여러분은 **현재**에 최선을 다해야 한다.

5 They moved here this y _____.
   그들은 **올해** 여기로 이사왔다.

Clothes 의류

01	**pants**	[pænts] 바지
	long pants 긴 바지	

02	**shoe**	[ʃuː] 신발
	take off shoes 신발을 벗다	

03	**wear**	[wɛər] 쓰다, 입다
	wear a helmet 헬멧을 쓰다	

04	**knit**	[nit] 뜨개질 하다
	how to knit 뜨개질 하는 방법	

05	**clothes**	[klouðz] 옷
	wash clothes 옷을 세탁하다	

06	**sweater**	[swétər] 스웨터
	the same sweater 같은 스웨터	

07	**boot**	[buːt] 부츠
	these boots 이 부츠	

08	**scarf**	[skɑːrf] 스카프
	tie a scarf 스카프를 매다	

09	**shorts**	[ʃɔːrts] 반바지
	a pair of shorts 반바지 한 벌	

10	**sneaker**	[sníːkər] 운동화
	worn sneakers 낡은 운동화	

✎ 영어 단어를 완성하세요.

1 pants 바지
   → pa [ ] ts   [ ] an [ ] s   [ ] [ ]

2 shoe 신발
   → s [ ] oe   [ ] h [ ] e   [ ] [ ]

3 wear 쓰다, 입다
   → [ ] ear   w [ ] a [ ]   [ ] [ ]

4 knit 뜨개질 하다
   → k [ ] it   kn [ ] [ ]   [ ] [ ]

5 clothes 옷
   → clo [ ] hes   [ ] l [ ] thes   [ ] [ ]

6 sweater 스웨터
   → swea [ ] er   s [ ] e [ ] ter   [ ] [ ]

7 boot 부츠
   → [ ] oot   b [ ] o [ ]   [ ] [ ]

8 scarf 스카프
   → s [ ] arf   sc [ ] r [ ]   [ ] [ ]

9 shorts 반바지
   → s [ ] orts   [ ] ho [ ] ts   [ ] [ ]

10 sneaker 운동화
   → sn [ ] aker   snea [ ] e [ ]   [ ] [ ]

✎ Practice

A 단어의 알맞은 뜻을 선으로 연결한 후, 빈칸에 단어를 직접 써보세요.

1 scarf • • 바지 →　[　　　]

2 shorts • • 신발 →　[　　　]

3 pants • • 부츠 →　[　　　]

4 boot • • 스카프 →　[　　　]

5 shoe • • 반바지 →　[　　　]

B 우리말과 일치하도록 빈칸에 알맞은 단어를 　보기　에서 찾아 쓰세요.

보기	sneaker	knit	clothes	sweater	wear

1 낡은 운동화 → worn _____ s

2 헬멧을 쓰다 → _____ a helmet

3 뜨개질 하는 방법 → how to _____

4 옷을 세탁하다 → wash _____

5 같은 스웨터 → the same _____

C 우리말을 참고해서 빈칸에 알맞은 단어를 골라 문장을 완성하세요.

1   These _____ are my sister's.   이 **부츠**는 내 여동생 것이다.
    (boots / scarf)

2   They bought a pair of _____.   그들은 **반바지** 한 벌을 샀다.
    (shorts / pants)

3   She looked at his worn _____.   그녀는 그의 낡은 **운동화**를 쳐다봤다.
    (boots / sneakers)

4   Susan washes her _____.   Susan은 그녀의 **옷**을 세탁한다.
    (clothes / wear)

5   We bought the same _____.   우리는 같은 **스웨터**를 샀다.
    (sweater / knit)

D 우리말을 참고해서 알맞은 단어를 넣어 문장을 완성하세요.

1   She tied a s_____ around her neck.   그녀는 목에 **스카프**를 맸다.

2   Kate is wearing long p_____.   Kate는 긴 **바지**를 입고 있다.

3   You don't have to take off your s_____s.   너는 **신발**을 벗을 필요가 없다.

4   He doesn't w_____ a helmet.   그는 헬멧을 **쓰지** 않는다.

5   Mom shows me how to k_____.   엄마는 나에게 **뜨개질 하는** 법을 보여준다.

Food 음식

01	**soup**	[su:p] 수프
	a bowl of soup 수프 한 그릇	

02	**sandwich**	[sǽndwitʃ] 샌드위치
	a ham sandwich 햄 샌드위치	

03	**meal**	[mi:l] 식사
	three meals 세끼(식사)	

04	**eat**	[i:t] 먹다
	eat vegetables 야채를 먹다	

05	**chew**	[tʃu:] 씹다
	chew gum 껌을 씹다	

06	**steak**	[steik] 스테이크
	a beef steak 비프스테이크	

07	**dish**	[diʃ] 요리
	a main dish 주요리	

08	**pizza**	[pí:tsə] 피자
	deliver pizza 피자를 배달하다	

09	**seafood**	[síːfùːd] 해산물
	like seafood 해산물을 좋아하다	

10	**raw**	[rɔ:] 날것의
	raw fish 생선회(날 생선)	

✎ 영어 단어를 완성하세요.

1   soup   수프
    ⟶   s [ ] up   [ ] ou [ ]   [ ] [ ]

2   sandwich   샌드위치
    ⟶   sand [ ] ich   sa [ ] dwic [ ]   [ ] [ ]

3   meal   식사
    ⟶   [ ] eal   m [ ] a [ ]   [ ] [ ]

4   eat   먹다
    ⟶   [ ] at   e [ ] [ ]   [ ] [ ]

5   chew   씹다
    ⟶   c [ ] ew   ch [ ] [ ]   [ ] [ ]

6   steak   스테이크
    ⟶   st [ ] ak   [ ] tea [ ]   [ ] [ ]

7   dish   요리
    ⟶   di [ ] h   d [ ] s [ ]   [ ] [ ]

8   pizza   피자
    ⟶   pi [ ] za   [ ] izz [ ]   [ ] [ ]

9   seafood   해산물
    ⟶   [ ] eafood   s [ ] af [ ] od   [ ] [ ]

10 raw   날것의
    ⟶   [ ] aw   r [ ] [ ]   [ ] [ ]

Practice

A

단어의 알맞은 뜻을 선으로 연결한 후, 빈칸에 단어를 직접 써보세요.

1	steak	•	• 피자	→
2	chew	•	• 식사	→
3	dish	•	• 씹다	→
4	pizza	•	• 스테이크	→
5	meal	•	• 요리	→

B

우리말과 일치하도록 빈칸에 알맞은 단어를 보기 에서 찾아 쓰세요.

보기	seafood	raw	soup	sandwich	eat

1 생선회(날 생선) ⟶ _____ fish

2 야채를 먹다 ⟶ _____ vegetables

3 해산물을 좋아하다 ⟶ like _____

4 수프 한 그릇 ⟶ a bowl of _____

5 햄 샌드위치 ⟶ a ham _____

C 우리말을 참고해서 빈칸에 알맞은 단어를 골라 문장을 완성하세요.

1 We eat three _____ a day. 우리는 하루에 세끼(**식사**)를 먹는다.
(meals / dishes)

2 The kid doesn't _____ vegetables. 그 아이는 야채를 **먹지** 않는다.
(chew / eat)

3 I do not _____ gum in public. 나는 남들이 있는 데서 껌을 **씹지** 않는다.
(raw / chew)

4 I'd like to have a beef _____. 나는 비프**스테이크**로 먹고 싶다.
(steak / sandwich)

5 Would you order a main _____? 주요리를 주문하시겠어요?
(dish / soup)

D 우리말을 참고해서 알맞은 단어를 넣어 문장을 완성하세요.

1 He eats a bowl of s_____. 그는 **수프** 한 그릇을 먹는다.

2 I order a ham s_____. 나는 햄 **샌드위치**를 주문한다.

3 The boy delivers p_____. 그 소년은 **피자**를 배달한다.

4 Does she like s_____? 그녀는 **해산물**을 좋아하니?

5 Do you enjoy eating r_____ fish? 너는 생선회(**날** 생선)를 즐겨 먹니?

A 다음 영어 단어의 우리말 뜻을 쓰세요.

1 time → _____

2 divide → _____

3 o'clock → _____

4 today → _____

5 always → _____

6 future → _____

7 usually → _____

8 sweater → _____

9 often → _____

10 boot → _____

11 add → _____

12 sandwich → _____

13 double → _____

14 seafood → _____

B 다음 우리말을 보고 영어표현을 완성하세요.

1 u_____ daylight
동이 틀 때까지

2 t_____ morning
내일 아침

3 c_____ numbers
수를 세다

4 long p_____
긴 바지

5 the n_____ of animals
동물들 수

6 w_____ a helmet
헬멧을 쓰다

7 a w_____ answer
틀린 답

8 worn s_____ s
낡은 운동화

9 a special m_____
특별한 달

10 a bowl of s_____
수프 한 그릇

11 once a w_____
일주일에 한 번

12 a beef s_____
비프스테이크

13 last w_____
지난 주말

14 r_____ fish
생선회(날 생선)

C 우리말과 같도록 괄호 안에서 알맞은 단어에 동그라미 하세요.

1 The students have lunch at (noon / midnight). 그 학생들은 **정오**에 점심을 먹는다.

2 I took a rest for twenty (minutes / o'clock). 나는 20**분** 동안 휴식했다.

3 We eat three (meals / dishes) a day. 우리는 하루에 세끼(**식사**)를 먹는다.

4 The stores close after (today / midnight). 그 가게들은 **자정** 이후에 문을 닫는다.

5 My sister is (always / never) at home. 내 여동생은 **결코** 집에 있지 **않**다.

6 Three (minus / plus) seven is ten. 3에 7**을 더하면** 10이다.

7 I do not (chew / eat) gum in public. 나는 남들이 있는 데서 껌을 **씹지** 않는다.

8 Would you order a main (dish / soup)? **주요리**를 주문하시겠어요?

D 우리말과 같도록 다음 영어 문장을 완성하세요.

1 I check the c_____ on the wall. 나는 벽에 있는 **달력**을 확인한다.

2 I came back the day before y_____. 나는 그저께(**어제 전날**) 돌아왔다.

3 You have to do your best in the p_____. 여러분은 **현재**에 최선을 다해야 한다.

4 They moved here this y_____. 그들은 **올해** 여기로 이사왔다.

5 You don't have to take off your s_____s. 너는 **신발**을 벗을 필요가 없다.

6 Mom shows me how to k_____. 엄마는 나에게 **뜨개질 하는** 법을 보여준다.

7 Susan washes her c_____. Susan은 그녀의 **옷**을 세탁한다.

8 She tied a s_____ around her neck. 그녀는 목에 **스카프**를 맸다.

Cooking 요리

01 fry [frai] 부치다, 튀기다	**02 bake** [beik] 굽다
fry eggs 달걀을 부치다	bake cookies 쿠키를 굽다
03 chop [tʃɑp] 썰다	**04 pour** [pɔːr] 붓다
chop carrots 당근을 썰다	pour the mix 혼합재료를 붓다
05 steam [stiːm] 찌다	**06 recipe** [résəpìː] 요리법
steam corns 옥수수를 찌다	a special recipe 특별한 요리법
07 sugar [ʃúgər] 설탕	**08 salt** [sɔːlt] 소금
use much sugar 많은 설탕을 사용하다	pass the salt 소금을 전달하다
09 slice [slais] 조각	**10 provide** [prəváid] 제공하다
a slice of cheese 치즈 한 조각	provide food 음식을 제공하다

✏️ 영어 단어를 완성하세요.

1   fry 부치다, 튀기다
    → [ ]ry   f[ ]   [ ] [ ]

2   bake 굽다
    → b[ ]ke   [ ]a[ ]e   [ ] [ ]

3   chop 썰다
    → cho[ ]   c[ ]p   [ ] [ ]

4   pour 붓다
    → p[ ]ur   [ ]o[ ]r   [ ] [ ]

5   steam 찌다
    → s[ ]eam   st[ ]a[ ]   [ ] [ ]

6   recipe 요리법
    → re[ ]ipe   [ ]eci[ ]e   [ ] [ ]

7   sugar 설탕
    → su[ ]ar   s[ ]g[ ]r   [ ] [ ]

8   salt 소금
    → [ ]alt   s[ ]l[ ]   [ ] [ ]

9   slice 조각
    → sl[ ]ce   [ ]lic[ ]   [ ] [ ]

10 provide 제공하다
    → [ ]rovide   prov[ ]d[ ]   [ ] [ ]

Practice

A 단어의 알맞은 뜻을 선으로 연결한 후, 빈칸에 단어를 직접 써보세요.

1	chop	•	•	소금	→	
2	bake	•	•	조각	→	
3	sugar	•	•	굽다	→	
4	salt	•	•	설탕	→	
5	slice	•	•	썰다	→	

B 우리말과 일치하도록 빈칸에 알맞은 단어를 보기 에서 찾아 쓰세요.

보기　　fry　　pour　　steam　　provide　　recipe

1　옥수수를 찌다　→ _____ corns

2　특별한 요리법　→ a special _____

3　달걀을 부치다　→ _____ eggs

4　혼합재료를 붓다　→ _____ the mix

5　음식을 제공하다　→ _____ food

C 우리말을 참고해서 빈칸에 알맞은 단어를 골라 문장을 완성하세요.

1 _____ the mix to the pan. 혼합재료를 팬에 **부어라**.
    (Pour / Chop)

2 She has a special _____. 그녀는 특별한 **요리법**이 있다.
    (steam / recipe)

3 Pass me the _____, please. **소금** 좀 전달해 주세요.
    (salt / sugar)

4 She didn't _____ cookies. 그녀는 쿠키를 **굽지** 않았다.
    (fry / bake)

5 Mom plans to _____ corns. 엄마는 옥수수를 **찔** 계획이다.
    (steam / slice)

D 우리말을 참고해서 알맞은 단어를 넣어 문장을 완성하세요.

1 I f_____ eggs in the morning. 나는 아침에 달걀을 **부친다**.

2 The cooks c_____ carrots. 그 요리사들은 당근을 **썬다**.

3 The man uses much s_____. 그 남자는 많은 **설탕**을 사용한다.

4 My brother has a s_____ of cheese. 내 남동생은 치즈 한 **조각**이 있다.

5 We p_____ food for the poor. 우리는 가난한 사람들에게 음식을 **제공한다**.

Meals 식사

01	**breakfast**	[brékfəst] 아침(식사)
	for breakfast 아침으로	

02	**lunch**	[lʌntʃ] 점심(식사)
	have lunch 점심을 먹다	

03	**dinner**	[dínər] 저녁(식사)
	after dinner 저녁식사 후에	

04	**salad**	[sǽləd] 샐러드
	come with salad 샐러드가 따라 나오다	

05	**dessert**	[dizə́:rt] 후식
	serve dessert 디저트를 내놓다	

06	**serve**	[səːrv] 제공[대접]하다
	serve a meal 식사를 대접하다	

07	**set**	[set] 차리다
	set the table 식탁을 차리다	

08	**prepare**	[pripέər] 준비하다
	prepare some food 음식을 좀 준비하다	

09	**buffet**	[bəféi] 뷔페
	buffet breakfast 뷔페식 아침	

10	**treat**	[triːt] 대하다
	treat guests 손님을 대하다	

✎ 영어 단어를 완성하세요.

1　breakfast　아침(식사)

　　→　br　akfast　　break　a　t　　[　　|　　]

2　lunch　점심(식사)

　　→　lun　h　　l　nc　　[　　|　　]

3　dinner　저녁(식사)

　　→　　inner　　din　e　　[　　|　　]

4　salad　샐러드

　　→　sal　d　　a　ad　　[　　|　　]

5　dessert　후식

　　→　de　sert　　esser　　[　　|　　]

6　serve　제공[대접]하다

　　→　　erve　　s　rv　　[　　|　　]

7　set　차리다

　　→　s　t　　e　　[　　|　　]

8　prepare　준비하다

　　→　　repare　　prep　r　　[　　|　　]

9　buffet　뷔페

　　→　buffe　　bu　f　t　　[　　|　　]

10　treat　대하다

　　→　t　eat　　tr　a　　[　　|　　]

✎ Practice

A 단어의 알맞은 뜻을 선으로 연결한 후, 빈칸에 단어를 직접 써보세요.

1	dinner •	• 아침(식사)	→	
2	buffet •	• 점심(식사)	→	
3	breakfast •	• 저녁(식사)	→	
4	treat •	• 뷔페	→	
5	lunch •	• 대하다	→	

B 우리말과 일치하도록 빈칸에 알맞은 단어를 보기 에서 찾아 쓰세요.

보기	dessert	serve	set	prepare	salad

1 디저트를 내놓다   →   serve _____

2 샐러드가 따라 나오다   →   come with _____

3 식탁을 차리다   →   _____ the table

4 음식을 좀 준비하다   →   _____ some food

5 식사를 대접하다   →   _____ a meal

C 우리말을 참고해서 빈칸에 알맞은 단어를 골라 문장을 완성하세요.

1 The _____ breakfast is served. **뷔페**식 아침이 제공된다.
(set / buffet)

2 We must _____ guests like family. 우리는 손님을 가족처럼 **대해야** 한다.
(treat / prepare)

3 I have a bowl of soup for _____. 나는 **아침**으로 수프 한 그릇을 먹는다.
(breakfast / lunch)

4 They serve _____ for their guests. 그들은 손님을 위해 **디저트**를 내놓는다.
(salad / dessert)

5 She _____ a meal to her friend. 그녀는 친구에게 식사를 **대접했다**.
(served / set)

D 우리말을 참고해서 알맞은 단어를 넣어 문장을 완성하세요.

1 We always have l_____ at noon. 우리는 항상 정오에 **점심**을 먹는다.

2 I take a walk after d_____. 나는 **저녁식사** 후에 산책을 한다.

3 All main courses come with s_____. 모든 메인 코스에는 **샐러드**가 따라 나온다.

4 Help me s_____ the table. 식탁 **차리는** 것을 도와줘라.

5 She must p_____ some food. 그녀는 음식을 좀 **준비해야** 한다.

Snacks 간식

01 snack [snæk] 간식 light snacks 가벼운 간식	**02 chocolate** [tʃɔ́ːkəlit] 초콜릿 a bar of chocolate 초콜릿 한 개
03 doughnut [dóunət] 도넛 doughnuts on a tray 쟁반 위 도넛들	**04 sweet** [swiːt] 달콤한 be very sweet 매우 달콤하다
05 cookie [kúki] 쿠키 delicious cookies 맛있는 쿠키들	**06 soda** [sóudə] 탄산음료 drink lots of soda 많은 탄산음료를 마시다
07 without [wiðáut] ~ 없이 without cream 크림 없이	**08 fond** [fɑːnd] 좋아하는 fond of sweets 단것을 좋아하는
09 takeout [téikàut] 포장음식 order takeout food 포장음식을 주문하다	**10 fast food** [fæst fuːd] 패스트푸드 a fast food restaurant 패스트푸드 식당

✎ 영어 단어를 완성하세요.

1 snack 간식

→ ⬜nack   s a ⬜ k   ⬜⬜

2 chocolate 초콜릿

→ cho⬜olate   chocol⬜t⬜   ⬜⬜

3 doughnut 도넛

→ dough⬜ut   d⬜ughn⬜t   ⬜⬜

4 sweet 달콤한

→ s⬜eet   sw⬜e⬜   ⬜⬜

5 cookie 쿠키

→ c⬜okie   coo⬜i⬜   ⬜⬜

6 soda 탄산음료

→ ⬜oda   s⬜d⬜   ⬜⬜

7 without ~없이

→ ⬜ithout   wi⬜hou⬜   ⬜⬜

8 fond 좋아하는

→ fon⬜   f⬜⬜d   ⬜⬜

9 takeout 포장음식

→ t⬜keout   ta⬜eo⬜t   ⬜⬜

10 fast food 패스트푸드

→ fast⬜ood   f⬜st f⬜od   ⬜⬜

Practice

A 단어의 알맞은 뜻을 선으로 연결한 후, 빈칸에 단어를 직접 써보세요.

1 fast food •   • 간식   ⟶ [   ]

2 doughnut •   • 도넛   ⟶ [   ]

3 chocolate •   • 쿠키   ⟶ [   ]

4 snack •   • 패스트푸드   ⟶ [   ]

5 cookie •   • 초콜릿   ⟶ [   ]

B 우리말과 일치하도록 빈칸에 알맞은 단어를 보기 에서 찾아 쓰세요.

보기	soda	sweet	fond	takeout	without

1 매우 달콤하다   ⟶ be very _____

2 많은 탄산음료를 마시다   ⟶ drink lots of _____

3 크림 없이   ⟶ _____ cream

4 단것을 좋아하는   ⟶ _____ of sweets

5 포장음식을 주문하다   ⟶ order _____ food

C 우리말을 참고해서 빈칸에 알맞은 단어를 골라 문장을 완성하세요.

1   Light _____ will be offered.   가벼운 **간식**이 제공될 것이다.
    (snacks / doughnuts)

2   There are five _____ on a tray.   쟁반 위에 **도넛**이 다섯 개 있다.
    (cookies / doughnuts)

3   You can order _____ food here.   너는 여기서 **포장음식**을 주문할 수 있다.
    (takeout / fast food)

4   She makes delicious _____.   그녀는 맛있는 **쿠키**를 만든다.
    (cookies / chocolate)

5   The boy drinks lots of _____.   그 소년은 많은 **탄산음료**를 마신다.
    (without / soda)

D 우리말을 참고해서 알맞은 단어를 넣어 문장을 완성하세요.

1   These fruits are very s_____.   이 과일들은 매우 **달콤하다**.

2   The child ate a bar of c_____.   그 아이는 **초콜릿** 한 개를 먹었다.

3   She drinks coffee w_____ cream.   그녀는 크림이 **없는** 커피를 마신다.

4   The kids are f_____ of sweets.   그 아이들은 단것을 **좋아한다**.

5   I work in a f_____ restaurant.   나는 **패스트푸드** 식당에서 일한다.

Food Shopping 장보기

01 dairy [dέ(:)əri]
유제품의
in the dairy section 유제품 코너에

02 vegetable [védʒitəbl]
야채
fresh vegetables 신선한 야채

03 buy [bai]
사다
buy food 음식을 사다

04 need [ni:d]
필요하다
need water 물이 필요하다

05 sell [sel]
팔다
sell meat 고기를 팔다

06 supermarket [sjú:pərmà:rkit]
슈퍼마켓
at a supermarket 슈퍼마켓에서

07 display [displéi]
진열하다
display goods 상품들을 진열하다

08 push [puʃ]
밀다
push a cart 카트를 밀다

09 list [list]
목록
check the list 목록을 확인하다

10 stale [steil]
상한
stale milk 상한 우유

✎ 영어 단어를 완성하세요.

1　dairy　유제품의

→　d ☐ iry　　☐ air ☐　　☐ ☐

2　vegetable　야채

→　ve ☐ etable　　vege ☐ a ☐ le　　☐ ☐

3　buy　사다

→　☐ uy　　b ☐ ☐　　☐ ☐

4　need　필요하다

→　nee ☐　　☐ ☐ ed　　☐ ☐

5　sell　팔다

→　☐ ell　　s ☐ l ☐　　☐ ☐

6　supermarket　슈퍼마켓

→　su ☐ ermarket　　super ☐ ar ☐ et　　☐ ☐

7　display　진열하다

→　☐ isplay　　disp ☐ a ☐　　☐ ☐

8　push　밀다

→　pu ☐ h　　p ☐ s ☐　　☐ ☐

9　list　목록

→　lis ☐　　☐ i ☐ t　　☐ ☐

10　stale　상한

→　sta ☐ e　　s ☐ al ☐　　☐ ☐

✎ Practice

A 단어의 알맞은 뜻을 선으로 연결한 후, 빈칸에 단어를 직접 써보세요.

1	list •	• 밀다	→ ☐
2	buy •	• 목록	→ ☐
3	sell •	• 사다	→ ☐
4	need •	• 필요하다	→ ☐
5	push •	• 팔다	→ ☐

B 우리말과 일치하도록 빈칸에 알맞은 단어를 [보기] 에서 찾아 쓰세요.

보기	supermarket	dairy	vegetable	display	stale

1 슈퍼마켓에서 → at a _____

2 상품들을 진열하다 → _____ goods

3 상한 우유 → _____ milk

4 유제품 코너에 → in the _____ section

5 신선한 야채 → fresh _____ s

C 우리말을 참고해서 빈칸에 알맞은 단어를 골라 문장을 완성하세요.

1 I buy fresh _____ at a market. 나는 시장에서 신선한 **야채**를 산다.
(supermarkets / vegetables)

2 An old lady is in the _____ section. 나이든 숙녀가 **유제품** 코너에 있다.
(dairy / display)

3 What do you buy at a _____? 너는 **슈퍼마켓**에서 무엇을 사니?
(need / supermarket)

4 Did the store _____ goods? 그 가게는 상품들을 **진열했니**?
(display / buy)

5 The boy wants to _____ the cart. 그 소년은 그 카트를 **밀고** 싶어 한다.
(list / push)

D 우리말을 참고해서 알맞은 단어를 넣어 문장을 완성하세요.

1 Did you check the l_____?
너는 **목록**을 확인했니?

2 Don't use s_____ milk to make food.
음식을 만들 때 **상한** 우유를 쓰지 마라.

3 Where can we b_____ organic food?
우리는 어디서 유기농 음식을 **살** 수 있니?

4 My friends n_____ five bottles of water.
내 친구들은 물 다섯 병이 **필요하다**.

5 My uncle will s_____ meat at a market.
내 삼촌은 시장에서 고기를 **팔** 것이다.

Eating Out 외식

01 **price** [prais] 가격
at full price 전액(총 가격)에

02 **pay** [pei] 지불하다
pay for the food 그 음식 값을 지불하다

03 **change** [tʃeindʒ] 잔돈
give change 잔돈으로 주다

04 **cash** [kæʃ] 현금
pay in cash 현금으로 계산하다

05 **card** [kɑːrd] 신용카드
pay by card 신용카드로 지불하다

06 **cheap** [tʃiːp] (값이) 싼
be very cheap 매우 싸다

07 **expensive** [ikspénsiv] 비싼
a little expensive 조금 비싼

08 **delicious** [dilíʃəs] 맛있는
look delicious 맛있어 보이다

09 **bill** [bil] 청구서, 계산서
ask for the bill 계산서를 요청하다

10 **spicy** [spáisi] 매운
spicy Korean food 매운 한국 음식

✎ 영어 단어를 완성하세요.

1 price 가격
→ pr _ ce   p _ i _ e

2 pay 지불하다
→ _ ay   p _ _

3 change 잔돈
→ chan _ e   ch _ ng _

4 cash 현금
→ _ ash   c _ s _

5 card 신용카드
→ ca _ d   c _ r _

6 cheap (값이) 싼
→ ch _ ap   _ hea _

7 expensive 비싼
→ e _ pensive   ex _ en _ ive

8 delicious 맛있는
→ de _ icious   deli _ i _ us

9 bill 청구서, 계산서
→ b _ ll   _ il _

10 spicy 매운
→ s _ icy   sp _ c _

Practice

A 단어의 알맞은 뜻을 선으로 연결한 후, 빈칸에 단어를 직접 써보세요.

1 cheap • • 잔돈 →

2 bill • • 현금 →

3 change • • (값이) 싼 →

4 spicy • • 청구서, 계산서 →

5 cash • • 매운 →

B 우리말과 일치하도록 빈칸에 알맞은 단어를 보기 에서 찾아 쓰세요.

보기	price	pay	expensive	delicious	card

1 전액(총 가격)에 → at full _____

2 그 음식 값을 지불하다 → _____ for the food

3 신용카드로 지불하다 → pay by _____

4 조금 비싼 → a little _____

5 맛있어 보이다 → look _____

C 우리말을 참고해서 빈칸에 알맞은 단어를 골라 문장을 완성하세요.

1 You can pay by _____.   너는 **신용카드**로 지불할 수 있다.
   (card / cash)

2 The dish is very _____.   그 요리는 매우 **싸**다.
   (expensive / cheap)

3 How about _____ Korean food?   **매운** 한국 음식은 어때?
   (spicy / change)

4 This cake looks _____.   이 케이크는 **맛있어** 보인다.
   (delicious / pay)

5 We don't buy food at full _____.   우리는 음식을 전액(총 **가격**)에 사지 않는다.
   (price / bill)

D 우리말을 참고해서 알맞은 단어를 넣어 문장을 완성하세요.

1 Wilson has to p_____ for the food.   Wilson은 그 음식 값을 **지불해야** 한다.

2 Can you give me c_____?   **잔돈**으로 주시겠어요?

3 Will you pay in c_____?   **현금**으로 계산하시겠어요?

4 I'll ask for the b_____.   내가 **계산서**를 요청할 것이다.

5 This dessert was a little e_____.   이 디저트는 조금 **비쌌**다.

A 다음 영어 단어의 우리말 뜻을 쓰세요.

1 pay → _____
2 snack → _____
3 change → _____
4 chocolate → _____
5 bake → _____
6 cookie → _____
7 chop → _____
8 soda → _____
9 pour → _____
10 bill → _____
11 recipe → _____
12 dairy → _____
13 slice → _____
14 vegetable → _____

B 다음 우리말을 보고 영어표현을 완성하세요.

1 check the l _____
목록을 확인하다

2 at a s _____
슈퍼마켓에서

3 f _____ eggs
달걀을 부치다

4 after d _____
저녁식사 후에

5 for b _____
아침으로

6 at full p _____
전액(총 가격)에

7 a little e _____
조금 비싼

8 pay in c _____
현금으로 계산하다

9 s _____ a meal
식사를 대접하다

10 be very c _____
매우 싸다

11 order t _____ food
포장음식을 주문하다

12 have l _____
점심을 먹다

13 s _____ meat
고기를 팔다

14 s _____ milk
상한 우유

C 우리말과 같도록 괄호 안에서 알맞은 단어에 동그라미 하세요.

1 Mom plans to (bake / steam) corns.   엄마는 옥수수를 **찔** 계획이다.

2 The man uses much (salt / sugar).   그 남자는 많은 **설탕**을 사용한다.

3 Pass me the (salt / soda), please.   **소금** 좀 전달해 주세요.

4 Help me (set / need) the table.   식탁 **차리는** 것을 도와줘라.

5 She must (prepare / pay) some food.   그녀는 음식을 좀 **준비해야** 한다.

6 The kids are (fond / delicious) of sweets.   그 아이들은 단것을 **좋아한다.**

7 The boy wants to (pour / push) the cart.   그 소년은 그 카트를 **밀고** 싶어 한다.

8 Did the store (display / price) goods?   그 가게는 상품들을 **진열했니?**

D 우리말과 같도록 다음 영어 문장을 완성하세요.

1 How about s＿＿＿＿＿＿ Korean food?   **매운** 한국 음식은 어때?

2 There are five d＿＿＿＿＿＿s on the tray.   쟁반 위에 **도넛**이 다섯 개 있다.

3 We p＿＿＿＿＿＿ food for the poor.   우리는 가난한 사람들에게 음식을 **제공한다.**

4 All main courses come with s＿＿＿＿＿＿.   모든 메인 코스에는 **샐러드**가 따라 나온다.

5 They serve d＿＿＿＿＿＿ for their guests.   그들은 손님을 위해 **디저트**를 내놓는다.

6 We must t＿＿＿＿＿＿ guests like family.   우리는 손님을 가족처럼 **대해야** 한다.

7 These fruits are very s＿＿＿＿＿＿.   이 과일들은 매우 **달콤하다.**

8 She drinks coffee w＿＿＿＿＿＿ cream.   그녀는 크림이 **없는** 커피를 마신다.

Fashion 패션

01 **make-up** [meikʌp] 화장
wear make-up 화장을 하다

02 **sunglasses** [sʌ́nglæ̀siz] 선글라스
a pair of sunglasses 선글라스 한 개

03 **necklace** [néklis] 목걸이
wear a necklace 목걸이를 하다

04 **earring** [íərrìŋ] 귀걸이
change earrings 귀걸이를 바꾸다

05 **fit** [fit] 맞다
clothes to fit me 나에게 맞는 옷

06 **size** [saiz] 크기, 치수
be my size 내 치수다

07 **fashion** [fǽʃən] 유행
be in fashion 유행하고 있다

08 **tight** [tait] 꽉 조이는
much too tight 너무 꽉 조이는

09 **loose** [luːs] 헐렁한
a loose shirt 헐렁한 셔츠

10 **ribbon** [ríbən] 리본
a silk ribbon 실크 리본

영어 단어를 완성하세요.

1 make-up 화장

→ ake-up   m ke-u

2 sunglasses 선글라스

→ sun lasses   s nglasse

3 necklace 목걸이

→ nec lace   ecklac

4 earring 귀걸이

→ ear ing   e rrin

5 fit 맞다

→ it   f

6 size 크기, 치수

→ si e   s z

7 fashion 유행

→ ashion   fash o

8 tight 꽉 조이는

→ tigh   t g t

9 loose 헐렁한

→ oose   l os

10 ribbon 리본

→ rib on   ri bo

Practice

A 단어의 알맞은 뜻을 선으로 연결한 후, 빈칸에 단어를 직접 써보세요.

1 sunglasses ·   · 귀걸이 → ☐

2 tight ·   · 화장 → ☐

3 make-up ·   · 선글라스 → ☐

4 earring ·   · 목걸이 → ☐

5 necklace ·   · 꽉 조이는 → ☐

B 우리말과 일치하도록 빈칸에 알맞은 단어를 보기 에서 찾아 쓰세요.

보기	fit	size	fashion	loose	ribbon

1 헐렁한 셔츠 → a _____ shirt

2 실크 리본 → a silk _____

3 나에게 맞는 옷 → clothes to _____ me

4 내 치수다 → be my _____

5 유행하고 있다 → be in _____

C 우리말을 참고해서 빈칸에 알맞은 단어를 골라 문장을 완성하세요.

1 I never wear _____. 나는 결코 **화장**을 하지 않는다.
   (fashion / make-up)

2 She bought a pair of _____. 그녀는 **선글라스** 한 개를 샀다.
   (sunglasses / earrings)

3 These shoes are much too _____. 이 신발은 너무 **꽉 조인**다.
   (tight / loose)

4 She wore a _____ shirt and jeans. 그녀는 **헐렁한** 셔츠와 청바지를 입었다.
   (ribbon / loose)

5 Who is wearing a _____? 누가 **목걸이**를 하고 있니?
   (necklace / fit)

D 우리말을 참고해서 알맞은 단어를 넣어 문장을 완성하세요.

1 Long skirts are in f_____. 긴치마가 **유행**하고 있다.

2 I want to change my e_____s now. 나는 지금 **귀걸이**를 바꾸고 싶다.

3 I can't find clothes to f_____ me. 나는 나한테 **맞는** 옷을 찾을 수가 없다.

4 This shirt is my s_____. 이 셔츠는 내 **치수**다.

5 She is wearing a silk r_____. 그녀는 실크 **리본**을 하고 있다.

Housing 주거

01	**garage**	[gərá:ʤ] 차고
in the garage 차고 안에		

02	**grass**	[græs] 풀, 잔디
mow the grass 잔디를 깎다		

03	**floor**	[flɔ:r] 바닥, 층
on the first floor 1층에		

04	**address**	[ædrés] 주소
my address 내 주소		

05	**ceiling**	[sí:liŋ] 천장
a high ceiling 높은 천장		

06	**yard**	[jɑ:rd] 마당
around the yard 마당 주위에		

07	**kitchen**	[kítʃən] 부엌
in the kitchen 부엌에		

08	**rent**	[rent] 빌리다
rent an apartment 아파트를 빌리다		

09	**porch**	[pɔ:rtʃ] 현관
on the porch 현관에		

10	**balcony**	[bǽlkəni] 발코니
have a balcony 발코니가 있다		

영어 단어를 완성하세요.

1 garage 차고
   → [ ] arage   g [ ] rag [ ]   [ ] [ ]

2 grass 풀, 잔디
   → gras [ ]   g [ ] a [ ] s   [ ] [ ]

3 floor 바닥, 층
   → f [ ] oor   fl [ ] o [ ]   [ ] [ ]

4 address 주소
   → [ ] ddress   a [ ] d [ ] ess   [ ] [ ]

5 ceiling 천장
   → cei [ ] ing   c [ ] ilin [ ]   [ ]

6 yard 마당
   → [ ] ard   y [ ] r [ ]   [ ] [ ]

7 kitchen 부엌
   → kit [ ] hen   k [ ] tche [ ]   [ ]

8 rent 빌리다
   → [ ] ent   re [ ] [ ]   [ ] [ ]

9 porch 현관
   → por [ ] h   p [ ] rc [ ]   [ ] [ ]

10 balcony 발코니
   → bal [ ] ony   b [ ] lco [ ] y   [ ]

Practice

A 단어의 알맞은 뜻을 선으로 연결한 후, 빈칸에 단어를 직접 써보세요.

1	yard •	• 풀, 잔디 →	
2	address •	• 현관 →	
3	porch •	• 주소 →	
4	grass •	• 천장 →	
5	ceiling •	• 마당 →	

B 우리말과 일치하도록 빈칸에 알맞은 단어를 보기 에서 찾아 쓰세요.

보기 garage   floor   kitchen   rent   balcony

1 부엌에   → in the _____

2 1층에   → on the first _____

3 차고 안에   → in the _____

4 아파트를 빌리다   → _____ an apartment

5 발코니가 있다   → have a _____

C 우리말을 참고해서 빈칸에 알맞은 단어를 골라 문장을 완성하세요.

1 A dog is sleeping on the _____. 개가 **현관**에서 자고 있다.
(porch / garage)

2 My house has a _____. 나의 집은 **발코니**가 있다.
(rent / balcony)

3 They know my _____. 그들은 내 **주소**를 안다.
(address / yard)

4 This room has a high _____. 이 방은 **천장**이 높다.
(ceiling / floor)

5 There are two cars in the _____. **차고** 안에 자동차 두 대가 있다.
(garage / grass)

D 우리말을 참고해서 알맞은 단어를 넣어 문장을 완성하세요.

1 I need to mow the g_____. 나는 **잔디**를 깎아야 한다.

2 His house is on the first f_____. 그의 집은 **1층**에 있다.

3 There is a fence around the y_____. **마당** 주위에 담장이 있다.

4 Mom is cooking in the k_____. 엄마가 **부엌**에서 요리하고 있다.

5 We decided to r_____ an apartment. 우리는 아파트를 **빌리기로** 결심했다.

Sport 운동

01 **sport** [spɔ:rt] 운동	02 **team** [ti:m] 팀
favorite sport 좋아하는 운동	a baseball team 야구팀

03 **catch** [kætʃ] 잡다	04 **throw** [θrou] 던지다
catch a ball 공을 잡다	throw a spear 창을 던지다

05 **coach** [koutʃ] 코치	06 **tennis** [ténis] 테니스
a new coach 새로운 코치	play tennis 테니스를 치다

07 **soccer** [sákər] 축구	08 **penalty** [pénəlti] 벌칙
a soccer game 축구경기	get a penalty 벌칙을 받다

09 **defense** [diféns] 수비	10 **against** [əgénst] ~에 맞서
be good at defense 수비를 잘하다	play against you 너와(에 맞서) 경기하다

✎ 영어 단어를 완성하세요.

1 sport 운동

→ s ☐ ort   ☐ po ☐ t   ☐ ☐

2 team 팀

→ ☐ eam   t ☐ a ☐   ☐ ☐

3 catch 잡다

→ ca ☐ ch   c ☐ t ☐ h   ☐ ☐

4 throw 던지다

→ t ☐ row   th ☐ o ☐   ☐

5 coach 코치

→ ☐ oach   c ☐ ac ☐   ☐

6 tennis 테니스

→ te ☐ nis   ☐ enni ☐   ☐

7 soccer 축구

→ so ☐ cer   s ☐ cc ☐ r   ☐ ☐

8 penalty 벌칙

→ pe ☐ alty   pena ☐ t ☐   ☐ ☐

9 defense 수비

→ ☐ efense   defe ☐ s ☐   ☐

10 against ~에 맞서

→ ag ☐ inst   a ☐ a ☐ nst   ☐ ☐

Practice

A 단어의 알맞은 뜻을 선으로 연결한 후, 빈칸에 단어를 직접 써보세요.

1. team · · 운동 →
2. sport · · 팀 →
3. soccer · · 잡다 →
4. catch · · 테니스 →
5. tennis · · 축구 →

B 우리말과 일치하도록 빈칸에 알맞은 단어를 보기 에서 찾아 쓰세요.

보기	throw	coach	penalty	defense	against

1. 벌칙을 받다 → get a _____

2. 수비를 잘하다 → be good at _____

3. 너와(에 맞서) 경기하다 → play _____ you

4. 창을 던지다 → _____ a spear

5. 새로운 코치 → a new _____

C 우리말을 참고해서 빈칸에 알맞은 단어를 골라 문장을 완성하세요.

1 The boy will get a _____. 그 소년은 **벌칙**을 받을 것이다.
(defense / penalty)

2 The player is good at _____. 그 선수는 **수비**를 잘한다.
(coach / defense)

3 I want to play _____ you. 나는 너와(**에 맞서**) 경기하고 싶다.
(against / throw)

4 Can you _____ the ball? 너는 그 공을 **잡을** 수 있니?
(catch / team)

5 The players _____ the spears. 그 선수들은 그 창들을 **던진다**.
(throw / catch)

D 우리말을 참고해서 알맞은 단어를 넣어 문장을 완성하세요.

1 The team has a new c_____. 그 팀은 새로운 **코치**가 있다.

2 James plays t_____ with me. James는 나와 함께 **테니스**를 친다.

3 The s_____ game will begin soon. 그 **축구**경기는 곧 시작할 것이다.

4 What is his favorite s_____? 그가 좋아하는 **운동**이 뭐니?

5 They cheer for the baseball t_____. 그들은 그 야구**팀**을 응원한다.

Hobby 취미

01	**hobby**	[hábi] 취미
	a favorite hobby 좋아하는 취미	

02	**collect**	[kálekt] 모으다
	collect stamps 우표를 모으다	

03	**assemble**	[əsémbl] 조립하다
	easy to assemble 조립하기 쉬운	

04	**painting**	[péintiŋ] 그림
	ancient paintings 고대 그림들	

05	**fish**	[fiʃ] 낚시하다 (낚다)
	fish for trout 송어를 낚다	

06	**photograph**	[fóutougræf] 사진
	take a photograph 사진을 찍다	

07	**hiking**	[háikiŋ] 하이킹
	a hiking trail 하이킹 코스	

08	**write**	[rait] 쓰다
	write a letter 편지를 쓰다	

09	**chess**	[tʃes] 체스
	play chess 체스를 두다	

10	**puzzle**	[pʌzl] 퍼즐
	fit together the puzzle 퍼즐을 맞추다	

✎ 영어 단어를 완성하세요.

1 hobby 취미
   → [ ] obby   h [ ] b [ ] y   [ ] [ ]

2 collect 모으다
   → co [ ] lect   [ ] ollec [ ]   [ ] [ ]

3 assemble 조립하다
   → asse [ ] ble   a [ ] sem [ ] le   [ ] [ ]

4 painting 그림
   → p [ ] inting   pa [ ] ntin [ ]   [ ] [ ]

5 fish 낚시하다(낚다)
   → [ ] ish   fi [ ] [ ]   [ ] [ ]

6 photograph 사진
   → photo [ ] raph   p [ ] tograph   [ ] [ ]

7 hiking 하이킹
   → hi [ ] ing   hik [ ] n [ ]   [ ] [ ]

8 write 쓰다
   → [ ] rite   w [ ] it [ ]   [ ] [ ]

9 chess 체스
   → c [ ] ess   ch [ ] s [ ]   [ ] [ ]

10 puzzle 퍼즐
   → [ ] uzzle   p [ ] z [ ] le   [ ] [ ]

Practice

A 단어의 알맞은 뜻을 선으로 연결한 후, 빈칸에 단어를 직접 써보세요.

1	painting •	• 취미	→ _____
2	hiking •	• 그림	→ _____
3	hobby •	• 하이킹	→ _____
4	chess •	• 쓰다	→ _____
5	write •	• 체스	→ _____

B 우리말과 일치하도록 빈칸에 알맞은 단어를 보기 에서 찾아 쓰세요.

보기   fish   collect   assemble   photograph   puzzle

1 퍼즐을 맞추다   → fit together the _____

2 우표를 모으다   → _____ stamps

3 조립하기 쉬운   → easy to _____

4 송어를 낚다   → _____ for trout

5 사진을 찍다   → take a _____

C 우리말을 참고해서 빈칸에 알맞은 단어를 골라 문장을 완성하세요.

1 He likes to _____ stamps. 그는 우표 **모으**기를 좋아한다.
   (collect / fish)

2 This Lego is easy to _____. 이 레고는 **조립하**기 쉽다.
   (assemble / write)

3 There are ancient _____ in the museum. 고대 **그림들**이 박물관에 있다.
   (puzzles / paintings)

4 Tom will _____ a letter to her. Tom은 그녀에게 편지를 **쓸** 것이다.
   (write / collect)

5 I often play _____ on weekends. 나는 종종 주말에 **체스**를 둔다.
   (chess / photograph)

D 우리말을 참고해서 알맞은 단어를 넣어 문장을 완성하세요.

1 They love to fit together the p_____.
   그들은 **퍼즐** 맞추기를 무척 좋아한다.

2 We will f_____ for trout.
   우리는 송어를 **낚을** 것이다.

3 Can I take a p_____ ?
   내가 **사진**을 한 장 찍어도 되니?

4 I walk along a h_____ trail.
   나는 **하이킹** 코스를 따라 걷는다.

5 My favorite h_____ is reading books.
   내가 좋아하는 **취미**는 독서다.

Shopping 쇼핑

01 shopping [ʃápiŋ] 쇼핑
do shopping 쇼핑을 하다

02 store [stɔːr] 가게
open a store 가게를 열다

03 market [máːrkit] 시장
a flea market 벼룩시장

04 sale [seil] 판매
for sale 판매 중인

05 spend [spend] (돈을) 쓰다
spend a little money 돈을 좀 쓰다

06 wrap [ræp] 포장하다
wrap a gift 선물을 포장하다

07 clerk [kləːrk] 점원
look for a clerk 점원을 구하다

08 discount [diskáunt] 할인
at a discount 할인 가격으로

09 brand [brænd] 상표, 브랜드
a French brand 프랑스 브랜드

10 customer [kʌ́stəmər] 고객
customer service 고객서비스

✎ 영어 단어를 완성하세요.

1 shopping 쇼핑
   → s ⬜ opping   ⬜ hoppin ⬜   ⬜ | ⬜

2 store 가게
   → s ⬜ ore   st ⬜ r ⬜   ⬜ | ⬜

3 market 시장
   → ⬜ arket   m ⬜ rke ⬜   ⬜ | ⬜

4 sale 판매
   → sal ⬜   s ⬜ e   ⬜ | ⬜

5 spend (돈을) 쓰다
   → sp ⬜ nd   ⬜ pen ⬜   ⬜ | ⬜

6 wrap 포장하다
   → ⬜ rap   w ⬜ a ⬜   ⬜ | ⬜

7 clerk 점원
   → cler ⬜   c ⬜ e ⬜ k   ⬜ | ⬜

8 discount 할인
   → dis ⬜ ount   ⬜ isco ⬜ nt   ⬜ | ⬜

9 brand 상표, 브랜드
   → b ⬜ and   ⬜ ra ⬜ d   ⬜ | ⬜

10 customer 고객
   → custo ⬜ er   c ⬜ stom ⬜ r   ⬜ | ⬜

Practice

A 단어의 알맞은 뜻을 선으로 연결한 후, 빈칸에 단어를 직접 써보세요.

1	discount	•		•	판매	→	
2	store	•		•	쇼핑	→	
3	market	•		•	가게	→	
4	sale	•		•	시장	→	
5	shopping	•		•	할인	→	

B 우리말과 일치하도록 빈칸에 알맞은 단어를 보기 에서 찾아 쓰세요.

| 보기 | wrap | clerk | spend | brand | customer |

1 프랑스 브랜드 → a French _____

2 고객서비스 → _____ service

3 돈을 좀 쓰다 → _____ a little money

4 선물을 포장하다 → _____ a gift

5 점원을 구하다 → look for a _____

C 우리말을 참고해서 빈칸에 알맞은 단어를 골라 문장을 완성하세요.

1   The woman _____ a gift.   그 여자는 선물을 **포장한다**.
    (wraps / shops)

2   The old man looked for a _____.   그 노인은 **점원**을 구했다.
    (clerk / sale)

3   She bought it at a _____.   그녀는 **할인** 가격으로 그것을 샀다.
    (discount / brand)

4   People do _____ during holidays.   사람들은 휴가 기간 동안 **쇼핑**을 한다.
    (shopping / spending)

5   We _____ a little money for shopping.   우리는 쇼핑에 돈을 좀 **쓴다**.
    (spend / wrap)

D 우리말을 참고해서 알맞은 단어를 넣어 문장을 완성하세요.

1   She will open a s_____ in Korea.   그녀는 한국에 **가게**를 열 것이다.

2   I bought it at a flea m_____.   나는 그것을 벼룩**시장**에서 샀다.

3   This toy is not for s_____.   이 장난감은 **판매** 중이 아니다.

4   This bag is a French b_____.   이 가방은 프랑스 **브랜드**다.

5   The woman is good at c_____ service.   그 여자는 **고객**서비스를 잘한다.

A 다음 영어 단어의 우리말 뜻을 쓰세요.

1 earring → _____
2 painting → _____
3 loose → _____
4 fish → _____
5 ceiling → _____
6 hiking → _____
7 rent → _____
8 store → _____
9 catch → _____
10 market → _____
11 coach → _____
12 wrap → _____
13 collect → _____
14 brand → _____

B 다음 우리말을 보고 영어표현을 완성하세요.

1 be my s _____
내 치수다

2 on the first f _____
1층에

3 much too t _____
너무 꽉 조이는

4 around the y _____
마당 주위에

5 have a b _____
발코니가 있다

6 on the p _____
현관에

7 play a _____ you
너와(에 맞서) 경기하다

8 a s _____ game
축구경기

9 fit together the p _____
퍼즐을 맞추다

10 play c _____
체스를 두다

11 s _____ a little money
돈을 좀 쓰다

12 look for a c _____
점원을 구하다

13 mow the g _____
잔디를 깎다

14 at a d _____
할인 가격으로

C 우리말과 같도록 괄호 안에서 알맞은 단어에 동그라미 하세요.

1   This toy is not for (sale / size).   이 장난감은 **판매** 중이 아니다.

2   Who is wearing a (earring / necklace)?   누가 **목걸이**를 하고 있니?

3   I can't find clothes to (tight / fit) me.   나는 나한테 **맞는** 옷을 찾을 수가 없다.

4   This Lego is easy to (assemble / chess).   이 레고는 **조립하기** 쉽다.

5   Can I take a (address / photograph)?   내가 **사진**을 한 장 찍어도 되니?

6   Tom will (collect / write) a letter to her.   Tom은 그녀에게 편지를 **쓸** 것이다.

7   Long skirts are in (hobby / fashion).   긴치마가 **유행**하고 있다.

8   They know my (address / customer).   그들은 내 **주소**를 안다.

D 우리말과 같도록 다음 영어 문장을 완성하세요.

1   They cheer for the baseball t_____.   그들은 그 야구**팀**을 응원한다.

2   The players t_____ the spears.   그 선수들은 그 창들을 **던진다**.

3   James plays t_____ with me.   James는 나와 함께 **테니스**를 친다.

4   The boy will get a p_____.   그 소년은 **벌칙**을 받을 것이다.

5   The player is good at d_____.   그 선수는 **수비**를 잘한다.

6   My favorite h_____ is reading books.   내가 좋아하는 **취미**는 독서다.

7   There are two cars in the g_____.   **차고** 안에 자동차 두 대가 있다.

8   The woman is good at c_____ service.   그 여자는 **고객**서비스를 잘한다.

Traveling 여행

01 travel [trǽvəl] 여행하다

travel **abroad** 해외로 여행하다

02 book [buk] 예약하다

book **a seat** 좌석을 예약하다

03 cancel [kǽnsəl] 취소하다

cancel **a reservation** 예약을 취소하다

04 guide [gaid] 안내하다

guide **tourists** 관광객을 안내하다

05 safe [seif] 안전한

a safe **city** 안전한 도시

06 foreign [fɔ́ːrin] 외국의

foreign **languages** 외국어

07 danger [déindʒər] 위험

be in danger 위험에 처해 있다

08 information [infərméiʃən] 정보

a lot of information 많은 정보

09 departure [dipáːrtʃər] 출발

before the departure 출발 전에

10 resort [rizɔ́ːrt] 휴양지

at the same resort 같은 휴양지에서

✎ 영어 단어를 완성하세요.

1 travel 여행하다

→ tra el   t av l

2 book 예약하다

→ b ok   o k

3 cancel 취소하다

→ can el   c nc l

4 guide 안내하다

→ uide   g id

5 safe 안전한

→ sa e   s f

6 foreign 외국의

→ oreign   f r ign

7 danger 위험

→ dan er   d ng r

8 information 정보

→ infor ation   in orm tion

9 departure 출발

→ eparture   de a ture

10 resort 휴양지

→ re ort   r sor

Practice

A 단어의 알맞은 뜻을 선으로 연결한 후, 빈칸에 단어를 직접 써보세요.

1 guide • • 정보 →

2 safe • • 출발 →

3 information • • 여행하다 →

4 travel • • 안내하다 →

5 departure • • 안전한 →

B 우리말과 일치하도록 빈칸에 알맞은 단어를 보기 에서 찾아 쓰세요.

보기	cancel	book	foreign	danger	resort

1 외국어 → _____ languages

2 위험에 처해 있다 → be in _____

3 좌석을 예약하다 → _____ a seat

4 예약을 취소하다 → _____ a reservation

5 같은 휴양지에서 → at the same _____

C 우리말을 참고해서 빈칸에 알맞은 단어를 골라 문장을 완성하세요.

1 The tourists are in ＿＿＿＿＿＿＿. 그 관광객들은 **위험**에 처해 있다.
(danger / safe)

2 To ＿＿＿＿＿＿＿ tourists is my job. 관광객을 **안내하는** 것이 나의 직업이다.
(guide / travel)

3 We live in a ＿＿＿＿＿＿＿ city. 우리는 **안전한** 도시에 산다.
(safe / book)

4 He wants to ＿＿＿＿＿＿＿ abroad. 그는 해외로 **여행하고** 싶어 한다.
(resort / travel)

5 You had better ＿＿＿＿＿＿＿ the reservation. 너는 그 예약을 **취소하는** 것이 좋겠다.
(book / cancel)

D 우리말을 참고해서 알맞은 단어를 넣어 문장을 완성하세요.

1 Studying f＿＿＿＿＿＿ languages is useful.
외국어를 공부하는 것은 유용하다.

2 I will b＿＿＿＿＿＿ a seat on the next flight.
나는 다음 비행기 좌석을 **예약할** 것이다.

3 I get a lot of i＿＿＿＿＿＿ on the Internet.
나는 인터넷에서 많은 **정보**를 얻는다.

4 He got a call before the d＿＿＿＿＿＿.
그는 **출발** 전에 전화를 받았다.

5 They stay at the same r＿＿＿＿＿＿.
그들은 같은 **휴양지**에 머문다.

UNIT 32

Visiting 방문

01 visit [vízit] 방문하다
visit my hometown 내 고향을 방문하다

02 far [fɑːr] 먼
how far 얼마나 먼

03 near [niər] 근처에
near a forest 숲 근처에

04 return [ritə́ːrn] 돌아오다
return to school 학교에 돌아오다

05 arrive [əráiv] 도착하다
arrive at the station 역에 도착하다

06 surprise [sərpráiz] 놀라게 하다
surprise me 나를 놀라게 하다

07 host [houst] 주인
the host of the party 파티의 주인

08 urban [ə́ːrbən] 도시의
enjoy urban life 도시 생활을 즐기다

09 suburb [sʌ́bəːrb] 교외
live in a suburb 교외에 살다

10 rural [rú(ː)ərəl] 시골의
a rural village 시골 마을

✎ 영어 단어를 완성하세요.

1　visit　방문하다

　　→　｜＿｜isit　　　　v｜＿｜s｜＿｜t　　　　｜＿｜＿｜

2　far　먼

　　→　｜＿｜ar　　　　f｜＿｜　　　　｜＿｜＿｜

3　near　근처에

　　→　nea｜＿｜　　　　｜＿｜ar　　　　｜＿｜＿｜

4　return　돌아오다

　　→　｜＿｜eturn　　　　ret｜＿｜r　　　　｜＿｜＿｜

5　arrive　도착하다

　　→　arri｜＿｜e　　　　ar｜＿｜iv｜＿｜　　　　｜＿｜＿｜

6　surprise　놀라게 하다

　　→　s｜＿｜rprise　　　　｜＿｜ur｜＿｜rise　　　　｜＿｜＿｜

7　host　주인

　　→　｜＿｜ost　　　　h｜＿｜s｜＿｜　　　　｜＿｜＿｜

8　urban　도시의

　　→　ur｜＿｜an　　　　u｜＿｜ba｜＿｜　　　　｜＿｜＿｜

9　suburb　교외

　　→　su｜＿｜urb　　　　sub｜＿｜r｜＿｜　　　　｜＿｜＿｜

10　rural　시골의

　　→　｜＿｜ural　　　　r｜＿｜ra｜＿｜　　　　｜＿｜＿｜

Practice

A 단어의 알맞은 뜻을 선으로 연결한 후, 빈칸에 단어를 직접 써보세요.

1	near	•		•	먼	→	
2	urban	•		•	근처에	→	
3	suburb	•		•	도시의	→	
4	surprise	•		•	교외	→	
5	far	•		•	놀라게 하다	→	

B 우리말과 일치하도록 빈칸에 알맞은 단어를 보기 에서 찾아 쓰세요.

| 보기 | return | arrive | host | visit | rural |

1 시골 마을 → a _____ village

2 학교에 돌아오다 → _____ to school

3 역에 도착하다 → _____ at the station

4 파티의 주인 → the _____ of the party

5 내 고향을 방문하다 → _____ my hometown

C 우리말을 참고해서 빈칸에 알맞은 단어를 골라 문장을 완성하세요.

1 How _____ is it from here? 여기서 얼마나 **머니**?
    (near / far)

2 James lives _____ the forest. James는 그 숲 **근처에** 산다.
    (near / return)

3 It doesn't _____ me at all. 그것은 나를 전혀 **놀라게 하지** 않는다.
    (surprise / arrive)

4 My family lives in a _____. 나의 가족은 **교외에** 산다.
    (suburb / urban)

5 I am from a _____ village. 나는 **시골** 마을 출신이다.
    (host / rural)

D 우리말을 참고해서 알맞은 단어를 넣어 문장을 완성하세요.

1 I will v_____ my hometown tomorrow.
    나는 내일 내 고향을 **방문할** 것이다.

2 He will r_____ to school next Tuesday.
    그는 다음주 화요일에 학교에 **돌아올** 것이다.

3 The train will a_____ at the station soon.
    그 기차가 곧 역에 **도착할** 것이다.

4 She is the h_____ of the party tonight.
    그녀는 오늘밤 파티의 **주인**이다.

5 The visitors enjoy u_____ life.
    그 방문객들은 **도시** 생활을 즐긴다.

Party 파티

01	**party**	[páːrti] 파티
a party invitation 파티 초대장		

02	**birthday**	[báːrθdèi] 생일
her birthday party 그녀의 생일 파티		

03	**candle**	[kǽndl] (양)초
light a candle 초를 켜다		

04	**wish**	[wiʃ] 소원
make a wish 소원을 빌다		

05	**event**	[ivént] 행사
a main event 본 행사		

06	**hold**	[hould] 열다, 개최하다
hold a festival 축제를 열다		

07	**invite**	[inváit] 초대하다
invite friends 친구들을 초대하다		

08	**guest**	[gest] 손님
a lot of guests 많은 손님들		

09	**gift**	[gift] 선물
buy a gift 선물을 사다		

10	**trick**	[trik] 장난
play tricks 장난을 치다		

✎ 영어 단어를 완성하세요.

1 party 파티
   → [ ]arty   p[ ]rt[ ]   [ ][ ]

2 birthday 생일
   → bir[ ]hday   birth[ ]a   [ ][ ]

3 candle (양)초
   → [ ]andle   c[ ]ndl[ ]   [ ][ ]

4 wish 소원
   → wis[ ]   w[ ][ ]h   [ ][ ]

5 event 행사
   → [ ]vent   e[ ]en[ ]   [ ][ ]

6 hold 열다, 개최하다
   → hol[ ]   h[ ][ ]d   [ ][ ]

7 invite 초대하다
   → in[ ]ite   inv[ ]t[ ]   [ ][ ]

8 guest 손님
   → [ ]uest   g[ ]e[ ]t   [ ][ ]

9 gift 선물
   → gif[ ]   g[ ][ ]t   [ ][ ]

10 trick 장난
   → [ ]rick   t[ ]i[ ]k   [ ][ ]

Practice

A 단어의 알맞은 뜻을 선으로 연결한 후, 빈칸에 단어를 직접 써보세요.

1	candle	•	• 파티	→ ☐
2	guest	•	• 장난	→ ☐
3	event	•	• 손님	→ ☐
4	party	•	• (양)초	→ ☐
5	trick	•	• 행사	→ ☐

B 우리말과 일치하도록 빈칸에 알맞은 단어를 보기 에서 찾아 쓰세요.

보기   invite   gift   birthday   wish   hold

1 축제를 열다   → _____ a festival

2 친구들을 초대하다   → _____ friends

3 그녀의 생일 파티   → her _____ party

4 소원을 빌다   → make a _____

5 선물을 사다   → buy a _____

C 우리말을 참고해서 빈칸에 알맞은 단어를 골라 문장을 완성하세요.

1 The restaurant has a lot of _____. 그 식당은 **손님**이 많다.
(guests / tricks)

2 Eddie has to buy a _____. Eddie는 **선물**을 사야 한다.
(event / gift)

3 The kids always play _____. 그 아이들은 항상 **장난**을 친다.
(tricks / birthday)

4 I sent her a _____ invitation. 나는 그녀에게 **파티** 초대장을 보냈다.
(party / event)

5 Do you want to light a _____? 너는 **초**를 켜고 싶니?
(wish / candle)

D 우리말을 참고해서 알맞은 단어를 넣어 문장을 완성하세요.

1 Don't forget to make a w_____. **소원** 비는 것을 잊지 마라.

2 It's time for the main e_____. 본 **행사** 시간이다.

3 The town will h_____ a festival. 그 마을은 축제를 **열** 것이다.

4 They came to her b_____ party. 그들은 그녀의 **생일** 파티에 왔다.

5 Jeff will i_____ friends to the party. Jeff는 친구들을 그 파티에 **초대할** 것이다.

Media 미디어

01 media [míːdiə] 미디어	**02 drama** [dráːmə] 드라마
in the media 미디어에서	TV drama series TV 연속극(드라마 시리즈)
03 comedy [kámidi] 코미디	**04 romance** [roumǽns] 로맨스
a romantic comedy 로맨틱 코미디	a romance movie 로맨스 영화
05 main [mein] 주된, 중요한	**06 announce** [ənáuns] 알리다
a main idea 주된 생각	announce a marriage 결혼을 알리다
07 newspaper [njúːzpèipər] 신문	**08 famous** [féiməs] 유명한
deliver newspapers 신문을 배달하다	a famous singer 유명한 가수
09 magazine [mæ̀gəzíːn] 잡지	**10 air** [ɛər] (전파) 방송
read a magazine 잡지를 읽다	on air 방송이 되는

✎ 영어 단어를 완성하세요.

1 media 미디어
→ me　ia　　m　d　a

2 drama 드라마
→ 　rama　　d　am

3 comedy 코미디
→ co　edy　　com　d

4 romance 로맨스
→ ro　ance　　rom　n　e

5 main 주된, 중요한
→ 　ain　　m　i

6 announce 알리다
→ 　nnounce　　anno　n　e

7 newspaper 신문
→ news　aper　　n　wsp　per

8 famous 유명한
→ 　amous　　fam　u

9 magazine 잡지
→ maga　ine　　ma　azin

10 air (전파) 방송
→ 　ir　　a

Practice

A 단어의 알맞은 뜻을 선으로 연결한 후, 빈칸에 단어를 직접 써보세요.

1	air •	• (전파) 방송 →	
2	famous •	• 신문 →	
3	romance •	• 유명한 →	
4	newspaper •	• 미디어 →	
5	media •	• 로맨스 →	

B 우리말과 일치하도록 빈칸에 알맞은 단어를 보기 에서 찾아 쓰세요.

보기   drama   comedy   main   announce   magazine

1 주된 생각 → a _____ idea

2 잡지를 읽다 → read a _____

3 로맨틱 코미디 → a romantic _____

4 결혼을 알리다 → _____ a marriage

5 TV 연속극(드라마 시리즈) → TV _____ series

C 우리말을 참고해서 빈칸에 알맞은 단어를 골라 문장을 완성하세요.

1 I am watching a _____ movie. 나는 **로맨스** 영화를 보고 있다.
(romance / comedy)

2 She is a very _____ singer. 그녀는 매우 **유명한** 가수다.
(main / famous)

3 I will deliver _____ tonight. 나는 오늘밤에 **신문**을 배달할 것이다.
(magazines / newspapers)

4 The trial was reported in the _____. 그 재판은 **미디어**에서 보도되었다.
(media / air)

5 I like to watch TV _____ series. 나는 TV 연속극(**드라마** 시리즈) 보는 것을 좋아한다.
(comedy / drama)

D 우리말을 참고해서 알맞은 단어를 넣어 문장을 완성하세요.

1 She loves to watch a romantic c_____.
그녀는 로맨틱 **코미디** 보는 것을 무척 좋아한다.

2 The media didn't a_____ their marriage.
그 미디어는 그들의 결혼을 **알리지** 않았다.

3 Does she read a m_____?
그녀는 **잡지**를 읽니?

4 What is the m_____ idea of the passage?
그 글의 **주된** 생각은 무엇이니?

5 We will be back on a_____ tomorrow.
내일 **방송**으로 다시 찾아 뵙겠습니다.

Computer 컴퓨터

| 01 **Internet** [intə́ːrnet] 인터넷 |
| surf on the Internet 인터넷을 검색하다 |

| 02 **monitor** [mάnitər] 모니터 |
| a computer monitor 컴퓨터 모니터 |

| 03 **click** [klik] 클릭하다 |
| click a mouse 마우스를 클릭하다 |

| 04 **save** [seiv] 저장하다 |
| save information 정보를 저장하다 |

| 05 **file** [fail] 파일 |
| lose a file 파일을 날리다 |

| 06 **data** [déitə] 데이터 |
| send data 데이터를 보내다 |

| 07 **delete** [dilíːt] 지우다 |
| delete spam 스팸을 지우다 |

| 08 **paste** [peist] 붙이다 |
| paste text 텍스트를 붙이다 |

| 09 **email** [emeil] 이메일 |
| by email 이메일로 |

| 10 **copy** [kάpi] 복사 |
| a copy machine 복사기 |

✎ 영어 단어를 완성하세요.

1 Internet 인터넷

→ Inter___et ___ In___e___net

2 monitor 모니터

→ mo___itor ___ m___nit___r

3 click 클릭하다

→ ___lick ___ c___i___k

4 save 저장하다

→ ___ave ___ s___v___

5 file 파일

→ fil___ ___ ___i___e

6 data 데이터

→ da___a ___ ___at___

7 delete 지우다

→ ___elete ___ d___l___te

8 paste 붙이다

→ pas___e ___ ___ast___

9 email 이메일

→ ___mail ___ e___a___l

10 copy 복사

→ co___y ___ c___p___

\ Practice

A 단어의 알맞은 뜻을 선으로 연결한 후, 빈칸에 단어를 직접 써보세요.

1   click •   • 복사 → [   ]

2   email •   • 클릭하다 → [   ]

3   paste •   • 파일 → [   ]

4   file •   • 붙이다 → [   ]

5   copy •   • 이메일 → [   ]

B 우리말과 일치하도록 빈칸에 알맞은 단어를 보기 에서 찾아 쓰세요.

보기	Internet monitor save data delete

1   데이터를 보내다 → send _____

2   스팸을 지우다 → _____ spam

3   정보를 저장하다 → _____ information

4   인터넷을 검색하다 → surf on the _____

5   컴퓨터 모니터 → a computer _____

C 우리말을 참고해서 빈칸에 알맞은 단어를 골라 문장을 완성하세요.

1 Do you surf on the _____? 너는 **인터넷**을 검색하니?
(Internet / monitor)

2 You can _____ text. 너는 텍스트를 **붙일** 수 있다.
(copy / paste)

3 They lost the _____ yesterday. 그들은 어제 **파일**을 날렸다.
(file / email)

4 I failed to send _____. 나는 **데이터**를 보내지 못했다.
(data / click)

5 They look at the computer _____. 그들은 그 컴퓨터 **모니터**를 본다.
(monitor / email)

D 우리말을 참고해서 알맞은 단어를 넣어 문장을 완성하세요.

1 You have to d_____ spam messages. 너는 스팸 메시지를 **지워야** 한다.

2 He can send it by e_____. 그는 **이메일**로 그것을 보낼 수 있다.

3 Just c_____ the mouse on the icon. 아이콘을 그 마우스로 그냥 **클릭해라**.

4 The computer can s_____ information. 그 컴퓨터는 정보를 **저장할** 수 있다.

5 We are using a c_____ machine. 우리는 **복사기**를 사용하고 있다.

A 다음 영어 단어의 우리말 뜻을 쓰세요.

1 data → _____
2 host → _____
3 email → _____
4 rural → _____
5 book → _____
6 birthday → _____
7 guide → _____
8 candle → _____
9 departure → _____
10 invite → _____
11 visit → _____
12 guest → _____
13 arrive → _____
14 trick → _____

B 다음 우리말을 보고 영어표현을 완성하세요.

1 f _____ languages
외국어

2 a main e _____
본 행사

3 be in d _____
위험에 처하다

4 a romantic c _____
로맨틱 코미디

5 at the same r _____
같은 휴양지에서

6 a m _____ idea
주된 생각

7 r _____ to school
학교에 돌아오다

8 a f _____ singer
유명한 가수

9 enjoy u _____ life
도시 생활을 즐기다

10 read a m _____
잡지를 읽다

11 live in a s _____
교외에 살다

12 on a _____
방송이 되는

13 a p _____ invitation
파티 초대장

14 c _____ a mouse
마우스를 클릭하다

C 우리말과 같도록 괄호 안에서 알맞은 단어에 동그라미 하세요.

1 They lost the (file / information) yesterday. 그들은 어제 **파일**을 날렸다.

2 You can (copy / paste) text. 너는 텍스트를 **붙일** 수 있다.

3 We live in a (air / safe) city. 우리는 **안전한** 도시에 산다.

4 How (far / near) is it from here? 여기서 얼마나 **머니**?

5 James lives (near / main) the forest. James는 그 숲 **근처에** 산다.

6 It doesn't (wish / surprise) me at all. 그것은 나를 전혀 **놀라게 하지** 않는다.

7 Don't forget to make a (arrive / wish). **소원** 비는 것을 잊지 마라.

8 The town will (hold / cancel) a festival. 그 마을은 축제를 **열** 것이다.

D 우리말과 같도록 다음 영어 문장을 완성하세요.

1 I will deliver n_____s tonight. 나는 오늘밤에 **신문**을 배달할 것이다.

2 Do you surf on the I_____? 너는 **인터넷**을 검색하니?

3 I like to watch TV d_____ series. 나는 TV 연속극(**드라마** 시리즈) 보는 것을 좋아한다.

4 I get a lot of i_____ on the Internet. 나는 인터넷에서 많은 **정보**를 얻는다.

5 They look at the computer m_____. 그들은 그 컴퓨터 **모니터**를 본다.

6 He wants to t_____ abroad. 그는 해외로 **여행하고** 싶어 한다.

7 You had better c_____ the reservation. 너는 그 예약을 **취소하는** 것이 좋겠다.

8 You have to d_____ spam messages. 너는 스팸 메시지를 **지워야** 한다.

Ordinals 서수

01	**first**	[fə:rst] 첫 번째
	the first step 첫 번째 단계	

02	**second**	[sékənd] 두 번째
	the second button 두 번째 버튼	

03	**third**	[θə:rd] 세 번째
	the third child 세 번째 아이	

04	**fourth**	[fɔ:rθ] 네 번째
	on Fourth Street 4번가(네 번째 거리)에	

05	**fifth**	[fifθ] 다섯 번째
	the fifth birthday 다섯 번째 생일	

06	**sixth**	[siksθ] 여섯 번째
	the sixth day 여섯 번째 요일	

07	**seventh**	[sévənθ] 일곱 번째
	the seventh month 일곱 번째 달	

08	**eighth**	[eitθ] 여덟 번째
	the eighth inning 8회(여덟 번째 회)	

09	**ninth**	[nainθ] 아홉 번째
	on the ninth floor 9층(아홉 번째 층)에	

10	**tenth**	[tenθ] 열 번째
	the tenth grade 10학년(열 번째 학년)	

✎ 영어 단어를 완성하세요.

1 first 첫 번째

→ f　rst 　　irs　 　　　　　

2 second 두 번째

→ se　ond 　sec　n 　　　　　

3 third 세 번째

→ 　hird 　t　i　d 　　　　　

4 fourth 네 번째

→ fo　rth 　　our　h 　　　　　

5 fifth 다섯 번째

→ 　ifth 　f　ft　 　　　　　

6 sixth 여섯 번째

→ six　h 　　i　th 　　　　　

7 seventh 일곱 번째

→ se　enth 　s　ve　th 　　　　　

8 eighth 여덟 번째

→ 　ighth 　e　gh　h 　　　　　

9 ninth 아홉 번째

→ ni　th 　n　n　h 　　　　　

10 tenth 열 번째

→ 　enth 　t　nt

✎ Practice

A 단어의 알맞은 뜻을 선으로 연결한 후, 빈칸에 단어를 직접 써보세요.

1	fourth	•	•	첫 번째 → [ ]
2	first	•	•	열 번째 → [ ]
3	eighth	•	•	네 번째 → [ ]
4	ninth	•	•	여덟 번째 → [ ]
5	tenth	•	•	아홉 번째 → [ ]

B 우리말과 일치하도록 빈칸에 알맞은 단어를 보기 에서 찾아 쓰세요.

> 보기   second   fifth   sixth   seventh   third

1 세 번째 아이   ⟶ the _____ child

2 두 번째 버튼   ⟶ the _____ button

3 다섯 번째 생일   ⟶ the _____ birthday

4 여섯 번째 요일   ⟶ the _____ day

5 일곱 번째 달   ⟶ the _____ month

C 우리말을 참고해서 빈칸에 알맞은 단어를 골라 문장을 완성하세요.

1 Don't press the _____ button. **두 번째** 버튼은 누르지 마라.
   (second / first)

2 They still live on _____ Street. 그들은 아직도 4번가(**네 번째** 거리)에 산다.
   (Fourth / Third)

3 Today is her _____ birthday. 오늘은 그녀의 **다섯 번째** 생일이다.
   (tenth / fifth)

4 His office is on the _____ floor. 그의 사무실은 9층(**아홉 번째** 층)에 있다.
   (eighth / ninth)

5 The boy is in the _____ grade. 그 소년은 10학년(**열 번째** 학년)이다.
   (tenth / seventh)

D 우리말을 참고해서 알맞은 단어를 넣어 문장을 완성하세요.

1 July is the s_____ month of the year. 7월은 1년 중 **일곱 번째** 달이다.

2 He is the t_____ child in the family. 그는 형제 중 **세 번째** 아이다.

3 Washing your hands is the f_____ step. 손 씻기는 **첫 번째** 단계다.

4 He hit a single in the e_____ inning. 그는 8회(**여덟 번째** 회)에 1루타를 쳤다.

5 Friday is the s_____ day of the week. 금요일은 주의 **여섯 번째** 요일이다.

UNIT 37 Functional Words 기능어

01 **who** [hu:] 누구
who **do you** 너는 누구를

02 **when** [ʰwen] 언제
when **does he** 그는 언제

03 **what** [ʰwʌt] 무엇, 무슨
what **does she** 그녀는 무엇을

04 **where** [ʰwɛər] 어디서
where **do they** 그들은 어디서

05 **why** [ʰwai] 왜
why **is he** 그는 왜

06 **how** [hau] 얼마나, 어떻게
how **tall** 얼마나 높은

07 **this** [ðis] 이(것), 이(것)의
this **apartment** 이 아파트

08 **that** [ðæt] 저(것), 저(것)의
at that **time** 그때, 그 당시에(저 시간에)

09 **these** [ðiːz] 이(것)들, 이(것)들의
these **days** 요즘(이 날들)

10 **those** [ðouz] 저(것)들, 저(것)들의
those **boys** 저 소년들

✎ 영어 단어를 완성하세요.

1 who 누구

   → [ ]ho   w[ ]   [   ][   ]

2 when 언제

   → w[ ]en   [ ]he   [   ][   ]

3 what 무엇, 무슨

   → [ ]hat   w[ ]a   [   ][   ]

4 where 어디서

   → wher[ ]   [ ]h[ ]re   [   ][   ]

5 why 왜

   → [ ]hy   w[ ]   [   ][   ]

6 how 얼마나, 어떻게

   → ho[ ]   [ ][ ]w   [   ][   ]

7 this 이(것), 이(것)의

   → [ ]his   t[ ]i[ ]   [   ][   ]

8 that 저(것), 저(것)의

   → tha[ ]   [ ]h[ ]t   [   ][   ]

9 these 이(것)들, 이(것)들의

   → th[ ]se   [ ]he[ ]e   [   ][   ]

10 those 저(것)들, 저(것)들의

   → t[ ]ose   th[ ]s[ ]   [   ][   ]

✎ Practice

A 단어의 알맞은 뜻을 선으로 연결한 후, 빈칸에 단어를 직접 써보세요.

1 why • • 이(것)들, 이(것)들의 → _____

2 how • • 왜 → _____

3 what • • 얼마나, 어떻게 → _____

4 these • • 저(것), 저(것)의 → _____

5 that • • 무엇, 무슨 → _____

B 우리말과 일치하도록 빈칸에 알맞은 단어를 보기 에서 찾아 쓰세요.

보기	who	when	where	this	those

1 그들은 어디서 → _____ do they

2 저 소년들 → _____ boys

3 너는 누구를 → _____ do you

4 그는 언제 → _____ does he

5 이 아파트 → _____ apartment

C 우리말을 참고해서 빈칸에 알맞은 단어를 골라 문장을 완성하세요.

1 How cheerful _____ boys are! 저 소년들은 매우 쾌활하구나!
   (these / those)

2 _____ do you support? 너는 **누구**를 지지하니?
   (What / Who)

3 _____ is he absent today? 그는 **왜** 오늘 결석했니?
   (When / Why)

4 _____ tall is the building? 그 빌딩은 **얼마나** 높니?
   (How / Where)

5 They live in _____ apartment. 그들은 **이** 아파트에서 산다.
   (that / this)

D 우리말을 참고해서 알맞은 단어를 넣어 문장을 완성하세요.

1 Sam was a pilot at t_____ time.
   Sam은 그 당시(**저** 시간에) 조종사였다.

2 W_____ does he have dinner?
   그는 **언제** 저녁식사를 하니?

3 W_____ does she do for the audition?
   그녀는 오디션을 위해 **무엇**을 하니?

4 W_____ do they buy organic food?
   그들은 **어디서** 유기농 음식을 사니?

5 Many foreigners visit Korea t_____ days.
   요즘(**이** 날들에) 많은 외국인들이 한국을 방문한다.

Directions 방향

01 east [iːst] 동쪽	**02 west** [west] 서쪽
rise in the east 동쪽에서 떠오르다	set in the west 서쪽에서 지다
03 north [nɔːrθ] 북쪽	**04 south** [sauθ] 남쪽
in the north of Korea 한국의 북쪽에	come from the south 남쪽에서 오다
05 right [rait] 오른쪽	**06 left** [left] 왼쪽
be on the right 오른쪽에 있다	on my left 내 왼쪽에
07 turn [təːrn] 돌다	**08 straight** [streit] 곧바로
turn left 왼쪽으로 돌다	go straight 곧바로 가다
09 cross [krɔ(ː)s] 건너다	**10 corner** [kɔ́ːrnər] 모퉁이
cross the street 길을 건너다	around the corner 모퉁이 주위에

✎ 영어 단어를 완성하세요.

1 east 동쪽
→ ___ast   e___s___   _____ _____

2 west 서쪽
→ w___st   ___e___t   _____ _____

3 north 북쪽
→ ___orth   n___rt___   _____ _____

4 south 남쪽
→ s___uth   ___ou___h   _____ _____

5 right 오른쪽
→ rig___t   ___igh___   _____ _____

6 left 왼쪽
→ le___t   ___ef___   _____ _____

7 turn 돌다
→ t___rn   ___u___n   _____ _____

8 straight 곧바로
→ s___raight   str___i___ht   _____ _____

9 cross 건너다
→ ___ross   c___os___   _____ _____

10 corner 모퉁이
→ cor___er   c___rne___   _____ _____

Practice

A 단어의 알맞은 뜻을 선으로 연결한 후, 빈칸에 단어를 직접 써보세요.

1	west •	• 돌다	→	
2	right •	• 곧바로	→	
3	left •	• 서쪽	→	
4	straight •	• 오른쪽	→	
5	turn •	• 왼쪽	→	

B 우리말과 일치하도록 빈칸에 알맞은 단어를 보기 에서 찾아 쓰세요.

보기	east	north	south	cross	corner

1 길을 건너다 → _____ the street

2 한국의 북쪽에 → in the _____ of Korea

3 남쪽에서 오다 → come from the _____

4 모퉁이 주위에 → around the _____

5 동쪽에서 떠오르다 → rise in the _____

C 우리말을 참고해서 빈칸에 알맞은 단어를 골라 문장을 완성하세요.

1 _____ left on the corner. 모퉁이에서 왼쪽으로 **돌아라**.
(Turn / Straight)

2 The sun sets in the _____. 태양은 **서쪽**에서 진다.
(west / east)

3 Go _____ and turn right. **곧바로** 가서 오른쪽으로 돌아라.
(straight / corner)

4 Don't _____ the street. 길을 **건너지** 마라.
(cross / turn)

5 The post office is on the _____. 그 우체국은 **오른쪽**에 있다.
(right / left)

D 우리말을 참고해서 알맞은 단어를 넣어 문장을 완성하세요.

1 The sun rises in the e_____. 태양은 **동쪽**에서 떠오른다.

2 She is sitting on my l_____. 그녀는 내 **왼쪽**에 앉아 있다.

3 A bus appeared around the c_____. 버스가 **모퉁이**를 돌아(주위에) 나타났다.

4 China is in the n_____ of Korea. 중국은 한국의 **북쪽**에 있다.

5 The birds come from the s_____. 그 새들은 **남쪽**에서 온다.

Antonyms 반의어

big

vs

small

01	**new**	[nju:] 새로운
	a new album 새 앨범	

02	**old**	[ould] 오래된
	an old hat 오래된 모자	

03	**here**	[hiər] 여기(에)
	bring it here 그것을 여기에 데려오다	

04	**there**	[ðɛər] 저기(에)
	over there 저쪽에	

05	**awake**	[əwéik] 깨어 있는
	stay awake 깨어 있다	

06	**asleep**	[əslíːp] 잠이 든
	fall asleep 잠이 들다	

07	**major**	[méidʒər] 주요한
	a major cause 주요 원인	

08	**minor**	[máinər] 작은
	minor problems 작은 문제들	

09	**borrow**	[bárou] 빌리다
	borrow money 돈을 빌리다	

10	**lend**	[lend] 빌려주다
	lend the book 그 책을 빌려주다	

✎ 영어 단어를 완성하세요.

1   new 새로운
     → [ ] ew   n [ ] [ ]   [ ] [ ]

2   old 오래된
     → [ ] ld   o [ ] [ ]   [ ] [ ]

3   here 여기(에)
     → h [ ] re   [ ] e [ ] e   [ ] [ ]

4   there 저기(에)
     → t [ ] ere   th [ ] r [ ]   [ ] [ ]

5   awake 깨어 있는
     → aw [ ] ke   a [ ] a [ ] e   [ ] [ ]

6   asleep 잠이 든
     → [ ] sleep   a [ ] lee [ ]   [ ] [ ]

7   major 주요한
     → [ ] ajor   m [ ] j [ ] r   [ ] [ ]

8   minor 작은
     → mino [ ]   m [ ] n [ ] r   [ ] [ ]

9   borrow 빌리다
     → [ ] orrow   b [ ] rr [ ] w   [ ] [ ]

10   lend 빌려주다
     → len [ ]   [ ] e [ ] d   [ ] [ ]

✎ Practice

A 단어의 알맞은 뜻을 선으로 연결한 후, 빈칸에 단어를 직접 써보세요.

1 minor   •   • 저기(에) → _____

2 here   •   • 깨어 있는 → _____

3 new   •   • 여기(에) → _____

4 there   •   • 새로운 → _____

5 awake   •   • 작은 → _____

B 우리말과 일치하도록 빈칸에 알맞은 단어를 | 보기 | 에서 찾아 쓰세요.

보기	borrow	major	old	asleep	lend

1 돈을 빌리다   →   _____ money

2 주요 원인   →   a _____ cause

3 그 책을 빌려주다   →   _____ the book

4 오래된 모자   →   an _____ hat

5 잠이 들다   →   fall _____

C 우리말을 참고해서 빈칸에 알맞은 단어를 골라 문장을 완성하세요.

1 She is wearing an _____ hat. 그녀는 **오래된** 모자를 쓰고 있다.
(new / old)

2 Don't bring your pet _____, please. 애완동물을 **여기에** 데리고 오지 마세요.
(there / here)

3 How tall is the statue over _____? 저쪽에 있는 동상은 얼마나 높니?
(there / here)

4 I _____ some money. 나는 돈을 좀 **빌렸다**.
(lent / borrowed)

5 They make a _____ album. 그들은 **새** 앨범을 만든다.
(new / old)

D 우리말을 참고해서 알맞은 단어를 넣어 문장을 완성하세요.

1 He stayed a_____ all night. 그는 밤새 **깨어 있었다**.

2 She fell a_____ watching TV. 그녀는 TV를 보다가 **잠이 들었다**.

3 Smoking is a m_____ cause of his death. 흡연이 그의 죽음의 **주요** 원인이다.

4 There are a few m_____ problems. 약간의 **작은** 문제들이 있다.

5 I can l_____ the book after I read it. 나는 그 책을 읽은 후에 **빌려줄** 수 있다.

Month 월

01 January [dʒǽnjuèri] 1월

in January　1월에

02 February [fébrəèri] 2월

last February　지난 2월

03 March [mɑːrtʃ] 3월

arrive in March　3월에 도착하다

04 April [éiprəl] 4월

start in April　4월에 시작하다

05 May [mei] 5월

before May 15th　5월 15일 이전에

06 June [dʒuːn] 6월

after June 10th　6월 10일 이후에

07 July [dʒulái] 7월

on July 3rd　7월 3일에

08 August [ɔ́ːgəst] 8월

until August　8월까지

09 September [septémbər] 9월

leave in September　9월에 떠나다

10 October [ɑktóubər] 10월

end in October　10월에 끝나다

11 November [nouvémbər] 11월

be beautiful in November　11월에 아름답다

12 December [disémbər] 12월

be 31 days in December　12월은 31일이 있다

✎ 영어 단어를 완성하세요.

1   January 1월
    → [ ] anuary   J [ ] nu [ ] ry   [|]

2   February 2월
    → [ ] ebruary   Febr [ ] ar [ ]   [|]

3   March 3월
    → Mar [ ] h   M [ ] rc [ ]   [|]

4   April 4월
    → [ ] pril   A [ ] r [ ] l   [|]

5   May 5월
    → Ma [ ]   [ ] [ ] y   [|]

6   June 6월
    → J [ ] ne   [ ] u [ ] e   [|]

7   July 7월
    → Ju [ ] y   [ ] ul [ ]   [|]

8   August 8월
    → [ ] ugust   A [ ] g [ ] st   [|]

9   September 9월
    → Sep [ ] ember   [ ] e [ ] tember   [|]

10 October 10월
    → [ ] ctober   O [ ] tob [ ] r   [|]

11 November 11월
    → Novem [ ] er   N [ ] ve [ ] ber   [|]

12 December 12월
    → De [ ] ember   Dec [ ] m [ ] er   [|]

\ Practice

A 단어의 알맞은 뜻을 선으로 연결한 후, 빈칸에 단어를 직접 써보세요.

1	July •	• 1월	→ _____
2	April •	• 4월	→ _____
3	January •	• 5월	→ _____
4	August •	• 6월	→ _____
5	June •	• 7월	→ _____
6	May •	• 8월	→ _____

B 우리말과 일치하도록 빈칸에 알맞은 단어를 보기 에서 찾아 쓰세요.

보기   March   September   October   November   February   December

1	10월에 끝나다	→ end in _____
2	3월에 도착하다	→ arrive in _____
3	11월에 아름답다	→ be beautiful in _____
4	12월은 31일이 있다	→ be 31 days in _____
5	9월에 떠나다	→ leave in _____
6	지난 2월	→ last _____

C 우리말을 참고해서 빈칸에 알맞은 단어를 골라 문장을 완성하세요.

1 My birthday is in _____. 내 생일은 1월이다.
(January / February)

2 They will arrive in _____. 그들은 3월에 도착할 것이다.
(March / April)

3 I can finish it after _____ 10th. 나는 6월 10일 이후에 그것을 끝낼 수 있다.
(July / June)

4 He put it off until _____. 그는 그것을 8월까지 미뤘다.
(August / September)

5 The rainy season ends in _____. 장마철은 10월에 끝난다.
(October / November)

6 The baseball season starts in _____. 야구 시즌이 4월에 시작한다.
(May / April)

D 우리말을 참고해서 알맞은 단어를 넣어 문장을 완성하세요.

1 Hand in an essay before M_____ 15th. 5월 15일 이전에 에세이를 제출해라.

2 The project was finished on J_____ 3rd. 그 프로젝트는 7월 3일에 끝났다.

3 We went to China last F_____. 우리는 지난 2월에 중국에 갔다.

4 There are 31 days in D_____. 12월은 31일이 있다.

5 My family will leave in S_____. 나의 가족은 9월에 떠날 것이다.

6 The mountain is beautiful in N_____. 그 산은 11월에 아름답다.

A 다음 영어 단어의 우리말 뜻을 쓰세요.

1	February	→ _____	2	east	→ _____
3	April	→ _____	4	north	→ _____
5	December	→ _____	6	left	→ _____
7	first	→ _____	8	cross	→ _____
9	ninth	→ _____	10	here	→ _____
11	when	→ _____	12	major	→ _____
13	why	→ _____	14	borrow	→ _____

B 다음 우리말을 보고 영어표현을 완성하세요.

1 in J _____
   1월에

2 set in the w _____
   서쪽에서 지다

3 before M _____ 15th
   5월 15일 이전에

4 be on the r _____
   오른쪽에 있다

5 leave in S _____
   9월에 떠나다

6 t _____ left
   왼쪽으로 돌다

7 the s _____ button
   두 번째 버튼

8 a n _____ album
   새 앨범

9 the t _____ grade
   10학년(열 번째 학년)

10 stay a _____
    깨어 있다

11 h _____ tall
    얼마나 높은

12 m _____ problems
    작은 문제들

13 t _____ days
    요즘(이 날들)

14 l _____ the book
    그 책을 빌려주다

C 우리말과 같도록 괄호 안에서 알맞은 단어에 동그라미 하세요.

1 She is wearing an (old / new) hat. 그녀는 **오래된** 모자를 쓰고 있다.

2 How tall is the statue over (here / there)? **저쪽**에 있는 동상은 얼마나 높니?

3 She fell (awake / asleep) watching TV. 그녀는 TV를 보다가 **잠이 들었다**.

4 I can finish it after (July / June) 10th. 나는 **6월** 10일 이후에 그것을 끝낼 수 있다.

5 Today is her (fifth / fourth) birthday. 오늘은 그녀의 **다섯 번째** 생일이다.

6 He hit a single in the (eighth / ninth) inning. 그는 8회(**여덟 번째** 회)에 1루타를 쳤다.

7 (Who / What) do you support? 너는 **누구**를 지지하니?

8 They live in (that / this) apartment. 그들은 **이** 아파트에서 산다.

D 우리말과 같도록 다음 영어 문장을 완성하세요.

1 Sam was a pilot at t_____ time. Sam은 그 당시(**저** 시간에) 조종사였다.

2 W_____ do they buy organic food? 그들은 **어디서** 유기농 음식을 사니?

3 How cheerful t_____ boys are! **저** 소년들은 매우 쾌활하구나!

4 The birds come from the s_____. 그 새들은 **남쪽**에서 온다.

5 Go s_____ and turn right. **곧바로** 가서 오른쪽으로 돌아라.

6 A bus appeared around the c_____. 버스가 **모퉁이를 돌아**(주위에) 나타났다.

7 W_____ does she do for the audition? 그녀는 오디션을 위해 **무엇을** 하니?

8 He is the t_____ child in the family. 그는 형제 중 **세 번째** 아이다.

ANSWERS

정답

ANSWERS 정답

Unit 01 pp.14-15

A 1 주름 → wrinkle 2 가슴 → chest
3 무릎 → knee 4 심장 → heart
5 혀 → tongue

B 1 finger 2 thumb 3 shoulder
4 arm 5 dimples

C 1 shoulder 2 dimples 3 knee
4 arm 5 wrinkles

D 1 finger 2 heart 3 thumb
4 chest 5 tongue

Unit 02 pp.18-19

A 1 아들 → son 2 조카딸 → niece
3 부모 → parent 4 삼촌 → uncle
5 사촌 → cousin

B 1 family 2 relative 3 nephew
4 daughter 5 aunt

C 1 relative 2 parents 3 daughter
4 nephew 5 cousins

D 1 niece 2 aunt 3 son
4 uncle 5 family

Unit 03 pp.22-23

A 1 최고의, 가장 좋은 → best 2 가까운 → close
3 그리워하다 → miss 4 말다툼하다 → quarrel
5 함께 → together

B 1 chat 2 meet 3 gather
4 share 5 friendship

C 1 best 2 chat 3 gather
4 quarreled 5 friendship

D 1 close 2 meet 3 miss
4 together 5 share

Unit 04 pp.26-27

A 1 용감한 → brave 2 멋진 → nice
3 수줍어하는 → shy 4 현명한 → wise
5 영리한 → clever

B 1 active 2 diligent 3 lazy
4 timid 5 curious

C 1 brave 2 nice 3 active
4 diligent 5 shy

D 1 wise 2 lazy 3 timid
4 curious 5 clever

Unit 05 pp.30-31

A 1 금발의 → blond 2 어두운, 다크 → dark
3 잘생긴 → handsome 4 매력적인 → charming
5 무거운, 뚱뚱한 → heavy

B 1 beautiful 2 curly 3 bald
4 ugly 5 beard

C 1 handsome 2 beautiful 3 heavy
4 blond 5 bald

D 1 ugly 2 curly 3 dark
4 beard 5 charming

Review

pp.32-33

A 1 엄지손가락   2 현명한   3 어깨
   4 함께   5 혀   6 부지런한, 성실한
   7 주름   8 아름다운   9 삼촌
   10 무거운, 뚱뚱한   11 친척   12 턱수염
   13 만나다   14 용감한

B 1 finger   2 miss   3 knee
   4 active   5 daughter   6 niece
   7 best   8 curious   9 chat
   10 handsome   11 nephew   12 curly
   13 quarrel   14 bald

C 1 dimples   2 cousins   3 share
   4 family   5 shy   6 nice
   7 gather   8 lazy

D 1 friendship   2 clever   3 aunt
   4 timid   5 ugly   6 blond
   7 chest   8 dark

Unit 06

pp.36-37

A 1 싫어하다 → hate   2 속상한 → upset
   3 외로운 → lonely   4 지루한 → boring
   5 화난 → angry

B 1 crazy   2 excited   3 worry
   4 afraid   5 emotion

C 1 crazy   2 excited   3 worry
   4 lonely   5 emotion

D 1 hate   2 boring   3 angry
   4 upset   5 afraid

Unit 07

pp.40-41

A 1 ~인 것 같다 → seem   2 보다 → see
   3 느끼다 → feel   4 만지다 → touch
   5 듣다 → hear

B 1 taste   2 sense   3 sight
   4 sound   5 balance

C 1 tastes   2 sense   3 balance
   4 touch   5 sight

D 1 sound   2 feel   3 hear
   4 see   5 seem

Unit 08

pp.44-45

A 1 줄다, 잃다 → lose   2 약 → medicine
   3 건강 → health   4 쉬다 → relax
   5 몸무게 → weight

B 1 rest   2 condition   3 diet
   4 gain   5 keep

C 1 diet   2 gained   3 relax
   4 medicine   5 weight

D 1 health   2 lose   3 keep
   4 rest   5 condition

Unit 09

pp.48-49

A 1 졸린 → sleepy   2 코를 골다 → snore
   3 목이 마른 → thirsty   4 재채기 → sneeze
   5 기침하다 → cough

B 1 full   2 hungry   3 cold
   4 blood   5 dizzy

C 1 snore   2 hungry   3 cough
   4 cold   5 blood

D 1 sleepy   2 full   3 dizzy
   4 sneeze   5 thirsty

Unit 10

pp.52-53

A 1 책장 → bookcase 2 가구 → furniture
   3 벽장 → closet 4 카펫 → carpet
   5 커튼 → curtain

B 1 carry 2 television 3 light
   4 own 5 pack

C 1 packed 2 television 3 closet
   4 furniture 5 carry

D 1 curtain 2 light 3 own
   4 carpet 5 bookcase

Review

pp.54-55

A 1 외로운 2 쉬다 3 듣다
   4 배고픈 5 시력 6 졸린
   7 균형 8 커튼 9 건강
   10 싸다 11 몸무게 12 느끼다
   13 다이어트 14 보다

B 1 carry 2 taste 3 angry
   4 touch 5 excited 6 gain
   7 worry 8 keep 9 boring
   10 cough 11 thirsty 12 closet
   13 blood 14 furniture

C 1 afraid 2 sound 3 seem
   4 cold 5 snore 6 hate
   7 crazy 8 upset

D 1 sense 2 lose 3 rest
   4 medicine 5 condition 6 sneeze
   7 full 8 dizzy

Unit 11

pp.58-59

A 1 찬장 → cupboard 2 전자레인지 → microwave
   3 오븐 → oven 4 냉장고 → refrigerator
   5 싱크대 → sink

B 1 dry 2 put 3 clear
   4 chopsticks 5 wash

C 1 clear 2 chopsticks 3 refrigerator
   4 microwave 5 put

D 1 sink 2 cupboard 3 dry
   4 oven 5 wash

Unit 12

pp.62-63

A 1 쓸모 없는 → useless 2 단단한 → hard
   3 세부 묘사 → detail 4 묘사하다 → describe
   5 금속의 → metal

B 1 silver 2 soft 3 useful
   4 modern 5 colorful

C 1 useful 2 metal 3 colorful
   4 detail 5 modern

D 1 describe 2 hard 3 silver
   4 soft 5 useless

Unit 13

pp.66-67

A 1 좁은 → narrow 2 넓은 → wide
   3 커다란 → huge 4 정사각형(의) → square
   5 둥근 → round

B 1 triangle 2 rectangle 3 flat
   4 sharp 5 tiny

C 1 round 2 square 3 narrow
   4 triangle 5 flat

D 1 rectangle 2 sharp 3 wide
   4 huge 5 tiny

Unit 14

A   1   4분의 1 → quarter   2   천, 1000 → thousand
    3   반, 절반 → half   4   백만 → million
    5   (셀 수 없는) 많은 → much

B   1   some   2   many   3   lot
    4   quantity   5   hundred

C   1   millions   2   Some   3   many
    4   quantity   5   hundred

D   1   lot   2   thousand   3   much
    4   half   5   quarter

Unit 15

A   1   뒤의 → back   2   아래에 → under
    3   위에 → on   4   중앙 → center
    5   위로, 너머 → over

B   1   last   2   middle   3   front
    4   between   5   in

C   1   between   2   center   3   front
    4   over   5   under

D   1   on   2   in   3   last
    4   middle   5   back

Review

A   1   냉장고   2   삼각형   3   찬장
    4   날카로운   5   유용한   6   넓은
    7   금속의   8   커다란   9   묘사하다
    10   백만   11   둥근   12   중간의
    13   정사각형(의)   14   뒤의

B   1   sink   2   quantity   3   microwave
    4   hundred   5   put   6   thousand
    7   chopsticks   8   much   9   hard
    10   half   11   detail   12   front
    13   tiny   14   under

C   1   rectangle   2   dry   3   oven
    4   clear   5   silver   6   soft
    7   colorful   8   useless

D   1   flat   2   lot   3   Some
    4   many   5   last   6   over
    7   in   8   between

Unit 16

A   1   자정 → midnight   2   ~시 → o'clock
    3   정오 → noon   4   분 → minute
    5   보통 → usually

B   1   often   2   never   3   until
    4   time   5   always

C   1   time   2   noon   3   usually
    4   minutes   5   o'clock

D   1   midnight   2   always   3   often
    4   never   5   until

Unit 17

A   1   ~을 빼면 → minus   2   ~을 더하면 → plus
    3   옳은 → right   4   더하다 → add
    5   두 배의 → double

B   1   calculate   2   number   3   wrong
    4   divide   5   count

C   1   number   2   double   3   divided
    4   add   5   calculate

D   1   count   2   minus   3   plus
    4   wrong   5   right

Unit 18
pp.88-89

A
1 현재(의) → present   2 내일 → tomorrow
3 미래 → future   4 오늘 → today
5 해, 1년 → year

B
1 weekend   2 calendar   3 month
4 week   5 yesterday

C
1 weekend   2 calendar   3 tomorrow
4 today   5 yesterday

D
1 month   2 week   3 future
4 present   5 year

Unit 19
pp.92-93

A
1 스카프 → scarf   2 반바지 → shorts
3 바지 → pants   4 부츠 → boot
5 신발 → shoe

B
1 sneakers   2 wear   3 knit
4 clothes   5 sweater

C
1 boots   2 shorts   3 sneakers
4 clothes   5 sweater

D
1 scarf   2 pants   3 shoes
4 wear   5 knit

Unit 20
pp.96-97

A
1 스테이크 → steak   2 씹다 → chew
3 요리 → dish   4 피자 → pizza
5 식사 → meal

B
1 raw   2 eat   3 seafood
4 soup   5 sandwich

C
1 meals   2 eat   3 chew
4 steak   5 dish

D
1 soup   2 sandwich   3 pizza
4 seafood   5 raw

Review
pp.98-99

A
1 시간   2 나누다   3 ~시
4 오늘   5 항상   6 미래
7 보통   8 스웨터   9 자주
10 부츠   11 더하다   12 샌드위치
13 두 배의   14 해산물

B
1 until   2 tomorrow   3 count
4 pants   5 number   6 wear
7 wrong   8 sneakers   9 month
10 soup   11 week   12 steak
13 weekend   14 raw

C
1 noon   2 minutes   3 meals
4 midnight   5 never   6 plus
7 chew   8 dish

D
1 calendar   2 yesterday   3 present
4 year   5 shoes   6 knit
7 clothes   8 scarf

Unit 21
pp.102-103

A
1 썰다 → chop   2 굽다 → bake
3 설탕 → sugar   4 소금 → salt
5 조각 → slice

B
1 steam   2 recipe   3 fry
4 pour   5 provide

C
1 Pour   2 recipe   3 salt
4 bake   5 steam

D
1 fry   2 chop   3 sugar
4 slice   5 provide

Unit 22
pp.106-107

A 1 저녁(식사) → dinner　　2 뷔페 → buffet
3 아침(식사) → breakfast　　4 대하다 → treat
5 점심(식사) → lunch

B 1 dessert　　2 salad　　3 set
4 prepare　　5 serve

C 1 buffet　　2 treat　　3 breakfast
4 dessert　　5 served

D 1 lunch　　2 dinner　　3 salad
4 set　　5 prepare

Unit 23
pp.110-111

A 1 패스트푸드 → fast food　　2 도넛 → doughnut
3 초콜릿 → chocolate　　4 간식 → snack
5 쿠키 → cookie

B 1 sweet　　2 soda　　3 without
4 fond　　5 takeout

C 1 snacks　　2 doughnuts　　3 takeout
4 cookies　　5 soda

D 1 sweet　　2 chocolate　　3 without
4 fond　　5 fast food

Unit 24
pp.114-115

A 1 목록 → list　　2 사다 → buy
3 팔다 → sell　　4 필요하다 → need
5 밀다 → push

B 1 supermarket　　2 display　　3 stale
4 dairy　　5 vegetables

C 1 vegetables　　2 dairy　　3 supermarket
4 display　　5 push

D 1 list　　2 stale　　3 buy
4 need　　5 sell

Unit 25
pp.118-119

A 1 (값이) 싼 → cheap　　2 청구서, 계산서 → bill
3 잔돈 → change　　4 매운 → spicy
5 현금 → cash

B 1 price　　2 pay　　3 card
4 expensive　　5 delicious

C 1 card　　2 cheap　　3 spicy
4 delicious　　5 price

D 1 pay　　2 change　　3 cash
4 bill　　5 expensive

Review
pp.120-121

A 1 지불하다　　2 간식　　3 잔돈
4 초콜릿　　5 굽다　　6 쿠키
7 썰다　　8 탄산음료　　9 붓다
10 청구서, 계산서　　11 요리법　　12 유제품의
13 조각　　14 야채

B 1 list　　2 supermarket　　3 fry
4 dinner　　5 breakfast　　6 price
7 expensive　　8 cash　　9 serve
10 cheap　　11 takeout　　12 lunch
13 sell　　14 stale

C 1 steam　　2 sugar　　3 salt
4 set　　5 prepare　　6 fond
7 push　　8 display

D 1 spicy　　2 doughnuts　　3 provide
4 salad　　5 dessert　　6 treat
7 sweet　　8 without

Unit 26
pp.124-125

A 1 선글라스 → sunglasses 2 꽉 조이는 → tight
   3 화장 → make-up   4 귀걸이 → earring
   5 목걸이 → necklace

B 1 loose   2 ribbon   3 fit
   4 size   5 fashion

C 1 make-up   2 sunglasses 3 tight
   4 loose   5 necklace

D 1 fashion   2 earrings   3 fit
   4 size   5 ribbon

Unit 27
pp.128-129

A 1 마당 → yard   2 주소 → address
   3 현관 → porch   4 풀, 잔디 → grass
   5 천장 → ceiling

B 1 kitchen   2 floor   3 garage
   4 rent   5 balcony

C 1 porch   2 balcony   3 address
   4 ceiling   5 garage

D 1 grass   2 floor   3 yard
   4 kitchen   5 rent

Unit 28
pp.132-133

A 1 팀 → team   2 운동 → sport
   3 축구 → soccer   4 잡다 → catch
   5 테니스 → tennis

B 1 penalty   2 defense   3 against
   4 throw   5 coach

C 1 penalty   2 defense   3 against
   4 catch   5 throw

D 1 coach   2 tennis   3 soccer
   4 sport   5 team

Unit 29
pp.136-137

A 1 그림 → painting   2 하이킹 → hiking
   3 취미 → hobby   4 체스 → chess
   5 쓰다 → write

B 1 puzzle   2 collect   3 assemble
   4 fish   5 photograph

C 1 collect   2 assemble   3 paintings
   4 write   5 chess

D 1 puzzle   2 fish   3 photograph
   4 hiking   5 hobby

Unit 30
pp.140-141

A 1 할인 → discount   2 가게 → store
   3 시장 → market   4 판매 → sale
   5 쇼핑 → shopping

B 1 brand   2 customer   3 spend
   4 wrap   5 clerk

C 1 wraps   2 clerk   3 discount
   4 shopping   5 spend

D 1 store   2 market   3 sale
   4 brand   5 customer

Review
pp.142-143

A 1 귀걸이   2 그림   3 헐렁한
   4 낚시하다(낚다) 5 천장   6 하이킹
   7 빌리다   8 가게   9 잡다
   10 시장   11 코치   12 포장하다
   13 모으다   14 상표, 브랜드

B
1 size	2 floor	3 tight
4 yard	5 balcony	6 porch
7 against	8 soccer	9 puzzle
10 chess	11 spend	12 clerk
13 grass	14 discount	

C
1 sale	2 necklace	3 fit
4 assemble	5 photograph	6 write
7 fashion	8 address	

D
1 team	2 throw	3 tennis
4 penalty	5 defense	6 hobby
7 garage	8 customer	

D
1 visit	2 return	3 arrive
4 host	5 urban	

Unit 33 pp.154-155

A
1 (양)초 → candle	2 손님 → guest
3 행사 → event	4 파티 → party
5 장난 → trick	

B
1 hold	2 invite	3 birthday
4 wish	5 gift	

C
1 guests	2 gift	3 tricks
4 party	5 candle	

D
1 wish	2 event	3 hold
4 birthday	5 invite	

Unit 31 pp.146-147

A
1 안내하다 → guide	2 안전한 → safe
3 정보 → information	4 여행하다 → travel
5 출발 → departure	

B
1 foreign	2 danger	3 book
4 cancel	5 resort	

C
1 danger	2 guide	3 safe
4 travel	5 cancel	

D
1 foreign	2 book	3 information
4 departure	5 resort	

Unit 34 pp.158-159

A
1 (전파) 방송 → air	2 유명한 → famous
3 로맨스 → romance	4 신문 → newspaper
5 미디어 → media	

B
1 main	2 magazine	3 comedy
4 announce	5 drama	

C
1 romance	2 famous	3 newspapers
4 media	5 drama	

D
1 comedy	2 announce	3 magazine
4 main	5 air	

Unit 32 pp.150-151

A
1 근처에 → near	2 도시의 → urban
3 교외 → suburb	4 놀라게 하다 → surprise
5 먼 → far	

B
1 rural	2 return	3 arrive
4 host	5 visit	

C
1 far	2 near	3 surprise
4 suburb	5 rural	

Unit 35 pp.162-163

A
1 클릭하다 → click	2 이메일 → email
3 붙이다 → paste	4 파일 → file
5 복사 → copy	

B
1 data	2 delete	3 save
4 Internet	5 monitor	

C 1 Internet   2 paste   3 file
   4 data   5 monitor

D 1 delete   2 email   3 click
   4 save   5 copy

Review   pp.164-165

A 1 데이터   2 주인   3 이메일
   4 시골의   5 예약하다   6 생일
   7 안내하다   8 (양)초   9 출발
   10 초대하다   11 방문하다   12 손님
   13 도착하다   14 장난

B 1 foreign   2 event   3 danger
   4 comedy   5 resort   6 main
   7 return   8 famous   9 urban
   10 magazine   11 suburb   12 air
   13 party   14 click

C 1 file   2 paste   3 safe
   4 far   5 near   6 surprise
   7 wish   8 hold

D 1 newspapers 2 Internet   3 drama
   4 information 5 monitor   6 travel
   7 cancel   8 delete

Unit 36   pp.168-169

A 1 네 번째 → fourth   2 첫 번째 → first
   3 여덟 번째 → eighth   4 아홉 번째 → ninth
   5 열 번째 → tenth

B 1 third   2 second   3 fifth
   4 sixth   5 seventh

C 1 second   2 Fourth   3 fifth
   4 ninth   5 tenth

D 1 seventh   2 third   3 first
   4 eighth   5 sixth

Unit 37   pp.172-173

A 1 왜 → why
   2 얼마나, 어떻게 → how
   3 무엇, 무슨 → what
   4 이(것)들, 이(것)들의 → these
   5 저(것), 저(것)의 → that

B 1 where   2 those   3 who
   4 when   5 this

C 1 those   2 Who   3 Why
   4 How   5 this

D 1 that   2 When   3 What
   4 Where   5 these

Unit 38   pp.176-177

A 1 서쪽 → west   2 오른쪽 → right
   3 왼쪽 → left   4 곧바로 → straight
   5 돌다 → turn

B 1 cross   2 north   3 south
   4 corner   5 east

C 1 Turn   2 west   3 straight
   4 cross   5 right

D 1 east   2 left   3 corner
   4 north   5 south

Unit 39   pp.180-181

A 1 작은 → minor   2 여기(에) → here
   3 새로운 → new   4 저기(에) → there
   5 깨어 있는 → awake

B 1 borrow   2 major   3 lend
   4 old   5 asleep

C 1 old   2 here   3 there
   4 borrowed   5 new

D 1 awake 2 asleep 3 major
  4 minor 5 lend

Unit **40**

pp.184-185

A 1 7월 → July   2 4월 → April
  3 1월 → January   4 8월 → August
  5 6월 → June   6 5월 → May

B 1 October   2 March   3 November
  4 December 5 September   6 February

C 1 January   2 March   3 June
  4 August   5 October   6 April

D 1 May   2 July   3 February
  4 December 5 September   6 November

Review

pp.186-187

A 1 2월   2 동쪽   3 4월
  4 북쪽   5 12월   6 왼쪽
  7 첫 번째   8 건너다   9 아홉 번째
  10 여기(에) 11 언제   12 주요한
  13 왜   14 빌리다

B 1 January   2 west   3 May
  4 right   5 September 6 turn
  7 second   8 new   9 tenth
  10 awake   11 how   12 minor
  13 these   14 lend

C 1 old   2 there   3 asleep
  4 June   5 fifth   6 eighth
  7 Who   8 this

D 1 that   2 Where   3 those
  4 south   5 straight   6 corner
  7 What   8 third

Memo

Longman

Vocabulary MENTOR JOY

단어 쓰기 노트

2

Longman

Vocabulary
MENTOR

Daily
Words

JOY

WORKBOOK

2

보기	arm	finger	tongue	chest	thumb
	shoulder	heart	knee	wrinkle	dimple

A 우리말 뜻을 보고 알맞은 단어를 보기 에서 찾아 쓰세요.

1 팔   →   2 어깨   →

3 손가락   →   4 혀   →

5 심장   →   6 가슴   →

7 무릎   →   8 주름   →

9 엄지손가락 →   10 보조개   →

B 우리말을 보고 보기 에서 알맞은 단어를 찾아 영어표현을 완성하세요.

1 팔을 뻗다   → stretch an _____

2 약한 심장   → a weak _____

3 손가락을 베다   → cut a _____

4 무릎 보호대   → a _____ guard

5 보조개가 있다   → have _____ s

6 가슴 통증   → _____ pain

7 긴 혀   → a long _____

8 엄지손가락을 다치다 → hurt a _____

9 어깨에 매는 가방   → a _____ bag

10 잔주름   → fine _____ s

보기				
family	son	daughter	parent	aunt
uncle	cousin	relative	nephew	niece

A 우리말 뜻을 보고 알맞은 단어를 보기 에서 찾아 쓰세요.

1 딸 →   2 이모, 고모 →

3 삼촌 →   4 조카딸 →

5 사촌 →   6 가족 →

7 아들 →   8 친척 →

9 부모 →   10 조카 (아들) →

B 우리말을 보고 보기 에서 알맞은 단어를 찾아 영어표현을 완성하세요.

1 너의 딸 → your _____

2 그들의 삼촌 → their _____

3 우리의 사촌 → our _____

4 나의 아들 → my _____

5 그의 부모님 → his _____s

6 그녀의 고모 → her _____

7 조카딸이 있다 → have a _____

8 대가족 → a large _____

9 가까운 친척 → a close _____

10 아기 조카 → a baby _____

보기	chat	meet	share	gather	friendship
	close	best	miss	together	quarrel

A 우리말 뜻을 보고 알맞은 단어를 보기 에서 찾아 쓰세요.

1 가까운 →   2 그리워하다 →

3 이야기 하다 →   4 말다툼하다 →

5 만나다 →   6 함께 →

7 모이다 →   8 나누다 →

9 최고의,
   가장 좋은 →   10 우정 →

B 우리말을 보고 보기 에서 알맞은 단어를 찾아 영어표현을 완성하세요.

1 친구와 이야기 하다 → _____ with a friend

2 다시 만나다 → _____ again

3 함께 모이다 → _____ together

4 일을 나눠 하다 → _____ the work

5 아주 멋진 우정 → a wonderful _____

6 나의 가장 친한 친구 → my _____ friend

7 엄마와 가깝다 → be _____ to my mom

8 아들을 그리워하다 → _____ a son

9 급우와 말다툼하다 → _____ with a classmate

10 함께 살다 → live _____

보기					
	brave	lazy	nice	wise	shy
	diligent	active	timid	wise	curious	clever

A 우리말 뜻을 보고 알맞은 단어를 보기 에서 찾아 쓰세요.

1 용감한 →   2 수줍어하는 →

3 멋진 →   4 현명한 →

5 활동적인 →   6 영리한 →

7 게으른 →   8 겁 많은 →

9 부지런한, 성실한 →   10 호기심이 많은 →

B 우리말을 보고 보기 에서 알맞은 단어를 찾아 영어표현을 완성하세요.

1 용감한 군인 → a _____ soldier

2 멋진 남자 → a _____ guy

3 활동적인 십대들 → _____ teenagers

4 성실한 학생 → a _____ student

5 게을러지다 → get _____

6 수줍어하다 → be _____

7 현명한 노인 → a _____ old man

8 충분히 영리하다 → be _____ enough

9 겁 많은 아이 → a _____ child

10 호기심이 생기다 → become _____

보기	bald	beautiful	ugly	curly	beard
	charming	handsome	blond	heavy	dark

A 우리말 뜻을 보고 알맞은 단어를 보기 에서 찾아 쓰세요.

1 잘생긴 →

2 금발의 →

3 아름다운 →

4 대머리의 →

5 곱슬곱슬한 →

6 턱수염 →

7 못생긴 →

8 매력적인 →

9 무거운, 뚱뚱한 →

10 어두운, 다크 →

B 우리말을 보고 보기 에서 알맞은 단어를 찾아 영어표현을 완성하세요.

1 잘생긴 배우 → a _ _____ actor

2 아름다운 여자 → a _____ woman

3 뚱뚱한 남자 → a _____ man

4 미운(못생긴) 오리 새끼 → an _____ duckling

5 곱슬곱슬한 머리 → _____ hair

6 금발머리를 한 → with _____ hair

7 다크서클 → a _____ circle

8 턱수염을 기르다 → grow a _____

9 매력적인 사람 → a _____ person

10 대머리가 되다 → go _____

보기	emotion	hate	boring	upset	lonely
	excited	worry	angry	crazy	afraid

A 우리말 뜻을 보고 알맞은 단어를 보기 에서 찾아 쓰세요.

1 싫어하다 →

2 걱정하다 →

3 지루한 →

4 속상한 →

5 화난 →

6 외로운 →

7 미친 →

8 두려워하는 →

9 흥분한 →

10 감정 →

B 우리말을 보고 보기 에서 알맞은 단어를 찾아 영어표현을 완성하세요.

1 지루한 책 → a ＿＿＿＿＿＿＿＿ book

2 나에게 화나다 → be ＿＿＿＿＿＿＿＿ with me

3 나를 미치게 하다 → drive me ＿＿＿＿＿＿＿＿

4 무척 속상하다 → be so ＿＿＿＿＿＿＿＿

5 외로운 밤 → a ＿＿＿＿＿＿＿＿ night

6 서로 싫어하다 → ＿＿＿＿＿＿＿＿ each other

7 흥분해 보이다 → look ＿＿＿＿＿＿＿＿

8 나에 대해 걱정하다 → ＿＿＿＿＿＿＿＿ about me

9 개를 두려워하다 → be ＿＿＿＿＿＿＿＿ of a dog

10 감정을 표현하다 → express ＿＿＿＿＿＿＿＿

보기				
touch	sight	feel	hear	see
taste	sense	sound	seem	balance

A 우리말 뜻을 보고 알맞은 단어를 보기 에서 찾아 쓰세요.

1 느끼다 → _____　　2 맛이 나다 → _____

3 듣다 → _____　　4 감각 → _____

5 보다 → _____　　6 만지다 → _____

7 ~인 것 같다 → _____　　8 시력 → _____

9 균형 → _____　　10 소리 → _____

B 우리말을 보고 보기 에서 알맞은 단어를 찾아 영어표현을 완성하세요.

1 기분이 좋아지다(좋게 느끼다) → _____ better

2 일기예보를 듣다 → _____ a weather report

3 그림을 만지다 → _____ a painting

4 아는 것 같다 → _____ to know

5 진찰 받다(의사를 보다) → _____ a doctor

6 박하맛이 나다 → _____ of mint

7 유머 감각 → a _____ of humor

8 시력이 좋다 → have good _____

9 이상한 소리 → a strange _____

10 균형을 유지하다 → keep a _____

| 보기 | health | diet | gain | lose | weight |
| | keep | rest | relax | medicine | condition |

A 우리말 뜻을 보고 알맞은 단어를 보기 에서 찾아 쓰세요.

1 건강 → 2 다이어트 →

3 휴식 → 4 줄다, 잃다 →

5 쉬다 → 6 몸무게 →

7 약 → 8 유지하다 →

9 (건강) 상태 → 10 늘어나다, 얻다 →

B 우리말을 보고 보기 에서 알맞은 단어를 찾아 영어표현을 완성하세요.

1 몸을 따뜻하게 유지하다 → ＿＿＿＿＿＿ a body warm

2 휴식하다 → take a ＿＿＿＿＿＿

3 건강 상태가 안 좋다 → be in bad ＿＿＿＿＿＿

4 다이어트 하다 → go on a ＿＿＿＿＿＿

5 몸무게가 늘어나다 → ＿＿＿＿＿＿ weight

6 건강에 좋다 → be good for ＿＿＿＿＿＿

7 내 몸무게에 신경 쓰다 → watch my ＿＿＿＿＿＿

8 쉬어야 하다 → need to ＿＿＿＿＿＿

9 약을 먹다 → take ＿＿＿＿＿＿

10 몸무게가 줄다 → ＿＿＿＿＿＿ weight

보기				
hungry	thirsty	blood	sleepy	sneeze
cough	cold	full	snore	dizzy

A 우리말 뜻을 보고 알맞은 단어를 보기 에서 찾아 쓰세요.

1 피, 혈액 →

2 배고픈 →

3 졸린 →

4 목이 마른 →

5 배가 부른 →

6 기침하다 →

7 코를 골다 →

8 재채기 →

9 어지러운 →

10 감기 →

B 우리말을 보고 보기 에서 알맞은 단어를 찾아 영어표현을 완성하세요.

1 목이 미르다 → be _____

2 기침을 많이 하다 → _____ a lot

3 재채기를 참다 → hold a _____

4 졸린 눈 → _____ eyes

5 코를 심하게 골다 → _____ heavily

6 배가 부르다 → be _____

7 배고파 보이다 → look _____

8 감기에 걸리다 → catch a _____

9 헌혈하다 → give _____

10 어지럽다 → feel _____

보기

| closet | carpet | carry | curtain | bookcase |
| pack | furniture | television | light | own |

A 우리말 뜻을 보고 알맞은 단어를 보기 에서 찾아 쓰세요.

1 벽장 →

2 커튼 →

3 카펫 →

4 책장 →

5 가구 →

6 싸다 →

7 (전깃)불, 빛 →

8 운반하다 →

9 자신의, 소유의 →

10 텔레비전 →

B 우리말을 보고 보기 에서 알맞은 단어를 찾아 영어표현을 완성하세요.

1 복도 벽장 → a hall _____

2 (말아놓은) 카펫 하나 → a roll of _____

3 가구를 팔다 → sell _____

4 붙박이 책장 → a built-in _____

5 커튼을 걷다 → draw a _____

6 여행가방을 운반하다 → _____ a suitcase

7 텔레비전을 보다 → watch _____

8 불을 끄다 → turn off a _____

9 내 소유의 자동차 → my _____ car

10 가방을 싸다 → _____ a bag

보기	clear	chopsticks	refrigerator	sink	cupboard
	wash	dry	oven	microwave	put

A 우리말 뜻을 보고 알맞은 단어를 보기 에서 찾아 쓰세요.

1 냉장고 →   2 찬장 →

3 싱크대 →   4 씻다, 빨다 →

5 놓다 →   6 말리다, 마른 →

7 치우다 →   8 오븐 →

9 젓가락 →   10 전자레인지 →

B 우리말을 보고 보기 에서 알맞은 단어를 찾아 영어표현을 완성하세요.

1 냉장고 안에 → in the _____

2 부엌 싱크대 → a kitchen _____

3 그것을 찬장에 두다 → put it in a _____

4 설거지 하다(접시들을 씻다) → _____ the dishes

5 내 셔츠를 말리다 → _____ my shirt

6 오븐 스위치를 켜다 → turn on an _____

7 전자레인지 음식 → _____ meals

8 병을 놓다 → _____ a bottle

9 식탁을 치우다 → _____ the table

10 젓가락을 사용하다 → use _____

보기	silver	soft	colorful	hard	detail
	describe	useful	modern	useless	metal

A 우리말 뜻을 보고 알맞은 단어를 보기 에서 찾아 쓰세요.

1 은   →   2 금속의   →

3 부드러운   →   4 형형색색의   →

5 유용한   →   6 단단한   →

7 현대의   →   8 세부 묘사   →

9 쓸모 없는   →   10 묘사하다   →

B 우리말을 보고 보기 에서 알맞은 단어를 찾아 영어표현을 완성하세요.

1 세부 묘사가 풍부한   → rich with _____

2 사물들을 묘사하다   → _____ things

3 쓸모 없는 것들   → _____ things

4 금속 부품   → _____ parts

5 단단한 매트리스   → a _____ mattress

6 은화   → _____ coins

7 부드러운 소파   → a _____ sofa

8 더 유용하다   → be more _____

9 현대 건물   → a _____ building

10 형형색색의 꽃들   → _____ flowers

보기		round	flat	sharp	wide	narrow
		square	triangle	rectangle	huge	tiny

A 우리말 뜻을 보고 알맞은 단어를 보기 에서 찾아 쓰세요.

1 날카로운 →

2 둥근 →

3 넓은 →

4 정사각형(의) →

5 좁은 →

6 삼각형 →

7 커다란 →

8 직사각형 →

9 조그만 →

10 평평한 →

B 우리말을 보고 보기 에서 알맞은 단어를 찾아 영어표현을 완성하세요.

1 좁은 거리 → a _____ street

2 커다란 모래성 → a _____ sandcastle

3 조그만 곤충 → a _____ insect

4 둥근 얼굴 → a _____ face

5 평평한 지붕을 지닌 → with _____ roofs

6 날카로운 칼 → a _____ knife

7 넓은 강 → a _____ river

8 정사각형의 방 → a _____ room

9 삼각형을 자르다 → cut a _____

10 직사각형을 그리다 → draw a _____

보기	lot	million	some	many	much
	quantity	hundred	thousand	half	quarter

A 우리말 뜻을 보고 알맞은 단어를 보기 에서 찾아 쓰세요.

1 많음, 다수 →   2 백, 100 →

3 양, 수량 →   4 천, 1000 →

5 4분의 1 →   6 백만 →

7 반, 절반 →   8 몇몇의 →

9 (셀 수 없는) 많은 →   10 (셀 수 있는) 많은 →

B 우리말을 보고 보기 에서 알맞은 단어를 찾아 영어표현을 완성하세요.

1 많은 돈을 벌다 → make _____ money

2 반으로 → in _____

3 4분의 1달러 → a _____ of a dollar

4 2천 명의 승객 → two _____ passengers

5 수백만의 사람들 → _____ s of people

6 몇몇 가게들 → _____ stores

7 많은 실수들 → _____ mistakes

8 많은 사람들 → a _____ of people

9 많은 양 → a large _____

10 3백 달러 → three _____ dollars

between	center	last	middle	over
back	on	front	under	in

A 우리말 뜻을 보고 알맞은 단어를 보기 에서 찾아 쓰세요.

1 마지막의 →

2 위로, 너머 →

3 중간의 →

4 뒤의 →

5 앞, 앞면 →

6 위에 →

7 사이에 →

8 아래에 →

9 중앙 →

10 안에 →

B 우리말을 보고 보기 에서 알맞은 단어를 찾아 영어표현을 완성하세요.

1 중앙에 → at the _____

2 그 나무들 위로 → _____ the trees

3 뒷줄(뒤의 열)에 → in the _____ row

4 책상 위에 → _____ the desk

5 의자 아래에 → _____ the chair

6 마지막 버스 → the _____ bus

7 중간 아이 → the _____ child

8 문 앞에 → in _____ of the gate

9 식사 시간 사이에 → _____ meals

10 입원 중이다(병원 안에 있다) → be _____ hospital

보기					
	always	often	never	time	noon
	minute	midnight	usually	until	o'clock

A 우리말 뜻을 보고 알맞은 단어를 보기 에서 찾아 쓰세요.

1 시간 →
2 항상 →

3 정오 →
4 자주 →

5 분 →
6 ~까지 →

7 ~시 →
8 보통 →

9 자정 →
10 결코 (~ 아닌) →

B 우리말을 보고 보기 에서 알맞은 단어를 찾아 영어표현을 완성하세요.

1 정오에 → at _____

2 20분 → twenty _____s

3 보통 하다 → _____ do

4 3시 → three _____

5 자정 이후에 → after _____

6 얼마나 자주 → how _____

7 결코 집에 없다 → be _____ at home

8 동이 틀 때까지 → _____ daylight

9 충분한 시간 → enough _____

10 항상 사람들을 도와주다 → _____ help people

보기				
plus	number	double	divide	add
count	minus	wrong	right	calculate

A 우리말 뜻을 보고 알맞은 단어를 보기 에서 찾아 쓰세요.

1 더하다 →   2 ~을 더하면 →

3 (수를) 세다 →   4 수, 숫자 →

5 ~을 빼면 →   6 두 배의 →

7 옳은 →   8 나누다 →

9 계산하다 →   10 틀린, 잘못된 →

B 우리말을 보고 보기 에서 알맞은 단어를 찾아 영어표현을 완성하세요.

1 10을 더하다 → _____ ten

2 3을 빼면 → _____ three

3 7을 더하면 → _____ seven

4 틀린 답 → a _____ answer

5 옳은 답 → a _____ answer

6 가격을 계산하다 → _____ the price

7 동물들 수 → the _____ of animals

8 두 배의 임금 → _____ pay

9 합계를 나누다 → _____ the total

10 수를 세다 → _____ numbers

보기	calendar	tomorrow	month	weekend	present
	today	week	yesterday	future	year

A 우리말 뜻을 보고 알맞은 단어를 보기 에서 찾아 쓰세요.

1 달 → _____ 2 달력 → _____

3 주, 일주일 → _____ 4 내일 → _____

5 주말 → _____ 6 오늘 → _____

7 현재(의) → _____ 8 어제 → _____

9 해, 1년 → _____ 10 미래 → _____

B 우리말을 보고 보기 에서 알맞은 단어를 찾아 영어표현을 완성하세요.

1 미래를 위해 → for the _____

2 현재에 → in the _____

3 올해 → this _____

4 내일 아침 → _____ morning

5 오늘 늦게 → later _____

6 지난 주말 → last _____

7 달력을 확인하다 → check the _____

8 특별한 달 → a special _____

9 일주일에 한 번 → once a _____

10 그저께(어제 전날) → the day before _____

보기				
pants	shoe	scarf	clothes	sweater
wear	knit	shorts	sneaker	boot

A 우리말 뜻을 보고 알맞은 단어를 보기 에서 찾아 쓰세요.

1 바지 →

2 신발 →

3 부츠 →

4 쓰다, 입다 →

5 스카프 →

6 뜨개질 하다 →

7 반바지 →

8 옷 →

9 운동화 →

10 스웨터 →

B 우리말을 보고 보기 에서 알맞은 단어를 찾아 영어표현을 완성하세요.

1 긴 바지 → long _____

2 신발을 벗다 → take off _____ s

3 이 부츠 → these _____ s

4 스카프를 매다 → tie a _____

5 반바지 한 벌 → a pair of _____

6 낡은 운동화 → worn _____ s

7 헬멧을 쓰다 → _____ a helmet

8 뜨개질 하는 방법 → how to _____

9 옷을 세탁하다 → wash _____

10 같은 스웨터 → the same _____

보기	pizza	seafood	sandwich	meal	steak
	dish	raw	soup	eat	chew

A 우리말 뜻을 보고 알맞은 단어를 보기 에서 찾아 쓰세요.

1 스테이크 →
2 수프 →
3 요리 →
4 샌드위치 →
5 피자 →
6 식사 →
7 해산물 →
8 먹다 →
9 날것의 →
10 씹다 →

B 우리말을 보고 보기 에서 알맞은 단어를 찾아 영어표현을 완성하세요.

1 세끼(식사) → three _____ s

2 야채를 먹다 → _____ vegetables

3 껌을 씹다 → _____ gum

4 비프스테이크 → a beef _____

5 주요리 → a main _____

6 생선회(날 생선) → _____ fish

7 피자를 배달하다 → deliver _____

8 해산물을 좋아하다 → like _____

9 수프 한 그릇 → a bowl of _____

10 햄 샌드위치 → a ham _____

보기					
	salt	slice	fry	bake	chop
	sugar	pour	steam	provide	recipe

A 우리말 뜻을 보고 알맞은 단어를 보기 에서 찾아 쓰세요.

1 요리법 →   2 찌다 →

3 설탕 →   4 굽다 →

5 소금 →   6 썰다 →

7 조각 →   8 붓다 →

9 제공하다 →   10 부치다, 튀기다 →

B 우리말을 보고 보기 에서 알맞은 단어를 찾아 영어표현을 완성하세요.

1 옥수수를 찌다 → _____ _____ corns

2 특별한 요리법 → a special _____

3 소금을 전달하다 → pass the _____

4 혼합재료를 붓다 → _____ the mix

5 음식을 제공하다 → _____ food

6 달걀을 부치다 → _____ eggs

7 쿠키를 굽다 → _____ cookies

8 당근을 썰다 → _____ carrots

9 많은 설탕을 사용하다 → use much _____

10 치즈 한 조각 → a _____ of cheese

보기	dessert	serve	set	prepare	buffet
	treat	breakfast	lunch	dinner	salad

A 우리말 뜻을 보고 알맞은 단어를 보기 에서 찾아 쓰세요.

1 아침(식사) → _____   2 점심(식사) → _____

3 차리다 → _____   4 저녁(식사) → _____

5 준비하다 → _____   6 샐러드 → _____

7 뷔페 → _____   8 후식 → _____

9 대하다 → _____   10 제공 [대접]하다 → _____

B 우리말을 보고 보기 에서 알맞은 단어를 찾아 영어표현을 완성하세요.

1 아침으로 → for _____

2 점심을 먹다 → have _____

3 저녁식사 후에 → after _____

4 뷔페식 아침 → _____ breakfast

5 손님을 대하다 → _____ guests

6 디저트를 내놓다 → serve _____

7 샐러드가 따라 나오다 → come with _____

8 상을 차리다 → _____ the table

9 음식을 좀 준비하다 → _____ some food

10 식사를 대접하다 → _____ a meal

보기	cookie	chocolate	soda	without	snack
	doughnut	sweet	fond	takeout	fast food

A 우리말 뜻을 보고 알맞은 단어를 보기 에서 찾아 쓰세요.

1 간식   →   2 탄산음료   →

3 초콜릿   →   4 ~없이   →

5 도넛   →   6 좋아하는   →

7 달콤한   →   8 포장음식   →

9 쿠키   →   10 패스트푸드   →

B 우리말을 보고 보기 에서 알맞은 단어를 찾아 영어표현을 완성하세요.

1 가벼운 간식   → light _____s

2 쟁반 위 도넛들   → _____s on a tray

3 많은 탄산음료를 마시다 → drink lots of _____

4 패스트푸드 식당   → a _____ restaurant

5 맛있는 쿠키들   → delicious _____s

6 초콜릿 한 개   → a bar of _____

7 매우 달콤하다   → be very _____

8 크림 없이   → _____ cream

9 단것을 좋아하는   → _____ of sweets

10 포장음식을 주문하다   → order _____ food

need	sell	supermarket	dairy	vegetable
buy	display	push	list	stale

A 우리말 뜻을 보고 알맞은 단어를 보기 에서 찾아 쓰세요.

1 유제품의 →

2 사다 →

3 야채 →

4 필요하다 →

5 밀다 →

6 팔다 →

7 목록 →

8 슈퍼마켓 →

9 상한 →

10 진열하다 →

B 우리말을 보고 보기 에서 알맞은 단어를 찾아 영어표현을 완성하세요.

1 카트를 밀다 → _____ a cart

2 목록을 확인하다 → check the _____

3 음식을 사다 → _____ food

4 물이 필요하다 → _____ water

5 고기를 팔다 → _____ meat

6 슈퍼마켓에서 → at a _____

7 상품들을 진열하다 → _____ goods

8 상한 우유 → _____ milk

9 유제품 코너에 → in the _____ section

10 신선한 야채 → fresh _____s

보기					
	price	pay	expensive	delicious	bill
	change	cash	card	cheap	spicy

A 우리말 뜻을 보고 알맞은 단어를 보기 에서 찾아 쓰세요.

1 가격 → 　　　　　　　　　2 현금 →

3 지불하다 → 　　　　　　　4 신용카드 →

5 잔돈 → 　　　　　　　　　6 (값이) 싼 →

7 매운 → 　　　　　　　　　8 비싼 →

9 청구서,
　계산서 → 　　　　　　　　10 맛있는 →

B 우리말을 보고 보기 에서 알맞은 단어를 찾아 영어표현을 완성하세요.

1 잔돈으로 주다 → give _____

2 현금으로 계산하다 → pay in _____

3 매우 싸다 → be very _____

4 계산서를 요청하다 → ask for the _____

5 매운 한국 음식 → _____ Korean food

6 전액(총 가격)에 → at full _____

7 그 음식 값을 지불하다 → _____ for the food

8 신용카드로 지불하다 → pay by _____

9 조금 비싼 → a little _____

10 맛있어 보이다 → look _____

보기				
make-up	necklace	earring	fit	size
sunglasses	fashion	tight	loose	ribbon

A 우리말 뜻을 보고 알맞은 단어를 보기 에서 찾아 쓰세요.

1 화장 →

2 선글라스 →

3 유행 →

4 목걸이 →

5 꽉 조이는 →

6 귀걸이 →

7 헐렁한 →

8 맞다 →

9 리본 →

10 크기, 치수 →

B 우리말을 보고 보기 에서 알맞은 단어를 찾아 영어표현을 완성하세요.

1 귀걸이를 바꾸다 → change _____ s

2 화장을 하다 → wear _____

3 선글라스 한 개 → a pair of _____

4 목걸이를 하다 → wear a _____

5 너무 꽉 조이는 → much too _____

6 헐렁한 셔츠 → a _____ shirt

7 실크 리본 → a silk _____

8 나에게 맞는 옷 → clothes to _____ me

9 내 치수다 → be my _____

10 유행하고 있다 → be in _____

보기	address	ceiling	yard	garage	grass
	floor	kitchen	rent	porch	balcony

A 우리말 뜻을 보고 알맞은 단어를 보기 에서 찾아 쓰세요.

1 차고 →   2 마당 →

3 풀, 잔디 →   4 부엌 →

5 바닥, 층 →   6 빌리다 →

7 주소 →   8 현관 →

9 천장 →   10 발코니 →

B 우리말을 보고 보기 에서 알맞은 단어를 찾아 영어표현을 완성하세요.

1 잔디를 깎다 → mow the _____

2 현관에 → on the _____

3 내 주소 → my _____

4 높은 천장 → a high _____

5 마당 주위에 → around the _____

6 부엌에 → in the _____

7 1층에 → on the first _____

8 차고 안에 → in the _____

9 아파트를 빌리다 → _____ an apartment

10 발코니가 있다 → have a _____

보기				
defense	against	catch	throw	coach
penalty	soccer	tennis	sport	team

A 우리말 뜻을 보고 알맞은 단어를 보기 에서 찾아 쓰세요.

1 운동　　→　　　　　　　　2 테니스　　→

3 팀　　→　　　　　　　　4 축구　　→

5 잡다　　→　　　　　　　　6 벌칙　　→

7 던지다　　→　　　　　　　　8 수비　　→

9 코치　　→　　　　　　　　10 ~에 맞서　　→

B 우리말을 보고 보기 에서 알맞은 단어를 찾아 영어표현을 완성하세요.

1 좋아하는 운동　　→　favorite _____

2 야구팀　　→　a baseball _____

3 공을 잡다　　→　_____ a ball

4 테니스를 치다　　→　play _____

5 축구경기　　→　a _____ game

6 벌칙을 받다　　→　get a _____

7 수비를 잘하다　　→　be good at _____

8 너와(에 맞서) 경기하다　　→　play _____ you

9 창을 던지다　　→　_____ a spear

10 새로운 코치　　→　a new _____

보기	painting	fish	photograph	hiking	write
	hobby	collect	assemble	chess	puzzle

A 우리말 뜻을 보고 알맞은 단어를 보기 에서 찾아 쓰세요.

1 취미   →   2 모으다   →

3 하이킹   →   4 조립하다   →

5 쓰다   →   6 그림   →

7 체스   →   8 사진   →

9 퍼즐   →   10 낚시하다
                                            (낚다)   →

B 우리말을 보고 보기 에서 알맞은 단어를 찾아 영어표현을 완성하세요.

1 좋아하는 취미   → a favorite _____

2 고대 그림들   → ancient _____s

3 하이킹 코스   → a _____ trail

4 편지를 쓰다   → _____ a letter

5 체스를 두다   → play _____

6 퍼즐을 맞추다   → fit together the _____

7 우표를 수집하다   → _____ stamps

8 조립하기 쉬운   → easy to _____

9 송어를 낚다   → _____ for trout

10 사진을 찍다   → take a _____

보기				
shopping	store	wrap	clerk	discount
market	sale	spend	brand	customer

A 우리말 뜻을 보고 알맞은 단어를 보기 에서 찾아 쓰세요.

1 쇼핑 →   2 시장 →

3 가게 →   4 판매 →

5 할인 →   6 (돈을) 쓰다 →

7 상표, 브랜드 →   8 포장하다 →

9 고객 →   10 점원 →

B 우리말을 보고 보기 에서 알맞은 단어를 찾아 영어표현을 완성하세요.

1 판매 중인 → for _____

2 쇼핑을 하다 → do _____

3 가게를 열다 → open a _____

4 벼룩시장 → a flea _____

5 고객서비스 → _____ service

6 프랑스 브랜드 → a French _____

7 할인 가격으로 → at a _____

8 돈을 좀 쓰다 → _____ a little money

9 선물을 포장하다 → _____ a gift

10 점원을 구하다 → look for a _____

보기	cancel	book	foreign	danger	resort
	travel	guide	information	departure	safe

A 우리말 뜻을 보고 알맞은 단어를 보기 에서 찾아 쓰세요.

1 여행하다 →   2 안내하다 →

3 예약하다 →   4 안전한 →

5 취소하다 →   6 외국의 →

7 출발 →   8 위험 →

9 휴양지 →   10 정보 →

B 우리말을 보고 보기 에서 알맞은 단어를 찾아 영어표현을 완성하세요.

1 안전한 도시 → a _____ city

2 외국어 → _____ languages

3 해외로 여행하다 → _____ abroad

4 좌석을 예약하다 → _____ a seat

5 위험에 처해 있다 → be in _____

6 많은 정보 → a lot of _____

7 출발 전에 → before the _____

8 예약을 취소하다 → _____ a reservation

9 관광객을 안내하다 → _____ tourists

10 같은 휴양지에서 → at the same _____

보기

| return | arrive | host | visit | rural |
| near | urban | suburb | surprise | far |

A 우리말 뜻을 보고 알맞은 단어를 보기 에서 찾아 쓰세요.

1 방문하다 →

2 먼 →

3 주인 →

4 근처에 →

5 도시의 →

6 돌아오다 →

7 교외 →

8 도착하다 →

9 시골의 →

10 놀라게 하다 →

B 우리말을 보고 보기 에서 알맞은 단어를 찾아 영어표현을 완성하세요.

1 얼마나 먼 → how _____

2 도시 생활을 즐기다 → enjoy _____ life

3 교외에 살다 → live in a _____

4 시골 마을 → a _____ village

5 숲 근처에 → _____ a forest

6 파티의 주인 → the _____ of the party

7 학교에 돌아오다 → _____ to school

8 역에 도착하다 → _____ at the station

9 나를 놀라게 하다 → _____ me

10 내 고향을 방문하다 → _____ my hometown

보기	invite	gift	birthday	candle	hold
	wish	guest	event	party	trick

A 우리말 뜻을 보고 알맞은 단어를 보기 에서 찾아 쓰세요.

1 파티   →   2 장난   →

3 생일   →   4 초대하다   →

5 (양)초   →   6 손님   →

7 행사   →   8 선물   →

9 소원   →   10 열다,
                                       개최하다   →

B 우리말을 보고 보기 에서 알맞은 단어를 찾아 영어표현을 완성하세요.

1 본 행사   → a main _____

2 많은 손님들   → a lot of _____s

3 선물을 사다   → buy a _____

4 장난을 치다   → play _____s

5 파티 초대장   → a _____ invitation

6 초를 켜다   → light a _____

7 소원을 빌다   → make a _____

8 축제를 열다   → _____ a festival

9 친구들을 초대하다 → _____ friends

10 그녀의 생일 파티 → her _____ party

보기	drama	comedy	main	announce	magazine
	air	famous	romance	newspaper	media

A 우리말 뜻을 보고 알맞은 단어를 보기 에서 찾아 쓰세요.

1 미디어 →

2 알리다 →

3 드라마 →

4 신문 →

5 코미디 →

6 유명한 →

7 로맨스 →

8 잡지 →

9 주된, 중요한 →

10 (전파) 방송 →

B 우리말을 보고 보기 에서 알맞은 단어를 찾아 영어표현을 완성하세요.

1 방송이 되는 → on _____

2 미디어에서 → in the _____

3 주된 생각 → a _____ idea

4 로맨틱 코미디 → a romantic _____

5 유명한 가수 → a _____ singer

6 잡지를 읽다 → read a _____

7 로맨스 영화 → a _____ movie

8 결혼을 알리다 → _____ a marriage

9 신문을 배달하다 → deliver _____ s

10 TV 연속극(드라마 시리즈) → TV _____ series

보기					
	Internet	monitor	save	data	delete
	click	email	paste	file	copy

A 우리말 뜻을 보고 알맞은 단어를 보기 에서 찾아 쓰세요.

1 인터넷 →   2 데이터 →

3 모니터 →   4 지우다 →

5 클릭하다 →   6 붙이다 →

7 저장하다 →   8 이메일 →

9 파일 →   10 복사 →

B 우리말을 보고 보기 에서 알맞은 단어를 찾아 영어표현을 완성하세요.

1 데이터를 보내다 → send _____

2 스팸을 지우다 → _____ spam

3 파일을 날리다 → lose a _____

4 이메일로 → by _____

5 복사기 → a _____ machine

6 인터넷을 검색하다 → surf on the _____

7 마우스를 클릭하다 → _____ a mouse

8 정보를 저장하다 → _____ information

9 텍스트를 붙이다 → _____ text

10 컴퓨터 모니터 → a computer _____

보기	first	second	third	fourth[Fourth]	fifth
	ninth	seventh	eighth	sixth	tenth

A 우리말 뜻을 보고 알맞은 단어를 보기 에서 찾아 쓰세요.

1 첫 번째 →

2 세 번째 →

3 두 번째 →

4 네 번째 →

5 여덟 번째 →

6 다섯 번째 →

7 아홉 번째 →

8 여섯 번째 →

9 열 번째 →

10 일곱 번째 →

B 우리말을 보고 보기 에서 알맞은 단어를 찾아 영어표현을 완성하세요.

1 첫 번째 단계 → the _____ step

2 세 번째 아이 → the _____ child

3 8회(여덟 번째 회) → the _____ inning

4 9층(아홉 번째 층)에 → on the _____ floor

5 10학년(열 번째 학년) → the _____ grade

6 여섯 번째 요일 → the _____ day

7 일곱 번째 달 → the _____ month

8 4번가(네 번째 거리)에 → on _____ Street

9 다섯 번째 생일 → the _____ birthday

10 두 번째 버튼 → the _____ button

보기	who	these	what	where	why
	how	this	that	when	those

A 우리말 뜻을 보고 알맞은 단어를 보기 에서 찾아 쓰세요.

1 누구   →

2 어디서   →

3 언제   →

4 왜   →

5 무엇, 무슨   →

6 이(것),
   이(것)의   →

7 이(것)들,
   이(것)들의   →

8 저(것),
   저(것)의   →

9 저(것)들,
   저(것)들의   →

10 얼마나,
   어떻게   →

B 우리말을 보고 보기 에서 알맞은 단어를 찾아 영어표현을 완성하세요.

1 요즘(이 날들)   → _____ days

2 그는 왜   → _____ is he

3 얼마나 높은   → _____ tall

4 이 아파트   → _____ apartment

5 그녀는 무엇을   → _____ does she

6 그들은 어디서   → _____ do they

7 저 소년들   → _____ boys

8 너는 누구를   → _____ do you

9 그는 언제   → _____ does he

10 그때, 그 당시에(저 시간에) → at _____ time

보기

| east | corner | north | south | right |
| left | turn | straight | cross | west |

A 우리말 뜻을 보고 알맞은 단어를 보기 에서 찾아 쓰세요.

1 동쪽　→　　　　　　　2 남쪽　→

3 서쪽　→　　　　　　　4 오른쪽　→

5 북쪽　→　　　　　　　6 돌다　→

7 모퉁이　→　　　　　　8 곧바로　→

9 왼쪽　→　　　　　　　10 건너다　→

B 우리말을 보고 보기 에서 알맞은 단어를 찾아 영어표현을 완성하세요.

1 왼쪽으로 돌다　→　＿＿＿＿＿＿＿＿ left

2 곧바로 가다　→　go ＿＿＿＿＿＿＿＿

3 서쪽에서 지다　→　set in the ＿＿＿＿＿＿＿＿

4 오른쪽에 있다　→　be on the ＿＿＿＿＿＿＿＿

5 동쪽에서 떠오르다　→　rise in the ＿＿＿＿＿＿＿＿

6 길을 건너다　→　＿＿＿＿＿＿＿＿ the street

7 한국의 북쪽에　→　in the ＿＿＿＿＿＿＿＿ of Korea

8 남쪽에서 오다　→　come from the ＿＿＿＿＿＿＿＿

9 모퉁이 주위에　→　around the ＿＿＿＿＿＿＿＿

10 내 왼쪽에　→　on my ＿＿＿＿＿＿＿＿

보기				
awake	minor	borrow	new	major
old	here	there	asleep	lend

A 우리말 뜻을 보고 알맞은 단어를 보기 에서 찾아 쓰세요.

1 새로운 →
2 깨어 있는 →

3 오래된 →
4 잠이 든 →

5 여기(에) →
6 주요한 →

7 저기(에) →
8 작은 →

9 빌려주다 →
10 빌리다 →

B 우리말을 보고 보기 에서 알맞은 단어를 찾아 영어표현을 완성하세요.

1 저쪽에 → over _____

2 깨어 있다 → stay _____

3 잠이 들다 → fall _____

4 새 앨범 → a _____ album

5 작은 문제들 → _____ problems

6 돈을 빌리다 → _____ money

7 주요 원인 → a _____ cause

8 그 책을 빌려주다 → _____ the book

9 오래된 모자 → an _____ hat

10 그것을 여기에 데려오다 → bring it _____

보기	January	November	March	April	May	June
	July	August	September	October	February	December

A 우리말 뜻을 보고 알맞은 단어를 보기 에서 찾아 쓰세요.

1 1월 →

2 3월 →

3 2월 →

4 4월 →

5 10월 →

6 5월 →

7 11월 →

8 6월 →

9 12월 →

10 7월 →

11 8월 →

12 9월 →

B 우리말을 보고 보기 에서 알맞은 단어를 찾아 영어표현을 완성하세요.

1 10월에 끝나다 → end in _____

2 8월까지 → until _____

3 3월에 도착하다 → arrive in _____

4 11월에 아름답다 → be beautiful in _____

5 12월은 31일이 있다 → be 31 days in _____

6 1월에 → in _____

7 4월에 시작하다 → start in _____

8 5월 15일 이전에 → before _____ 15th

9 6월 10일 이후에 → after _____ 10th

10 7월 3일에 → on _____ 3rd

11 지난 2월 → last _____

12 9월에 떠나다 → leave in _____

ANSWERS 정답

Unit 01

A
1	arm	2	shoulder
3	finger	4	tongue
5	heart	6	chest
7	knee	8	wrinkle
9	thumb	10	dimple

B
1	arm	2	heart
3	finger	4	knee
5	dimples	6	chest
7	tongue	8	thumb
9	shoulder	10	wrinkles

Unit 02

A
1	daughter	2	aunt
3	uncle	4	niece
5	cousin	6	family
7	son	8	relative
9	parent	10	nephew

B
1	daughter	2	uncle
3	cousin	4	son
5	parents	6	aunt
7	niece	8	family
9	relative	10	nephew

Unit 03

A
1	close	2	miss
3	chat	4	quarrel
5	meet	6	together
7	gather	8	share
9	best	10	friendship

B
1	chat	2	meet
3	gather	4	share
5	friendship	6	best
7	close	8	miss
9	quarrel	10	together

Unit 04

A
1	brave	2	shy
3	nice	4	wise
5	active	6	clever
7	lazy	8	timid
9	diligent	10	curious

B
1	brave	2	nice
3	active	4	diligent
5	lazy	6	shy
7	wise	8	clever
9	timid	10	curious

Unit 05

A
1	handsome	2	blond
3	beautiful	4	bald
5	curly	6	beard
7	ugly	8	charming
9	heavy	10	dark

B
1	handsome	2	beautiful
3	heavy	4	ugly
5	curly	6	blond
7	dark	8	beard
9	charming	10	bald

Unit 06

A
1	hate	2	worry
3	boring	4	upset
5	angry	6	lonely
7	crazy	8	afraid
9	excited	10	emotion

B
1	boring	2	angry
3	crazy	4	upset
5	lonely	6	hate
7	excited	8	worry
9	afraid	10	emotion

Unit 07

A
1	feel	2	taste
3	hear	4	sense
5	see	6	touch
7	seem	8	sight
9	balance	10	sound

B
1	feel	2	hear
3	touch	4	seem
5	see	6	taste
7	sense	8	sight
9	sound	10	balance

Unit 08

A
1	health	2	diet
3	rest	4	lose
5	relax	6	weight
7	medicine	8	keep
9	condition	10	gain

B
1	keep	2	rest
3	condition	4	diet
5	gain	6	health
7	weight	8	relax
9	medicine	10	lose

Unit 09

A
1	blood	2	hungry
3	sleepy	4	thirsty
5	full	6	cough
7	snore	8	sneeze
9	dizzy	10	cold

B
1	thirsty	2	cough
3	sneeze	4	sleepy
5	snore	6	full
7	hungry	8	cold
9	blood	10	dizzy

Unit 10

A
1	closet	2	curtain
3	carpet	4	bookcase
5	furniture	6	pack
7	light	8	carry
9	own	10	television

B
1	closet	2	carpet
3	furniture	4	bookcase
5	curtain	6	carry
7	television	8	light
9	own	10	pack

Unit 11

A
1	refrigerator	2	cupboard
3	sink	4	wash
5	put	6	dry
7	clear	8	oven
9	chopsticks	10	microwave

B
1	refrigerator	2	sink
3	cupboard	4	wash
5	dry	6	oven
7	microwave	8	put
9	clear	10	chopsticks

Unit 12

A
1	silver	2	metal
3	soft	4	colorful
5	useful	6	hard
7	modern	8	detail
9	useless	10	describe

B
1	detail	2	describe
3	useless	4	metal
5	hard	6	silver
7	soft	8	useful
9	modern	10	colorful

Unit 13

A	1	sharp	2	round
	3	wide	4	square
	5	narrow	6	triangle
	7	huge	8	rectangle
	9	tiny	10	flat
B	1	narrow	2	huge
	3	tiny	4	round
	5	flat	6	sharp
	7	wide	8	square
	9	triangle	10	rectangle

Unit 14

A	1	lot	2	hundred
	3	quantity	4	thousand
	5	quarter	6	million
	7	half	8	some
	9	much	10	many
B	1	much	2	half
	3	quarter	4	thousand
	5	millions	6	some
	7	many	8	lot
	9	quantity	10	hundred

Unit 15

A	1	last	2	over
	3	middle	4	back
	5	front	6	on
	7	between	8	under
	9	center	10	in
B	1	center	2	over
	3	back	4	on
	5	under	6	last
	7	middle	8	front
	9	between	10	in

Unit 16

A	1	time	2	always
	3	noon	4	often
	5	minute	6	until
	7	o'clock	8	usually
	9	midnight	10	never
B	1	noon	2	minutes
	3	usually	4	o'clock
	5	midnight	6	often
	7	never	8	until
	9	time	10	always

Unit 17

A	1	add	2	plus
	3	count	4	number
	5	minus	6	double
	7	right	8	divide
	9	calculate	10	wrong
B	1	add	2	minus
	3	plus	4	wrong
	5	right	6	calculate
	7	number	8	double
	9	divide	10	count

Unit 18

A	1	month	2	calendar
	3	week	4	tomorrow
	5	weekend	6	today
	7	present	8	yesterday
	9	year	10	future
B	1	future	2	present
	3	year	4	tomorrow
	5	today	6	weekend
	7	calendar	8	month
	9	week	10	yesterday

Unit 19

A
1	pants	2	shoe
3	boot	4	wear
5	scarf	6	knit
7	shorts	8	clothes
9	sneaker	10	sweater

B
1	pants	2	shoes
3	boots	4	scarf
5	shorts	6	sneakers
7	wear	8	knit
9	clothes	10	sweater

Unit 20

A
1	steak	2	soup
3	dish	4	sandwich
5	pizza	6	meal
7	seafood	8	eat
9	raw	10	chew

B
1	meals	2	eat
3	chew	4	steak
5	dish	6	raw
7	pizza	8	seafood
9	soup	10	sandwich

Unit 21

A
1	recipe	2	steam
3	sugar	4	bake
5	salt	6	chop
7	slice	8	pour
9	provide	10	fry

B
1	steam	2	recipe
3	salt	4	pour
5	provide	6	fry
7	bake	8	chop
9	sugar	10	slice

Unit 22

A
1	breakfast	2	lunch
3	set	4	dinner
5	prepare	6	salad
7	buffet	8	dessert
9	treat	10	serve

B
1	breakfast	2	lunch
3	dinner	4	buffet
5	treat	6	dessert
7	salad	8	set
9	prepare	10	serve

Unit 23

A
1	snack	2	soda
3	chocolate	4	without
5	doughnut	6	fond
7	sweet	8	takeout
9	cookie	10	fast food

B
1	snacks	2	doughnuts
3	soda	4	fast food
5	cookies	6	chocolate
7	sweet	8	without
9	fond	10	takeout

Unit 24

A
1	dairy	2	buy
3	vegetable	4	need
5	push	6	sell
7	list	8	supermarket
9	stale	10	display

B
1	push	2	list
3	buy	4	need
5	sell	6	supermarket
7	display	8	stale
9	dairy	10	vegetables

Unit 25

A

1	price	2	cash
3	pay	4	card
5	change	6	cheap
7	spicy	8	expensive
9	bill	10	delicious

B

1	change	2	cash
3	cheap	4	bill
5	spicy	6	price
7	pay	8	card
9	expensive	10	delicious

Unit 26

A

1	make-up	2	sunglasses
3	fashion	4	necklace
5	tight	6	earring
7	loose	8	fit
9	ribbon	10	size

B

1	earrings	2	make up
3	sunglasses	4	necklace
5	tight	6	loose
7	ribbon	8	fit
9	size	10	fashion

Unit 27

A

1	garage	2	yard
3	grass	4	kitchen
5	floor	6	rent
7	address	8	porch
9	ceiling	10	balcony

B

1	grass	2	porch
3	address	4	ceiling
5	yard	6	kitchen
7	floor	8	garage
9	rent	10	balcony

Unit 28

A

1	sport	2	tennis
3	team	4	soccer
5	catch	6	penalty
7	throw	8	defense
9	coach	10	against

B

1	sport	2	team
3	catch	4	tennis
5	soccer	6	penalty
7	defense	8	against
9	throw	10	coach

Unit 29

A

1	hobby	2	collect
3	hiking	4	assemble
5	write	6	painting
7	chess	8	photograph
9	puzzle	10	fish

B

1	hobby	2	paintings
3	hiking	4	write
5	chess	6	puzzle
7	collect	8	assemble
9	fish	10	photograph

Unit 30

A

1	shopping	2	market
3	store	4	sale
5	discount	6	spend
7	brand	8	wrap
9	customer	10	clerk

B

1	sale	2	shopping
3	store	4	market
5	customer	6	brand
7	discount	8	spend
9	wrap	10	clerk

Unit 31

A
1	travel	2	guide
3	book	4	safe
5	cancel	6	foreign
7	departure	8	danger
9	resort	10	information

B
1	safe	2	foreign
3	travel	4	book
5	danger	6	information
7	departure	8	cancel
9	guide	10	resort

Unit 32

A
1	visit	2	far
3	host	4	near
5	urban	6	return
7	suburb	8	arrive
9	rural	10	surprise

B
1	far	2	urban
3	suburb	4	rural
5	near	6	host
7	return	8	arrive
9	surprise	10	visit

Unit 33

A
1	party	2	trick
3	birthday	4	invite
5	candle	6	guest
7	event	8	gift
9	wish	10	hold

B
1	event	2	guests
3	gift	4	tricks
5	party	6	candle
7	wish	8	hold
9	invite	10	birthday

Unit 34

A
1	media	2	announce
3	drama	4	newspaper
5	comedy	6	famous
7	romance	8	magazine
9	main	10	air

B
1	air	2	media
3	main	4	comedy
5	famous	6	magazine
7	romance	8	announce
9	newspapers	10	drama

Unit 35

A
1	Internet	2	data
3	monitor	4	delete
5	click	6	paste
7	save	8	email
9	file	10	copy

B
1	data	2	delete
3	file	4	email
5	copy	6	Internet
7	click	8	save
9	paste	10	monitor

Unit 36

A
1	first	2	third
3	second	4	fourth
5	eighth	6	fifth
7	ninth	8	sixth
9	tenth	10	seventh

B
1	first	2	third
3	eighth	4	ninth
5	tenth	6	sixth
7	seventh	8	Fourth
9	fifth	10	second

Unit 37

A
1	who	2	where
3	when	4	why
5	what	6	this
7	these	8	that
9	those	10	how

B
1	these	2	why
3	how	4	this
5	what	6	where
7	those	8	who
9	when	10	that

Unit 38

A
1	east	2	south
3	west	4	right
5	north	6	turn
7	corner	8	straight
9	left	10	cross

B
1	turn	2	straight
3	west	4	right
5	east	6	cross
7	north	8	south
9	corner	10	left

Unit 39

A
1	new	2	awake
3	old	4	asleep
5	here	6	major
7	there	8	minor
9	lend	10	borrow

B
1	there	2	awake
3	asleep	4	new
5	minor	6	borrow
7	major	8	lend
9	old	10	here

Unit 40

A
1	January	2	March
3	February	4	April
5	October	6	May
7	November	8	June
9	December	10	July
11	August	12	September

B
1	October	2	August
3	March	4	November
5	December	6	January
7	April	8	May
9	June	10	July
11	February	12	September

Longman

Vocabulary
MENTOR
JOY

단어 쓰기 노트

2

✎ 다음 단어의 우리말 뜻을 쓰고, 영어로 4번씩 반복해서 쓰세요.

1	2	3	4	5
arm	finger	heart	knee	thumb
팔				
arm				

6	7	8	9	10
shoulder	tongue	chest	wrinkle	dimple

✏️ 다음 단어의 우리말 뜻을 쓰고, 영어로 4번씩 반복해서 쓰세요.

1	2	3	4	5
family	son	daughter	parent	aunt
가족				
family				

6	7	8	9	10
uncle	cousin	relative	nephew	niece

✎ 다음 단어의 우리말 뜻을 쓰고, 영어로 4번씩 반복해서 쓰세요.

1	2	3	4	5
best	**close**	**chat**	**meet**	**gather**
최고의, 가장 좋은				
best				

6	7	8	9	10
miss	**quarrel**	**together**	**share**	**friendship**

다음 단어의 우리말 뜻을 쓰고, 영어로 4번씩 반복해서 쓰세요.

1	2	3	4	5
brave	nice	active	diligent	lazy
용감한				
brave				

6	7	8	9	10
shy	wise	clever	timid	curious

✎ 다음 단어의 우리말 뜻을 쓰고, 영어로 4번씩 반복해서 쓰세요.

1	2	3	4	5
handsome	beautiful	heavy	ugly	curly
잘생긴				
handsome				

6	7	8	9	10
blond	dark	beard	charming	bald

다음 단어의 우리말 뜻을 쓰고, 영어로 4번씩 반복해서 쓰세요.

1	2	3	4	5
hate	boring	angry	crazy	excited
싫어하다				
hate				

6	7	8	9	10
worry	upset	lonely	afraid	emotion

✎ 다음 단어의 우리말 뜻을 쓰고, 영어로 4번씩 반복해서 쓰세요.

1	2	3	4	5
feel	hear	see	taste	sense
느끼다				
feel				

6	7	8	9	10
touch	sight	sound	seem	balance

✎ 다음 단어의 우리말 뜻을 쓰고, 영어로 4번씩 반복해서 쓰세요.

1	2	3	4	5
health	diet	gain	lose	weight
건강				
health				

6	7	8	9	10
keep	rest	relax	medicine	condition

✎ 다음 단어의 우리말 뜻을 쓰고, 영어로 4번씩 반복해서 쓰세요.

1	2	3	4	5
hungry	thirsty	cough	cold	sneeze
배고픈				
hungry				

6	7	8	9	10
blood	sleepy	full	snore	dizzy

✎ 다음 단어의 우리말 뜻을 쓰고, 영어로 4번씩 반복해서 쓰세요.

1 closet	2 carpet	3 furniture	4 curtain	5 bookcase
벽장				
closet				

6 pack	7 carry	8 television	9 light	10 own

✎ 다음 단어의 우리말 뜻을 쓰고, 영어로 4번씩 반복해서 쓰세요.

1	2	3	4	5
refrigerator	sink	cupboard	wash	dry
냉장고				
refrigerator				

6	7	8	9	10
oven	microwave	put	clear	chopsticks

다음 단어의 우리말 뜻을 쓰고, 영어로 4번씩 반복해서 쓰세요.

	1	2	3	4	5
	silver	soft	useful	modern	useless
	은				
	silver				

	6	7	8	9	10
	metal	colorful	hard	detail	describe

다음 단어의 우리말 뜻을 쓰고, 영어로 4번씩 반복해서 쓰세요.

1	2	3	4	5
round	square	triangle	rectangle	flat
둥근				
round				

6	7	8	9	10
sharp	wide	narrow	huge	tiny

다음 단어의 우리말 뜻을 쓰고, 영어로 4번씩 반복해서 쓰세요.

1	2	3	4	5
quantity	hundred	thousand	million	lot

양, 수량				
quantity				

6	7	8	9	10
some	many	much	half	quarter

다음 단어의 우리말 뜻을 쓰고, 영어로 4번씩 반복해서 쓰세요.

1	2	3	4	5
last	middle	front	over	back
마지막의				
last				

6	7	8	9	10
on	under	in	between	center

다음 단어의 우리말 뜻을 쓰고, 영어로 4번씩 반복해서 쓰세요.

1	2	3	4	5
time	noon	minute	o'clock	midnight
시간				
time				

6	7	8	9	10
always	often	never	usually	until

✎ 다음 단어의 우리말 뜻을 쓰고, 영어로 4번씩 반복해서 쓰세요.

1	2	3	4	5
add	count	minus	plus	number
더하다				
add				

6	7	8	9	10
double	divide	wrong	right	calculate

다음 단어의 우리말 뜻을 쓰고, 영어로 4번씩 반복해서 쓰세요.

1	2	3	4	5
month	week	weekend	calendar	tomorrow
달				
month				

6	7	8	9	10
today	yesterday	future	present	year

✎ 다음 단어의 우리말 뜻을 쓰고, 영어로 4번씩 반복해서 쓰세요.

1	2	3	4	5
pants	shoe	wear	knit	clothes
바지				
pants				

6	7	8	9	10
sweater	boot	scarf	shorts	sneaker

✎ 다음 단어의 우리말 뜻을 쓰고, 영어로 4번씩 반복해서 쓰세요.

1	2	3	4	5
soup	sandwich	meal	eat	chew
수프				
soup				

6	7	8	9	10
steak	dish	pizza	seafood	raw

✎ 다음 단어의 우리말 뜻을 쓰고, 영어로 4번씩 반복해서 쓰세요.

1	2	3	4	5
fry	bake	chop	pour	steam
부치다, 튀기다				
fry				

6	7	8	9	10
recipe	sugar	salt	slice	provide

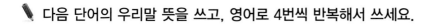

✎ 다음 단어의 우리말 뜻을 쓰고, 영어로 4번씩 반복해서 쓰세요.

1	2	3	4	5
breakfast	lunch	dinner	salad	dessert
아침(식사)				
breakfast				

6	7	8	9	10
serve	set	prepare	buffet	treat

✏️ 다음 단어의 우리말 뜻을 쓰고, 영어로 4번씩 반복해서 쓰세요.

1	2	3	4	5
snack	chocolate	doughnut	sweet	cookie
간식				
snack				

6	7	8	9	10
soda	without	fond	takeout	fast food

✎ 다음 단어의 우리말 뜻을 쓰고, 영어로 4번씩 반복해서 쓰세요.

1	2	3	4	5
dairy	vegetable	buy	need	sell
유제품의				
dairy				

6	7	8	9	10
supermarket	display	push	list	stale

✎ 다음 단어의 우리말 뜻을 쓰고, 영어로 4번씩 반복해서 쓰세요.

1	2	3	4	5
price	pay	change	cash	card
가격				
price				

6	7	8	9	10
cheap	expensive	delicious	bill	spicy

다음 단어의 우리말 뜻을 쓰고, 영어로 4번씩 반복해서 쓰세요.

1	2	3	4	5
make-up	sunglasses	necklace	earring	fit
화장				
make-up				

6	7	8	9	10
size	fashion	tight	loose	ribbon

✎ 다음 단어의 우리말 뜻을 쓰고, 영어로 4번씩 반복해서 쓰세요.

1	2	3	4	5
garage	grass	floor	address	ceiling
차고				
garage				

6	7	8	9	10
yard	kitchen	rent	porch	balcony

다음 단어의 우리말 뜻을 쓰고, 영어로 4번씩 반복해서 쓰세요.

1	2	3	4	5
sport	team	catch	throw	coach
운동				
sport				

6	7	8	9	10
tennis	soccer	penalty	defense	against

✎ 다음 단어의 우리말 뜻을 쓰고, 영어로 4번씩 반복해서 쓰세요.

1	2	3	4	5
hobby	collect	assemble	painting	fish
취미				
hobby				

6	7	8	9	10
photograph	hiking	write	chess	puzzle

다음 단어의 우리말 뜻을 쓰고, 영어로 4번씩 반복해서 쓰세요.

1	2	3	4	5
shopping	store	market	sale	spend
쇼핑				
shopping				

6	7	8	9	10
wrap	clerk	discount	brand	customer

✎ 다음 단어의 우리말 뜻을 쓰고, 영어로 4번씩 반복해서 쓰세요.

1	2	3	4	5
travel	book	cancel	guide	safe
여행하다				
travel				

6	7	8	9	10
foreign	danger	information	departure	resort

✏️ 다음 단어의 우리말 뜻을 쓰고, 영어로 4번씩 반복해서 쓰세요.

1	2	3	4	5
visit	far	near	return	arrive
방문하다				
visit				

6	7	8	9	10
surprise	host	urban	suburb	rural

✎ 다음 단어의 우리말 뜻을 쓰고, 영어로 4번씩 반복해서 쓰세요.

1	2	3	4	5
party	birthday	candle	wish	event
파티				
party				

6	7	8	9	10
hold	invite	guest	gift	trick

다음 단어의 우리말 뜻을 쓰고, 영어로 4번씩 반복해서 쓰세요.

1	2	3	4	5
media	drama	comedy	romance	main
미디어				
media				

6	7	8	9	10
announce	newspaper	famous	magazine	air

다음 단어의 우리말 뜻을 쓰고, 영어로 4번씩 반복해서 쓰세요.

1	2	3	4	5
Internet	monitor	click	save	file
인터넷				
Internet				

6	7	8	9	10
data	delete	paste	email	copy

다음 단어의 우리말 뜻을 쓰고, 영어로 4번씩 반복해서 쓰세요.

1	2	3	4	5
first	second	third	fourth	fifth
첫 번째				
first				

6	7	8	9	10
sixth	seventh	eighth	ninth	tenth

다음 단어의 우리말 뜻을 쓰고, 영어로 4번씩 반복해서 쓰세요.

1	2	3	4	5
who	when	what	where	why
누구				
who				

6	7	8	9	10
how	this	that	these	those

다음 단어의 우리말 뜻을 쓰고, 영어로 4번씩 반복해서 쓰세요.

1	2	3	4	5
east	west	north	south	right
동쪽				
east				

6	7	8	9	10
left	turn	straight	cross	corner

✎ 다음 단어의 우리말 뜻을 쓰고, 영어로 4번씩 반복해서 쓰세요.

1	2	3	4	5
new	old	here	there	awake
새로운				
new				

6	7	8	9	10
asleep	major	minor	borrow	lend

✎ 다음 단어의 우리말 뜻을 쓰고, 영어로 4번씩 반복해서 쓰세요.

1	2	3	4	5	6
January	February	March	April	May	June
1월					
January					

7	8	9	10	11	12
July	August	September	October	November	December

Memo

Memo

Memo